U0584928

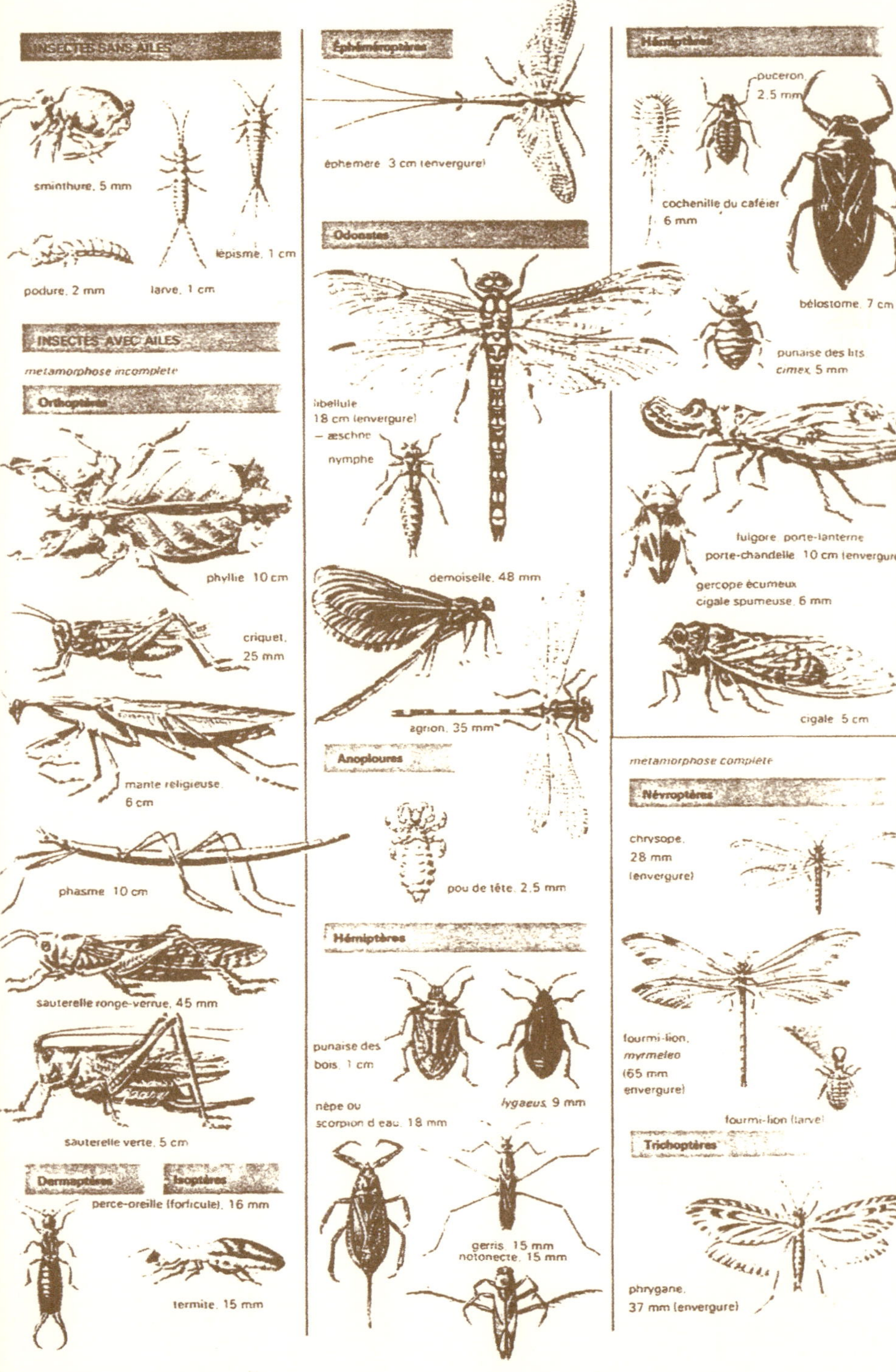
INSECTES SANS AILES
sminthure, 5 mm
lépisme, 1 cm
podure, 2 mm
larve, 1 cm
INSECTES AVEC AILES
metamorphose incomplete
phyllie 10 cm
criquet, 25 mm
mante religieuse, 6 cm
phasme 10 cm
sauterelle ronge-verrue, 45 mm
sauterelle verte, 5 cm
Dermaptères
Isoptères
perce-oreille (forficule), 16 mm
termite, 15 mm
éphémère 3 cm (envergure)
libellule 18 cm (envergure) – æschne
nymphe
demoiselle, 48 mm
agrion, 35 mm
Anoploures
pou de tête, 2,5 mm
Hémiptères
punaise des bois, 1 cm
lygaeus, 9 mm
nèpe ou scorpion d'eau, 18 mm
gerris, 15 mm
notonecte, 15 mm
puceron, 2,5 mm
cochenille du caféier 6 mm
bélostome, 7 cm
punaise des lits cimex, 5 mm
fulgore porte-lanterne porte-chandelle 10 cm (envergure)
gercope écumeux cigale spumeuse, 6 mm
cigale 5 cm
metamorphose complete
Névroptères
chrysope, 28 mm (envergure)
fourmi-lion, myrmeleo (65 mm envergure)
fourmi-lion (larve)
Trichoptères
phrygane, 37 mm (envergure)

apollon, 8 cm
machaon ou grand
porte-queue, 7 cm
paon de jour, 6 cm
cheimatobie,
25 mm
citron, 6 cm
vulcain, 6 cm
vanesse, 5 cm
noctuelle, 7 cm
bombyx
du chêne,
7 cm
hépiole, bombyx
de la ronce, 65 mm
morio, 7 cm
sphinx tête de mort, 12 cm
sania agrippina, thysanie
plus grand papillon du monde
esquisse à droite en donne
aille réelle, soit 27 cm)
actias selene,
famille des saturnidés,
13,5 cm
morpho cypris,
famille des morphidés,
11 cm
papilio ulysses
(Blue mountain butterfly),
10 cm (Moluques)
monarque, 7 cm
ornithoptera victoriae
(Queen Victoria's birdwing),
famille des papilionidés, 15 cm
atlaspinnare,
bombyx de l'Atlas,
23,5 cm

修订本

昆虫记

SOUVENIRS ENTOMOLOGIQUES

[法] J.-H. 法布尔 / 著
王　光 / 译

作家出版社

图书在版编目（CIP）数据

昆虫记 /（法）法布尔（Fabre，J. H.）著；王光译.
-修订本. -北京：作家出版社，2011.8（2021.6 重印）
ISBN 978-7-5063-5970-2

Ⅰ.①昆… Ⅱ.①法…②王… Ⅲ.①昆虫学-普及读物
Ⅳ.①Q96-49

中国版本图书馆 CIP 数据核字（2011）第 145164 号

本书根据法国德拉格拉夫出版社 1923-1925 年版十卷本《昆虫记》译出
D'après *Souvenirs Entomologiques*, Edition de Librairie 'Delagrave, 1923-1925

昆虫记（修订本）

作　　者：〔法〕J.-H. 法布尔
译　　者：王　光
责任编辑：袁艺方
装帧设计：曹全弘
出版发行：作家出版社有限公司
社　　址：北京农展馆南里 10 号　　**邮编**：100125
电话传真：86-10-65067186（发行中心及邮购部）
86-10-65004079（总编室）
E-mail:zuojia@zuojia.net.cn
http://www.zuojiachubanshe.com
印刷：三河紫恒印装有限公司
成品尺寸：142 X 210
字数：280 千
印张：13　　**插页**：5
印数：71451-76450
版次：2011 年 8 月第 1 版
印次：2021年 6月第 10 次印刷
ISBN 978-7-5063-5970-2
定价：28.00 元

目　录

卷　一

卷　二

卷　三

卷 四

卷 五

卷 六

卷　七

卷　八

卷　九

卷　十

附 录

《昆虫记》与中国

（2008年版序）

作家出版社提出再版《昆虫记》的愿望，介绍了他们的大致方案，还想听听我本人的意见。我的意见很简单：决心不易，意义不凡，本色不可改。

在难免些许浮躁的“法布尔热”出版气候下，作再版的抉择需要清醒与冷静，须具备对自己版本的充分信心，或曰，其版本应当经时间检验证明是真受欢迎的，切不可为“出版冲动”所左右。所以说“决心不易”。

1992年，作家社率先秉持“直接译自原著”与“反映原著全貌”的原则，首次将译自十卷本原著的《昆虫记》选译本纳入世界文学译丛。译本由“作家出版社”出版，意味着中国人凭着自己的真实感受和独特见解，郑重其事地承认了法布尔的“作家”地位。作家社今天再版这个译本，说明十六年过去以后，他们没有动摇如上态度。所以说“意义不凡”。

《昆虫记》作者以轻松、流畅、亲切、幽默的笔调，朴实自然地将昆虫学写出知识百科境界，学术报告写出语言艺术境界，研究资料写出审美情趣境界，虫性探索写出人性反省境界。殊不知，如此多姿多彩，其本质应归为“丰富”，而丰富与光怪陆离或稀奇古怪不可同日而语；如此超凡脱俗，其气质尽在于“质朴”，而质朴与驾轻就熟或追风媚俗不可同日而语。丰富的质朴，这就是法布尔《昆虫记》的本色，也应当是其译作乃至装帧、出版工作的本色。所以说“本色不可改”。

法布尔（1823—1915）的影响力，早在达尔文时代就已超出法国疆界，那时候他还只是个中学教师。丢掉教师“饭碗”后，他用五年时间撰写出版大约三十本科学知识教材和科普读物。这之后的三十年，他完成了十卷本《昆虫记》的撰著出版工作。《昆虫记》刚出版六卷，即有英国人率先在伦敦出版了书名为《昆虫生活》的英文选译本。《昆虫记》十卷出齐不到两年，英国、美国、德国、瑞典便同时于1911年出版了各自语种的选译本。几乎与此同时，美国人于1910年，德国人于1911年，分别出版了法布尔科普教科书《天空》的英文译本和德文译本。根据法国国家图书馆不尽齐全的版本收藏可以知道：丹麦于1916年，荷兰、西班牙、意大利于1920年，波兰于1925年，日本于1922年，巴勒斯坦地区犹太人于1929年，苏联于1936年，阿根廷于1946年，罗马尼亚于1960年，韩国于1977年，分别以（包括希伯来文在内的）各自民族语言，先后开始翻译出版法布尔《昆虫记》详略不等的译本。至于十卷原著的全译本，至少可知，意大利于1923—1926年间出齐意大利文全译本，阿根廷于1946—1950年间出齐西班牙文全译本，日本于1989—1993年间出齐日文全译本。据悉，日本人从2005年开始又在出版另一种日文全译本。

英、美没有出版过严格意义上的全译本，但英国人麦欧1911年选编翻译的单册本《昆虫世界的社会生活》，至少在英、美两国都重印了十五次；美国人马托斯以昆虫类别为专题编译的《昆虫记》同一系列十七个译本，分别重印了少则三次，多则十余次。近百年来，英、美两国出版的《昆虫记》英文版选译本中，单册本大约五、六种，系列本大约四、五种。除《昆虫记》外，法布尔的科学知识读物在英、美和欧洲也不乏译作。

在日本，以“法布尔昆虫记”、“昆虫记”或其他字样为书名出版的《昆虫记》日文译本，除上文举出的两个全译本外，八十余年来还有十余种成系列的或单册的选译本、选编本。值得一提的是，日本人似乎从一开始就尽量求其全，他们大概是用美国人的分专题多卷选译本作蓝本，将内容按原著十卷的顺序归位，译成十卷日文本。这套译本的第一卷是由大杉荣（1865—1923）先生完成的，1922年即由藏文阁出版社出版。但译本出版不久，大杉荣因参加所谓“无政府主义运动”而被捕，次年遭特务机关杀害。椎名其二继续大杉荣未竟译事，至1926年先后完成第二、三、四卷的选译出版工作。其后又有鹫尾猛、土井逸雄二位加入，终于使第五至第十卷译本于1929年全部问世。

以上只是《昆虫记》在世界范围传播的一个侧影，译本数量的统计亦难周全。考察法布尔作品近百年在欧美诸国和东瀛日本流传的情况，得到这样两个印象：其一，英、美最先在法国之外译介《昆虫记》，重视《昆虫记》提供的昆虫学知识和昆虫社会现象；日本是追踪欧美文化最快最多的亚洲国家，但在引进《昆虫记》的过程中，日本人尤其着力于发掘《昆虫记》的科普价值，加大向少年儿童介绍《昆虫记》的力度。其二，欧美在翻译介绍《昆虫记》的同时，还大量翻译介绍了法布尔的其他科学知识作品；日本则更重视法布尔的巨著《昆虫记》，而对其科学知识作品没有予以西方那样热情的关注。

《昆虫记》传入中国，始于上世纪二十年代，称得上直接倡导与推动者的，当是久居日本的鲁迅、周作人二兄弟，他们正赶上大杉荣等的译著开始流行。周作人1923年发表短文《法布耳昆虫记》，称法布尔为“科学的诗人”，并感慨说：“羡慕有这样好书看的别国的少年，也希望中国有人来做这翻译编纂的事业，即使在现在的混乱秽恶之中。”鲁迅从1924年起就在收集《昆虫记》的日文译本。他1925年从日本寄来的一封信，谈中国的思想启蒙须从知识阶层做起，主张为年轻学生们提供可读之书，为此提及法布尔：“可惜中国现在的科学家不大做文章，有做的，也过于高深，于是就很枯燥。现在要Brehm的讲动物生活，Fabre的讲昆虫故事似的有趣，并且插许多图画的”。1927年，上海出版了《昆虫记》的单册小型译本《昆虫故事》（林兰译），大概是根据日文译本改写译出的，这是目前所知的《昆虫记》最早译本。1933年上海又出版了单册译本《昆虫的故事》（王大文译），依据的是英国人根据《昆虫记》的其他英文译本改写的一本书，这个中译本此后数度再版。

就在1933年，鲁迅指出：“虽是意在给人科学知识的书籍或文章，为要讲得有趣，也往往太说些‘人话’。这毛病，是连法布耳（J.H.Fabre）做的大名鼎鼎的《昆虫记》(Souvenirs Entomologiques),也是在所不免的。”1935年鲁迅又称:德国的细胞病理学家维尔晓“不深研进化论,便一口归功于上帝了。”接着便说:“现在中国屡经绍介的法国昆虫学大家法布耳(Fabre),也颇有这倾向。”显然,周作人欣赏的是“科学的诗人”,以及借艺术化来表达的科学成果,但他觉得法布尔的巨著是给“少年”们看的;鲁迅(周树人)则寄希望于“给人科学知识”,借以改造国民性,不赞赏昆虫学家法布尔明显人性化的写法。这绝不仅仅是二周个人的几番话语,应看作当时知识界初识法布尔与《昆虫记》后的不同感言和见解。

自上个世纪三十年代至八十年代的六十年间,在中国问世的《昆虫记》译本大约有六、七种,都是根据日译本或英译本转译的单册本。法布尔的名声因此而未断在中国人中间流传,只是《昆虫记》的真面目和总体风貌始终没有进一步全面地展示在中国读者面前。从九十年代开始,《昆虫记》在中国的命运发生了重大变化,根据法文十卷本原著直接选译的,能够较为准确反映《昆虫记》巨著总体风貌的选译本诞生,不久便引起反响,各阶层、各年龄段的读者都有人在谈《昆虫记》的读后感。到了2001年,花城出版社推出了译自法文十卷本原著的全译本,至此,《昆虫记》全貌一览无余地展现在广大中国读者面前。(愿借此机会,向以梁守锵先生为首的翻译群体致以由衷敬意,他们在有限时间内完成如此庞大翻译工程,其中艰辛非常人所能想象。)全译本问世后,《昆虫记》不同中译本的数量随之增多,至2007年已蔚为大观。如果将转译自英、日、韩等文本的,以及重编、改写中文译本的版本加进去,《昆虫记》在中国的各式各样版本已多达数十种，发行总量至少上百万册，直接读者累计千万以上。本人无意特别关注这些数据，因为已经有几位“中国《昆虫记》翻译史”专家在认真做这项工作。我所特别关注的是，这一局面毕竟可喜，它向世人证明，中国人对《昆虫记》的热情之高可谓首屈一指。数以百万计、千万计的中国读者当中，有的将《昆虫记》当作案头书，有的将《昆虫记》当作座右铭，有的将《昆虫记》当作知识库，有的将《昆虫记》当作教材，有的将《昆虫记》当作范文，有的将《昆虫记》当作共青团、少先队活动的主题，有的将《昆虫记》当作珍贵礼品，有的将《昆虫记》当作自然科学史料，有的将《昆虫记》当作独特的文学名著，更多的人将《昆虫记》当作人生所需的一份精神食粮。一言以蔽之，《昆虫记》在当今中国掀起的热浪，波及之广，触动之深，为其他国度所未曾见，甚至连法国人也惊讶不已。

就世界范围而言，中国的“《昆虫记》热”显得格外有声势，有活力，有意味，非同一般地持久而且深刻，正可谓与众不同。中国是一个拥有五千年文明史的国度，由深厚文化底蕴凝结而成的精神基因使中国人具备了非同一般的悟性与理解力。中国读者读《昆虫记》，其心智不仅透着《天工开物》与唐诗宋词般的聪敏灵睿，而且透着《周易》与《诗经》般的浑厚幽深。他们对《昆虫记》人文价值的理解，往往比某些天天口喊“人性”的人们来得更真切，更富于创见。

就中国引进西方思想文化成果——《昆虫记》的历史而言，当今中国的“《昆虫记》热”无疑更普遍，更深入，也更扎实，诚可谓前所未见。上世纪二十、三十年代，中国正经历君主既倒、民主未立的混战岁月，纵使日本民族得益于《昆虫记》再多，按日本人的有益方式来作也难产生同样实效。新中国初期百废待兴，且阶级斗争问题突出，《昆虫记》只能作充实“少年知识文库”之区区一册。改革开放以来，中华民族全面振兴，中国悠久文化传统的优势得以发挥，中国人面对人类文明现实的能力与日俱增；当此历史时期，《昆虫记》的内涵被中国人空前充分地发掘出来。中国人不仅像西方人那样认识了《昆虫记》的自然科学知识价值，像日本人那样认识了《昆虫记》的国民素质教育价值，而且认识到《昆虫记》的文学价值，美学价值，生态学价值，乃至生命哲学价值。

《昆虫记》在中国产生的影响，或许尚未完结，甚至仍在深化。读过《昆虫记》的人们，正以或热或温的方式，自觉或不自觉地探讨这样一些问题：“《昆虫记》出版热”是否与世界版权公约有关？是否市场经济效应？“《昆虫记》热”之高涨为何超出那么多世界名著热？“绿螽斯”与“绿蝈蝈”是否一回事？所谓“博物学家”是否就译作“自然学家”？法布尔指出达尔文的某些论据有误，是否就是在反对达尔文进化论？“达尔文进化论”是否就是“进化论”的全部内容？中国人为什么不按概念原意将Evolutionism译作“演化论”而一定译成“进化论”？为什么有些科学工作者不承认《昆虫记》的科学价值，有些文学工作者不承认《昆虫记》的文学价值？法布尔这样的人究竟可不可以拥有多重地位？中国是否能够，是否有必要产生法布尔式的著作家？科学与艺术究竟是一种什么关系？……诸如此类或大或小的问题，无一不是够深刻的。

我们刻意咀嚼着的是原汁原味的法布尔式精神食粮，而自如表达出来的则是属于中国人自己的文化思维。

王　光

2008年5月

致儿子汝勒[①]

亲爱的孩子，我昆虫事业中如此满腔热忱的合作者，我植物领域里如此富于眼力的助手。依照你的意愿，我开始了这项工作；内心怀念着你，我坚持不懈地从事着这项工作；而且，我将在这哀痛中含着辛酸，始终不渝地把这项工作进行下去。呜呼！死亡何等可憎，它是将生机勃勃、盎然怒放的花朵夭折了！你的母亲和你的妹妹们，从给了你莫大乐趣的那片乡间野土上采集了鲜花，做成了花环，带给了你，就放在你长眠其下的石板上。太阳刚晒枯这些花环那天，我把这本书摆在了花环跟前，但愿这枯花能看到那令人欣慰的一天。这样，我便感到我们仍在共同从事研究了，因为我这样做本身就是在有力地证明：我将矢志不移地坚持下去，一定叫阎王也翻然悔悟。

（本篇译自原著第二卷）

① 这是法布尔为《昆虫记》第二卷写的卷首语，这里借来作译本卷首语，替作者表达这一感情。在此说明：本译本脚注均为译者所加。

卷　一

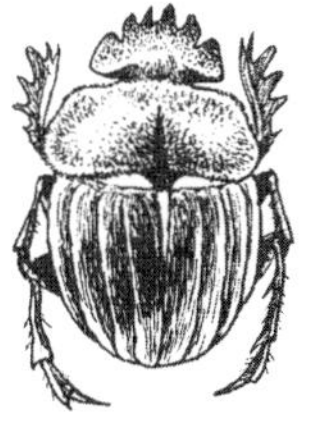

圣 甲 虫

筑窝造巢，保护家庭，这是集中了各种本能特性的至高表现。鸟类这灵巧的工程师，让我们领略到这一点；才能更趋多样化的昆虫，又让我们领略了这一点。昆虫告诉我们：“母性是使本能具备创造性的灵感之源。”母性是用以维持种的持久性的，这件事比保持个体的存在更要紧。为此，母性唤醒最浑噩的智力，令其萌发远见卓识。母性是三倍神圣的泉源，难以想象的心智灵光潜藏在那里；待其突然光芒四射，我们便于恍惚当中顿悟到一种避免失误的理性。母性愈显著，本能愈优越。

在母性与本能的关系表现方面，最值得重视的是膜翅目昆虫，它们身上凝聚着深厚的母爱。一切得天独厚的本能才干，都被它们用来为后代谋求食宿。它们的复眼将绝不可能看到自己的家族了，然而凭着母性预见力，它们对这家族有着清醒的意识。正由于心中装着自己的家族，它们使自己成为身怀整套技艺的各种行家里手。于是，在它们当中，有的成了棉织品或其他絮状材料缩绒制品的手工厂主；有的成了用细叶片编制篓筐的篾匠；这一位当上泥瓦匠，建造水泥宅室和碎石块屋顶；那一位办起陶瓷作坊，用黏土捏塑精美的尖底瓮，还有坛罐和大肚瓶；另一位则潜心于挖掘技术，在闷热潮湿的工作条件下，掘造神秘的地下建筑。它们掌握许多与我们相仿的技艺；甚至连我们都仍感生疏的不少技艺，也已经在昆虫那里实际应用于住宅建设了。解决了住宅问题，又解决未来的食物问题：它们制做蜜团，制做花粉糕，还有那巧为软化的野味罐头。这类以家庭未来为首要目的的工程，闪烁着由母性激发的各种最高形式的本能意志。

昆虫学范围的其他各类昆虫，母爱一般都显得很粗浅、草率。它们把卵产在良好的地点，这之后，就靠幼虫自己，冒着失败的风险，面对丧生的威胁，去寻找栖身处所和食物。几乎绝大多数的昆虫，都是这样对待后代。养育过程既然如此简单，智能也就无关紧要了。里库格[1]把艺术从他的斯巴达共和国里统统驱逐出去，他指责艺术使人萎靡。按斯巴达方式养育出的昆虫，自身那些最高级的本能灵性就这样消失泯灭了。母亲从照料摇篮的诸种温柔细腻的操持中超脱出来，其一切特性中最为优越的智能特性，便随之逐渐削弱，直至最终消失。所以，无论就动物而言，还是就人类而言，家庭都是产生对精益求精、尽善尽美追求的一种根源。这一点千真万确。

对后代关怀备至的膜翅目昆虫，确实令我们赞叹。相形之下，把后代推出去碰运气的种种昆虫，则令人很不感兴趣。我们大家知道，几乎所有的昆虫，都是抛弃后代的虫类。但据我所知，根据法国各种地方动

---

① 里库格（Lycurgue）：公元前九世纪斯巴达国家的著名立法者。又译作“莱喀古士”。

物志的记载，像采蜜的虫类和埋野味篓的虫类那样，能够为家庭准备食住的昆虫，还有一种。

说来蹊跷，在母爱之丰富细腻方面，能够与以花求食的蜂类媲美的，竟只有那开发垃圾、净化被畜群污染的草地的各种食粪虫类。你想再找到一位富于本能、忠于职守的昆虫母亲，却必须摆脱花坛里馥郁芬芳的花朵，转向马路上那些骡马遗弃的粪堆。大自然中充满这类反差对照。我们所谓的丑美、脏净，在大自然那里是没有意义的。大自然以污臭造就香花，用少许粪料提炼出令我们赞不绝口的优质麦粒。

尽管各种食粪虫类干着与粪便打交道的活计，然而却荣享盛誉。它们一般都生就一副有利的身材；它们穿着样式简单但光泽性很好的外衣；它们的身体胖胖的，却压缩成扁片体型；它们的额头和胸廓上，佩戴着奇特的饰物；若放在标本收藏家的盒子里，它们就更显得光彩照人了。尤其是法国境内的食粪虫类，它们当中不仅有最常见的各种乌黑发亮的虫种，而且还有若干金光闪闪和紫辉灿灿的热带虫种。

食粪虫类是畜群的常客，与牲畜几乎形影不离；恰好它们身上能散发一种苯甲酸的微香，可以充当熏羊圈的香料。一向不大注意使用优美语言的昆虫分类词典编撰者们，发现食粪虫竟还有田园生活般的习俗，无不刮目相看。于是，他们也捐弃前嫌，在该类昆虫的简介文字开始部分，写进以下名称：玫丽贝、蒂迪尔、雅明达思、阁利冬、阿丽克西施、毛波絮丝[①]。食

① 玫丽贝……毛波絮丝：即Mélibée、Tityre、Amyntas、Corydon、Alexis、Mopsus的译音。这些都是维吉尔《牧歌》中出现的人物名字。

粪虫这一连串的称号，都是在古代田园诗中，被诗人们叫响了的。维吉尔[①]的牧歌作品里，出现过赞美食粪虫的多种词语。

一堆牛粪周围，竟出现了如此争先恐后、迫不及待的场面！从世界各地涌向加利福尼亚的探险者们，开发起金矿来也未曾表现出这般的狂热。太阳还没有当头酷晒的时候，食粪虫已经数以百计地赶到这里。它们大大小小，横七竖八，种类齐全，体型各异，身材多样，密密麻麻地趴在同一块蛋糕上，每只虫子抱定其中一个点，紧锣密鼓地切凿起来。露天工作的，搜刮表层财富；钻进内部打通道的，寻找理想矿脉；开发底层结构的，则顺势把食品直接埋进身体下面的地里；那些小字辈们，暂时站在一旁，只等强有力的合作者大动干戈时有小渣块滑落下来，它们便前去加工成碎屑。有几位刚刚赶到这里，想必是饥饿难忍了，居然就地大吃起来。然而，盼望自己拥有一份充足储备的食粪虫毕竟为数最多，它们愿意躲进万无一失的隐身场所，守着储备的食品，过上一段较长时间的富足日子。你特别想能置身于没有污染的，长着百里香的原野，如果那里真的连一摊新牛粪都见不到，这岂不是老天爷的恩赐？惟有命运得宠的人，才能有这等福分。然而，这并非仅仅是一种憧憬，也是眼前的现实：例如今天这批牛粪，就正在被食粪虫当作财富，小心翼翼地藏入仓库。在这之前，畜粪的香味飘散开去，将好消息传遍方圆一公里的地方。大家闻风而动，全部奔向粪堆，收集储备食品。你看，有几位落在后面的同类，正陆续赶到这里，它们有的是飞着来的，

① 维吉尔（Virgile，公元前71年—前19年）：古罗马著名诗人。

有的是走着来的。

那惟恐迟到，一路碎步小跑赶往粪堆的，又是哪一位？长长的肢爪，僵硬地做着充满爆发力的动作，仿佛是在腹中机器的驱动下行走；一对橙红色的小触角，张成折扇形状，透露出垂涎欲滴的焦急心态。它赶来了，赶到了，可刚一到就撞翻了几位筵席上的宾客。它，就是圣甲虫。这是种一身黑装的金龟子，是食粪虫类中最大而且最负盛名的一种。古埃及对它怀有崇敬之情，视其为永存之象征[①]。此时此刻，它已经入席，肩并肩与同行们坐在一起。同行们正用前爪的宽阔平掌，轻轻拍打自己的粪球，进行最后一道工序的成型加工；为粪球再增加这最后一层材料，便可以退席告辞，回去平平安安地享受自己的劳动果实了。我们现在来看看，那地道的粪球是怎样一步步制作出来的。

这金龟子的头顶上，是宽阔扁平的顶壳，上面有六个细尖齿，排列在月牙儿状顶壳前沿。这带齿的扁形顶壳，既是挖掘工具，切割工具，也是插举、抛甩粪料中无养分植物纤维的杈子，而且还可以当搂耙，把好吃的东西统统搂过来，归拢在一起。选料工作就是这样进行的，这行家分得出优劣精粗。如果这金龟子是给自己找食物，那么它粗枝大叶地拣一拣就行了；但如果是尽母亲的义务，那么它在制作食料丸时，就会严格认真、一丝不苟地选料。

为解决自己的食用问题，它对粪球原料的质量要

---

① 古埃及人认为这种昆虫造福人类，创造奇迹，因此称之为“圣甲虫”，并且在公共广场竖起它的巨型雕像。后文中，作者多用其学名“金龟子”。

求一点儿不高，只是大致分拣一番。它先用带齿的顶杈豁挑几下，再草草地搜索一道，剔除些杂质，然后归拢成堆。制作粪球时，两条强劲有力的前腿参与操作。扁平的前腿是弓形的，表面凸现着刚健的纹脉，前半部分排列着五个粗壮的尖齿。遇到需要显示力量，摧垮障碍物，为自己冲开一条通向粪堆纵深的道路的时候，这食粪虫便强行拨扫而进。只见它一对齿足左右伸出，猛地横扫一耙，面前便出现了一个半圆空场。场地清理出来后，两只前爪又开始另一工种的工作，它们把顶耙已经搂到的材料划拢过来，送到肚子下面的后四只足爪之间。后四只足爪，正好适合从事镟工的工作。这金龟子最后边的那对足爪，长得又细又长，略微弯曲，酷似弓架，足端长着利爪。一眼望去会立刻发现，这对后肢具有球面圆规的构型，两只弧形支脚之间，环抱成一个球状，正好可用来测量球面，修正球型。事实上，它们的确就是加工粪球用的。

双耙一抱一抱地把原料划拢到肚子底下，原料送到后面四条腿间，后四条腿的弧形共同转化成粪料团的外形，粪球初具雏型。这之后一段时间里，经过粗加工的粪球抱在两组球面圆规当中，由四只支脚一边摇滚一边轻压；经过一番肚子底下的旋转加工，粪球的外形进一步完善。一旦球体表面缺乏可塑性，有剥落的危险，或者，当某一部位纤维过多，旋转加工难以顺利继续下去的时候，前面的两只齿足就对不合规格的地方施行再加工处理；宽大的拍打工具轻轻拍打，于是，那些新添加的材料与粪球结为一体，那些难以粘贴的碎料被拍贴在球体上。

烈日下，加工正紧张进行。此时此刻，镟工的操作动作敏捷之极，已达到白热化程度，我都看呆了。

手下的活儿，进展迅速：刚才还是粒小弹丸，这工夫已经核桃般大小；再过一会儿，就要变成苹果大的球了。我还曾看见，有些贪吃的金龟子，竟把粪料球做得像拳头那么大。那肯定得花上几天工夫。

储备食品制作好了；现在要撤离混乱不堪的现场，把食品发送到某个稳妥的地点。正是在这项行动中，金龟子那些令人叫绝的习俗特征开始表现出来。只消片刻，这食粪虫便上路了；后两条腿抱住圆球，与此同时，这两条腿的一对足尖，分别从左右两侧插入球体表层，构成旋转体的一副支轴；中间的一对足爪按在地上，当作支撑架；前面那对带护臂甲的齿足，充当杠杆的角色，其施加作用力的方式，是双掌轮番在地面上推按。就这样，这金龟子弓着身子，压低脑袋，翘起屁股，以倒退的动作，运送负载物前进。这样一套机械的关键部件，是始终处于运动状态的最后一对足爪；它们时刻移动着，变换爪尖的着点，调整旋转体轴心的位置，在确保负载物平衡的状况下，使负载物在前足一左一右的推动下向前滚动。粪球的所有部位依次接触地面，整个球面都能受到滚压，不仅使球体外形更趋完美，而且使表面硬度在均匀受压的过程中达到一致。

加把劲呀！对，好了，滚起来了；它一定能达到自己的目的，当然，会碰到难题的。这不，第一重困难来了：出现在食粪虫面前的是路堑陡坡，沉重的粪球一个劲儿地溜坡；可是这虫类认准了自己的理，偏乐意从那条自然而成的道路上横穿过去；这方案够胆大的，只要一步闪失，或者一颗沙粒颠得球体失去平衡，一切都将落空。果然，脚步出现失误，粪球滚落到路旁的沟底；这虫子被滑冲下来的负载物撞了个仰面朝天，六只脚一阵挥舞；终于，它又翻身立足，于是追上粪球，继续苦干。这拖运机进入最佳运转状态。——当心着点儿，冒失鬼；顺谷底走，那样既省力又安全；那条道不错，很平坦，你的小球能轻松滚动。——真是的，它偏不那么走；它坚持要重新爬上陡坡；如此看来，那地方是它不可迂回的一道障碍了。兴许，恢复到一定高度对它有用。想到这里，我也就没什么可说了；一定的高度的确可以加以利用，在这一点上，金龟子比我明智。——但是你起码该走这边的小山道呀，这小道坡度小，准能让你爬上去。——它根本不理睬你；尽管旁边那条道是不可能逾越的陡坡，小顽固却非要从陡坡山道那里走不可。于是，西绪福斯[①]的工作开始了。只见它吃力地向上推动硕大的负载物，步步为营，步履维艰。可是每当推到一定高度，粪球都滚下坡去。目睹这一场面的人，会不禁产生疑虑：要让这么大的粪球稳定在坡面上，得需要何等惊人的固定力量啊。哦！行动稍有失调，这大个子虫类就得吃一顿苦头儿，连虫带球滚下坡；然后再往上爬；但很快又滚下来；就这样，它爬上滚下，滚下爬上。这时候，又一次尝试开始了。这一次，高难度坡段居然顺利通过了。原来，头几次是一株禾本植物的根把它绊倒；而这一次，它谨慎地绕了过去。现在，还差一点儿咱们就上去了；动作轻着点儿，千万要轻。坡陡路险，即使是够不上失误的不慎，也能叫你前功尽弃，一切从头儿做起。糟糕，脚在光滑小砾石上踩

---

① 西绪福斯：希腊神话中的暴君。死后受到惩罚，在地狱里把巨石往山上推；巨石每当接近山顶时便滚落下来，他只得永无休止地往山上推巨石。

滑了，粪球连带着食粪虫，叽里咕噜地滚下坡去。这虫子并不气馁，再一次开始顽强的爬坡行动。十次，不行；二十次，还不行。它要么坚持尝试，不中断这种无济于事的攀登，直到毅力能最终战胜障碍；要么认真思考一下，承认徒劳无益的现实，转而走上平道。

金龟子运送珍贵的粪蛋儿，并不总是单枪匹马地干。它往往再找一位同事，说得确切些，往往有同事找上门来。情况一般是这样的。一只金龟子做好了粪球，退出纷争的虫群，离开作业场地，倒退着把储备食品推走。旁边有一只金龟子，它是最后一批赶到的，手头儿的活计刚刚开始。这时它突然丢下自己的工作，跑到正在滚动的粪球那里，去协助得意而归的粪球主人；主人路遇支援，显得很愿意接受。自此，两位伙伴开始了协作行动。它们一路上争着出力。最后把粪蛋儿运到安全地点。究竟工地上达成过什么条约，换言之，是否为一块糕点而心照不宣地默许了利益均沾的协议？在一只金龟子揉制粪球的过程中，是否有另一只在发掘上好粪源，并提取出来，添加到属于共同财富的储备食品上？作业场上这种合作劳动的实例，我从来没有撞见过。我所看到的是，每只金龟子都在粪料开发地忙自己的事。因此可以说，半路后来者是没有任何既得权利的。

合伙运送粪球，会不会是异性间的合作呢？它们是不是即将配对儿的一公一母？有段时间，我确实以为是这么回事。两只食粪虫，一前一后，怀着同样高涨的劳动热情，双双推动沉重的粪料团；这情形令我想起从前，人们手上摇着风琴，口中唱着这样的歌：“——为把几件家具添哪，我说咱俩怎么办？——咱俩一道推酒桶吧，我在后来你在前。”然而只要使用一下解剖刀，就不会再认为眼前这是恩爱家庭的一幕了。金龟子的两性，外表上没有任何区别。因此我对推运同一粪球的两只食粪虫，施行了尸体解剖；结果，其中很多都是二者同性。

既非家庭共同体，亦非劳动共同体；那么，这种看上去像是一种社会的现象，又何以存在呢？答案很简单，这是在图谋劫掠。那位殷勤的同事，打着富于欺骗性的幌子招摇过市，明里帮人一把，暗中心怀鬼胎，一旦时机成熟，立刻侵吞不待。把小粪块滚成球，这不仅要吃苦，还得有耐心。如果能把现成的粪球夺到手，或者退一步，能强行当一位座上宾，那该是多便宜的事呀。粪球主人稍一放松警惕，人家就会裹携着财产，溜之大吉；主人如果寸步不离地监视着，人家就会以没少出力为理由，索性与你就地共进美餐。如此伎俩，不管怎样都能获利，掠夺已被干成了利润极高的一个行当。确实有如上所说的那样一批金龟子，阴险地做着手脚；它们前去给一位无需帮忙的同事帮忙，表面上装成仁慈的援助，骨子里埋着不可告人的贪欲。更有一部分似乎根本不要脸皮的金龟子，自恃力大劲足，采取突然强行掠夺的手段，直截了当地达到自己的目的。

强行掠夺的行为随时可见。一只金龟子撤离了工地，与世无争，独自滚着粪球，那是它的合法财产，是它凭着良心得来的。突然，不知从哪儿又飞来一只同类，身体重重地落在地上，先把烟熏般的黑翅膀收进鞘翅，然后挥起前肢，用臂甲的背面击倒粪球主人。主人此刻正操着拖拽姿势，所以根本无法招架。乘被剥夺者晕头转向、立足未稳的当儿，不速之客已捷足先登，神气十足地高高站在粪球上，控制住击退进攻者的最有利位置。它把带铠甲的双臂缩在胸前，随时准备反击，以防事态逆转。被窃取了劳动果实的，围着粪球团团转，寻找有利的出击点；当窃贼的则站在碉堡顶上原地打转，时时与对方保持对峙态势。只要攻方立起身来往上爬，守方就一臂挥扫过去，击在对方的后背上。看来，如果进攻者不改变收复财产的策略，那么占据了制高点优势的那一位，将一次又一次地挫败另一位的进攻企图。这时，进攻一方转而采取破坏行动，想把碉堡和驻防部队一起掀翻。粪球的根基开始动摇，球体随即晃动，接着滚了起来。强盗随之一起滚动，但是它使出浑身解数，使自身保持在球顶上。它成功了。当然，并不是所有强盗都能成功。它之所以掉不下来，是因为它快速做着一连串的体操动作，克服了球状支撑物产生的失衡作用，身体始终处在得以保持垂直的球体顶部。一旦它失足跌落，优势立即会变成均势，战斗随即以短兵相接的形式继续进行。这时候，盗窃者和被窃者对顶而立，身贴身，胸靠胸；足爪不断地互相交叉、分开，节肢钩绕在一起，头顶的角盔频频相撞，时而发出锉磨金属般的刺耳声音，咯吱咯吱的。经过格斗，能够掀倒对手而得以抽身的一方，火速抢占粪球制高点。围城攻坚，战事又起。这时的进攻者，可能是强盗，也可能是被抢者，这地位取决于谁在肉搏战中失势。盗贼胆大包天，铤而走险成性，它们大都可以占上风。在这种情况下，被剥夺财产者接二连三受挫，斗志松懈下来，忍气吞声但又服服帖帖地重返粪堆，到那里再制作一个小粪蛋儿。那掠夺得手的，惟恐已经解除的险情会突然重现，拖起抢到的粪球便走，把它运送到自感保险的地方。我有时还遇到这样的情况，突然又出现第三位争夺利益者，来窃取窃贼的果实。说良心话，我对它倒没有什么反感。

我煞费苦心地思索着两个问题。其一，什么样的蒲鲁东，使“财产即赃物”这样一条大胆悖论渗透到金龟子的习俗当中。其二，什么样的外交家，使“武力胜过权利”这样一条野蛮法则在食粪虫类那里变为一种光荣。

由于缺乏基础资料，我难以探究这些已经习惯化了的劫掠现象的起因，也无法搞清这种为夺取一团畜粪而滥施武力的行为的原由；我可以证实的仅仅是一点，即，窃取是金龟子当中的普遍做法。这些滚粪球的，肆无忌惮地互相掠夺，我真不知道其他虫类还有如此典型厚颜无耻的行为。这个昆虫心理学的奇怪难题，姑且留给未来的观察工作者去关注解决吧，我接着讲那两位协作滚粪蛋儿的合伙者的事。

尽管用词未必贴切，我们仍以“合伙者”称呼两只合作共事的金龟子。它们当中，一位是强行合伙的，另一位则是怕惹更大麻烦才接受外援的。二者相逢，还算和气。协助者赶到的时候，财产所有者正一刻不停地工作；刚来的好像心怀友善，而且立刻投入工作。两位合伙者，各自采用不同的拉套方法，财产所有者占主导地位，处在显要位置，从负载物的后面向前推，是后腿在上而脑袋朝下。协助者位于负载物前面，姿势刚好相反，是脑袋朝上，带齿的前臂按在球体上，一对长长的后腿撑住地面。一只金龟子向前推，一只金龟子向前拉，粪球滚动于二者之间。

两只金龟子使出的力量，并不总那么协调，原因是，帮忙的要背对路面，财产所有者又被负载物挡住了视野。所以，事故频频发生，运送粪球的每每翻起三百六十度大跟头，虽说无可奈何，倒也十分开心。跟头过后，迅速起身，各自重新就位，前后位置依然如故。即使在平地上，这种运载方法也只能事倍功半，因为整体行动缺乏准确的配合。其实，只用在后面推的一只金龟子，事情不仅能做得同样快，而且能做得更出色。这时候，那位协助者又不安分了，它刚才还表现出心怀诚意的样子，现在却冒着打乱运行机制的危险，决定以逸代劳。当然喽，早已被它视为己有的珍贵粪球儿，它是绝没有放弃的。摸着的粪球，就是得到的粪球。但它也绝不会掉以轻心：另一位也许会把它前不着村、后不着店地丢在那里不管。

这家伙把腿收在腹下，身子贴伏在粪球上，就像是嵌在球面上一样，与粪球浑然一体。从这时候开始，一个由球和虫组成的整体，被财产合法所有者推着滚动。偷懒的扒在粪球上，球体不时从身上轧过，自己的身体失去了固定位置，忽儿在球顶，忽儿在球底，忽儿在左弦，忽儿在右弦；然而，这一切对它无妨。这忙帮得很不错，的确是默默无闻地。这样的帮手真难找到：自己坐上大车，食物就得有它一份！然而前面如果出现陡坡，它就必须下来露一手儿了。此时，粪球滚在坡面上，行进艰难，刚才搭车坐的，现在处在排头兵的位置，正用带齿的双臂拉拽沉重的粪球；同伴则在下面撑住球体，一点儿一点儿地往上顶。密切配合，通力协作，上边的拉，下边的推，我看到金龟子们就是这样爬坡的。老实说，那陡坡如果只靠一只金龟子推着粪球爬，纵使顽强不息，也只能筋疲力竭，一筹莫展。在这种艰难时刻，并非所有金龟子都能表现出冲天干劲。斜坡路上，本来十分需要协助者提供支援；可是偏偏有这样的家伙，它稳稳当当地坐在车上，好像全然不知遇到了困难，需要克服。倒霉的西绪福斯，在那里一遍又一遍地拼命使劲，不遗余力度难关；另一位呢，静坐不动，听其自然，只管自己牢牢扒在粪球上，随其一起跌滚下去，一起爬滚上来。

假如那只金龟子很荣幸，遇到的是位忠实的合伙者，或者情况更佳，它半路上根本就没遇上一位自己主动赶来的同伴，那么就可以顺利进入下一步工作了，储藏粪球的地穴是现成的。地穴已经在土质疏松的地方挖好，通常是沙土上，形式像个地窖。地窖不深，其空间大约能容下一个拳头；一条细颈通道通到地面，通道口刚好可以通过一个粪球。粪料食物收藏好，金龟子马上把事先存放在角落里的杂物移过来，堵住屋门，自己关在家里。只要大门一关，从外边根本看不出这里会有一处举行庆祝活动的地下大厅。现在可以高呼一声“快乐万岁”了；厅里都是按最高级方式准备的最美好的东西！奢侈豪华的食品摆上了餐桌；天花板挡住骄阳的辐射，只让少量湿热空气透进室内；心境安宁，氛围幽暗，外面传来蟋蟀的合唱；一切一切，无不于胃肠功能有益。我借着想象力，俯在一个金龟子洞前，悉心谛听里面的动静。结果真叫人惊讶，耳边仿佛响起了进餐歌，那歌词采用的，是描写海洋女神该拉忒亚的歌剧中的著名段落：“啊！无所事事是多么甜蜜。看周围，没一个不在奔波焦急。”

坐在这样一桌筵席上，沉浸在怡然自得的福乐之中，这场面有谁好意思去搅扰呀？但求知欲是什么都做得出来的，我就曾有过这般斗胆。下面所记录的，就是我采取侵宅行动的结果。我看到，仅仅粪球本身，就几乎把大厅塞满了；这奢华的食品，从地板一直堆到天花板。食物和墙壁之间，空出狭窄的通道，宾客的席位设在通道上。宾客最多才有两位，大多数情况下都只有一位。在这种地方用餐，它们要肚皮贴着餐桌，后背靠在墙上。座位一旦找好，它们便一动也不动了；消化器官抑制住一切生命活力的迸发。任何小小的吵闹都不发生，否则就要少吃上一口；任何一口都不嫌弃，否则就会出现浪费。一切都得按照顺序，严肃认真地穿肠而过。看着它们这样聚精会神地围住粪便，你会以为它们意识到自己担当着大地净化器的角色，你会觉得它们正自觉主动地投身到以粪造花的精细化学工程中来。鲜花使人赏心悦目，金龟子们也用鞘翅点缀着春天的草坪。马羊等牲畜，具有高级的消化系统，但它们排泄的东西当中仍有未加利用的物质。金龟子从事的，是把牲畜不用的废料转化成生命物质的工作，因而它们应该掌握一整套专门的手段。果真不假，经解剖处理，情况令人惊叹，这食粪虫类的肠道竟长得难以想象。肠道是一个往返曲折的系统，食料从中通过，可以被充分消化，直到每个可以利用的颗粒都被消化吸收为止。食草动物未能予以吸收利用的物质，食粪虫类的高效蒸馏器却从中提炼出种种财富。这些财富稍经转换处理，便生成了圣甲虫的黑铠甲和其他食粪虫类的金黄、赤红的护胸甲。

不过，令人赞叹的垃圾转化工作，应该在最短期限内完成：环境清洁要求必须如此。恰好，金龟子拥有的消化能力，大概是独一无二的了。只要在住所里昼夜守着食物，这虫类就一刻不停地进食，直到储备食品全部消耗干净。如果你有了一定的实践经验，那么把金龟子关在笼子里喂养的做法是很可取的。采用这种方法，我获得了如下资料，对认识大名鼎鼎的食粪虫的高效能消化器官很有帮助。

整个粪球，一点儿一点儿地，依次通过了肠道。于是，隐士再度出门，四处碰运气。交上好运后，再为自己做一个粪球。接下去，一切又重新开始。

有一天，天气闷热，很利于我那些幽禁隐士开展美食狂欢活动。我手上抓着钟表，守在一位露天进食者旁边，从早上八点直守到晚上八点。这金龟子似乎赶上了颇对胃口的食料，十二个小时里一直大嚼不停。晚上八点，我最后一次察看情况。其胃口仍未显示出丝毫厌倦，饕餮之徒的情绪，饱满如初。这以后，欢宴仍持续了一段时间，直到整个食料块全部消失。第二天再看时，金龟子不见了，头一天里尽情嚼咽的粪块，只剩下一些碎渣。

时针转了一圈，其实比一圈要多，整个这段时间里演出的，就只是这进餐一幕，称之贪吃，大概是不算夸张的。下面还有比贪吃更精彩的，那就是消化之神速。当前头不停吞嚼的时候，后头也不住地排泄。不再含营养成分的排泄物，连成一根黑颜色的细绳索，酷似鞋匠的小蜡绳。金龟子只在就餐时排便，由此可以见出，其消化工作有多么及时。头几口食物刚下肚，它的拔丝机就开始工作了；最后几口食物咽完后，拔丝机才终止工作。进食过程中，小蜡绳始终不出现断头，时刻挂在虫子的排泄口上。已经接触地面的部分，盘成一堆儿；只要还没干透，盘在一起的蜡绳可以随意展开。

每次排泄的间隔，基本与秒表跑圈的节奏吻合。每隔一分钟，更精确地说是每隔五十四秒钟，一小节虫粪挤出来，细绳索随之增长三四毫米。每当细绳索长到一定程度，我便用镊子把它夹断，把一小卷一小卷的粪绳拿到刻度尺上，不断展放开量一量。测量结果表明，十二小时排出的绳状物，总长度为二米八十八厘米。晚上八点钟的这次察看，是借着提灯的亮光完成的。这之后，除正餐外又补充了夜餐，所以金龟子的进食和拔丝又持续了一段时间。最后，我这只虫子在未出现任何断头的情况下，拉成了一条大约三米长的粪绳。

只要知道细绳的直径和长度，其体积很容易计算出来。昆虫本身的体积，其实也不难计算，把它置于量筒当中，观察筒内水位线的变化，问题就解决了。由此得到的各种数据，还是很有意义的。结果表明，为恢复体力而进行的一次补充食物活动，金龟子就消化了与自己体积相差无几的食物。多厉害的胃肠，多快的速度，多强的消化力啊！一张口进食，废弃物便开始形成不断增长的一根细绳，而且只要用餐不止，这根细绳就会无限延长下去。这似乎可以永不停歇的惊人的蒸馏器，只要食物不短缺，它就能让原料一个劲儿地输入流程，并且随时通过胃囊试剂的化学反应，把废料排泄干净。我不禁在想，一座能如此及时净化垃圾的试验室，肯定会在环境卫生工作中有所作为。

（本篇译自原著第一卷）

登旺杜峰

旺杜峰孑然独立，前后左右全暴露在大气变化的影响之下；旺杜峰高耸云端，形成法国南部境内阿尔卑斯山脉和比利牛斯山脉的制高点。这座普罗旺斯的秃峰，一目了然地静候在那里，随时准备供人们进行不同气候带植物分布的研究。山脚下，长着茂盛的惧寒橄榄树，以及百里香一类靠地中海沿岸阳光制造芬芳的半木本植物；山顶上，一年里半年是皑皑白雪，表层土壤上覆盖着其中部分品种来源于北极的名目繁多的极地区系植物。只要花半天时间完成一次登山的垂直运动，那么沿同一经线由南而北长途旅行才能领略到的各类主要植物，便可尽收眼底了。出发时，你脚下踩着的是气味芬芳的百里香丛，它们一片接着一片，酷似铺在一串串小圆丘上的地毯；数小时后，你的脚将踏在由对生叶虎耳草絮成的黑糊糊的垫子上，那是每年七月植物学家登上斯匹次卑尔根群岛[①]时能首先见到的植物。你刚才在山脚下的树篱笆里采到石榴树上鲜红的小花，那是喜欢非洲晴空的植物；等到了

① 斯匹次卑尔根群岛：北冰洋上的一片岛屿。

山顶，你将能摘到一只毛茸茸的小罂粟，那植物的茎秆躲在一层碎石块儿下，而硕大的黄色花冠却像暴露在格陵兰和北角的冰地表面一般，在旺杜峰的顶坡上露着孤伶伶的艳丽身影。

这一幕幕反差鲜明的景致，总是能令人产生新鲜感；因此，虽然我已经二十五次登上旺杜峰了，却仍没有丝毫的厌倦感。1865年8月，我着手进行第二十三次登峰活动。那一次，我们一行八人，其中三位想考察植物，其余五位的兴致是在爬山健步和逐高远眺上。当时有五位同伴是外国人，都搞植物研究。可自那以后，他们当中竟没有一位表示想再陪我来第二次。的确，这种远足十分艰辛，为观看一次日出而好多天恢复不了疲劳，得不偿失。

可以这么打个比方，旺杜峰就像一大堆养护公路用的碎石。你迅速堆起高度为两公里的大碎石堆，把基础部分规整得匀称些，在白色的石灰岩体表面甩上表示树林的墨色斑点，于是你就会得到这样一座山峰的清晰的总体印象了。这座碎物堆成的山体，时而由点点光耀的砾石组成，时而是大块大块的岩石结构，再往上便是一片没有缓冲坡面和过渡阶梯而忽然出现的小平原。这种大平台构成整个路程的一个间歇路段，可以使登山活动的强度有所缓解。下一段路程开始后，先是多石的小道，其中最好的路面，也比不上人们新铺的碎石路。再往后，路越来越难走，一直到爬上海拔1912米高的顶巅。鲜嫩的草地，快活的溪流，苔衣青石和百年大树浓荫，给其他山峦增添了无穷魅力的这一切，在旺杜峰这里一点儿也看不见。这石头山有的只是无穷无尽的岩层。人们脚下踩碎石灰层岩，随着近乎金属物质撞碰的声响，滑下一串接一串的石片。旺杜峰的瀑布，是碎石瀑布；旺杜峰间响动着的，不是潺潺流水，而是窸窸窣窣中杂着唿啦溜泻的流石。

我们来到紧贴旺杜峰山脚的一个地方，此地名叫贝杜安。与向导的切磋结束了，出发的时刻说定了，随身食品带什么也商量好了，装备妥了。差不多，就躺下吧，咱们得设法睡着，因为明天要在山上度过一个不眠之夜。要睡觉，这可真是个难题，我从来都没有在这儿睡成过。可以说，导致疲劳的最大原因尽在于此。愿意奉劝我的读者一句：如果你们当中有人想攀登旺杜峰，见识见识那里的植物，那么可千万别在一个星期天的晚上到贝杜安来夜宿。这样，你们就能躲过这身影挤来钻去的嘈杂场面，躲过这没完没了的大嗓门交谈，躲过弹子球室里持续不断的硬球撞击声，还可以幸免听到举杯相碰的丁丁当当，酒后小调的哼哼呀呀，过往行人小夜曲的嗞嗞嘎嘎，隔壁舞厅铜管乐器的呜呜哇哇，以及这个以不用干活儿、尽情狂欢为正当活动的日子所必然招致的磨难。那么试问，接下去的一周里，你们会不会得到很好的休息呢？我希望能；但我此时不回答这个问题。反正我是一夜没合上眼。为我们准备食品的锈烤肉叉，整整转了一夜，在我睡觉的房间底下不断发出呻吟。我和那架该死的机器之间，仅有一板之隔。

就这样，天色已经发白。一头驴在窗前大声号叫。到点了，大家起吧。哈哈，这和没躺下一样。填肚子的食品袋和装用品的行李囊被驮上牲口；向导口中“驾驾”、“吁吁”地吆喝着；我们出发了。此时是清晨四点钟。特利布莱牵着骡子和驴，走在旅行队的前头，他就是旺杜峰向导中那位最年长的特利布莱老兄。

我那几位研究植物的同事，眼睛左顾右盼，借着黎明时分刚刚出现的光亮仔细察看道路两侧的草木植被；其他的人则边走边谈。我跟在队尾，肩头挂着气压计，手中拿着笔记本和铅笔。

谁知没过多久，我那本来供记录各植物点海拔高度用的气压计，竟变成了大家一遍又一遍和朗姆酒壶亲抱的由头。只要一发现某种独特的植物，就听到一个人喊起来："快看气压计。"随着喊声，大家立即围住的是朗姆酒壶。至于我挂在身上的大气物理学仪器嘛，喝口酒之后才看。清晨寒凉，登山路长，大家格外喜欢这样看气压计，结果，活血强神的液体比水银柱下降的速度还快。考虑到不能只顾眼前，我不得不减少了察看这只托里拆利[1]玻璃管的次数。

气温越来越低，越来越冷，刚才的树种逐渐消失。最早不见了的是橄榄树和绿圣栎；接下去是葡萄树和扁桃树；再往上，桑树、核桃树和白橡树也先后没了踪影。黄杨树变得多起来。我们开始进入了从种植植物区上线到山毛榉生长区下线的一个植种单调的海拔高度段，这一区域几乎是清一色的山地风轮菜。当地人把这种植物叫作"培布雷达泽"，意思是"驴胡椒"，因为它的小枝叶浸上香精油后，会产生一种辛辣气味。有的小奶酪也撒上这种味道很冲的佐料粉，我们所带的食品就有这样的奶酪。不只一人，已经用心中的念头划开那些奶酪的外皮层了；不只一人，眼睛开始往驮在骡背上的囊袋那儿溜。经过大清早的艰苦操练，胃口开了，唔，比胃口还来得迫切，是产生了想大口吞食的饥饿感，贺拉斯把这种感觉称为latrantem stoma

---

① 托里拆利：伽利略的学生，气压计的发明者。

chum[①]。

我教给同事们一个方法，让大家在下一次歇脚之前这段时间里，暂时糊弄一下饥肠。我指给他们看碎石地面上一棵生着箭头形叶子的矮小酸味植物，它的学名叫“盾牌酸模”。接着，我现身示范，摘一把盾牌酸模，塞了满满一嘴。乍一听我的提议，大家感到好笑。我置之不理，让他们笑。不一会儿，我看他们忙得不可开交，都在那儿争先恐后地抢摘着山珍酸模。

嘴中嚼着酸味儿叶，不觉间到了山毛榉生长区。开始时，看见一些互相拉开很大距离的丛生山毛榉，株体舒展开来，枝条拖在地面上；过了一会儿，出现了小矮树，一棵挨一棵地挤在一起；而后，才看到那些树干粗大的乔本植物山毛榉，它们结成大片茂密幽深的树林，根脚下都踩着层层片片的石灰岩。冬天里积雪重压，成年受强劲的密斯特拉风[②]猛吹，许多山毛榉的树枝已落得精光，只剩得歪歪扭扭的奇形怪状，有的甚至躺倒在地上。穿越这片远远望去宛若旺杜峰黑色腰带的山林，花了一个多小时的时间。再往前，山毛榉又出现一丛一簇、分布稀疏的状况。我们爬到了山毛榉生长区的上线，终于喘了口气。虽然嘴里已经有了酸味儿叶，我们还是得找一处歇脚点，准备用午餐。

歇脚点那地方，名叫格拉夫泉，地下冒出的涓涓细流，经过首尾相接的一段段长长的山毛榉树干引水槽，在这里积成浅浅的泉水洼。山中牧羊人，常把畜

---

① 拉丁文，意思是：肚子叫唤。

② 密斯特拉风：指法国南部陆地至地中海面一带干冷强烈的西北风和北风。

群赶到这里饮水。泉水温度是7度，我们这些刚从酷暑平原大火炉里出来的人，简直难以想象会有这么凉的水。地面就像一块由阿尔卑斯山植物编织成的锦毯，图案上格外鲜艳的是生着欧百里香形叶片的指甲草，宽阔的薄苞片酷似一只只银片。我们的大桌布，铺在了这美丽的地毯上。食品从囊袋中拽出来，饮料瓶从草窝里翻出来。这边放一些压得住餐布的重物，有塞了大蒜的整只羊腿肉和几条面包；那边摆上两只淡味整鸡，吃到饿劲儿过去的时候，可以用来磨磨牙；旁边，在一个可算上座的地方，摆的是加了山地风轮菜佐料的旺杜山区乳酪，也就是那种培布雷达泽乳酪；紧挨乳酪，摆的是墩实的阿尔灌肠，粉红的细肉泥中，加杂着肥肉丁和整胡椒粒；找块儿空地，摆上汤水晶莹的咸腌绿橄榄和油浸黑橄榄；再找块儿地方，摆上卡瓦庸甜瓜，其中有白瓤的，也有黄瓤的，为的是满足每个人的不同口味；在一个席位前，摆了瓶鲱鱼，这是为只想喝酒壮腿力的人准备的；最后是那些饮料瓶，它们被按进木槽，用冰凉的水镇上。我们是不是什么都想到了？唔，不，我们忘带餐后消食的头号“水果”——葱头了，那东西直接蘸着盐吃就行。我们当中有两位巴黎人，是我的植物学同行。起初，他们惊得目瞪口呆，感到这顿午餐太丰盛了；接下来便发出赞不绝口的感叹。一切就绪，好，开饭！

一次荷马史诗般的进餐开始了；若干次这样的餐饮，在生命里程中都是具有划时代意味的。头几口，大家吃得发了疯似的。羊腿肉撕下一块，大面包拧下一块，一块接一块，应接不暇地捅进嘴里，几乎有噎死人的危险。彼此谁也不说一句话，把发愁的目光投向尚未消失的食物，心中都在嘀咕：照这吃法，今晚和明天还够吗？不过还好，让人心中发慌的饥渴感缓解了，大家开始偷偷打起翻着食渣的饱嗝。现在，大家边吃边聊，为明日担忧的心情平息下来。大家转而对制订这套野游食谱的人说起公道话，认为他有预见性，知道人们会饿，会吃得凶，所以完全做到了有备无患。这之后，大家开始以品味师的口吻品评美味。一位伙伴不断用刀尖扎起橄榄，满口称赞；另一位对瓶装鲱鱼大加赞扬，手下还正垫着面包切割黄褐色的小鱼；再看那一位，正兴奋不已地说着灌肠；最后大家异口同声称道的，则是那些大不过掌心的培布雷达泽乳酪。说话间，烟斗、雪茄冒出烟来，大家顺势一仰，躺在草地上，暖烘烘的太阳正好晒着肚皮。

休息一个小时了，好啦，起来吧！时间紧迫，得往前赶哟。向导要自己带着行囊先走一步，沿着树林边缘往西去，那里有一条牲口可以通行的小道。他将在海拔约1550米处等我们，仍是山毛榉生长区的上线，那里有个叫“羊圈”的地方，也有人直呼它“建筑物”。所谓羊圈，是一座用山石垒成的带顶大房，我们大家，包括牲口和人，都要在那里遮身过夜。向导出发后，我们照直往上爬，到达顶脊，这样再登顶就能少费些力气。太阳落山后，我们将从峰顶下到羊圈，向导肯定提前好几个时辰就守候在那里了。这就是大家提出并一致认同的方案。

我们登上了峰顶。向南望去，是一溜倾斜度略小的缓坡，一眼望不到尽头，我们刚才就是顺着这长长的山坡走过来的。俯览北坡，一幅怵目惊心的画面，忽儿是直上直下的绝壁，忽儿是令人毛骨悚然的陡峭阶梯，简直就像一堵高达一公里半的大悬崖。只要投下一块石头，它就再也停不下来，滚着蹦着地一直跌入谷底。谷底就像一条清晰醒目的布带，那便是图鲁朗克河的河床。我的旅伴们在那里推摇着一块大岩石，待松动后把它用力翻下山去，然后盯着它声势骇人地滚下深渊。这时候，我却在一块大石片下发现一伙昆虫学的老相识，它们是立翅泥蜂。以前，我在平原地区的道边坡坎上见到这种泥蜂，都是一只只单独趴在那里的。可是这里，在几乎处于旺杜峰顶尖的地方，这种昆虫却数百只聚集在一起，挤在同一个栖驻点上。

我正要开始研究这种大量聚居的原因，南风刮起来了。早上，曾刮过一阵南风，当时我们就很担心。这会儿的南风，忽然向这边推来一团团倾刻间即可化作大雨的乌云。在我们注意到这些乌云之前，重重细水末构成的浓雾先蒙住了我们，眼睛只能看到两步远。天气的变化真不凑巧，我们当中的一个人——我十分要好的朋友德拉古尔，刚才离开了大家，去寻找这一海拔高度上生长的一种珍奇植物——岩石大戟。我们用双手抱成喇叭筒，憋足气同时发出呼喊。没有回音。我们的喊声消逝在大团大团的迷雾当中，淹没在乌云翻旋涌动的喧嚣声中。我们得去寻找走失的伙伴，因为他根本听不见我们的喊声。身在云层遮蔽的黑暗之中，两三步外就互相看不见了；而七人当中，只有我熟悉这里的地形。为了不失掉一人，大家手牵着手行动，我走在这串人链的前头。就这样，我们转悠了几分钟，简直就像在玩捉迷藏一样；可是一无所获。这位德拉古尔常来旺杜峰，大概一看见乌云压过来，就借着最后一线亮天，独自跑到下面的羊圈去躲雨了。咱们趁早也往羊圈去吧，大家身上都是里外淌水了。斜纹布长裤已经紧贴在腿上，成了肉体的第二层皮。

但这时候，一个严重的困难出现了：寻找德拉古尔时，来来去去，往往返返，我已经像被人蒙上眼睛，而后又原地推着转了多少个圈一样，完全迷失了方向。老实说，我根本不清楚哪边是南坡了。我问问这位，再问问那位，回答我的其说不一，而且都不敢肯定。很清楚，我们当中，没一个知道哪儿是南、哪儿是北了。我从来没有，真是从来没有像此时此刻这样，认识到东南西北四个方位的价值。我们周围是陌生难辨的灰云；我们脚下能觉出，一会儿是通往一个方向的山坡，一会儿是通往另一个方向的山坡。顺哪个坡走好呢？必须选对路，才好坚定不移地大步下山。一旦失算往北坡走去，就会跌下那些让人看一眼都头晕的悬崖峭壁，摔得个粉身碎骨。也许连一个人也不会再活着回来。想到这里，我呆站了好几分钟，心像悬了起来，茫然无措。

多数人说，就待在原地，等雨停了再说。其余的人表示反对，认为这主意很糟糕。我是持后一种意见者中的一个。待在这里，确实不明智：雨可能持续很长时间，我们已淋成这样，入夜时分天一凉，我们立刻就会冻僵。我的忠实朋友贝尔纳·维尔洛，是为陪我登旺杜峰而专程从巴黎植物园赶来的，他始终一言未发，但心里坚信我能阻止大家迈出失误的一步。我把他稍微拉出半步，以免引起别人产生更大的悲观情绪，然后向他吐露了我所担忧的可怕问题。我们俩进行了一次秘谈，想用思维的罗盘代替没有带在身上的磁针。他问："乌云上来时，是从南面来的吧？"我说："毫无疑义是从南面来的。""就算那会儿风特别小，但雨肯定是由南向北略微倾斜落下的吧？""正是这样，我当时还清楚方向，注意到了这一点。我们不是可以由此辨别出方向来吗？对，朝雨点飞来的方向下山。”“我刚才就这么想过了，可现在，我觉得可能还不够牢靠。现在风力太弱，无法让雨点稳定在一个方向上。可能现在刮的是旋转的风，乌云包住山顶时，风是打转的。没有证据能让人确信最初的风向没有改变，现在的风不是从北面刮来的。”“我同意您的疑虑。那该如何是好呢?”“如何是好，啊，这下可难办了。我倒有个想法：如果风向没有改变，那么我们的左侧就该特别湿，因为在还能辨别出方向那会儿，我们的左侧直接挨着淋了。如果风向有变，那么我们身上前后左右会湿得差不多。还有什么可考虑的，下决心吧。可以了吧?”“可以了。”“不是我搞错了吧?”“您说得不会错。”

只消三言两语，同事们就心有灵犀一点通了。每个人都在自己身上摸索起来，当然，不是摸外衣，外衣还不能说明问题，而是摸最贴身的衣服。结果叫我感到一种说不出的欣慰，大家异口同声地汇报说，左侧比右侧湿得厉害。风向没有改变。这下可好了，我们迎着雨走。人链又接起来，我打头，维尔洛断后，力求不使一个人落在后面。就在大步下山之前，我最后又对我的好友说：“就这么着了，咱们冒一回险吧。”“冒一回，我跟您走。”我们不管三七二十一，一头扎进了令人心里打鼓的陌生境地。

坡陡路滑，腿脚收都收不住。可就这样没迈出二十步，对危险的担忧便烟消云散了。脚下踩踏的不是悬空深渊，分明是大家所巴望的土地，是掺杂着碎石的土壤。随着我们踩过，身后塌滑的碎石便跟着滚成一道碎石流。碎石咔咔啦啦响成一串，证明地面是坚硬的，大家觉得仿佛听到了一种神妙的音乐。只用了几分钟，我们下到了山毛榉区的上线。这里比山顶一带还黑暗，要想看准下脚的位置，必须弯下身去仔细观察才行。能见度这样差，怎么能找到座落在密林之中的羊圈呢？这时候，我发现了两种植物，一种是善昂利藜，另一种是雌雄异株的荨麻，都是在有人出没的地点顽强生存的植物，它们为我提供了线索。我一边行进，一边挥动没有牵扯的那只手探摸。噢，扎了一下，这是株荨麻；嗯，这就是路标。担当后卫的维尔洛，也在一丝不苟的尽职尽责，每当手被火辣辣地扎痛一下，他就赶紧探过头去核实一下是不是荨麻。其他旅伴们，都对我们这样的探路方法表示怀疑。他们议论纷纷，希望一鼓作气往下溜，必要的话，干脆一直下到山脚的贝杜安了事。维尔洛是个植物通，他相信自己的植物学嗅觉，所以站在我这一方说话，同意坚持这样探路，安慰那几位心里最慌乱的伙伴。他告诉他们，用手摸索着野草，就可能探出正路，周围再黑也能走到宿营地。大家听进了我们的道理。没过很久，我们的登山队顺着一丛一丛的荨麻，终于找到了羊圈。

德拉古尔真的就在那里，守着行囊的向导也在，他们是在这石头棚圈里避的雨。燃起一堆蹿着火苗的壮火，换上带在身边的干衣裳，气氛很快又快活起来。从旁边山沟里取来一大团雪，装进布袋，吊在火旁。一只瓶子戳在雪袋底下，接收融雪化成的水。吃晚饭时，这就是我们的清泉。当夜，我们是在一层山毛榉叶的铺垫上度过的，前人已经用身体把粗硬的干叶碾得很细碎舒适了。不用说，来过这里的人够多的。谁也不知道这褥子有多少年没翻新了，如今都变成了腐植层！我们当中睡不着的人，整夜在那里坚守着看管火堆的岗位。不愁无人动手拨弄火，因为整个石棚只有一处塌漏的瓦顶可以走烟，火若着得不好，室内会沤满可以熏透鲱鱼的浓烟。想吸几口能吸的空气，着实不易，非要到最下层空间去找不可，鼻子贴在地面上才行。于是，人在咳嗽，在发牢骚，在拨火，到头来，怎么睡还是睡不着。从凌晨两点开始，所有的人都站起身走出门，重新往那圆锥体的顶上爬，去那里帮助太阳升起来。雨早停了，星星挂满晴空，预示着会是个艳阳天。这段山路爬得人心发慌，好不难受，原因是身体疲倦，而且空气稀薄。气压计降至140毫米。我们呼吸到的空气密度减少了五分之一，依此推断，氧气含量自然比正常条件下少了五分之一。身体状态良好时，这种微小的大气变化觉不出来；可现在不同，人们折腾了一天，又一夜没睡，气压的变化自然明显令人感到不舒服。大家缓缓攀登，脚脖子吱嘎作声，呼吸断断续续。不只一人，已是十步一喘，二十步一站了。终于，你总算爬上了峰顶。大家躲在嶙峋立石构成的十字架形山峰顶帽下，在那里好好喘几口气，双手抱起酒壶来抵御晨寒。这一回，朗姆酒的水平面，一下子降到了壶腰之下。工夫不大，太阳升起来了。旺杜峰的长三角造影，一直投到地平线上。山影的两条侧边，因阳光的衍射作用而泛着直冲向遥远焦点的紫气。山南和山西，延展开去的是蒙着晨霭的平原，只要太阳再升高一些，我们就会清清楚楚地看见那条宛如银线般的罗讷河。山北和山东，漫无边际的厚云层踩在脚下，就像白棉组成的大海，海面上冒出由矮山顶尖构成的一座座黑色的岛屿。几处留着冰线的峰巅，在阿尔卑斯山一线交相辉映。

唔，植物在呼唤我们，叫我们别忘了它们。好吧，咱们暂时放弃远处那令人神往的景观吧。这次登山是八月，多少晚了点儿，许多植物的花季已经过去了。你想采集到大量丰富的植物标本吗？那么请在七月的上半月到这里来，特别是要赶在畜群出现在这些高海拔山地之前。要知道，绵羊叼剪过的植被区，能给你留下的东西便所剩无几了。不过，即使七月里，旺杜峰峰顶区依然不会被绵羊的牙齿碰着，那里仍旧是一片名副其实的花圃，碎石层上装点着五颜六色的鲜花。我眼前浮现出以前见过的美景：清晨，婀娜多姿的一簇簇绒毛报春花上淌着晶莹的露水，白嫩的花朵上睁着一只玫瑰红色的眼睛；瑟尼斯紫罗兰那一只只硕大的蓝色花冠，铺满白花花的石灰岩地；败酱草用自己花串的甜美芬芳与根部的粪臭气味，在空气中合成了难以名状的怪味儿；成片心形叶球花织成的密密实实的生绿色地毯上，点缀着一小串一小串的头状蓝花；大片大片的阿尔卑斯勿忘草，小花开得靛蓝鲜艳，那明快的色调可以和蓝天媲美；冈多尔屈曲花顶着由许多小白花组成的花头，那挺不直身的纤细茎秆插在碎石层中；对生叶虎耳草和苔状虎耳草，密密麻麻地丛生在一起，酷似暗色的草垫，其中露着紫红花冠的是对生叶虎耳草，露着洁白花冠的是苔状虎耳草。当阳光再热一些的时候，我们将会见到一种华丽的大蝴蝶；它懒洋洋地从一簇鲜花飞到另一簇鲜花，乳白色的大翅膀镶着一圈墨黑的边，嵌着四个鲜艳的胭脂红圆点。人们称它为“巴那斯·阿波罗蝶”，在与长年积雪为邻的孤寂的阿尔卑斯山脉，这蝴蝶着实是雍容华贵的雅客。那些厚实的虎耳草垫，正是它的幼虫赖以生活的地方。在旺杜峰峰顶一带静候着博物学家光顾的这般有趣景致，知道个概貌就行了。走，到昨天云团水汽正包围我们时，我所发现的那块石片那儿去，看看曾大群聚集在那里的立翅泥蜂们怎么样了。

（本篇译自原著第一卷）

卷 二

荒石园

那儿是我最愿意待的地方，是我的hoc erat in votis[①]：就那么一块地，哦！并不算大，然而自成一统，与公共要道上的诸般苦恼无缘；一块偏僻的不毛之地，被太阳烤得滚烫，但却是刺茎菊科植物和膜翅目昆虫们的好去处。那里没有过往行人打扰，我可以对石泥蜂、土泥蜂们提问调查，专心致志地从事这种难度极大的学术探讨，其提问和回答是通过一种独特言语进行的，这言语就是“实验”；在那里无需大量消耗时间的远途出行，无需分心伤神的艰难跋涉，我可以通盘安排我的攻坚计划，从容设下缜密的圈套，然后每日每时地观察其结果。hoc erat in votis，是的，那里凝结着我的心愿，我的梦想，想得到它的意志一直揣在我心中，但每每总是不知不觉又归入了“以后再说”的十里烟云。

况且，真要在旷野上搞个实验室，也的确很不方便，你得为每日面包的事操碎心。我四十年如一日，靠了顽强的斗志，过着自己并不在乎的艰辛清苦日子；

① 拉丁文，意为“钟情宝地”。

终于，这一天等到了，我有了这处实验室。至于使人能够坚忍不拔、拼命工作的是什么，这里不准备多说了。反正我的实验室到手了，尽管它条件较差，但有了它，我的生活大概就有些许闲暇了。可以这样说，我一直都好像是腿上拖着铐链的苦役犯。这一回心愿总算实现了。但实现得晚了点儿，哦，我可爱的虫子们！我担心，到了摘桃的时候，我已经开始没有能吃桃的牙了。的确晚了点儿：当初的广阔视野，如今变成了低矮憋闷的穹顶境界，而且还在日益压低，变得更狭窄。除了失去的东西，对过去我是毫无遗憾，无所谓自疚，甚至包括我的二十年光阴；同样，我也根本不希望什么。体验了形形色色的炎凉世态，心已支离破碎，人便会不禁自问：只为活命，吃苦是否值得？我现在的心境即是如此。

我的周围是满目废墟，只有一截断壁仍立在那里岿然不动，它的根脚是由石灰沙泥筑实的基础；这断壁，就是我对科学真理之挚爱的写照。哦，我不愧为能工巧匠的膜翅昆虫们，现在是否可以着手给你们的历史再如实追加上几页文字了？体力不会给毅力拆台吧？既然有此担心，我为什么还把你们搁置了这么长时间？这一点，有些朋友已经斥责我了。啊！你们去告诉他们吧，告诉那些既是你们的也是我的朋友，说那不是我健忘，怠惰，把你们放弃了，说我一直惦记着你们；说我早就深信节腹泥蜂的秘洞里还有尚待向我们揭示的有趣秘密，洞泥蜂的猎食活动还有会令我们惊奇的新细节；只是我时间不够，又单枪匹马，不被人理睬，还要对付这穷命；更何况，要想高谈阔论，必须先能活命。就这样告诉他们，他们一定会原谅我。

还有人斥责我，说我的话语不严谨郑重，说白了，就是没有学院气的干巴劲儿。他们担忧的是，一篇文字若读着不费劲，就无法保持表达真理的功能。如果我依了他们，那么就只有在两眼一摸黑的情况下才算是有深刻认识的了。你们过来，不管是挂螫针的还是披鞘翅的，你们都来，来为我辩护，来为我作证。请你们以我与你们共同生活之际那种亲密感情，我观察你们时的那种极大耐心，以及我记录你们行为时的那种严细精神，站出来说话吧。你们异口同声为我这样作证：不错，我写的那些没有满篇空洞程式和不懂装懂滥言的文稿，恰恰是在准确记述观察得到的事实，既不添加什么，也不忽略什么；日后有谁也想向你们提出问题，你们也这样回答他们。

我亲爱的虫子们，一旦你们因为做不出难为人的事而说服不了那群胆大气粗的人，我就会出来说话，会这样告诉他们："你们是剖开虫子的肚子，我却是活着研究它们；你们把虫子当作令人恐惧或令人怜悯的东西，而我却让人们能够爱它；你们是在一种扭拽切剁的车间里操作，我则是在蓝天之下，听着蝉鸣音乐从事观察；你们是强行将细胞和原生质置于化学反应剂之中，我是在各种本能表现最突出的时候探究本能；你们倾心关注的是死亡，我悉心观察的是生命。我当然还要进一步表明我的思想：野猪们践踏了清泉之水；原本是研究人类童年的壮丽事业——自然史，却由于分离细胞技术的高度发达，反而变成了令人厌恶憎恨、心灰意冷的事物。一点儿不假，我在为学者们撰写文章，为将来有一天会多少为解决'本能'这一难题做些贡献的哲学家们撰写文章，但我也是在，而且尤其是在为年轻人撰写文章，我实在想让他们热爱这门你们这么想让人憎恨的自然史。这就是我为什么始终坚持真实所特有的一丝不苟的态度，要求自己不去读你们那类科学华章。你们那类说道，恕我直言，真好像是用休伦人[①]的土语写成的。”

然而此时此刻，我要做的不是这些事。我现在要做的，是说说我这块地，长期以来它是各项计划中最能寄托我情思的一项，我有心将它变成一个活的昆虫学实验室。这一小块地，最后终于在一个僻静的小村庄找到了。这是一处当地人所说的“阿尔玛斯”。这个词语，指的是一片只生着百里香类植物的多石生荒地。这种地极其贫瘠，连开犁的工本费都收不回来。如果春天偶尔下场雨，地里长些青草出来，羊才会到这地方转悠几圈。不管怎么说，我这块生荒地，由于碎石层间夹杂了少许红壤，过去还曾破天荒地种过东西。有人说，这里从前种过葡萄。如今，为了种上几棵树，我们在地上挖坑，不定在哪儿会挖出诚属珍稀的乔本植物的根条，其实都已经在长期的气候作用下半炭化了。能够插进这种土质的工具只有三齿叉，于是我不断将三齿叉踩进地里，待掘起看时，每次都非常遗憾，据说最早种植的葡萄树已经荡然无存了。这块地上生长着的，倒是百里香、薰衣草和一些胭脂虫栎树丛。胭脂虫栎是一种矮小树种，人只要稍微高抬点儿腿，就可以跨着它们游走。这些植物，特别是前两种植物，对我会是有用的，因为它们可以为膜翅目昆虫提供采蜜的条件。我不得不把三齿叉掘起的百里香和薰衣草，连土石带根一起复归原位。

我并未动手治理，这里有大量流动的土壤，开始时这些土粒随风而至，以后便长年积存下来。一眼望

① 休伦人：北美印第安人的一支。

去，这块土地上长的最多的是一种禾本植物——狗牙根，这赶不走的植物很讨厌，三年炮火连天的战争都没能将其斩尽杀绝。数量第二大的是矢车菊，它们都露着一副哭丧脸，身上披棘挂刺，有的还带星状利器。这当中又分为双至矢车菊、蒺藜矢车菊、丘陵矢车菊和寒地矢车菊。其中占比例最大的，当数双至矢车菊。在各种矢车菊交织难辨的乱丛当中，支楞着一种酷似枝状大烛台的菊科植物，杈杈枝梢上吐出火苗般的橙红色大瓣花，人们称之为“西班牙狼牙棍”。它浑身长满粗硬凶险的刺，其穿刺力与铁钉不相上下。比狼牙棍还高的是伊利里亚矢车菊，它孤伶伶戳在地上，茎秆笔直，有一两米高，梢头顶着几个硕大的紫红色绒球。它浑身披挂的利器，与狼牙棍相比毫不逊色。我们别忘了，还有蓟类植物家族。第一种是险恶的蓟类，浑身棘刺，让采集者不知如何下手；第二种是披针蓟，叶丛茂密，叶脉末端形成梭标般的硬尖；第三种是越长颜色越黑的蓟类，这种植物集缩成一团，酷似插满针刺的玫瑰花结。上述各种植物之间的空隙地上，爬着果实颜色发蓝的蔓生荆棘，拉成长绳的秧条上装备着无数毛刺。如果想观看一下正在一簇刺丛中采蜜的蜂类，必须穿上半腿高的长筒靴，否则就得尝受腿肚子挂上血丝的那种痒疼。当土壤中还保存着几场春雨的残留水分时，这片环境艰苦的植物景观还是具有独特魅力的。双至矢车菊黄色花头铺成的大地毯上，矗立着一座座狼牙棍的金字塔，四下里是伊利里亚矢车菊投出的横七竖八的标枪。可夏日旱季一到，眼前只剩得一片荒芜，划根火柴就能蔓成满园大火。这就是，更准确地说，这曾经就是我获得这片园地支配权时的情形。当时，我把它当作迷人的伊甸园接收了下来，想从此与虫子为伍在里面生活。这是我经过四十年殊死斗争才换来的一块园地。

我那时称之为伊甸园；如今，按我最基本的价值取向看问题，这称法依然不变。这块不惹人爱的园地，大概从来没人愿意往里面捏放几粒萝卜种子；然而对膜翅昆虫来说，它就是一处地上天堂。它那长势茂盛的荆蓟和矢车菊，把周围的蜂类都吸引到了我的眼前。以往去野外捕捉昆虫学标本，从未见过一个地点能聚集如此众多的蜂类；可以说，操各种职业的蜂类，都到这里来约会了。它们当中，有捕捉活食的猎工，有利用湿土造巢的垒筑工，有梳理绒絮的整经工，有从叶片或花瓣上裁切材料的备料工，有用碎纸片作材料的建筑工，有搅和黏土的抹工，有给木头钻眼的木工，有打地道的矿工，此外还有加工羊肠子薄膜的技工……啊，还有，可我哪能知道那么多呢？

这一位是干什么的？它是黄斑蜂。它在双至矢车菊蛛网状叶片的梗上刮来刮去，刮出一个小绒球儿，然后自豪地衔在大颚间。它要用这叶梗绒在地下制作一些毛毡小口袋，封存自己的蜜食和卵粒。那些是干什么的，那些热情如此高涨的采花蜜者？它们是切叶蜂。它们腹部下方带采粉刷，刷子颜色不一，有黑色的、白色的，也有火红色的。它们还要离开荆蓟丛，飞到附近的小灌木丛里观看一下，在那里选些叶子，从上面切下些卵形小渣片。这些渣片，最后将全被运进那只保存花粉收获物的干净容器里。再看那些穿着一身黑天鹅绒的，它们是干什么的？它们是石泥蜂，专门加工水泥和砾石。它们干的泥活儿，在荒石园的石子上随处可见。还有，再看那些突然启动、上下翻飞、左冲右突、嗡鸣大作的又是干什么的？它们是明壁泥蜂。它们把家安在了附近那些旧墙上，以及朝阳的物体坡面上。

现在看看暗壁泥蜂。那一只正在一个横卧的空蜗牛壳里工作，把成串的小隔室堆放在壳内的螺旋坡道上。另一只突然一爪出击，爪尖直取竖立在那里的蜗牛壳内的软体，为自己的幼虫找到一所圆锥型宅室；然后再一层楼一层楼地建造上成排小隔间。还有一只，正设法给一条由断苇秆构成的天然通道派上用场。再看那只多自在，它免费租用了某位建筑师蜜蜂那些尚可利用的长廊台。我们再看，那是大头蜂和丽纹蜂，其雄蜂都生着长长的触角；这是毛足蜂，后爪上那一对粗大的毛钳，是采花粉的器官；这种是地花蜂，它们是一个品种繁多的蜂类；此外还有腰腹纤细的隧蜂。暂时介绍这几种，事实上，种类太多了。如果我继续往下数，大概能把整个产蜜族类的蜂民们都检阅一遍。佩雷斯教授是位波尔多的昆虫学者，我发现新虫种后，都是向他请教如何命名。他曾经问我，是否可以用专门的捕虫方法捕捉如此众多的稀有虫种，甚至是新发现的虫种，然后给他寄去。我专业捕虫的技术很差，而且，热情更低，我给他送标本的用意，是想促进他的研究工作，而绝不是让他用大头针穿透后钉在匣子底上。我没有什么捕虫秘诀，究其原因，是因为我拥有这些茂密丛生的蓟草和矢车菊。

天赐良缘，这些成员众多的各种采蜜族群体中，还加入了猎食族的成员。泥瓦匠们曾在我的荒石园中遗弃不少废料，园中到处能见到这儿一堆那儿一堆的沙子和石块，都是准备造园子围墙用的。施工进程缓慢，拖拖拉拉没个头儿，结果从第一年开始，这些建筑材料就已经被占领了。石泥蜂们选择石堆缝作过夜卧室，挤在里面睡觉。粗壮的斑纹蜂遇到追逼时，不管你是人还是狗，它都会张开大口直向你冲来；这大个头蜂类在石料堆上选的地点是一处深洞，以此防备过往金龟子的袭击。白袍黑翅，酷似穿着多米尼加会士教服的脊令鸟，栖息在位置最高的石头上，在那里唱着粗制滥造的短曲小调。旁边石堆里的某处隐蔽点，准有它的窝，里面藏着天蓝色的小蛋。靠了石堆的遮蔽，多米尼加会的小会士们隐匿起来。如今，脊令鸟已经不在了，我为此很感到遗憾，这邻居是一种非常美丽的鸟类。至于长耳斑纹蜂，我无需为它遗憾什么。

沙堆又成了另一类虫民的幽居处。腹泥蜂正清扫着地洞，向后蹬出一道道细土的抛物线，朗格多克泥蜂咬住无翅螽斯的触角，在那里使劲拖拽；一只大唇泥蜂正在把储备食物叶蝉藏入地窖。真叫我遗憾，那几位泥瓦匠后来赶走了这个猎物源丰富的昆虫部落。不过，假如哪天我想召回它们，那么只须再搞出一些沙堆就行了：它们过不多久就都会回来。

居无定所的各种土蜂没有走开，我在春天能看见一种，在秋天能看见其他几种。它们在园中小道间和细草坪上游来荡去，寻觅着什么毛毛虫。各种蛛蜂也依旧留在园中，它们警觉机敏地飞行，振翅悬定在半空，上下左右巡视犄角旮旯儿，随时准备扑逮一只蜘蛛。个头儿最大的蛛蜂，专盯着纳尔包讷[①]蛛，这种蜘蛛的洞穴在园中还不算少。其地洞呈直井状，井口有蛛丝粘连杂草棍儿圈成的井栏。往洞底深处看，这巨型蜘蛛的眼睛在闪闪发光，大多数人都会感到发瘆。对蛛蜂来说，这猎物太厉害了，猎捕它不知要费多大

① 纳尔包讷：地名，位于法国南部海岸。

劲，冒多大险！现在快看，在这盛夏午后的酷暑中，蚂蚁马队出动了，它们从营房出来，排成长蛇阵，一路向远方走去，准备进行一场由蚁奴们完成的狩猎。我们不妨忙里偷闲，随蚁队看一会儿围捕行动。这边还有呢，一堆已经变成腐植质的杂草周围，一群身长一寸[①]半的土蜂正懒洋洋地飞动着，然后又一头扎进烂草堆，引起它们兴奋的是一类丰美的猎物，即鳃角金龟、独角仙和金匠花金龟的幼虫。

值得研究的对象太多了，这里提到的还远远不全呢！园中人宅闲置时，地面也没人管了；没有人，动物踏实了，它们跑进园子，占据了各处空间。黄莺在丁香树上选址安了家；翠鸟在柏树密枝间落了户；麻雀在每片房瓦下塞进了破布头儿、碎稻草；梧桐树梢上落下南来的金丝雀，它们啾啾啾地欢唱着，建造出的柔质小窝巢，看上去就像半个黄杏；鸱鸮适应了园中环境，每晚赶来试演自己作的单调曲谱，歌喉悠婉得像笛声；人称雅典娜鸟的猫头鹰，也跑到这里来呻吟和长号。房前有一大片池塘，向全村输送泉水的渡槽，也不断将清水注入这池塘。池塘周围方圆一公里的地面，是两栖类动物恋爱季节的好去处。灯芯草蟾蜍，有的个头儿像盘子一样大，它们披着一条紧挨一条的黄色细饰带，相约着到池塘来泡澡；黄昏光景，人们看见雄性助产士蟾蜍在池塘边上颠跳，两条后腿间拖挂着一嘟鲁胡椒粒一般的大卵粒；宽厚温和的一家之父，带着珍贵的包袱远道而来，把这包无价之宝置于水中，然后再离开池塘，躲进一片石板下，从那里发出一阵铜铃般的咕呱声。成群的雨蛙躲在树丛里，

① 一寸：指法国长度单位寸，一法寸约合27.07毫米。

它们还不大想现在就叫，所以正操着优美的姿势玩跳水。五月里，夜幕刚一降临，池塘便开始变成一座震耳欲聋的乐池，你在饭桌上甭想交谈，在床上甭想睡觉。要想让园内保持良好秩序，非采取些格外严厉的措施不可。不然怎么了得？想睡而无法睡的人，心自然会变狠。

可膜翅目昆虫们竟无法无天，它们把房宅占领了。我的门坎上有石灰抹的宽缝，扎着白腰带的土蜂正在那里面掏细渣儿做窝；进出房门，我都得加倍小心，生怕摧毁它的地洞，担心会一脚踩在专心致志劳作的矿工身上。已经整整二十五年，我没有见过这捕食蝗虫的猎手了。记得头一回见它，是我走到几公里之外去见的；其后每次去见它，都要顶着难以忍受的八月骄阳，长途跋涉地走一趟。可是今天，我在家门口又见到了它，我们成了亲密的邻居。不打开窗扇的窗户，为伯罗奔尼撒蜂提供了温度适中的套间；泥筑的蜂巢，建在了规整石材砌成的内墙壁上；这捕食蜘蛛的猎手回家时，穿过窗框上本身就有的一个现成的小洞，钻入房内。百叶窗装饰框上，几只个体操作的石泥蜂正建造各自的隔室群落。略微开启的防风窗板内侧板面上，一只蜾蠃正建筑圆顶小屋，屋顶做出一个细颈喇叭口。胡蜂和长脚胡蜂，是与我共餐的常客；它们来到饭桌上，尝尝端上来的葡萄是否熟透了。

当然喽，以上例数的动物种类还远远不全。它们是一个经过选择而组成的成员众多的社会，只要我想法勾引它们开口，就能与它们展开交谈，使我忘却孤寂而情绪盎然。我往日亲爱的虫子，我的老朋友们，以及最近结识的新朋友们，都聚在我的眼前，挤在这小天地里猎食，采蜜，筑巢。即使须要多变换观察地点，事情也好办，几百步外就是座山。山里有野草莓丛、岩蔷薇丛和欧石南丛，有腹泥蜂喜爱的沙质土层，有各种膜翅昆虫开发利用了的泥灰质地面。正是因为事先认准了这些财富，我才逃离城市躲进村庄，到塞里尼昂这地方来，干起给萝卜锄草、给莴苣浇水的活计。

人们花费大量资金，在大西洋沿岸和地中海边建起多处实验室，供解剖对我们没什么益处的海洋小动物用；人们不惜工本购置高倍显微镜、精致解剖器具、捕捞机和船只，雇用捕捞人员，建造水族馆，为的是了解环节动物卵块是如何分裂的，这名堂有多大意义我至今也没能搞清；人们对陆地上的小虫不屑一顾，殊不知它们始终和我们息息相关地生活在一起，它们为普通心理学提供着价值无法估量的基础资料，它们疯狂地侵吞作物，极其频繁地损害原本非常看好的公共收益。正因为如此，我们迫切需要一座昆虫学实验室；一座不研究泡在三六酒[1]里的死昆虫，而研究活昆虫的实验室；一座以探究这小世界中的本能、风俗、生活方式、劳作、斗争、繁衍情况为目的的实验室，这个小世界是农业和哲学都须严肃对待的。透彻掌握我们葡萄树的蚕食者的历史，或许比了解一只蔓足纲动物的神经网末梢如何更重要。通过实验来划清智力与本能之间的界线；以事实为依据，以动物学系列为参照，从而见出人类理性思维是不是一种不会退化的功能；这一切的第一步，都要从计数一只甲壳动物的触须有多少环节开始。解决这些重大问题，大概须要

---

① 三六酒：一种法国烧酒，取其十分之三，兑上等量水再饮用的酒，故称“三六酒”。

一支劳动大军，然而事实上我们一无所有。当今时尚，是要关注软体动物和植形动物。深海已经用铺天盖地般的拖网彻底探查了。对踩在我们脚下的土地却漠然处之。在等待人们改变时尚之际，我启动了供活昆虫学使用的荒石园实验室。这座实验室将不会难为纳税人，不从他们腰包里掏一文钱。

（本篇译自原著第二卷）

动物能思考吗?

动物能思考吗?能根据因果关系决定自己的行动吗?能在出现事故时改变自己的行为吗?

关于这个问题，史书中没有记载什么有说服力的论据资料，能够从文献中找到的零散论据又极少经得起严格检验。我所了解的一份最值得注意的资料，是达尔文在《动物志》中提供的。他提及的，说的是只刚刚捉住并杀死一只大苍蝇的胡蜂。天上刮着风，猎物又太大，猎手起飞很吃力，于是停在地上，切掉猎物的肚子和头，再切下翅膀。它只带着胸段飞走，这样做就减小了风所形成的阻力。如果只凭这样的材料，我完全相信这当中的确透着某种理性。胡蜂似乎掌握了因果关系：果，就是飞行时受到的阻力；因，就是猎物与空气接触的面积。结论非常富于逻辑：必须减少面积，去掉肚子和头，尤其是翅膀，从而减小阻力。

尽管这样连贯的想法很简单，但它真的是由昆虫的智力产生的吗?我深信事情不会是这样，而且，我有不容置疑的证据。我在《昆虫学忆札》第一卷中，已借实验过程论证，达尔文的胡蜂只是服从于胡蜂惯有的那种智性；这种惯有智性表现为：肢解捕捉到的猎物，只留下最有营养的胸段。[①]无论风和日丽还是狂风大作，无论在沉甸甸垂挂着的蜂巢包上还是在露天猎场，我都看到这种膜翅昆虫在筛选干鲜野味，把爪子、翅膀、头和肚子扔掉，只留下胸部做幼虫食用的肉腐乳。那么，这种似乎是遇刮风而理性采取的切割行为，究竟能说明什么？什么也说明不了。因为，胡蜂在风和日丽的时候也是这样切割猎物。达尔文的结论下得过于匆忙了，这结论依据的是他自己头脑中的想法，而不是事物本身逻辑的结果。假如他事前了解胡蜂的习惯，就不会把一个与动物理性这重大问题无关的事实，当作严肃的论据。

我再次提到这个例子，目的是为了告诉人们：如果依据的仅仅是偶然观察到的事实，那么，无论观察本身多么细致，观察者要下结论都是极其困难的。不应以为有偶然碰上的一次事实就够了，因为那也许正好是惟一的一例。应当先反复观察，而后用多次观察的结果来互相验证；必须质疑已经掌握的事实，排除那种觉得它们之间有逻辑关系的意识，以便继续寻求更多事实；这之后，也只有在这之后，才可以留有余地地提出某些可信的看法。我到处查找，但找不到按如上要求搜集的资料。正因为这样，无论我多么想利用别人提供的论据，也不可能将别人的论点，套用在经我亲眼核实后证明是纯属偶然的事实上。

（本篇选译自原著第二卷《本能心理学断想》）

---

① 法布尔所称《昆虫学忆札》，即中国人所说的《昆虫记》。

卷　三

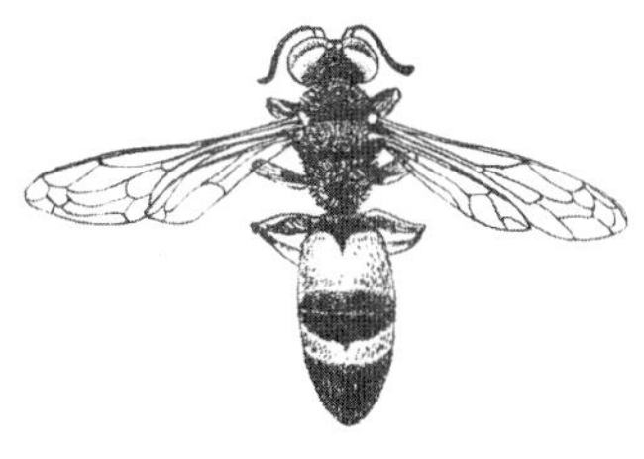

肉体食粮与精神食粮

这华丽的膜翅昆虫，插着一副深紫色的翅膀，穿着一身黑天鹅绒的套装；粗糙的住宅，建筑在四下长着百里香的向阳卵石上，透着指南针和直角器般严谨、刻板的风格；宅子里的蜂蜜，又在这严谨与刻板之外，平添了几分温馨的情调。这当时看到的一切，回想起来，依然历历在目。记得看到这蜜蜂时，我一心想了解比学生介绍的还多的情况①，于是操起一根草棍，把一个个小隔室翻了个底朝天。恰好那段时间，我们镇上的书店里正出售一本有关昆虫的绝好著作，书名是《节肢动物自然史》，作者是德·卡斯泰尔诺、埃·布朗沙尔和鲁卡斯。书中有那么多的昆虫插图，令人目不暇接；只是太遗憾了，书价真吓人！好高的价码呀！然而又一想，其实无所谓：我那每年七百法郎的高收入，总不能同时解决一切需求，不能既要肉体食粮，又要精神食粮。为一种食粮多支付一笔，就得从另一种食粮的款项中扣除一笔；不论何人，只要你是把科

① 作者当时是小学教师，学生们向他介绍这种蜜蜂后，引起了他前去观察的兴趣。

学本身当作日常生活需要，那么你就注定得服从这种平衡法则。书，总算买了下来。可那一天，自己大学级别的薪水，却被足足敲诈了一笔：我为一本书而奉献出一个月的工资。一次打破精打细算纪录的奇迹，想必能够在日后弥补某种巨大亏空。

这本书被我吞吃了。我是说书中的文字内容。从书上，我知道了那种黑蜜蜂的名字；我平生第一次读到对昆虫习俗的详细描写；我看到字里行间闪现出雷奥慕尔、于贝和雷翁·杜福尔家族的姓氏[①]，这些令我肃然起敬的人名，仿佛都罩着金灿灿的光环；当我第一百遍翻阅这部著作时，觉得从心底传出一句喃喃的心语："你也能行，你一定会成为虫子的历史学家。"可接下去，耳边仿佛又响起另一个声音："一派天真幻想，您也太狂妄了！"啊，还是撇开这甜蜜与苦涩掺半的回忆吧，以便我们把注意集中到黑蜜蜂的行为活动上来。

（本篇选译自原著第三卷《垒筑蜂们的艰辛》）

① 这些人都是昆虫学家。

三种垒筑蜂

人们借“泥石屋”这个希腊语名词，来称呼这类蜜蜂。“泥石屋”的本意，是指用石块、混凝土和泥浆建造的房屋。对不谙希腊语精妙所在的人而言，这一命名方式确实离奇；可是，不采用这离奇的命名方式，就难以找到如此巧妙的名称。用作昆虫命名，这名称其实是指几种膜翅昆虫，它们采用类似人类的建筑材料营造巢室。这些昆虫的工程，就是泥瓦匠的工程，只不过这些蜂类泥瓦匠的方法比较粗糙，它们更善于采用的不是裁切成形的石材，而是用于垒筑的黏土材料。从雷奥慕尔的多篇学术报告来看，他对科学分类法不够了解，屡屡出现很令人费解的说法。但是，他采用了以工程特点为工人定名的作法，把这类用黏土做材料的建筑工叫作“垒筑蜂”。这名称仅使用一个词，便贴切地道出了这类蜜蜂的特征。

我们那一带有三种垒筑蜂，由于筑巢时选址不同，我分别把它们称作卵石垒筑蜂、灌木垒筑蜂和棚檐垒筑蜂。在雷奥慕尔那里，卵石垒筑蜂被称作墙壁垒筑蜂。卵石垒筑蜂的雌雄两性，体色迥然不同，如果是观察工作新手，猛然间看到从同一巢中钻出的两性，会立刻断定它们是截然两个蜂种。雌蜂浑身裹着华丽的黑天鹅绒，翅膀是暗紫色的。雄蜂不穿黑绒，而穿色彩鲜艳的铁红套服。另外那两种垒筑蜂，雌雄体色差别不大，都是褐、红、灰三混色。

正如雷奥慕尔所介绍的，墙壁垒筑蜂在北方诸省选择的巢址，都是正好朝阳的墙壁，而且墙上没有涂抹灰层，因为那样的墙皮会剥落，对未来的蜂巢隔室会造成危害。这种垒筑蜂只把建筑物坐落在牢固的基础结构上，或者光秃秃的石头上。我发现，这虫类在南方选址时也十分慎重；但不知出于什么动机，它们在南方却不以墙壁做巢址，基本上都喜欢另一种基础结构。它们把巢室建筑在一块滚圆的石头上，石头往往还没有拳头大；这种石头分布在罗讷河[①]河谷地带，形成层层岸坡，都被凌汛时节的大水冲湮过；这就是墙壁垒筑蜂在南方偏爱的房基。类似的建筑基地，比比皆是，都可以供这种膜翅昆虫选择利用；例如，所有不高的坚实土台，或者所有百里香遍布的硬土带，那些地方其实都是掺着红土的卵石堆积层。在河谷，这种垒筑蜂更常利用的，是激流冲刷过的碎石头。在奥朗日[②]附近，它们喜欢埃格河的冲积层，那里有河水冲不到的卵石滩。如果是没有卵石的地方，它们便在石头、田边或院墙上找个地方，也可以筑巢安家。

棚檐垒筑蜂选择巢址的范围较宽。但它最喜欢的，是把施工场地选定在房顶突檐的黏土质瓦片下面。它

---

① 罗讷河：法国第二大河，发源于瑞士南部山区，流经法国东南部，接索恩河后向南注入地中海。

② 奥朗日：罗讷河流域的一个城市，罗讷河支流之一埃格河流经那里。

不做田边地头儿的小民，那里无法像房顶屋檐那样能把巢室掩蔽起来。房檐下，每年春天都有这虫类的大批殖民安家落户。它们那些垒筑工程一代传给一代，年年有所扩大，最后连成一大片。我曾在一座棚屋的瓦层下面看到，如此逐年扩展的蜂巢绵延不断，已经占据了五六平方米的面积。这虫类在那里埋头工作，劳动者数量甚多，嗡嗡作响的一大群，令你头晕眼花。它们对阳台底下同样感兴趣。此外，废窗户的窗口空间也很合它们的意，尤其是遮着可以让它们自由出入的百叶窗的窗口。上面说到的，都是大型聚会的地点，垒筑蜂们成百上千地混在一起，个个都在为自己工作。这蜂类也有独自筑巢的时候：一只蜂遇到一处有遮蔽的小角落，只要觉得那里基础牢固，阳光充沛，便立即着手安家。至于基础结构的材质如何，对棚檐蜂无关紧要。我曾见过，它们有的在光秃秃的石块上筑巢，有的在砖块上筑巢，也有的在窗户遮板的木头上筑巢，甚至还有的在棚屋玻璃上垒筑起了自己的住宅。惟有一种东西它们见不得，那就是我们房屋外表上用灰泥粗粗抹成的涂层。它们和我们一样谨慎，生怕把巢室安在可能坠落的支撑物上，会导致巢室毁于一旦。

灌木垒筑蜂，是把住宅建在悬空的地方，吊挂到一根细枝上。充作篱笆墙的各种灌木，无论是英国山楂，是石榴，或是马甲子，都可以为灌木蜂提供建筑的支撑点，位置一般在一人高的地方。假如是圣栎树、榆树和松树，巢址位置则选得高一些。由于是灌木丛，它们只好挑选稻草粗细的细枝，在那狭窄的房基上用泥浆建造住宅。这种材料的蜂巢建好后，样子像个泥球，灌木细枝从一侧插穿而过。单独一只蜂工作，蜂巢造得只有杏子大小；若是几只蜂通力协作，就可以建成拳头大的蜂巢。不过，这后一种情况是罕见的。

这三种膜翅昆虫，使用的都是同一类建筑材料，即含有石灰质的黏土，里面掺入少量沙粒，再加进泥瓦匠自己的唾液糅合而成。湿润的地点，本来便于取用材料，而且可以节省和泥用的唾液；然而，垒筑蜂都看不上这种地点，它们绝对不使用现成的湿泥。它们这做法，与人类建筑工作者的做法道理相同；我们也不喜欢使用出现裂缝的湿石膏团，以及加水熟化很长时间后的熟石灰。总之，凡是在自然状态下饱和了水分的材料，它们均视为不可取。垒筑蜂需要的，是干燥的粉状材料。这样的材料遇到蜂类吐出的唾液时，吸收性能极强；而且能够和唾液中的蛋白质成分一起，形成一种快速固化的水硬型水泥。垒筑蜂的建筑材料，可以和我们用生石灰加蛋清和成的材料相提并论。

（本篇选译自原著第三卷《垒筑蜂们的艰辛》）

戳一下变形论

用铁扦插一串蜘蛛，喂养前来就餐的一位吃毛虫的食客，此事毫无恶意，谈不上危及了公共财物；当然这作法充满孩子气，一说到这儿，我就想表示忏悔之意。这作法倒很符合这位小学生的特点，他是在以力所能及的方法，试图从给他神秘感的书桌里，找到点儿新鲜感不同于法文译成拉丁文练习的轻松消遣。可是要知道，如果不是我从这样一个小食堂产生的结果中隐约见出了某种哲学意味，那么就不会有开展这类研究工作的事，更不会一片好心地谈论这些研究。我真感到，变形论与此事相关。

想把宇宙灌铸于一项公式的模子，让一切现实就范于理性的规格，这样做当然是一种蔚为壮观的大举动，是与人那无止境的抱负相一致的。几何学家率先出面了。他先确定理想概念为圆锥体；然后将其切为平面图形。圆锥形截面再纳入代数这生产方程式的产科器械；于是乎，经过变换两个方向上的线条之后，公式两侧便共同生出了椭圆、双曲线、抛物线，以及它们的焦点、向径、切线、法线、共轭轴、渐近线等等。人在激情的驱动下走到这一步，已可谓壮丽辉煌了，即使你才二十岁，还未成长到足以应付数学之艰难严酷的年龄。这是无比崇高的事。我们自认是在参与一种创造。

然而事实上，人们无非是在促成从同一意念之下衍生出各种各样的观点而已，这些观点是随着公式不断变形而在不同的形变阶段上显示出来的。代数所演示出的一切，早已经包含在圆锥体的定义之中了，只是在定义中尚处于萌芽状态，其形状是隐型的；施以计算魔术后，便可以转化为显型的了。我们心中直接判断到的圆锥体本身的值，被方程式以整体模拟图形的许多零碎形式展现在眼前。正是在这种情况下，计算成了具有一丝不苟严格性的事情，成了让一切经教育而形成的知解力必须认同的令人信服的明确作法。代数是显示绝对真理的权威机制，因为它什么也不揭示，只揭示人心用象征符号大杂烩的形式包藏在它里面的东西。我们把“2+2”送进去轧制一下，代数工具运作起来，加工出的成品是“4”，如此而已。

这种计算若仅限于规定好了的领域，其威力是那么强大。那么现在我们硬要把一丁点实物交给代数工具，把某一物体摆动时落下来的一粒尘渣交给它处理，结果会怎样呢？这工具运作不起来了；只有把几乎一切实际存在的东西清除之后，它才运作。它只能接受一个符合要求的有形的点，一条符合要求的直线，一组符合要求的省略号；而垂摆的运动，则只能变成一个公式。然而，假如摆动体是一个具有体积并产生摩擦的实在物体，下垂线是一条具有重量和可弯曲性的实在挂绳，支点是一个具有抗力和变形可能的实在支撑点，那么就要面临怎样巧费心机也无法进行分析的难题。这就构成了另一类性质的问题，不管它们多么微不足道，代数也无济于事。一言以蔽之，原原本本、实实在在的东西，公式无法驾驭。

的确，若能将世界用方程式表现出来，若能用一个充满蛋清的卵状物作为世界本源，若能像几何学家在琢磨圆锥体截面时看出了椭圆和其他各种曲线那样，经过不断变形过程之后也能看出生命千变万化的不同侧面，那当然是件大好事，而且是一件能叫我们忽然长高半米一样功德无量的事。很可惜，有史以来，我们多少次都得放弃自己的美好想法！如果只观察一粒下降的尘埃就行了，那么真实事物就是我们根本把握不住的了。看来，我们还是得鼓足气力追溯到生命之河的源头，直接考察它的起源！这一问题的难度，与代数拒绝解决的那个难题是不一样的。这其中有许多惊人的未知数，比悬摆运动机器那些阻力、变形和摩擦问题更难求证。那就干脆不理睬它们吧，这样才好建立我们的学说。

话虽如此，真要面对这样一种抛开自然不管的自然史，这样一种按自己意愿选择事实真相的自然史，我的信心就要动摇了。所以，我索性根本不费心寻找什么机遇，这种事我是干不来的，倒是可以在机遇出现之际一把抓住它。我围着变形论兜起圈子，结果看到，这座有能力与岁月抗衡的宏伟建筑的穹顶，却原来只是个尿泡。实在对不起了，我用大头针戳了进去。

我还要再戳一下。适应多种多样食物的能力，对动物来说是一种可以保持兴旺的素质，是使之能在严酷的生存斗争中发展壮大自己的种的头等重要因素。最悲惨的物种，当是只靠其他任何东西都代替不了的一种食物来维持生命的物种。假如燕子只吃一种特定的小飞蝇，什么时候都是这一种，那么它会成什么样子呢？这种小飞蝇消失了，而且蚊子存在的时间又不长，这鸟类我看就得饿死了。事实上，无论燕子的生命还是我们民居的燕窝情趣，二者无一丧失，都保全下来了，因为燕子不在乎吃小飞蝇还是吃蚊子，甚至还有名目繁多的一大群空中飞虫，都可供它食用。假如百灵鸟的嗉囊只能消化播撒的种子，一点儿变化都接受不了，那么它又会成什么样子啊？播种结束了，这一季节毕竟是短暂的，这位田垅客人就只好一命呜呼了。

人的高级动物特长之一，不正是有一副好胃肠吗？他能接受的食物种类是最杂的。这样，人便可以不受气候、季节和地理纬度的限制了。我们再说狗。各类家养动物当中，为什么只有狗能跟着人到处走，甚至能在极其艰苦的长途跋涉中与我们形影不离？这又是一类杂食性动物，因而又可称之为世界主义者。

勃利亚-萨瓦兰[①]说：对人类而言，发现一盘新做法的菜肴，比发现一个新的星球还重要。这名言丝毫看不出在故作幽默，说的完全是真话。那还用说，当初第一个想到轧碎麦粒，糅合面粉，把面团放在两块烫石头之间烤熟的人，肯定比如今发现第二百颗小行星的人更有功劳。不管发现一颗海王星是多么杰出的贡献，发明土豆一事的功劳完全可与之等量齐观。凡是能扩充我们食物资源的事，都属于头等功劳。进一步而言，由人类获得的真谛，在动物那里也不会被证明是假的。世界是属于那副不受专门食物限制的胃肠的。这样的真理，一点就明。

---

① 勃利亚-萨瓦兰（Brillat-Savarin）：法国美食家，著有《味觉生理学》一书。

现在，让我们再回过头来谈我们的虫子。如果我听信进化论者们的说法，那么屯积野味的各类膜翅昆虫就是从很少的几个类型演变来的；而这些类型本身，又是经过差异无穷的承传演变途径，由某些变形虫、单虫乃至偶然凝结成的原形质物质那里演化出来的。我们不要追溯那么久远吧，不要堕入幻觉和谬误极易藏身的密云之中。我们该让一个话题严格界定在一定范围之内，这才是做到相互沟通的惟一办法。

泥蜂是从同一个类型演变来的，这个类型本身则已是经过很长时间后才形成的；这一类型与其后来者一样，也是以猎获物喂养自己的幼虫。各类象甲虫在外形、体色，尤其是习性上十分相似，看来它们是同源昆虫。已经够可以的了，我们就此打住吧。那么请问，泥蜂的这个原型昆虫当时猎取什么呢？它的食谱是多样化的，还是单一性的？在无法确定的情况下，让我们就此做些探讨。

食谱是多样化的。那很好，我为此向那第一只诞生的泥蜂致以非同一般的祝贺。它当时具备了大量蕃衍后代的极好条件。由于接受一切自己力所能及的猎物，它躲过了只以某一时间某一地点的某一特定野味为食所造成的饥荒，它总是能够给自己的家庭提供可观的财富。幼虫们并不在乎究竟吃的是什么，只要是新鲜的昆虫肉就行，这一点，从今天它远房亲戚子孙们的胃口可以得到证实。泥蜂家族的这位老族长，以其最优越的禀赋，让族民获得某种保障，能在无情的生存斗争中取得胜利。这种斗争灭杀弱者和迟钝者，只让强者和机敏者存活下去。老族长具备一种天赋，返祖规律不会不让它遗传下去；非常乐意保留这份优秀遗产的子孙后代们，则理应使之变成经久不变的习性，甚至应该在一代接一代、一支接一支的传宗接代过程中使之得到强化。

这曾是个什么也不挑剔的杂食种族，它们从一切对自己大有益处的活食身上获取物质财富。然而如今我们看到的是怎样一种状况呢？每一种泥蜂都愚蠢地局限在一种一成不变的食物上；尽管幼虫什么都吃，可它们却只捕捉一种猎物。有一种泥蜂只喜欢捉无翅螽斯，而且还必须是雌性的；有一种泥蜂只乐意逮蟋蟀。这一种可以收下蝗虫，但别的一概不受用；那一种则只看好螳螂和椎头螳螂。这样的泥蜂认准了灰毛虫；那样的则认准的是尺蠖蛾的毛虫。

我说虫子们，你们太蠢了！你们大错特错了！你们不该让祖先传授的明智的兼收并蓄食物构成法流于废弃。当初那些食物，遗骸如今还埋在湖畔滩涂的坚硬泥沙之中！如果你们也那样做，对你们和你们的家庭该不知有多大益处！食物来源完全可以是丰富的；这样，有时一无所获的那类艰难的觅食行动即可避免；不必依赖时间、地点和气候提供的机遇，也可以把食品贮藏室装得满满的。一旦无翅螽斯没有了，可以转而以蟋蟀为食；一旦蟋蟀找不到了，还可以捕捉蚱蜢。可你们偏不这样，我美丽的泥蜂，真是的，你们从前并不这么蠢呀。你们如今各自认定一种家族餐，那是因为生活在湖边页岩地带的祖先没有向你们说明真实情况。

它也许向你们传授的是单一性食谱？那好，就算是这样，只当远古时代的泥蜂还是美食艺术的新手，它只用一种猎物作食物储备，具体是哪一种无所谓。它的后代分成了许多群体；随着多少世纪岁月的漫长演化，它们最终形成了有明显区别的不同蜂种；于是各蜂种想到了在各自祖先曾经享用的食物之外，还有大量的其他食物。始祖的传统既已失去效力，它们选择食物时便不再有既定的指南了。因此，它们在昆虫类野味中什么都尝试过，遇上什么逮什么。至于什么猎物可取，完全依幼蜂的口味而定。结果，幼蜂对成蜂每次准备的食物都很满意。之所以这样说，是因为有今天的事实为证；靠我精心备制食品的小食堂里，那幼蜂即是如此表现的。

每次尝试都是一道新菜肴，在烹饪大师们看来都属于重大事件。它使整个家族获得一种难以估价的食物资源，使之因此而免遭饥荒的威胁，从而能够在大面积地域上繁殖生息。可以设想，如果食性单一，那么在野味消失或者奇缺的情况下，尽管地域如此辽阔，整个家庭也无立足之地。经过长期适应，养成食用大量不同菜肴的习惯，从而形成了如今各种泥蜂总体上拥有的名目繁多的烹调术。然而具体到每种泥蜂，却只限于吃一种野味，除此之外的一切食物，一概不予理睬；这不是说在饭桌上，而是在狩猎地就只认一种猎物了！经过世世代代尝试，你们获得了新发现，于是食物品种丰富了。为着物种利益之大计，你们曾经实行过多样化的食谱；可到头来却由于偏食，堕落成只吃一种猎物。先前你们掌握的是优质择食方法，后来却弃优从劣成了这个样子……哦！我的泥蜂，如果变形论真有道理，那么其道理大概尽在于可以教人糊涂吧。

为了不致构成对你们的责骂，也为了尊重已属常识的东西，我想说这样的几句话。我认为，你们今天只猎取一种野味肉，那是因为你们从来不知道还有其他野味可吃。我认为，你们共同的始祖，你们的先行者，不管被说成食性简单还是食性复杂，它都纯粹是一个空想出来的东西；这样说是因为，假如你们与它有亲缘关系的话，那么就是尝百味而后才使现在这每一蜂种都有了自己的菜肴，就是曾经什么都吃过，而且胃肠还感觉良好。按照这个逻辑，你们所有种群如今就该是不偏食的消费者，就该是杂食性的进步虫类。我还认为，变形论是无力认识你们的食性问题的。以上就是设在那个旧沙丁鱼罐头盒内的小食堂所得出的结论。

（本篇译自原著第三卷）

辛劳的寄生虫

毛斑蜂凭天性干自己力所能及的事。的确，我没有指责过它，因为我除此之外不能有什么别的作法。但有人认为，毛斑蜂它既废物又懒虫，毁了当初还是劳动者时所使用的工具。它愿意无所事事，喜欢用损人利己的办法供养后代；久而久之，这一族群就把劳动当成了可怕的事。收获工具使用得越来越少，会像无用器官那样退化，消失；于是，整个族群也会异化。总之，毛斑蜂以诚实的工匠开始，以懒惰的寄生虫告终。我是在复述一种寄生说，这说法简明有趣，不妨多做些讨论。让我们看看这一理论的更为具体的内容。

有位母亲干了一阵活儿，忽然着急产卵，发现旁边有同类造好的巢，便把自己的卵托付给别人的家。干活儿拖拉者贻误了建房与收获的时机，霸占别人成果便成了它的一种需求，这样做也是为了救自己后代的命。如此这般，它不必再耗时间、付辛劳，只需专心致志产卵。母亲的懒惰又被子女们继承下来。子女又代代繁衍，这种懒惰性一代比一代增强。之所以得到强化，是因为生命竞争需要这样简便的方法，它为成功传宗接代提供了最佳条件。劳动器官嘛，既然不用，就会逐渐废弃，直至消失。不仅如此，为了适应新的环境，体态、体色的某些细节也多少会发生变化。如此这般，这族群最终定型为寄生种族。

我根本不喜欢这种以科学面目出现的鼓吹懒惰的行径。我们听够了以动物学面目出现的许多怪论，比如：人是猩猩变的，有责任心的人是蠢货；良心是勾引天真者的诱饵；天才是神经质；爱国是沙文主义；灵魂是细胞能量的产物，上帝则是童话人物。再如：吹响战歌，拔出军刀，人只为互相残杀而存在，芝加哥腌肉贩子的保险箱就是我们的理想！够了，这样的论调够多了！变形论攻击劳动这一神圣法则，即便如此，我也不让它对我们的精神家园被毁负责，因为它根本没有真能支撑这一坍塌建筑的强劲臂膀，它只会干竭尽全力加速它坍塌的勾当。

再说一遍，我不喜欢这种鼓吹懒惰的粗暴行径。它彻底否定给我们可怜生命以尊严的东西，将我们的生命压扣在令人窒息的物质丧钟之下。哦！不要禁止我思考。即使思考问题是一种梦想，我也要思考人性，思考良心，思考责任，思考劳动尊严。假如都是为着自身和自己的种族，为什么动物认为弃劳动、靠剥削为好，而身为它们后代的人类却不敢苟同呢？母亲为家族兴旺而懒惰，这条定理本该发人深思。本人已经说得够多，现在请动物发言，它们的话更有说服力。

寄生习性的根源，的确在于喜欢懒惰吗？寄生者变成现在的样子，是因为它觉得什么都不干最好吗？难道休息如此重要，以至于它宁愿抛弃自古承传的习惯吗？我观察到膜翅目某些昆虫靠别人的财产养活自己的孩子，却始终没能从中看出它们习性懒惰。相反，寄生者过着一种比劳动者更艰辛的生活。让我们跟随它，到一处阳光火辣的坡地去。看呀，它多么繁忙！它辛辛苦苦地四下奔走，脚踏着灼热的地面，不知疲倦地寻找，然而所探之处往往不够理想，只得再继续跑它的冤枉路！为了碰上一处合适的巢穴，它上百次地钻进没有价值的洞，那些通道里都还没有安置可供自己后代享用的食物。好不容易找到一处，尽管洞穴主人心甘情愿了，却并不意味着主人还会对你寄宿者作出什么热烈欢迎的举动。寄宿者并不容易，自己的工作可不是那种轻松顺利的事。预产期一确定，费时耗力的工作就开始了。与劳动者筑穴贮蜜相比，这寄生者花的气力只多不少。劳动者的工作有规律，而且是一环扣着一环，因此为自己产卵准备了确保万无一失的条件。寄生者的工作却往往徒劳无功，必须靠碰运气，在一系列偶性然条件具备后才能产下自己的卵。尖腹蜂每找到一处切叶蜂的蜂巢，总是在那里左右徘徊，犹豫不决，因为占用别人的蜂巢还不知要克服多少困难。看到尖腹蜂这样的举止，我们能够理解。

脐眼蜂是墙壁石蜂的寄生蜂。石蜂一筑好巢，寄生者突然出现，长时间抠挠石蜂巢的外壳，意思是说：我这身小体弱的生灵，要在这座水泥城堡植入脐眼蜂卵啦。石蜂巢封闭得严严实实，整体外层涂着至少一厘米厚的粗糙灰泥，每间隔室都有沙浆浇筑的厚壁壳。脐眼蜂要探得里面的蜜，就要钻透岩石般的厚隔板。

寄生者勇敢地开始工作，懒惰大王开始干重体力活儿。它先一小块一小层地挖钻蜂巢整体的外壳，开出一口能刚好让自身通过的井。钻探到蜂房单间的壁壳，改用一口一口啃噬的技术，直到渴望获取的食物暴露出来。这项挖掘工作格外耗时费工，虚弱的脐眼蜂累得精疲力竭。沙浆壁壳坚固得几乎就是天然水泥，我用刀尖费好大工夫才勉强把它划开。寄生者就用那么一把小镊子，它需要怎样的耐力恒心，可想而知！

我不清楚脐眼蜂挖井所需的准确时间，因为我从来没有机会，或者说，我从来没有耐心从头到尾看完它的工作。但我知道，墙壁石蜂之强悍粗壮是它的寄生蜂所无法相比的。我眼睁睁盯着脐眼蜂破坏一天前用沙浆筑造的一个蜂房，一下午时间过去还没有完工。我只好在白天即将结束的时候助了它一臂之力，才算让它实现了目标。石蜂储蜜室沙浆壁壳之坚固不亚于石块，脐眼蜂要穿透的不仅是这储蜜室的封闭墙，而且还有整体蜂房的护壳。它得用多少时间，才能完成这样的工作啊。对于施工者来说，这工程实在太浩大了！

奋斗终于得到回报，密封的蜜挖到了。脐眼蜂钻进去，瞄着食物表面石蜂卵所在的位置，产下一定数量自己的卵。不论是外来户的孩子，还是房主本人的孩子，食物将供所有新生儿共享。

（本篇选译自原著第三卷《寄生理论》）

卷 四

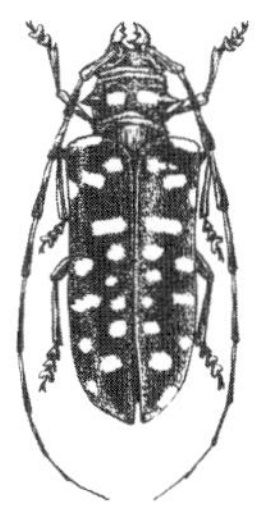

千条理论说道不如一个事实

对于伯罗奔尼撒蜂而言，我的观察者角色没用了，这一点是我第一个发现的。这泥蜂的行为举止，全亮在了你眼前，总共就那么些，设一个“观察者”角色已无必要。这蜂子频繁闯入我们的住宅，造一处储备蜘蛛的泥窝，织一个葱头表皮般透亮的薄皮口袋，这一切细节历历在目，无须我们特别注意什么。虫种收集专家倒是高兴了，对这种昆虫提供的便利条件格外珍惜，可以花上些时日，一张一张地系统绘制标准图，细致到把翅膀上的脉络都绘得不差丝毫；然而满脑子装着大事的他，只怀着小孩子般的好奇心看一眼这蜂类的食物，不以为然。这真值得他花上那么多时间吗？在我们看来，如果收集那种意义不大、用途欠缺的事实，时间流失得是那么快。时间这东西，蒙泰涅[①]称之为“生命的材质”。想了解一只昆虫的那么多琐碎细节，不是太孩子气了吗？与此意义不同的许多极其重要的事情，压得我们喘不过气来，根本不让我们有闲工夫寻寻这类开心。岁数本身的艰辛经历，叫我们有

① 蒙泰涅：又译作“蒙田”，法国十六世纪启蒙思想家。

了这样的感受；如果在结束自己的研究生涯时，我已从眼花缭乱的大量观察中隐约看到了几个具有根本意义的大问题，几个曾经让人望而生畏的大问题，那么我完全会得出有关时间的这样一种结论。

什么是生命？我们今后无论何时都可能再回到生命的起源吗？我们将可以凭借一滴蛋清就激起生命组织前兆那壮观的振颤吗？什么是人类的智力？它与兽类的智力有何不同？什么是本能？人兽两类心理机制都不会削减吗？它们是否归结为同一成因？各物种是通过变形论的那种关系线联系在一起的吗？它们是否都像经久耐磨的金属号牌，个个刻上清晰的纹样，只等着成世纪的时间来损蚀，纹样迟早要消失得无影无踪？这些问题困扰着一切有教养的头脑，而且将长久地困扰下去，即使我们感到解答它们已是枉费心机，并打算将它们抛弃在浑沌模糊的不可认知状态，它们依然会困扰我们。诚然，理论今天正以其目空一切的胆量，高傲地回答着一切问题；然而，就和一千条理论说道抵不上一个事实一样，它根本做不到让业已跨过预想性体系的思想者们信服。无论科学是否解决得了上面所说的难题，有一点是明确的，那就是，必须先拥有一大堆确凿无误的数据。昆虫学尽管领地不大，却能够以自己一系列有一定价值的数据，来充实整个科学的大数据。正因为如此，我要进行观察，特别是要进行实验。

观察，本身已是件了不起的事情；但只有观察还不够，还须要实验。所谓实验，就是亲自参与进去，人为创造出一定条件，迫使动物向我们揭示那些处于正常进程时它不肯告诉我们的东西。动物为了达到既定的目的，令人惊讶地调动起各种行为能力，当即便能让我们看清这些行为的真实意图，让我们将自己的逻辑推断与这一连串行为的逻辑吻合起来。我们为认识动物能力的性质和动物活动的原动力进行实验，但接受我们质询的并不是动物本身，却恰恰是我们自己的眼光；要知道，我们的眼光总喜欢做出对我们所抱看法有利的回应。我已多次说明这个意思：只管观察的作法，往往会形成误导；因为我们会按照自己的理论体系来解释各项观察结果。若想让观察能显示出真实的东西来，就必须再求助于实验。只有实验能够探测一下虫类智力这种疑难问题。有人曾否认动物学是一门实验性的科学。如果动物学是一门仅限于描述、分类的学问，这种指责应该说是站得住脚的；殊不知，描述、分类恰恰是动物学很小的一个方面，它还有许多更高的目标。当动物学向动物了解有关生命的某个问题时，出面提问者就是实验。拿我这小天地内的事来说吧，如果我不重视实验，也就丧失了从事研究的有力手段。观察提出问题，实验解决问题。当然，这是说那类总归可以解决的问题。退一步讲，就算实验无法给我们带来大晴天，它也能让亮光从重重乌云的外缘透现出来。

（本篇选译自原著第四卷《本能的变异》）

天 牛 吃 路

天色灰蒙蒙的，冬天即将来临。我着手收集树杈和树节子，储备取暖用柴。一项很有意义的消遣活动，给这段时间的单调日常生活增添了少许乐趣。我向伐木人紧急订购一批专用木材，要求他把那些蛀满虫洞的老朽树段锯下来给我。见主顾有这种兴趣，他当然喜出望外。然而令其不解的是，为什么我会有怪念头，放着燃烧性能好的优质木材不要，却偏偏索购生虫子的木头，也就是他说的“糟木”。我自然有我的想法。经我一讲，这正直无邪的人积极性倍增，立刻照我的吩咐去做了。

现在，趁我们两人都在场，我们开始观察我心爱的橡木段。那木头浑身疤条累累，道道创伤深至腹腔，伤口里淌着棕褐色的泪水，散发着一股皮革厂的气味。树节子响着敲击声，树杈响着啃咬声，树干发出破裂声。木头的腰间藏着什么东西？唔，藏着的是我真正的研究财富。种种有能力越冬的昆虫，已经在木头的干燥空洞部分，分为不同小组，找到各自的冬季宿营地：嚼出叶泥揉面团的壁蜂们，在吉丁虫修造的扁坑道里筑满了小隔室；切叶蜂们在别人不用的空室和门厅里，堆放了树叶袋。可天牛幼虫们，却在树汁尚足的新鲜木质当中安顿下来。天牛正是毁灭橡树的主犯。

天牛属于高级机体组织昆虫，相形之下，其幼虫却形同离奇的造物，简直就是一小段一小段爬行着的肠子！眼下是一年的中秋时节，我看到木头里有两个龄期的天牛幼虫，那些年龄大的有手指粗，年龄小的差不多只有铅笔细。此外，我还看到有些颜色深浅不一的蛹；甚至还有鼓着肚皮的成虫。成虫们将于来年天气渐热的季节，从树干里钻出来。由此可见，天牛在树中整整生活三年（三个龄期）。如此漫长的幽禁生活怎么度过呢？长年累月，它们在厚实的橡木中懒洋洋地游荡，没完没了地铺路，随时随地用作业面上清理出的杂物充饥。约伯的马[①]，靠了擅长辞令的嘴侵吞土地；而天牛的幼虫，却不折不扣是在用嘴吃自己的路。它生着一副黑短粗实的大颚，这口器不带细齿，酷似周边锋利的勺子，正好是把木工的半圆凿。它操着这把凿子，在通道的作业面上开掘。凿下来的碎渣，被它吃进嘴里。每一口木渣经过肠胃时，都留下极其有限的一点儿汁液，随后便成为蛀屑，堆弃在身后。施工现场上的废料残物，穿过工人的身体清理到一旁，工地上留不下任何障碍物。这是一项同时解决营养问题和行路问题的工程，道路随铺随吃，进路既通则退路即堵。不仅仅天牛如此，所有蛀木求食、钻木谋居的虫类，都是这样实地操作的。

（本篇选译自原著第四卷《天牛》）

---

① 约伯（Job）：圣经中人物。面对贫困的命运，他不是乞求拯救，而是靠自己的智慧改变现状，最后成为富翁。在他的奋斗过程中，他的马曾以特有的聪明，帮助他多次获得成功。

不同技艺的由来

我想到更多的事。我煞费苦心地琢磨：某一特定虫种具备哪一门技艺，究竟由什么来决定？泥叶蜂用湿泥和嚼出的叶泥修建隔室；石泥蜂用水泥建筑居室；伯罗奔尼撒蜂制作胶泥瓶；切叶蜂用树叶的圆切片拼成小壶；黄斑蜂刮下绒絮制作小口袋；树脂蜂利用细石粒和树脂胶黏剂搅拌成水泥；木蜂在木头上钻孔打眼；采花蜂利用坡面地形挖地洞。为什么会有这些以及许许多多别的专业技能？这些技能怎么有的落在了一种昆虫身上，有的落在了另一种昆虫身上，而不是别的分配法？

我已经听到一种答案：技能如何配备，是由生物的结构决定的。譬如有的虫子觉得，自己的工具装备很适于采摘、刮集绒絮，而不适于裁叶、揉泥和搅拌树脂。自身可能支配的工具，已经决定自己会具备什么专业技能。

的确，这道理很简单，而且我不否认，这说法大家都接受得了。事理讲到这个程度，对于没有更深入了解问题的兴趣和工夫的人来说，已经足够了。某些新人耳目的看法流行起来，但并不那么能引人注意，还是能满足我们好奇心的简单说法更吸引人。是啊，有了这种说法，人们就不必再从事那些一上马就需花很长时间，而且有时还要付出艰苦努力的研究了；有了这种说法，人们便可以堂而皇之地宣称这叫“一般科学”。没有任何作法，能比得上用两句话就道明世界之谜，能这么快就收到家喻户晓、世人皆知的效果。思索的人没有这么快，他规定自己要知道的少一些，以求认清一种事物；因此限定自己研究领域的范围，不怕收获得少，只要颗颗粒粒都质量高就行。在认同工具决定技能说之前，他要先看，要亲眼看；却不料他所观察的东西，远远不能证实那言简意赅的格言。我们也来关注一下他所怀疑的事情，凑过去看个明白。

富兰克林留下一句用在这里十分中肯的名言。他说：“一个出色的工人，应当会用锯子刨，用刨子锯。”如此看来，昆虫是比出色还出色的工人，想让它不照这位波士顿贤哲的话去做都不行。它的技艺博采众长，并堪称典范，能做到以锯子取代刨子，以刨子取代锯子；它以自己的灵巧，弥补工具的缺陷。我们刚才不是看到了吗？那些工具不同的手工艺者，根本没有往高处爬多少，就七手八脚地收获、加工起树脂来，操勺子的操勺，操耙子的操耙，操钳子的操钳。由此可见，假如不是有某种才能的天赋在帮助昆虫坚持从事自己的专业，那么即使它拥有一种先天的工具，也有能力弃绒絮而取叶片，弃叶片而取树脂，或者弃树脂而取泥灰。

一支看似漫不经心、实则深思熟虑的笔，抓住了上面这些情况，记录下来。这样几行文字，会立即被当作奇谈怪论声讨一番。随人家怎么去说吧，我们向反对派们提出如下建议：大家找一位声望甚高的昆虫学家来看看吧，比如一位拉特莱伊这样的昆虫学家。拉特莱伊[①]潜心研究一切细节构造，但对习俗问题一窍不通。他和不少的人一样，很了解死虫子；他从来没有过问活虫子。他充其量是一位极不一般的分类专家。我们就请他首先察看这只第一个飞来的蜂子，并根据它的工具来谈谈它有什么专门技艺。

说良心话，我们可以看，他能谈得出来吗？又有谁敢让他真来接受这番考验呢？我们的亲身经验不是已经使人深信，仅凭观察是无法看出虫子有何专门技艺的吗？后爪粉筐和腹侧粉刷，这些能明确告诉我们这虫类采花蜜、花粉；然而它的专门技艺是什么，绝对仍是个秘密，哪怕你用放大镜把虫子观察个够。如果判断我们人类的技艺，那么，拿刨子的是细木工，拿抹子的是泥瓦工，拿剪刀的是裁衣工，拿针的是缝纫工。动物的技艺是不是也这样判断呢？那么好，就请您这么告诉我们吧，说抹子肯定是做泥活儿昆虫的标志，半圆凿子是做木匠活儿昆虫的明显特征，小剪刀不折不扣是做裁切活儿昆虫的证明。再请您指点着告诉我们：“这一位裁树叶，那一位钻木头，第三位搅和水泥。”除此之外还有哪，请您继续依据工具确定一下技艺吧。

您确定不了，谁也确定不了。只要不采取直接观察的方法，劳动者的专业技术就是个看不透的谜；连最有经验的人都无能为力。这不已经充分说明，昆虫技艺五花八门，其原因并不在于带的是什么工具吗？勿庸置疑，这些技术专家必须各有各的工具；但它们

---

① 拉特莱伊（Latreille，1762—1833）：法国博物学家，昆虫学创始人之一。

的工具却干什么都行，几乎就是富兰克林所标榜的工人的那种工具。用来收获绒絮的带齿大颚，也切树叶、搅树脂、揉湿泥、锉木头、和灰浆；加工绒絮和树叶小圆切片的跗节，同样精通加工小泥隔室、小黏土塔和砂砾马赛克。

昆虫的技艺千变万化，其理由究竟何在？从事实中我看清了，理由只有一个，即：意识驾驭物质。一种本源的灵感，一种先于形式而存在的才智，在左右着工具，而不是附属于工具。工具不决定技艺的门类，工具如何不决定工人如何。最早的时候有了一个目的，一种意图，虫子为实现它而采取下意识的行动。是我们有了可能看见东西的眼睛，还是我们有眼睛，所以看见了东西？是功能造就了器官，还是器官造就了功能？两组答案必选其一的双向问题由昆虫选择，它均选择前者。它对我们说："我的技艺不是我所拥有的工具教给我的；我是根据工具与我所具备的才能之间如何相通来利用工具。"它以独特的方式告诉我们："功能决定器官，视觉使眼睛成其为眼睛。"它是在向我们重申维吉尔的深刻思想：智可动重物。

（本篇选译自原著第四卷《采树脂的虫类》）

卷五

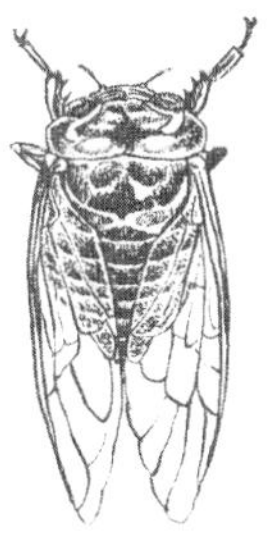

食 尸 虫

四月里，被农夫用铁锹捅漏肚皮的鼹鼠，尸体横在田边小道旁；篱笆根下，狠心的孩子抄起石块，砸扁了刚刚穿上缀珠绿袄的蜥蜴。有路人自认行为可嘉，愤然踩烂半道遇上的游蛇；一阵疾风掠过，那尚未长毛的雏鸟，一头从巢中跌落在地。诸如此类的，以及许许多多其他种类的报废了的悲惨生命，它们将变成什么呀？但是，视觉和嗅觉的恶心感，不会长时间持续下去。从事田野卫生工作的有的是。

第一个跑来的，是样样活计拿得起来，但是却热衷于行窃的蚂蚁，它先一小块一小块地解剖尸体。接着，尸肉香味招来的是双翅目的昆虫，也就是那繁殖可恶蛆虫的家伙。就在这当儿，不知从哪儿，又兴冲冲地赶来成班成队其他种类的虫子，其中有扁平的葬尸虫，有锃光闪亮、一路碎步的腐阎虫，有肚皮下沾着一点雪白的皮蠹，还有身体瘦长的隐翅虫。这些虫类，孜孜不倦地探查、搜索和吸吮着恶臭。

春季里的一只死鼹鼠，身底下竟是如此热闹的景象！这是座令人生畏的小实验室，但对于擅长观赏与深思的人，倒不失为一种美妙的东西。先克服我们的恶心；然后让我们用脚掀起这小堆儿腐尸。好家伙，下面有那么多小动物在拥挤蹿动；忙碌不堪的劳动者们，构成一派如火如荼的喧嚣场景！只见葬尸虫穿着宽大的鞘翅丧服，立刻拼命逃窜，一头钻进地缝里躲藏起来；腐阎虫的身子像经过抛光加工的乌木，光洁得能给太阳当镜子，它们也急忙操起碎步逃开，丢下工地不管了；这当中有一只皮蠹，身上遮着浅黄色带黑点面料的短披肩，正试图马上腾身起飞，但苦于已经为血脓所醉，一个劲儿栽着跟头，肚皮下的雪白斑点亮了出来，在阴暗色调的衣装的反衬下，显得格外醒目。

这群干起活儿来带着狂热的虫类，刚才在那里干什么？唔，它们是在开垦死亡，造福生命。它们是出类拔萃的炼丹术士，利用可怕的腐败物，造出无毒无害的生物制品。它们掏空致祸的尸体，令其变成一副空洞的枯骨架，样子就像垃圾堆上备受霜寒炎暑折磨的废拖鞋。它们用最快的速度，提炼出了无害物质。

过不多会儿，还会有别的炼丹术士赶来，它们的个头儿小些，但耐心却更大。它们将一条筋一条筋，一块骨一块骨，一根毛一根毛地开发这尸骸，直到把一切还原为生命宝藏。让我们向这些净化器致敬。我们现在把死鼹鼠放回原位，然后离开这里。

除鼹鼠外，春季农田耕作还会有其他一些牺牲品，诸如田鼠、鼩鼱、蟾蜍、游蛇、蜥蜴等。包括鼹鼠在内的所有这些死动物，还将给我们造就另一种效能极佳、名声尤响的土壤改良器。这种改良器就是食尸虫。食尸虫在身材、服饰和习俗方面，都与那些透着死尸般晦气的贱民们迥然不同。它具备某种高级功能，可以散发麝香气味；它的触角末端顶着红绣球，胸廓上裹着米黄法兰绒，鞘翅上还横拦了两条带齿形花边的朱红佩带。这装束雅致而近乎奢华，比腐尸下面其他虫类的服装高级得多。那些贱民虫类的服装总是一副哭丧模样，用来参加葬仪倒挺合适。

食尸虫不是解剖助手，它不负责剖开实验对象，用大颚解剖刀切割肉质；恰如其分地讲，它是掘墓工，下葬工。像葬尸虫、皮蠹和鞘翅目其他虫类那样的昆虫，都是盯在所开发的尸肉那里，先拼命填饱肚子再说，当然，它们也不会忘记家庭；食尸虫则不然，它是一种补充少量食物就能维持体力的昆虫，在新发现的尸肉上仅仅是沾碰几下而已。它把整个尸肉就地埋入地窖，待其熟透，即可成为幼虫的食品。把食物埋在那里，就是为了在那里安置家庭。这收揽尸体的，走起路来四平八稳，甚至带点儿龙钟老态；却不料收存无主财产时，腿脚麻利得令人吃惊。只需一次几小时的行动，一件像鼹鼠那样大的财物，便一点儿不剩地全部滚进土里。若是其他虫类，就会把空洞的枯骨架露天丢在那里，足足过上几个月，仍然被大风戏耍把玩；然而食尸虫却采用封闭操作法，场地从一开始就那么干净利索。工作只留下少许可以看见的痕迹，即一座鼹鼠丘状的略显隆起的小土堆，那是冢穴之上的小坟顶。

食尸虫操作方法之简便，在各种充当田野净化器的昆虫中首屈一指。即使在心理机制方面，它也是最负盛名的虫类之一。有人认为，这收尸工的智能大概达到理性境界了，连膜翅目昆虫中那些天资最高的花蜜、野味采集者们，也不具备食尸虫这样高的智能。下面的两则趣事，更为食尸虫增添了光彩。两则趣事摘自拉考尔岱尔的《昆虫学导论》，那是我仅有的一部概论类案头参考书。

作者写道："克莱尔维尔在报告中说，他曾看见一只夜食尸虫，准备掩埋一只死老鼠。由于鼠身下土质太硬，它正在一定距离之外较疏松的地方挖好一个地穴。操作结束，它试图往穴中掩埋死老鼠，可是怎么也移不动，于是它飞走了；过一会儿再飞回这里，引来了四只同类；它们协力相助，和它一起搬运并埋藏了死老鼠。"接下去，拉考尔岱尔表示说，人们无法拒绝承认有理性思维介入了这类行为。

作者还写道："从格莱狄茨所做的如下叙述中，也完全可以见出理性的介入。格氏有位朋友，想把一只蟾蜍风干。为防止食尸虫前来弄走这小动物，他把它置于一根木棍的顶端，木棍是埋立在地上的。然而他的防范措施无济于事；食尸虫虽说无法接触棍顶，却在棍子脚下挖掘起来；棍子挖倒了，就这样，食尸虫还是把蟾蜍埋藏进了地穴。"①

承认这虫类的智能可以清醒认识因果关系和目的手段关系，这可是带有严肃意义的做法。但依我所见，几乎再也找不到比这种做法更符合我那个时代哲学的粗暴性了。两段小故事究竟是否真实？是否含有人为推演的成分？把这些故事当作高质量证词的人，难道不是太天真了吗？

勿庸讳言，昆虫学领域应该保有少许天真。做实际工作的人，视天真为某种精神失常症。然而，如果没有一定的天真品质，还有谁会把心放在区区昆虫的身上呢？的确，我们是要天真；不过，切莫天真地轻

---

① 以上引自《昆虫学导论》第二卷的《布封续论》一章，P.460–461。——作者原注

信。打算让动物具有理性思维之前，最好先使我们自己能稍微有点儿理性思维；而要做到这一点，尤其须向经过实验检验的结果求教。随便拿来个把实例，不加任何批判地引以为规律，这样的规律是不会成立的。

大无畏的掘墓工哟，我不是想诋毁你们的功德；这样的念头绝对与我无缘。恰恰相反，在我的记录本中，保存着更能为你们带来荣誉的东西，那是一根支顶蟾蜍的木棍所无法比拟的；我已经把收集到的那些实绩记在你们的功劳簿上，有朝一日，这些功绩一定会给你们的美名增添新光彩。

不，我的意图不在于把你们降低到仅仅是一种名声而已。况且，公正的历史也并不愿支持某个既定的论点；历史，它是按事实造成的趋势发展的。我所想做的，无非是针对被人们认定属于你们的那种思维逻辑，向你们提提问题。你们具备不具备理性光点，也就是人类理智的微弱萌芽？我要问的就是这么个问题。

解决这个问题，不能指望巧合，不能巴望会在什么地方撞见什么情况。我们还是要靠笼子。有了笼子，就能实施连续的察看和不间断的调查，以及多种多样的人为手段。可如何让笼子里住进居民呢？在这油橄榄的家乡，食尸虫是不多见的。据我所知，当地只有一种被称作现场食尸虫的昆虫；而且，能与北方掘墓工相匹敌的这个虫种，数量确实相当少。往年捕捉它们，一春天找到三四只就算最多的了。今年如果不求助于猎人设陷阱的智谋，到头来，能捉到的仍超不过三四只；可是眼下，我怎么也得有十二只才行。

所谓智谋，方法很简单。埋尸工本来就很少，假如跑到它们那里去，十有八九白费力；况且，只有四月是最合适的月份，但是在笼中居民尚未达到理想数量之前，四月大概就过去了。总之，跟着虫子屁股跑，事情太没有把握。我们索性收集来大量的死鼹鼠，分散放置在围墙院子里，这样就会把食尸虫招引来。有了这样一处借阳光晒熟尸肉的堆尸场，食尸虫一定从四面八方竞相赶来，要知道，它们的嗅觉专门能寻觅这种块菰[①]。

附近有位种菜人，每星期两三次来我家，弥补这里几十公亩碎石地之贫瘠造成的匮乏，把土质较好地方生长出来的蔬菜捎给我一些。我向他说明急需数量不限的鼹鼠；于是我们订立了君子协定。此人每天用陷阱和铁锹，同那些把作物搞得一塌糊涂的讨厌鬼挖掘动物作斗争，因而他是最合适人选，能够为我提供眼下最急需的，比芦笋和牛心菜更宝贵的东西。

开始，这实诚人觉得我的请求很好笑。他所惊异的是，我竟把他深恶痛绝的“达尔包安”[②]看得那么重要。最后他答应了我的请求，但心里依然暗自盘算，认为我大概要用绒质柔软的鼹鼠皮制做什么上好的法兰绒内衣，猜想准是这东西对风湿痛有好处。事情就这样说定了。至关重要的，是我要能得到“达尔包安”。

鼹鼠按时送到，每次两只、三只，或者四只，都用几片菜叶包好，放在园艺筐的筐底上。对我的古怪愿望，这好心人报之以如此慷慨而美好的恩赐，自己却从来不考虑比较心理学该欠他多少恩情债。不几天，

① 块菰：一种块根状蕈类，生在地皮之下，属珍贵食品。法国人借猪、狗嗅觉找到块菰。作者以此喻尸肉。

② 达尔包安：当地人对鼹鼠俗称的译音。

我已成了拥有三十来只死鼹鼠的人。鼹鼠随到随放，分布在各处，都是墙围子里没有植被的光秃地点，前后左右长着迷迭香、野草莓和薰衣草。

这之后就尽管等候好了，每天只要多跑几趟，察看一下小尸体下的情况就行。但这毕竟是桩令人恶心的苦差事，能叫血管里没有燃烧着圣火的人见了就跑。全家人当中，惟独小保尔帮助我，用他敏捷的小手去抓四处逃窜的虫子。我曾明确告诉过他，要干昆虫学这一行，就必须具备天真。我从事着与食尸虫打交道的严肃工作，当助手的只有一个孩子和一位文盲。

由于有小保尔和我轮流察看情况，我在现场守候的时间并不算长。天上吹来四面八方的风，把堆尸场的肉香送到四周去，收尸工们纷至沓来。试验开始时来了四只食尸虫，到后来已经有十四只了。以往捉到的全部食尸虫加起来，数量也没有这么多。想当初，捕虫工作都没有事先策划，也没有一次使用过诱饵。我今天这套设陷阱的办法，果真成效显著哩。

展示关在笼内的那些捕虫成果之前，我们先花点儿时间，转而谈谈正常状况下食尸虫的工作情况。这虫类不是经过挑选来确定自己所要的野味肉，不是像捕食性膜翅昆虫那样量力而取；它赶上什么要什么。它所觅得的食物，小有鼩鼱，中有田鼠，大有鼹鼠、阴沟鼠、游蛇等。后面这些大家伙，已经超过一个掩埋工的挖掘能力。大多数情况下，搬运根本不可能，因为沉重的物体与虫类马达的负荷功率不成比例。这虫类惟一能办到的，只是后背使上劲，产生些微的移动，如此而已。

胡蜂、砌蜂也好，土蜂、蛛蜂也罢，都是在自己觉得合适的地方挖地穴；然后把捕获物飞运到那里，或者当捕获物过重的时候，把它徒步拖到那里。食尸虫的劳动可没有这么轻松。它不定在哪儿碰上个庞然大物，但没有能力运输，只得就地挖坑。

这无法选择的安葬地点，可能位于疏松土壤带，也可能处在多石地段；那地方也许是一小片露天地皮，也许是覆盖着草皮的土地，更有甚者，也许是交织着狗牙根细短根须的结实土块。碰上运气好，会有贴地而生的矮荆棘丛，将小尸体托悬在离地面几时高的位置上。哪位种园子的，断送了一只鼹鼠的前程，随后用铁锹把死东西抛出去，说不定落在什么地方；不管落点那里会形成多少障碍，只要不是不可克服的，那么掩埋工都得利用这地点。

想到埋葬过程要遇到各种各样困难，我们就可以估计到，整个工作当中，这虫类不可能只采用一成不变的方法。既然它已把命运交给了无法意料的运气，那么就应该尽量利用自己微弱的判断力，能动地调整自己的具体对策。锯，折，抽，抬，摇，挪，这诸种方法，都是掘墓工遇到难题时用得上的。假如不运用这些招术，只靠单打一的方法，那么这本来是非它莫属的职业，恐怕它也就难以胜任了。

至此已经可以看到，根据一个似乎有理性关联，有预定意图参与作用的孤立事实下结论，这做法应该说是不严谨的。昆虫的一切行为，无疑都有其存在的理由；然而，虫子事前是否要先判断一下自己行为的时机分寸呢？让我们从认真了解工作全过程入手，做到让每个证据都有别的证据作验证；随着我们这样做下去，问题的答案也许就已经找到了。

先看看食物。身为环境净化器的食尸虫，不拒绝任何尸体恶臭。一切野味肉食都对它有益，无论是生羽毛的还是长绒毛的，只要其体积重量不超出它的力量限度就行。两栖动物和爬行动物，也是它积极开发的对象。有些寻获物，很可能是它这个虫种未曾见过的东西，它也毫不犹豫地接受，例如某种红鱼，即中国的金鱼。金鱼一放进我那些笼子，立即就成了极受欢迎的肉块，并且照老规矩埋进土地。猪肉也不被漠视。至于刚好开始变味的羊排骨和牛排碎段，则更被它像对待鼹鼠和老鼠那样，郑重其事地埋入地下。一言以蔽之，食尸虫没有专一偏好；一切腐败肉质，它都藏到地窖里去。

维持食尸虫的工业，绝不给我们造成任何困难。一种野味短缺了，另一种野味，哪怕是头一次见到的，便可以用来做替代品。厂房问题也不复杂，一只宽敞的钟形笼足矣。笼子放在一个盛满新鲜沙土的瓦罐上，沙土要墩实，高度到罐口为止。野味肉食会把猫勾引来，为了免遭猫的祸害，笼子可以放置在一个封闭的玻璃罩里。玻璃罩冬天可以用来罩护植物，夏天可以用来做虫子实验室。

再看看操作。死鼹鼠卧在笼内围场中央。质地均匀的疏松土壤，为食尸虫顺利工作创造了极好条件。与尸体同在的是四只食尸虫，其中三雄一雌，它们蜷缩在尸体下，人们看不见它们。那鼹鼠好像在活动，其实是几位劳动成员用脊背把它拱得上下颤动。不知道怎么回事的人，会为此大吃一惊，以为死东西竟自己动起来了。随着工作的进展，掘墓工中的一位，它几乎总是只雄虫，从下面钻出来，绕着尸体转，掀动鼹鼠的绒毛，勘察体位状况。完事后，它又急匆匆地钻了回去。过一会儿再钻出来，重新了解情况。接着，又溜到尸体下面。

尸体颤动得更厉害了，左右摇摆，上下颠抖；与此同时，从坑里推出来的土在尸体周围堆成一圈。凭借尸体自身的重量，加之忙碌不停的掘墓工在下面努力，鼹鼠在支撑物被不断挖掉的情况下，一点儿一点儿地下沉，一次又一次地落在新挖成的坑底上。

不久，在不见身影的挖土工的推顶下，鼹鼠周围的沙土颤动起来，随后塌落进坑里，把坠入其中的尸体掩盖起来。这是一种暗中进行的下葬。尸体仿佛是自己消失的，就像在一片流体物质的中心涡那里被吞没了。此后很长时间，直到食尸虫认为深度足够以前，尸体还将继续下沉。

总而言之，工作十分简单：随着掩埋工们在前面向深处掏空穴土，以及陷入其中的尸体被摇动、拉拽，后面的沙土受到振颤，出现塌陷；于是，掘墓工不必插手，沙土便自己填满了墓穴。有尖爪充当性能良好的铲子，有强劲脊背拱得土壤微微振颤，这些就足够了，干这行无需更多的东西。此外还有一个关键，那就是频频晃动死者的技术。这项技术可以最大限度地压缩死尸的体积，从而使它在坑穴口径较小的时候，依然得以向下通过。过一会儿，我们还会看到，在食尸虫的工业中，这项技术具有头等重要的作用。

鼹鼠虽然消失在地下，但仍远远没有抵达预定深度。这道工序的活儿，就让收尸工们去干吧。它们此刻在地下，依然继续做着在地面时的工作，没有什么新内容。我们等两三天再看。

好，我们等待的时刻到了，让我们了解一下地下发生的事情，察看一下公共尸坑吧。我不再邀请任何别人前往挖看尸坑；我身边的人当中，只有小保尔有胆量助我一臂之力。

鼹鼠已不再是鼹鼠，而成了一团暗绿色的可怕的东西，散发着恶臭，绒毛脱得精光，蜷缩成圆溜溜的肥肉饼。这圆肉饼不太厚，一定是像厨娘手下的肉鸡一样，经过精心摆弄后才变成这种形状的；尤其是皮毛脱得精光这一点，更说明它经过了精心摆弄。这是为避免废毛料日后妨碍幼虫进食而采用专门烹饪方法做成的吗？要么是腐败作用造成的并无既定目的的掉毛现象？这一点我至今说不清楚。挖看尸肉的时候，从第一个尸穴到最后一个，里面的情形都一样，生绒毛的野味肉没有了皮毛，长羽毛的野味肉没有了羽毛，就连翅膀和尾巴上的粗羽也都不见了。只有爬行动物和鱼类仍保留着鳞片。

我们再看这相当于鼹鼠，但外形已无法辨认的肉团。肉团安置在宽敞的地下藏尸室里，四下是封闭壁板，这地方是可以与蜣螂的面包房媲美的名符其实的作坊。脱净皮毛的松散肉絮团，原封未动地储存在那里。掘墓工都没有开启包装，这是留给子女的家产，而不是父母的食品。为维持自己的体力，父母们最多只在涌出的血脓上吸几口罢了。

在一旁看守并捏揉着肉团的，只有两只食尸虫，即一对夫妻，再没有其他同类。挖坑的时候，分明是四只虫子在通力合作；那么另两只雄性怎么啦？后来我发现，那两只雄虫与肉团保持一定距离，在接近地面的土层里蜷缩着呢。

这样的情形，并不是哪一次观察到的。每次掩埋尸体，都看见雄性充当主力，它们热情高涨，不久就结束了下葬工作；可是在藏尸室里，却只看到一雌一雄。其他雄性提供了强有力的援助后，便悄然撤离了现场。

实际上，掘墓工们都是家庭的杰出父辈。和它们在一起，我们会不由得对昆虫界父亲不分担家庭义务的普遍法则，产生极大的反感。按照那条法则，母亲要先被戏弄一番，然后再被抛弃，去全身心地关照子女的命运。在昆虫社会的其他宗族里，雄性是游手好闲的懒汉；在食尸虫这里，它们却是拼命工作，吃苦耐劳的硬汉。它们有时在为自己的家庭劳动，有时则是为着别人的家庭，但它们从不计较什么。正当一对夫妻遇到难题的时候，野味肉的香气将信息传递出去，不久会忽然赶来几个帮手，充当夫人的侍役。来者溜到尸体下面，用脊背和爪子从事工作，把尸体埋进土里，完事后随即离去，留下本户男女主人在那里尽享欢乐。

夫妻俩再花上大量时间，互相配合着，摆弄尸肉，脱净皮毛，然后捆扎成型，让肉团变成适合幼虫口味的多味熟食。一切就绪，两口子钻出地面，就此分道扬镳，按各自心愿再到别的地方，重新开始埋尸工作；起码，它们可以去充当不计报酬的帮手。

父亲为子女的未来操心，以自己的劳动为后代留下财富，这样的实例我至今碰到过两种：一种是某些开发粪料的昆虫，另一种就是开发尸体的食尸虫。这淘粪工和收尸工的习俗，真可谓模范习俗。相形之下，所谓的美德将无地自容！

现在再说说幼虫的生活和变形。这些情况不甚重要，因为大家都很熟悉。我这里只用简短的文字，涉及一下这个并不吸引人的话题。

快到五月末的时候，我挖出掘墓工两个星期前埋下的一只褐家鼠。尸肉拉着黏丝，变成黑果酱般的可怕东西；但它却给我养活了十五只幼虫，其中大多数已经长成标准身材。我看见成虫也在腐败物里钻动，它们肯定是这窝幼虫的父母亲们。产卵期到此已经结束，食物却依然很丰盛。一时无事可做的奶妈、奶爸，挨着婴儿们坐在桌旁。

收尸工养育家庭后代的时间很短暂。从褐家鼠埋入地下算起，至今最多才十五天，可眼前的，已经是一群身强体壮的居民，而且长到了该变换形态的阶段。如此早熟的现象，真令我吃惊。可见，其他动物吃进去会致命的尸体腐解物质，在食尸虫这里却是能量甚高的佳肴，可以催促机体发育，加速幼虫成长，使幼虫能够赶在食物进一步发生性质转变之前，就已经消费够了。生命化学急着抢在无生命化学发生最后反应的前面。

幼虫体色苍白，浑身赤条条，眼睛看不见，这些特征，通常是黑暗生活造成的。幼虫的外观像一个小小的尖顶拱形物体，多少有点儿步行虫的模样。强有力的黑色大颚，是解剖尸体的精良剪刀。短短的足爪，用来捯小碎步相当灵活。每道腹环装有一条细细的棕红色板壳，细板壳上配备四只小骨针；显然，骨针能起到支撑点的作用，幼虫离开出生宅室，钻进土里去完成变形时，用得上这些小支撑针。胸环的板壳较宽，但是不带针刺。

成虫与家庭为伴，混迹于腐烂的鼠肉之中，一个个肮脏不堪，身上生满虱子。当初，还是在四月，食尸虫们在死鼹鼠身下工作，无一不是光彩夺目，衣冠楚楚；到了六月即将来临的时候，它们却变得这般污秽，不堪入目。它们身上裹着一层寄生虫，连关节缝里也未能幸免，仿佛穿上了一副连缀成一体的外皮。罩上这件虱子外套的食尸虫，形体已经走样。我用毛笔刷子扫这层虱子，很有些费劲。你把这群乌合之众从腹部赶开，结果它们绕个圈子，又爬到癞癣患者的背上，紧紧扒在那里。

我认出，那寄生虫是属于鞘翅目的革螨，它是经常玷污食尸虫腹部紫水晶的蜱螨。可悲可叹呀，好命不属于做好事的。食尸虫和埋粪虫，都献身于对普遍健康有益的工作。这两个行业的小生灵，因肩负卫生职责而如此引人注目，因具备优良的家庭习俗而无上光荣；然而尽管如此，它们却落到为非作歹的寄生虫手里。遗憾呀！做出奉献却生存维艰的不合理现象，在收尸工和淘粪工的世界以外还大量存在。

称之为模范的家庭习俗，一点不假；只是这习俗没有被食尸虫贯彻到底。六月上半月，这虫类过着富裕的家庭生活，挖埋工作停下来。虽然我仍不断投放新鲜的死家鼠和死麻雀，但各个笼子还是死气沉沉的。每隔一段时间，会有一位掘墓工从地下钻出来，呼吸着新鲜空气，拖着无精打采的步子，在笼中场地上爬行。

一个相当奇怪的情况，引起我的注意。凡是从地下钻出来的食尸虫，无一不缺胳膊少腿，肢体断口的位置有高有低，但都是在关节处。我看见一位残废者，只保存着一条完整的肢爪。它用这独臂和其他胳膊的残余部分，在灰尘层上划动；衣衫褴褛，惨不忍睹，浑身上下布满虱虫结成的鳞斑。突然，一位步履比它轻健的同事赶来，结束了这残疾同类的性命，而且还挖空了它的肚子。我的最后十三只食尸虫，都是这样报销掉的，它们要么被同伴吞了半个身子，要么最轻也是断了几条腿。初期那种和睦相处结束了，随之而来的是同类相食。

历史告诉我们，某些人群，例如马萨宅特人①以及别的民族的人，他们为了能让老人免受衰老带来的种种折磨，索性把老人杀死了事。朝须发花白的脑袋壳上猛击一槌，这在当时的人们看来，就是尽子女之孝心。食尸虫具有古代人的不开化一面。过一天，混一天，从今以后什么用处也没有，于是拖着业已枯竭的生命，开始自杀自灭。既然已成老残废，老糊涂，又何必拉长这穷途末路而苟延残喘呢？

马萨宅特人可以为自己的残忍习俗辩解，说那是因为食物不足的缘故，的确，缺吃专教人干蠢事；然而食尸虫不能这样狡辩，因为我一向慷慨，它们地下、地上的食物均达到超富足水平。所以说，其互相残杀与饥饿毫不相干。这种现象是筋疲力衰时的反常表现，是生命达到枯竭点时的丧心病狂。这似乎遵循了普遍规律：辛勤劳动为掘墓工带来和睦的习俗，无所事事则令其萌生反常的嗜好。由于再无事可做，食尸虫折断同类的足爪，把同类吃掉；如果是自己被同类折断足爪，被同类吃掉，它也会满不在乎的。那将是从虱臭缠身的暮年生活中获得的最彻底的解脱。

（本篇译自原著第五卷）

① 马萨宅特人（Massagètes）：中亚古代民族之一，是居住里海东岸的西徐亚部族的一支。又译作“马萨格特人”。

埋粪虫与环境卫生

能够以成虫形态轮回一年，每次新添家口时被后代簇拥在当中，亲眼看着家庭成员数量翻一两番；这在昆虫世界，实属极其例外的特权。蜜蜂这本能贵族，蜜罐盛满之日，便是一命呜呼之时；堪称服饰贵族的蝴蝶，在风水宝地固定好成团的卵粒后，也就溘然离世了；披挂着厚厚护胸甲的步甲虫，将一代后嗣之种子播撒在碎石下，事毕，自己就再也支持不住了。

其他昆虫也基本如此；惟独那类社会性昆虫比较特殊，它们的母亲要么能单独幸存下来，要么是在侍从的服侍下得以长寿。普遍存在的规律是：昆虫从诞生那天起，就成了丧失父母的孤儿。然而我们这里将看到的，是一种有悖于普遍规律的意外情况：滚粪球的卑贱者，躲过了灭杀高贵者们的残酷法则。食粪虫类拥有充分的时日，最后终于变成族长。再说，它是做出过奉献的，也确实配得上这地位。

有一种环境卫生工作，需要在最短期限内，把一切腐败物清除干净。巴黎至今没有解决令人生畏的垃圾问题，这早晚要成为那座特大城市生死攸关的大问题。人们甚至产生这样的疑虑：照此下去，会不会在某一天，土壤中的腐败物质已达到饱和程度，臭气散发出来，将那光明的中心熄灭。拥有财力智力宝库的几百万人口的大城市，它所不可企及的，乡间小镇无需花钱，甚至不必经心，便轻而易举地办到了。

大自然为农村清洁卫生倾注大量心血，对城市福利却不屑一顾，当然还说不上是敌视。大自然为田野安排了两类净化器，它们无论在什么情况下，都不会疲劳、报废。第一类净化器包括苍蝇、蜣螂、葬尸虫、皮蠹和食尸虫类，它们被指派从事尸体解剖工作。它们把尸体分割切碎，用嗉囊细细消化肉末，最后，将其再归还给生命。

一只鼹鼠被耕作机具划破肚皮，已经发紫的肠肚脏腑玷污了田间小道；一条横卧草地的游蛇被路人踩烂，此人还以为做了件大好事；一只没毛的雏鸟从树上窝里掉下来，落在曾一直托举着它的大树下，惨不忍睹地摔成了肉饼；成千上万的类似角色，出现在田野的各个角落。如果谁都不去清理它们，污秽和臭气就要使环境遭到破坏。然而你不必担心。这类尸体刚刚在哪儿出现一具，小小收尸工便蜂拥而至了。它们处理尸体，掏空肉质，只剩骨头；至少，也可以把尸体制成风干的木乃伊。不到二十四小时，鼹鼠、游蛇、雏鸟，一切都不见了，卫生状况着实令人满意。

第二类净化器，工作热情同样高涨；村镇上几乎见不到氨气刺鼻的茅厕。这种状况如能在城市出现，我们的难言之苦也就立即消除了。当农民想独自一人待一会儿的时候，随便一道矮墙，不管是一排篱笆还是一排荆棘丛，都可以成为他所急需的一处避人场所。不言而喻，在这等无拘无束的地点，你会撞见什么东西。陈年石堆上那些苔藓花饰、青苔靠垫和长生草穗，以及其他那些美丽的装饰，吸引你走过去，来到一堵加固葡萄树根土的装饰墙前。好家伙！就在布置得如此优美的掩蔽所的墙脚一带，有一大摊可怕的东西！你拔腿便走，什么苔藓、青苔、长生草，一切都吸引不住你。不过，你明天再来。当你再度光顾这里，那摊东西不见了，那块地方干干净净。原来，食粪虫已经到过此地。

对忘我工作的食粪虫类而言，防止屡屡出现的有碍观瞻的场面被人们撞见，这仅是次要职责；它们还肩负着更崇高的使命。科学证明，人类最可怕的灾祸，都在微生物中埋有自己的祸因。这类微生物与霉菌相近，属于植物圈的最外缘生物。流行病发病期内，病菌在动物的排泄物中迅速大量繁殖。它们污染空气和水，这都是生命的第一食粮；它们散布在人的脏衣物、服装和食品上，将传染病传播开来。为此，必须用火焚烧，用腐蚀剂消毒，凡是染上病菌的东西务必深埋于地下。

为慎重起见，连垃圾也绝不能积存在地面。垃圾是否无害？是否有害？不管问题的结论如何，都以令其消失为上策。古代人的头脑，似乎已经领悟到应该这样做，他们所处的年代，远远早于细菌开始教导我们保持警惕的年代。比我们更易于受流行病威胁的东方人，早已在这方面认识到某些不容置疑的法则。摩西[①]显然是传播古埃及这方面科学的人，他在自己的人民游走阿拉伯大沙漠之际，便以法典形式，规定了处置这种污染物的方法。“当你产生自然而然的需要时，”摩西说道，“走出营地，带上一根尖头棍，在土中剜一个

---

① 摩西（Moïse）：犹太教、基督教圣经故事中犹太人的古代领袖，带领埃及境内的犹太人迁回故土，是战将、政治家、道德家和立法者。

洞，完事后再用剜出的土，把污秽之物掩盖起。”[①]

正可谓，解决的是重大问题，采取的是天真对策。可以相信，如果大规模朝觐克尔白圣庙期间，伊斯兰教也采取这项预防措施或类似措施，那么麦加就不再会年年发生霍乱，欧洲也无需再沿红海诸河设防，阻止从那里蔓延开来的瘟疫。

法国外省农民，也像自己祖先中的一支——不为卫生问题发愁的阿拉伯人一样，从来不知天下有粪便垃圾的灾难。食粪虫在那里卓有成效地工作，它是摩西训诫的忠实遵从者，所做的正是清除劣迹和掩埋带菌物质。一有情况，它便携带着自己的挖掘工具跑上前去。以色列人急需方便时跑出营地，腰间带着的是尖头棍；食粪虫的工具可比那尖头棍高级。人刚一离开，它那里一口竖井已经挖好；恶臭污染物一股脑儿滚进去；自此再无传染性可言。

这些掩埋工提供的服务，对原野卫生意义重大；而我们，则正是这持之以恒的净化工作的主要受益者。然而，我们遇到这些忘我的劳动者，投去的只是一种轻蔑的目光；不仅如此，还用民众俗语给它们起了种种难听的名字。这仿佛成了一条规矩：做好事的，到头来要受鄙视，背上臭名，挨石头砸，被脚后跟碾得粉身碎骨。蟾蜍、蝙蝠、刺猬、猫头鹰，还有别的一些动物，它们都辅助人类工作，却无一不遭到同样的悲惨下场。殊不知，它们为我们服务，可要求我们的只是多少能手下留情而已。

阳光下，垃圾恬不知耻地摊在那里。保护我们免受垃圾危害的，有各种各样的卫士。我们地区的名叫

---

① 参阅《摩西五经·经五》第一百二十三章第十二、十三节。——作者原注

埋粪虫的虫类，是它们中的佼佼者。埋粪虫类并不比其他昆虫卫士勤快多少，它们能干重活儿，是因为生就了一副好身板。再者，它恢复体力很容易，我们见了恶心的东西，它吃起来津津有味。

我家附近，从事这项开发工作的有四种埋粪虫。其中两种是罕见虫种，用来做跟踪研究的对象不合适；另两种恰好是常见虫种：其一为粪生金龟，其二为假金龟。两种常见埋粪虫，背后都是一色的瓦蓝甲壳，胸前露着华丽的衣装。令人惊讶的是，这些专职淘粪工身上，居然藏着如此珍贵的珠宝首饰盒。粪生金龟的前胸，紫水晶一般光彩夺目；假金龟的前胸，黄铜矿一般金辉映耀。寄居在我笼子里的，正是这两种食客。

让我们先见识一下它们干掩埋工的本事。两种埋粪虫混养在一起，每只笼子里十二只。平日里，投放食料是没有限量的。可今天，我已事先把吃剩的食料清理干净，目的是要看看一只埋粪虫在一次表演中，究竟能埋藏多少东西。夕阳西下，一头骡子在门前排出一大堆粪球。我把这堆粪球统统倒给笼子里的十二个囚徒。这一堆够得上丰厚了，足足有一篮子。

第二天早上，骡粪已经全部消失在地下。地面上除了一些残渣碎末，再看不到别的粪料。假设每只埋粪虫的工作量相等，那么我估计，十二只埋粪虫，平均每只往地下仓库搬运的货物，几乎有一立方分米之多。这虫类本身就很笨重，可是还要掘建仓库，还要把采集到的食物搬运进去，想到这里，我不禁赞叹：十二只埋粪虫，竟干出了提坦神①的业绩，而且是一夜

① 提坦神：希腊神话中十二位力士神的总称，他们是天神和地神所生的六男六女，经常被派遣完成繁重的体力劳动。

之间干完的！

食物这样富足，它们该守着财富待在地下了吧？唔，根本没有那回事！它们待在地下，只是因为现在还阳光明媚呢。黄昏到了，宁静而温馨。现在正是大飞跃、齐欢唱的时刻，正是到远处去觅食的时刻，那边有畜群过往的道路。此时此刻，我的笼中食客也正在离弃地窖，一一爬到地面上来。我听到它们窸窸窣窣的响动。它们爬上笼网，冒冒失失地撞在壁板上。黄昏时分出现这番活跃，是意料之中的事情。我白天已经收集好食料，仍然像头一天那么丰厚。这时候我把食料投放给它们。到了夜里，粪堆又不见了。第二天再看，笼中场地又清理得干干净净。只要傍晚天气好，我总能找来畜粪，供应这些贪得无厌的攒财迷；照此下去，那场面会没有终结地反复重现。

埋粪虫尽管拥有储量这么富足的食品，却总是在太阳落山时离弃食品库，借着白昼的余辉嬉戏，然后着手寻找一处新的开发场地。可见，对埋粪虫而言，已经得到的算不了什么，惟即将获得的才有价值。那么，它每到黄昏就建造新仓库，到底用途何在？根据我的观察，这粪生昆虫一夜之间消费不了这么多的食物。它只管一味地收集，仓库积压起超量的食品；财富多得不得了，根本派不上用场；然而这囤积居奇的虫类，并不因为仓库暴满而心满意足，每晚仍挖埋不息，为其仓储而劳其筋骨。

食品仓库分布在各个地点，无论埋粪虫偶尔碰上哪一处，都可以从中提一点儿货，聊作白天的便餐，其余用不上的，一概抛弃。白白扔掉的货物，几乎等于储藏食品的总量。从我这些笼子的情况来看，埋粪虫那掩埋工的本能，要比它那消费者的胃口更迫不及待。笼子里的土层迅速增高，我必须一遍又一遍地铲除表层土壤，使之不断恢复到合适的水平。当土层最后铲光时，我发现土下充塞着一团团原封未动的粪料。最初的土壤，现在已经变成土、粪难分的集成层块。如果想使以后的观察不受妨碍，需要大幅度清筛土层。

粪料是很难用精密量具称量的。当分成若干等份时，不是这份多点儿，就是那份少点儿，总难免出现误差。然而通过这项调查，有一点结论是明确的：埋粪虫是狂热的埋藏者，它搬入地下的东西远远超出消费需求量。埋粪虫从事的这样一项工作，是由协作程度不等，行动规模不一的劳动者集体进行的，显而易见，这会在很大范围内产生改良土壤的效果；况且，有这样一支协同作战部队出大力，对环境卫生也是件值得庆幸的事。

植物，以及由植物引起连锁反应的大批生命物，都因这些掩埋工而受益。埋粪虫头一天埋入地下，第二天立即放弃的东西，并没有丧失价值，而且永远不会丧失价值。在整体世界的总结算单上，任何东西都没有损耗，那清单的总量是恒定不变的。昆虫埋藏了小粪块，日后将有一簇禾本植物因此而长得油绿油绿。一只绵羊经过这里，将这青草叼剪而去。结果，羊的后腿长肉了，这何尝不是人所希望的呀。食粪昆虫的工业，最终转换成我们餐叉上的一口鲜美的肉。

（本篇译自原著第五卷）

蝉和蚂蚁的寓言

声誉首先是从传说那里获得的；描述动物和人的故事，优先于记述他们的历史。虫子总是在最不拘泥真实的民间传说中占有一席位置，所以昆虫始终特别能吸引我们。

就拿蝉来说吧，有谁不知道它呢？起码它的名字是众所周知的。昆虫学领域里，哪儿还有像蝉一样出名的昆虫啊？它那耽于歌唱而不顾前程的名声，早在人们开始训练记忆力的时代，就被拿来当作主题了。那些学起来毫不费劲的短小诗句让我们知道，严冬到来之际，蝉一无所有，跑到邻居蚂蚁家去讨东西吃。这讨乞食物的不受欢迎，只得到对方一席戳到痛处的挖苦话；正是这些话语，让蝉出了大名。两句恶作剧性的粗俗答话是这样的：

“那会儿您唱呀唱！我真高兴。”

“那好，这会儿您跳呀跳吧。”

这些话给蝉带来的名声，比它自己凭真本事建立的功勋还来得大。这种名声所钻入的，是儿童的心灵深处，因而再也不会从那里出来了。

蝉在油橄榄生长区过着离群索居的生活，大多数人没听过它的歌唱；可是它在蚂蚁面前那副沮丧模样，却已是妇孺皆知的了。名声就是这么来的！世上有糟蹋自然史和道德的大可非议的故事，有全部优点仅仅在于短小易唱的哺乳婴听的故事。这样的货色都成了声誉的基础。如此产生的声誉，将在各个时代支配人们紊乱的精神思想；其目空一切的淫威，看一看《小拇指》的皮靴和《小红帽》的煮饼所显示的[①]，也就清楚了。

儿童是效果极佳的存储系统。习惯和传统一旦存入他的记忆档案，就再也无法销毁。蝉能如此出名，应归功于儿童。儿童在最初尝试背诵东西时，就结结巴巴地念叨了蝉的不幸经历。有了儿童，构成寓言基本内容的那些浅薄无聊的东西，便将长久保存下去：蝉将永远是在严寒袭来的时候忍饥挨饿，尽管冬天本来不会有蝉；蝉将永远乞求几颗麦粒的施舍，实际上那食物与它的吸管是根本不相容的；蝉还将总是一位乞讨者，所乞求的却是自己从来不吃的苍蝇和小蚯蚓。

出现这些荒唐的谬误，责任究竟在谁？拉·封丹[②]的大部分寓言，确实因为观察精细而引人入胜；然而在上述的问题上，他的确颇欠思虑。拉·封丹早期故事中的主题形象，诸如狐狸、狼、猫、山羊、乌鸦、老鼠、黄鼠狼，以及许许多多其他动物，拉·封丹自己是了如指掌的；它们所做的事情和动作，都描写得准确

① 《小拇指》和《小红帽》，都是法国流传已久的著名童话故事。

② 拉·封丹：法国十七世纪著名寓言诗人。也有人译作“拉封丹”。

细腻，维妙维肖。这些故事人物就生活在当地，出没于附近一带，甚至与作者朝夕相处。这些动物的公共生活和私生活，都发生在他眼皮底下。不过，在他那个“兔子雅诺”蹦跳的地方，蝉是看不到的，属于外乡人；蝉的声音他闻所未闻，蝉的模样他见所未见。他的心目中，那名声蜚然的歌唱家，肯定就是螽斯这类东西。

格朗维尔绘制插图，以其狡黠透顶的铅笔线条同寓言作品的原文争夺读者，却不知自己也出现了同样的混淆。他的插图里，蚂蚁被打扮成勤劳的家庭主妇。它站在门槛上，身边摆放着大袋大袋的麦粒，正调过脸去背对着前来求乞的蝉；那蝉则伸着爪子，唔，对不起，是伸着手。头戴十八世纪宽大撑边女帽，胳膊下夹着吉他琴，裙摆被凛冽寒风吹得贴在腿肚子上，这就是那蝉的形象，而且是一副螽斯的长相。格朗维尔并不比拉·封丹高明，他没有猜对蝉的真实形象，倒是出色地再现了普遍的谬误。

此外，在这内容单薄的小故事里，拉·封丹所起到的作用，只不过是另一位寓言家的回声。描写蝉如此备受冷遇的传说，可以说和利己主义，和我们的世界一样渊远流长。古代雅典的孩童们，早已把这故事当作需要背诵的课文了。他们带着装满油橄榄和无花果的草筐去上学，一路上口中喃喃有声：“冬天，蚂蚁们把受潮的储备粮搬到阳光下晒干。忽然来了一只以借讨为生的饿蝉。它请求给几粒粮食。吝啬的藏粮者们答道：‘你夏天曾在唱歌，冬天就跳舞好了。’”这情节显得枯燥了点，但恰恰成了拉·封丹的主题。当然，这主题不符合人们的正常概念。

这个寓言显然出自希腊，可希腊正是以油橄榄树和蝉著称的国度呀。因此我怀疑，伊索[①]果真像人们历来想象的那样是作者吗？不过，疑问归疑问，不必大惊小怪，因为讲故事的毕竟是希腊人，是蝉的同胞，他们想必是充分了解蝉的。譬如，我至今还没见到我们镇上有那么缺见识的农民，会看不出冬天有蝉这件事是荒谬绝伦的。冬天即将来到，需要给橄榄树培土，这时节，只要是翻弄土地的人，他就会看到蝉的初期形态，因为他时常用铁锹挖到蝉的幼虫；到了夏天，他又千百次地在小路边上见到蝉，知道其幼虫如何从自己修造的圆口井里钻出地面；他还清楚，出土的幼虫怎样抓挂在细树枝上，然后背上裂开一道缝，接下去再丢弃比硬化羊皮纸还干枯的外皮；他看见，脱了皮的蝉，先是草绿色的，随后迅速变成了褐色的。

古代雅典的农民也并不是傻瓜；他当时察觉到的，其实就是今人当中最缺乏观察力的人也能看到的情况；他当时知道的，也就是我的邻居老乡们今天一清二楚的事情。创作这个寓言的文人，无论如何，也是最有条件掌握上述情况的人。真不知他们那故事中的谬讹是从哪儿来的。

古希腊的寓言家比拉·封丹更不可原谅。古希腊寓言家只管讲述书本上写的蝉，却不去向一对响钹就在其耳边振鸣的真蝉做调查；他对现实毫无兴致，只跟着传说学舌。他本身充当着更古老年代某位讲述者的回声，复述的是来自诸文明之可敬母亲——印度的传说故事。印度人本来讲的是，一种缺乏预见的生活会招致怎样的苦难。可古希腊寓言家没有弄清印度人芦管笔下叙说的是这样一个主题，一味以为编入故事的

---

① 伊索：古希腊著名的寓言家。

动物小景与实际情况相符，蝉和蚂蚁其实不是在那里讨论问题。印度是虫类的伟大朋友，它怎么也不致于出现这类误会。各种情况表明，事情似乎是这样的：最初印度人编入故事的首要人物并不是我们的蝉，完全可能是另一种动物，姑且断定它是一种昆虫吧；那种动物的习俗，与古希腊人编写这篇故事所需要的行为特征非常吻合。

这样一则古老的故事，在多少世纪的岁月中，让印度河两岸的圣贤们不断产生思索，让那里的孩童们不断获得趣味。这故事非常古老，大概与历史上某位族长第一次做出节约财富训规的年代同样久远。它从一代人的记忆传到另一代人的心里，有的人能大致保持原样，有的人则越传越走样。等到传进希腊的时候，老故事肯定会有许多细节已面目全非了，就像一切传说故事一样。那些情节在代代相传的过程中，被人们溶进了不同时代、不同地域的现实环境特征。

印度人讲述的那种昆虫，希腊人自己的乡郊农村是见不到的。希腊人又把自己说不清是什么样的蝉到处兜售开来，结果就像在“现代雅典”巴黎发生的情况一样，蝉成了螽斯模样的东西。至此，讹谬已经铸成。荒唐事印入了儿童的记忆，便成了消抹不掉的印象；误形盖过了真相，真实形象反而让人看了觉得扎眼了。

我们设法为寓言所诋毁的歌唱家恢复一下名誉吧。不错，蝉是一类腻烦人的邻居，这一点我毫不迟疑予以承认。每年夏天，它们数以百计地到我门前来安家，吸引它们的是绿叶繁茂的两棵高大的法国梧桐。从太阳一出来，直到太阳落山，蝉就在那两棵树上叫，发聋振聩般的嘶鸣合奏，像不停歇的锤子一样敲响我的脑仁儿。面对这样一种声嘶力竭的大合唱，思考问题是办不到的，只觉得思路在眩晕状态下飘忽旋转，怎么也定不下来。如果不是我能把早晨的几小时光阴利用上，那一整天就等于白白流失了。

啊，走火入魔的虫子，你真够烦人，成了我住所的一大祸害，我多希望能住在一个安静的环境中呀；可听人家说，雅典人竟把你养在笼子里，他们好随时享受到你们的鸣唱。饭后，人正打盹消食，一只蝉总算叫完不吵了。谁知一唱刚过，几百唱骤然振响。人想思考点儿问题，甭想，注意力根本集中不起来，只觉得耳朵眼儿被振得鼓胀难忍，真可谓是在受酷刑！你还找到了借口，认为自己是先占据这块地盘的，所以有优先权。照你的想法，在我迁居此地以前，两棵大树完全属于你；说来说去，我倒成了擅自闯进树阴的入侵者。好，好，就算你有理。不过，听我一句忠告：怎么也得给你的响钹装上弱音器，压低些振音，这样你的口碑就会好些。

寓言家讲给我们的事情，被事实真相当作一种“肆意杜撰”而摈弃。有时候，蝉和蚂蚁之间是有关系，但都不是较为确定的关系；可以确定的只有一点，那就是，它们的关系恰恰与人们所说的相反。并不是蝉主动与蚂蚁建立关系，它活在世上，从来无需别人的援助；这关系是由蚂蚁的主动造成的，它是贪得无厌的剥削者，在自己的粮仓里囤积一切可吃的东西。任何时候，蝉都不会到蚂蚁的窝门前乞讨食物，也不会保证什么连本带利一起还；正相反，却是缺食慌神的蚂蚁，向歌唱家苦苦哀求。请注意，我说它是苦苦哀求！借还之事，绝不会出现在掠夺者的习俗当中。它剥削蝉，而且厚颜无耻地把蝉洗劫一空。我们现在讲一讲蚂蚁的劫掠行径，这是至今尚未查清的疑难历史问题。

七月的下午，热浪令人窒息。干渴难忍的平民昆虫，个个打不起精神来，它们在已经蔫萎的花冠上转悠，徒劳地寻找解渴的途径；可是蝉却满不在乎，面对着普遍的水荒，它付之一笑。这时候，它的喙，一种微口径钻孔器，在自己那取之不尽、用之不竭的酒窖上，找到一处下钻的位置。这一刻不停地唱着，在小灌木的一根细枝上稳稳站定，钻透平滑坚硬的树皮。树汁被太阳晒熟，把树皮胀得鼓鼓的。过后，它把吸管插入钻孔，探进树皮，津津有味地痛饮起来。此时此刻的蝉，纹丝不动，聚精会神，全身心沉醉于糖汁和歌曲之中。

我们守在这儿，看它一会儿。说不定还能看到什么意外的悲惨事件呢。果然，一大批口干舌燥的家伙在居心叵测地转悠；它们发现那口井，渗淌在井沿儿上的树汁把它暴露了。它们涌向井口。初来乍到，它们还算沉得住气，舔舔渗出的汁液而已。甜蜜的洞孔，四周一派匆忙，挤在那里的有胡蜂、苍蝇、蠼螋、泥蜂、蛛蜂和金匠花金龟，此外，更有蚂蚁。

为了接近水源，个头儿小的溜到蝉的肚子下面；秉性温厚的蝉，用肢爪撑高身体，让投机者们自由通行。个头儿大的，急得跺起脚来，挤进去嘬上一口退出来，然后到旁边的枝叶上兜一圈；过一会儿又凑上去嘬，而这一次已变得比刚才更肆无忌惮。贪欲益发强烈。刚才还能讲体面的一群家伙，现在已经开始吵闹叫骂，寻衅滋事，一心要把开源引水的掘井人从源头驱逐开。

这伙强盗中，数蚂蚁最不甘罢休。我看到，有的蚂蚁一点一点地啃咬蝉的爪尖；还有的拽蝉的翅膀，爬到蝉背上，搔弄蝉的触角。一只胆大的蚂蚁，就在我眼皮底下，放肆地抓住蝉的吸管，使劲往外拔。

遭这群小矮子的如此烦扰，巨虫忍受不住了，终于弃井而走。不过临走时，非要往这帮拦路抢劫犯身上撒泡尿不可。它是位受蔑视的主宰者，它做出的这种表示对蚂蚁毫无作用！蚂蚁已经得逞。这不，得逞的成了水源主宰。却不料，那水源是很快就干涸的，因为引其涌冒的水泵已停止运转。甘液可谓少而精也；能得此一口，足矣，足矣，足可以再耐心等待下一次机会了。只要机会一来，还可如法炮制，攫取下一口琼浆。

大家这下看到了：事实把寓言臆想的角色关系，彻底颠倒了过来。专事趁火打劫，丝毫不讲客气的乞求食物者，那是蚂蚁；心灵手巧，乐于与受苦者分享利益的工匠，那是蝉。还有一点儿情况，更能揭示角色关系是被颠倒了的。歌唱家尽情欢乐了五六个星期。这段已不算短的日子过去后，它从树上跌落下来，生活耗尽了它的生命。尸首被太阳晒干，被行人踩烂。每时每刻都在寻找赃物的强盗蚂蚁，半路遇到蝉的遗骸。它把这丰盛的食物撕开，肢解，剪碎，化作细渣，以便进一步充实自己的储存食品堆。人们也常常遇见垂死的蝉，临终前，翅膀还在尘土里微微颤抖，一小队蚂蚁就已经在一下一下地拉拽，一点儿一点儿地移动它了。此时此刻的它，忍受着的是极度的忧伤。领略了这残食同类的行为，两种昆虫之间的真正关系，已经昭然若揭。

古代经典作品中，对蝉的评价颇高。“希腊贝朗瑞”[①]—— 阿那克里翁，专门为蝉写过一首颂歌，对

---

① 贝朗瑞（1780—1857）：对民众影响很大的法国诗人，集写作、演唱、伴奏艺术于一身。

其赞扬之甚，实属罕见。诗人说蝉："你几乎就像诸神一样。"诗人赋予蝉如此殊荣，但理由并不站得住脚，他看重的是蝉能具备如下三个特性：一曰生于土地，二曰不知疼痛，三曰有肉无血。哦，我们不用去指责诗人。要知道，出现这类错误与当时的普遍信仰有关，而且这些错误后来依然存在很长时间，一直要到观察之眼睁开细看时才能被发现。此外，在以措词谐韵为主要追求的短小诗句创作过程中，人们也不会特别留意这样的问题。

即使是今天，与蝉朝夕相处的普罗旺斯诗人们，也完全和当年的阿那克里翁一样不够经心。他们把蝉当作本地区的某种象征物，他们赞美自己的蝉，然而却想不到了解一下蝉的真实情况。我的一位朋友，不应受到这样的批评，他是个观察迷，是个一丝不苟的务实派。他准许我从他的活页夹里抽出一篇普罗旺斯语作品，随本文一道公诸于世。在作品中，他以十分严谨的科学态度，将蝉与蚂蚁的关系透视出来。我认为，作品中的诗意形象和道德意味如何由他负责，这些姿色精妙的美丽花朵，是我这博物学园地里生长不出来的；然而我想指出一点，他讲述的非常真实，与我每年夏天在园中丁香树上看到的情形完全一致。我把他这篇普文作品的法文译文，对应附于其后。译文有许多处只能大概传达出原文的意思，因为在法语中，不是总能找到与普语对等的词儿的。下面的诗，就是他的作品[①]。

---

① 这里的中文译文，是根据法布尔的法文译文译出的。法布尔收集到这首普文作品，对全面认识法国文化以及普罗旺斯语文学史都十分有意义。为此，我们将普文原文附在书后，供读者参考。

蝉和蚂蚁

一

上帝有眼，天气多热！真是蝉的美好时光！
　　它快乐得要命，尽情饱享
那散射的火焰；这季节正好把庄稼收获。
　　庄稼汉身埋在滚滚金浪，
弯着腰，敞着怀，辛苦劳作，早已无心闲唱；
可嗓子眼里，喉头却嘶成一串干渴之歌。

这天气是你小蝉的福份。使劲发挥专长，
　　让你那对小钹嘎嘎叫响；
再扭起肚子来，让那两片镜子耀眼闪烁。
　　割麦的人此时镰刀挥扬，
刀头不停翻动在那大片焦黄的麦穗上，
钢刃明光闪闪，带着响从麦浪中间穿过。

磨刀水小铁罐，罐口一团草堵成塞子样，
　　挂在腰胯间左右地晃荡。
磨刀石躲在木壳套里避暑热，着实不错，
　　还不断出来把凉水饱尝；
人却被火舌舔得张着嘴喘气，好不心慌，
直觉得骨髓滚烫，已经像沸腾了的粥锅。

可是蝉，你却有充沛的源泉作解渴保障：
　　你尖细的嘴插在树皮上，
一眼胀满可口汁液的水井便钻妥。
　　甜汁顺着细管升入口腔。
你与涌冒甘泉的甜井嘴对嘴亲热一场，
大口大口用渗入井壁的高糖汁液解渴。

可日子不会总这么安定太平，如意吉祥！
　　左邻右舍尽是窃贼流氓。
盯着你开出井，它们口渴，一步步往前挪，
　　想把自己的小杯也满上。
当心，可爱的蝉。看这群穷光蛋的下贱相，
来时神色低人一等，顷刻间便放肆掠夺。

它们只能沾湿嘴角；你所剩的余汁残汤，
　　已不能满足它们的欲望。
它们翘起头，想占据水井。它们会这么做。
　　它们用爪耙搔你的翅膀；
在你宽阔的脊背上爬高上低，一阵乱忙；
抓住你的长嘴、双角和根根脚趾摇着扯。

这里拽完又拽那里，你忍不住火冒三丈。
　　你撒了泡尿，哈，这下真棒！
浇了它们一身，然后你离开树枝挪了窝。
　　你飞到远离败类的地方。
它们刚才抢了你的井，现在正满心欢畅，
得意地舔干净粘在嘴唇上的蜜汁黏沫。

这群坐享其成的流浪汉以霸道为荣光，

其中蚂蚁耍赖本事最强。
苍蝇、大胡蜂、小胡蜂和鳃角金龟那一伙，
虽说都耍骗子手的伎俩，
但它们想起要凑到井边，原因在于太阳；
惟独蚂蚁它鬼心大，非要赶你走开不可。

踩你脚趾、挠你面孔、捏你鼻子这些名堂，
还有躲在你肚皮下乘凉，
此类坏事，心术不正的蚂蚁能干得出格。
小坏蛋抓在你一条腿上，
斗胆包天当梯子，它一直爬上你的翅膀；
随后散起步来，无礼横行踏得你直哆嗦。

二

有种说法不可信，是瞎编。
早年间的人曾这么流传：
从前有一天，你没了吃的挨饿，是个严冬。
垂着头，背着人，拉下脸面，
你向蚂蚁的地下粮库走去，想讨个同情。

大批冬粮尚未往窖里搬，
正摊在太阳下晾晒风干，
昨夜的露水，使蚂蚁家的麦粒潮气加重。
它用晾干的，把口袋装满；
这时候你突然到来，挂泪的双眼已哭红。

你对它说：“太冷啦，这冬天，
寒风吹饿鬼，我东跑西颠。

你这堆成山的粮食，我看一辈子都够用，
发发慈悲，让我装一褡裢。
天气暖和后我会用甜瓜还你，我敢保证。”

“求你借些麦粒吧，好伙伴。”
趁早走，别以为它会听见，
大袋大袋的粮食，一把一口也不会奉送。
“离我远些，去把空酒桶舔；
冬天里饿死，夏天里唱歌的你就该这命！”

这段故事就是古代寓言，
它教人学吝啬，不慈不怜，
遇此事不予理睬，趾高气扬勒紧钱袋绳；
空腹症搅他个饥肠不安，
好好让异想天开的大笨蛋们作白日梦！

寓言家他令我不禁愤懑，
他说你大冬天四外寻探，
为的是你从来不吃的麦粒、苍蝇和小虫。
真是的，麦粒与你何相干！
你别的什么都用不着，你有你的甜水井。

冬天对你又算什么困难！
你的后代已在地下睡酣；
你自己也以长眠方式，一睡就永远不醒。
你的尸体，成了落地碎片。
到处搜索的蚂蚁，有一天撞见你的残形。

你的干壳遗骸停在路边，

蚂蚁竟像捕得猎物一般：
恶人掏空你的胸膛，切碎你的干肉皮层，
当腌肉储藏在地洞里边，
冬天一下雪，用你作佳肴，真个滋味无穷。

三

这就是事情经过的真相，
和寓言讲的完全不一样。
你们感想如何，昧良心的！
专占小便宜的无耻嘴脸，
手上带钩，捞得大腹便便，
你们崇拜银币，信条是有钱能使鬼推磨。

你们，坏蛋，放出蜚语流言，
说艺术家从不劳动苦干，
那唱歌的本该自食恶果。
闭上嘴，别这么大言不惭。
出酒时钻透树皮的是蝉；
它在世你们剥夺，它死后你们仍不放过。

我的朋友用极富表达力的普罗旺斯本地语言，道出了这番意思，为被寓言家诋毁了的蝉恢复名誉。

（本篇译自原著第五卷）

蝉卵的遭遇

一次又一次，当着雌蝉全身心投入那桩母亲独有的事务，随着卵粒不断排出并固定就位，一种很不起眼的小飞蝇也正在从事消灭蝉卵的工作。这飞蝇同样有一只小钻探器。雷奥慕尔其实已经见过这蝇虫。他在几乎所有被观察的枝干上，都遇到过飞蝇那蠕虫形态的幼虫，但一开始就没有引起自己的注意。因此他没有看到，也不可能看到这大胆的破坏分子的做案行动。这是一种小蜂科昆虫，身长五六毫米，通体墨黑，长着一对前端渐粗的触角。钻孔器出套后，固定在腹下中央部位，与身体中轴线恰成直角，位置与褶翅小蜂的产卵器相同。褶翅小蜂是数种蜜蜂的祸害。大概，这灭绝蝉类的小矮子已经载入昆虫分类词典；但由于不够重视而未曾把它当作研究对象，我至今尚不清楚，分类词典的编纂家们究竟送给它的是怎样的名称。

然而，我清楚地了解它那不声不响的野蛮行径。在抬抬爪子就能把它踩烂的庞然大物身边，它竟恬不知耻地利用对方的宽厚，肆无忌惮地为非作歹。有一回，我看见三只飞蝇，合伙欺负一只正在产卵的母蝉，那真是一场灾难。它们站在蝉的后脚那里，其中一只把自己的产卵管钻进蝉卵团，另两只等着捕捉下一窝蝉卵排出的时机。

母蝉刚又安顿好一窝卵，正向上稍做移动，开始钻下一窝卵的洞穴。强盗中又有一位，连忙赶到母蝉离弃的地点；它虽然擦碰着巨虫的爪尖，但是却毫无惧色，仿佛是在自己家里干着值得称道的业绩，把钻探器抽出工具套，插进蝉卵的竖洞。它不是顺着布满木纤维断茬儿的钻孔往里插，而是顺着洞口边上的缝隙。摆弄这工具得花上些工夫，因为工作点上的木头几乎尚未经过任何加工；蝉可以从从容容地在上一层楼的居室中安顿下一窝后代。

蝉刚刚产完又一窝卵，另一只飞蝇，就是落在后面没捞到活儿干的那只，立即接替了蝉的位置，给蝉卵接种上自己那毁灭性的疫苗。当母蝉最后飞去的时候，大部分卵室均已如此这般地容纳进一颗异类的卵粒，它将最终让蝉舍里的一切尽遭毁灭。不久，将有一只蠕虫抢先孵化出来，取代蝉的家庭，独霸一间居室，独享一份肥美的十二黄儿蛋[①]。

（本篇选译自原著第五卷《母蝉产卵和蝉卵的孵化》）

---

① 蝉在每一产卵洞中产十二粒卵；作者把一窝十二只卵比喻为“十二黄儿蛋”。

螳螂猎食

这里要说的，又是一种南方昆虫。这虫类和蝉一样有趣；但它的名气小多了，都是它默不作声的缘故。如果老天赐给它一副钹，使之具备能博得人们欢心的首要条件，那么再加上自己奇特的形体和习俗，它一定会使那著名歌唱家的声誉黯然失色。我们这地方的人，把它叫作“祷上帝”。它的学名，采用的是“修女袍”①。

这里，科学的用语和农民的天真词语是相吻合的：一个是把这古怪的造物视为沉湎于神秘信仰的苦行修女，一个是把它看成传达所悟神谕的女占卜士。人们很久以前就开始进行比较了。古希腊人已经称这种昆虫为“占卜士”，或者“先知”。庄稼人其实颇懂得类比，他是在掌握大量外观资料的基础上，进行想象丰富的充实性发挥。他在烈日灼烤的草地上，看到一只

① 修女袍：螳螂的俗称，因为它长长的膜翅好像修女披的长袍，故得此名。法国人至今沿用这一称谓，法国昆虫学界也以此作为该虫类的学名。原文再出现“修女袍”（Mante）称谓时，酌情译作中国人通常所称的“螳螂”。

仪表堂堂的昆虫正庄重地抬起前半身。他注意到，虫子身上那副宽大的绿色薄翅，就像拖拉到地面的长长的亚麻布披袍；他发现，那双可以称之为胳膊的前爪正举向天空，活脱脱一副祈祷的姿势。这就足够了，剩下的由人民大众的想象力去完成。于是从古代起，就有了在荆棘丛里居住的演示神谕的女占卜士和祈祷上帝的修女。

啊，充满孩童稚气的可爱的人们，你们犯的是何等的错误哟！这静默祈祷的神情举止，掩盖着残忍的习俗；这擎举乞求的一双胳膊，其实是用于劫持的可怕家什，它们不拨念珠，却要结果身旁过往行人的性命。人们恐怕怎么也猜想不到，这虫类竟是直翅目食草昆虫系列的一个例外虫种：它只以捕捉活食为生。它是威胁昆虫界和平居民的老虎，它是吃人巨妖，它埋伏在那里，只等鲜美的肉食送上前来，便把它捉住吃掉。它的力气本来就够大了，这强劲再加上嗜肉的胃口和效力惊人的捕猎器，可想而知，将足以变成威慑乡野的一种恐怖。所谓“祷上帝”之虫，看来非成为穷凶极恶的刽子手不可。

如果撇开那致命的捕猎家什不论，螳螂实在没有什么让人害怕的地方，甚至还不乏优美呢。你看，那苗条的身腰，那俏丽的短上衣，那一身的淡绿，还有那长长的纱罗翅膀。它没有张开来像剪刀的凶狠大颚；相反，长着的是一副又细又尖的小嘴儿，看上去就像啄食用的。脖颈从胸廓中拔立而出，可以弯曲扭动；因此脑袋能够灵活转动，既可左旋右转，又可前探后仰。昆虫当中，惟有螳螂能调动视线；它会察看，会打量；它那副嘴脸简直能作出表情来。

安详的整体外观，却配上了素有“劫持爪”之称的前肢凶器，二者形成强烈的对比反差。髋部[1]非同寻常地长而有力，是用来抛甩狼夹子的。这副狼夹子，不是坐等送死鬼踩踏上来，而是主动伸出去抓捕。捕猎器经稍稍装饰，显得十分漂亮。髋部根基的内侧，装饰着一个美丽的黑色圆点；圆点中心有白色眼斑，圆点周围有微粒珍珠做陪饰。

大腿[2]较长，呈扁梭状，其前半段下侧生着两行锋利的齿刺。靠内侧的一行，长短相间地排列着十二个齿，其中长齿为黑色，短齿为绿色。长短相间的排列方式，增加了铰合点，对发挥武器的效力有利。靠外侧的一行齿刺，结构简单，只有四个齿。两行齿刺后面，还支着三个最长的齿刺。简而言之，大腿是带两行平行齿的锯条，两行齿之间形成一道槽沟。大腿往前，是回折式小腿，可以折合进大腿的槽沟。

小腿生在与大腿相联的关节上，非常灵活。它也是带两行齿的锯条，锯齿比大腿的小，但是比大腿的多，排列得更紧凑。小腿终端是一个粗实的钩子，其锐利能够与上好的钢针相匹敌。钩体下侧有一道细槽，细槽两侧各有一条利刃，犹如一对弯刀，又像一对截枝刀。

这钩器是性能极佳的戳刺割划工具，我一想到它，就隐约产生一种刺痛感。捉螳螂时，不知被刚抓在手里的坏家伙钩划过多少回。双手腾不出来，只能求别

---

① 髋部：作者所称的髋，指螳螂胸段与腰段结合部位生出的一对“镰刀”的刀柄一段。顺便说明一句，螳螂的腰段后部生着的是两对支撑肢爪，其后才是又宽又长的腹部。

② 大腿：大腿在髋（刀柄）的前面，是“镰刀”两段刀身中的后一段。

人帮助，好不容易才从态度硬强的被俘者爪下摆脱出来！谁不拔出扎进皮肉的钩子就强行挣脱，他准要像挨了玫瑰刺钩划一样，弄得双手伤痕累累。没有比螳螂更难摆布的昆虫了。这家伙用截枝刀尖割划你，用针尖扎你，用老虎钳夹你。你简直没法对它实施有效防御，因为你一心想的是要抓得住而抓不死，所以手指不敢使劲；如果一使劲，战斗就会随着螳螂被捏烂而立即宣告结束。

螳螂休息的时候，把捕猎器收折回来，举在胸前，作出一副不伤人的模样。我们此时此刻看到的，就是所谓的“祷上帝”。一只猎物走过这里，刹时间，祈祷的姿势消失了。三段构件组成的捕猎器突然伸出，将前端的钩子送到远处。只见那钩子一钩一收，捕获物便夹在了两段锯条之间。接着做一个大小臂那样的合拢动作，老虎钳吃上了劲，大功告成。蝗虫也好，螽斯也罢，纵使是其他劲头更大的小动物，一旦被那四排尖齿铰住，便只能束手就擒。无论它绝望地颤抖还是拼命地蹬踹，那令人毛骨悚然的兵器都不会松开。

在虫类不受约束的野外，无法对昆虫习俗进行连续不断的研究，我们必须采取家养的办法。此事做起来一点儿不难：螳螂不在乎自己是否被软禁在钟形笼里，只要食物喂得好就行。我们把最可口的食物给它吃，而且每天都换换食谱花样；这样做上一段时间，它对荆棘丛的苦恋就逐渐淡薄下来了。

我给我的俘虏们准备了十只笼子，都是金属网制做的宽敞的钟形笼，和饭桌上防止苍蝇接触食品的纱罩差不多。笼子坐落在盛满沙土的瓦罐上。笼子里放一束百里香，一块石片，这就是为居室配备的全套家具。石片将来可以为产卵服务。这一幢幢小别墅，排列在虫子实验室的大台桌上，白天大部分时间，太阳都光顾那里。俘虏被安顿在笼子里，有些是单独囚禁，有些是成组囚禁。

八月的后半月，我才开始在道旁路边发黄的草丛里和荆棘丛里，见到螳螂的成虫。在户外，肚子滚圆的雌螳螂，一天比一天多起来。可是它们的又瘦又小的异性伙伴却日渐稀少，害得我有时要为补齐笼内雌性的配偶而大伤脑筋。之所以还要补齐配偶，是因为笼子里经常发生雄矮子被吃的悲剧。那惨痛的一幕等会儿再说，现在还是谈雌螳螂。

雌螳螂吃得特别多，喂养期又长达数月，所以，供养它们不是那么容易的。我差不多每天都投放新食，但其中一大部分，都只被它们轻蔑地尝上几口，然后就浪费掉了。我敢断言，在荆棘丛生的故里，螳螂一定比较注意节约，因为野味并不充裕，它要最大限度地利用捕捉到手的食物。可是在笼子里，它却这样挥霍无度。一份好端端的食物，经常是咬几口就随手丢掉，尽管可吃的部分还多得很，也不再继续受用。依我看，螳螂这是在以奢侈作风掩饰身陷囹圄的苦恼。

为了供应这奢华的用餐消费，我必须求别人帮助才行。从附近找来两三个无所事事的小孩，给他们一些面包片或甜瓜块，于是他们一早一晚，跑到周围一带的草地上，把芦苇秸编的小笼子装满。每次回来，笼子里都挤着活蹦乱跳的蝗虫和螽斯。至于我自己，则是手握捕虫网，每天在围墙里转一圈，专心致志地设法给我的食客们搞点儿高级野味。

这些野味精品的作用，是帮助我了解螳螂的胆量和力气究竟有多大。这类活食包括灰蝗虫、白面螽斯、蚱蜢和无翅螽斯。灰蝗虫的个头儿，比吃自己的螳螂还大；白面螽斯装备着强有力的大颚，连你的手指都要当心着点儿；蚱蜢造型古怪，梳着状似金字塔的主教帽发式；葡萄无翅螽斯能让那钹发出吱嘎怪音，滚圆大肚的末端还拖着一把大刀。在这难以下口的野味套餐之外，再加上两道令人生畏的野味：一道是丝光蛛，它那花彩盘一般的圆肚子，大得像枚二十索的硬币；另一道是王冠蛛，它那蓬头垢面、大腹便便的模样，让人不寒而栗。

处在自由状况下的螳螂，会向诸如此类的敌方发动进攻；这一点不容置疑，因为我看到，即使在笼子里，无论什么东西出现在身旁，它都奋起作战。住在金属网里面，螳螂利用着我慷慨提供的财富；那么潜伏在灌木丛中，它所应当利用的便是偶然机会。种种历经艰险的大规模捕猎行动，在笼内是不会即兴重演的，那类行动只能作为一种惯常性的行为表现出来。总之，笼子里不大可能出现那样的捕猎场面，因为不具备客观条件；而这一点，也许正是螳螂所倍感遗憾的。

抓在螳螂劫持爪间的，通常是各种蝗虫，还有蝴蝶、蜻蜓、大苍蝇、蜜蜂，以及其他中等体型的猎物。我的笼中猎手，从来没有在任何活食面前表现怯懦，什么灰蝗虫和白面螽斯，什么丝光蛛和王冠蛛，迟早都要被它钩住，夹在锯条之间动弹不得，最后被津津有味地嚼碎。这情形值得详细介绍一下。

网壁上的大蝗虫，正昏头昏脑地向螳螂靠近，只见螳螂突然痉挛般一跳，刹那间拉起一副吓人的架式。电流振荡的效应，其迅疾大概也就是如此吧。情态转变得那么急骤，架式摆得那么可怕，如果是经验不足的观察者，会立即犹豫起来，把手缩回去，生怕发生意料不到的危险。就连我这惯于此道的老手，如果心不在焉，也免不了有大吃一惊的时候。你面前砰地跳出一个怪物，就像从小盒子里突然弹出的小魔鬼。

接着，膜翅打开了，顺着身体两侧斜甩下来；膜翅下面的薄翅，支成全幅展开的并列双帆，酷似在脊背根上顶起一簇硕大的鸡冠盔饰；腹端上卷成曲棍弯，先向上翘，又向下压，并随着一阵突发性抖动而逐渐松弛下来；这时候，可以听到一种好似出气般的“呼嗤呼嗤”声，很像公火鸡开屏时发出的那种声响。人们会以为是遇到突发情况的游蛇，正吐着一口一口的气息。

身体高傲地支在四条后腿上，长身儿的上衣挺得笔直。一双劫持爪，起初是收缩着并排端在胸前，现在却左右张开，交叉甩出。就在这当儿，腋窝暴露出来了，那里镶嵌着成行的珍珠，还有一个中心带白斑的黑色圆点。这约略模仿了孔雀尾羽末端斑饰的眼状斑点上，又装饰着细微的象牙质般的凸纹。左右两个斑点，是一对致胜法宝，平时藏而不露；只有在准备作战时，螳螂才打开宝器匣，将一对宝物亮出来炫耀一番，自作威风，自命不凡。

螳螂固定在怪姿势上，眼珠一错不错地盯住大蝗虫，脑袋随对方的移动而稍做扭转。拉开这副架式，目的很明确，就是要恫吓强壮的野味肉动物，把它吓瘫。否则，对手锐气未挫，很可能制造过大的危险。

这做得到吗？螳螂躲在白面螽斯那光头下面，或者避开蝗虫那长脸的正面而置身其后，它们谁也不会察觉正在发生的事情。这时候，从它们无动于衷的面容上，的确看不出有丝毫的惊慌神色。可是现在，这只处境危险的蝗虫肯定知道有险情。它看见面前立起一个怪物，一对大钩子举得高高，眼看要落将下来；然而，虽然行动还来得及，它却明知死亡就在眼前而并不夺路逃命。它大腿粗壮，堪称跳远健将，蹦跳是它的拿手本事，蹿到远离利爪的地方去，本是轻而易举的事。不料紧急关头，它依然傻乎乎地站在原地，甚至还缓缓靠上前来。

据说，小鸟被蛇张开的大嘴吓瘫，被这爬行动物的目光惊呆，便会听任对方上来猛地咬住自己，自己却根本不能再蹿跳。好多次了，我看到蝗虫的表现几乎和小鸟一样。这不，那蝗虫已经进入螳螂威慑力的有效范围。只见两把铁钩抡下来，钩住来者，双齿刃锯条随即合拢，夹紧。不幸者在那里徒劳地抗议：空咬着大颚，空踔着蹶子。但这一关它非过不可了。这时，螳螂折回翅膀，收起战旗；然后，重操正常姿势，开始用餐。

蚱蜢和无翅螽斯，比灰蝗虫和白面螽斯容易制服，因此攻击这些风险系数较低的猎物，不必拉什么架式，也用不了多少时间。一般情况下，只要甩出双钩就够了。用同样的办法对付蜘蛛也绰绰有余，只管拦腰一夹，不用担心有什么毒钩。自由撒放在笼子里的小蝗虫，是一道大路菜。和它们打交道，螳螂极少使用蛮横粗暴的手段；它一定要等呆头呆脑的小家伙走到足够近，而后不动声色地把它抓住。

如果要捕捉的活食是有能力反抗的，不可等闲视之，那么螳螂就拉起那副恫吓、威慑的架式，双钩相应采取一下子钩死不放的方法。接着，捕狼夹一个闭合，夹住惊呆的牺牲品，叫它连招架之功都施展不上。猎手以突然拉起打斗架式为手段，置猎物于失魂落魄的境地。

摆出怪姿势时，翅膀也起着很大作用。螳螂的翅膀非常宽阔，四周边缘是绿色的，其他地方是无色半透明的。沿长度方向分布着许多经翅脉，散射成扇面状。还有许多较细的纬翅脉，成直角地横在经翅脉之间，共同形成为数甚多的网眼结构。螳螂拉着打斗架式时，双翅是展开的，支立成两个几乎贴在一起的并列平面，其状与昼蛾休憩时一样。与此同时，在双翅之间，翘卷着的腹端做出一连串的冲动动作。肚皮在翅脉上摩擦，发出一种吐气似的“呼嗤呼嗤”声，我们在前面曾把这声响，比作处于防卫状态的游蛇的动静。只要把手指贴在平展开的翅膀的正面迅速移动，就可以模拟出那奇特的声响。

几天未进食，饥饿难忍的螳螂能把和自己同样大小，甚至比自己还大的灰蝗虫，整个吞进肚里，只剩下过于坚硬的翅膀。一份大得惊人的野味肉，只消两个时辰就啃干净了。如此暴食，实属罕见。这样的暴食我观赏过一两次，心里总不免犯嘀咕：这饕餮之徒上哪儿找盛这么多食物的地方呀？容量必小于容器的公理，怎么单为螳螂的利益而颠倒了逻辑呢？让我不禁赞叹的是，一副肠胃竟有如此高超的性能：原料尽管从那里经过，随后就能被消化，被吸收，一切都荡然无存。

蝗虫是笼中螳螂的惯常食品。这类野味肉身材不等，品种繁多。观看螳螂用劫持爪那对钳子夹着小蝗虫蚕食，也是桩饶有兴味的事情。虽说那尖尖的小嘴看上去不是用来大口吃肉的，但活食却被整个吃尽了，剩下的只有翅膀。当然，其中被消化吸收了的，惟有长着肉的躯干部分；肢爪和嚼不烂的硬皮，只是穿肠而过罢了。时常看见螳螂握着一根后肢的大腿段，那劫持爪抓在大腿下端的关节上，不断送到嘴边，细嚼着，品味着，小脸上流露出惬意的神情。鼓囊囊的蝗虫大腿，完全可以算是螳螂的一块上等好肉，大概等于我们吃的一块羊肉吧。

猎物先从颈背部位开刀。一只劫持爪将钩获的活食拦腰握住，与此同时，另一只劫持爪按在头部，致使脖颈背面的结合部张开一道缝。就从这没有甲胄保护的地方，螳螂把小尖嘴探进去，一点儿一点儿地啃咬，颇有股锲而不舍的劲头儿。眼看着，颈部张开一个偌大的创口。头部淋巴结既已损坏，蹬踹也就自动平息下来，猎物变成不能活动的肉体。这以后，行动自由多了，嗜肉成性的虫子开始尽情享受，爱吃哪儿的，就吃哪儿的。

（本篇译自原著第五卷）

昆虫睡姿辨

谈及椎头螳螂的变形之前，还有个情况应该说清楚。在金属网笼子里，椎头螳螂的幼虫停在一个地方后，姿势始终如一，毫不改变。它用四只后爪的爪尖钩住网子，后背朝下，纹丝不动，高高挂在笼顶，四个悬挂点承受着整个身体的重量。小家伙想移动时，张开那双劫持爪前端的爪钩[①]，并排伸举出去，钩住一个网眼，将身体向前牵引一下。超短距离散步随即结束，劫持爪折收回来，重新端在胸前。一言以蔽之，这动物的吊挂姿势，几乎始终是靠四条踩着高跷般的后腿来维持的。

倒挂栖驻的姿势如此艰难，可坚持的时间应该说不算短了。就拿我那些笼子里的情况来说吧，这种姿势能一口气坚持大约十个月而不中断。诚然，苍蝇抓挂在天花板上的姿势，确实与此相同；然而苍蝇总要抽时间松弛一下，随便飞一飞，操起正常姿势走一走，肚皮贴地、肢体舒展开晒晒太阳。况且，它从事杂技训练的季节是非常短暂的。

---

① 指螳螂最前面的一对镰刀状的爪子。

椎头螳螂一口气坚持十个月，完成的是别具一格的平衡动作。它不仅这样仰面挂在金属网上，而且还操着这种姿势捕猎，进食，消化，打盹儿，蜕皮，变形，交尾，直到最终死去。爬上去的时候，它还年纪轻轻；摔下来的时候，却已是天伦享尽，落得一具僵尸。

处在自由状况之下，事情并不完全和上面所说的一样。栖驻在灌木丛间，椎头螳螂是背朝天站着，用合乎常规的姿势保持平衡；隔很长时间，才会出现一次倒挂姿势。长久地坚持倒挂，这只是我那群监禁犯们的反常表现，而不是椎头螳螂这个虫种的惯常行为。

笼中的情景，令人想起蝙蝠，它们用后爪抓住石壁，头朝下挂在岩洞顶上。鸟的足爪，构造独特，因而鸟类可以用一只爪子撑住身体睡觉，而且，那爪子能不知疲倦地自动抓紧晃动着的树枝。椎头螳螂的爪子，与鸟爪的机械构造完全不同。这虫类生着的是可以活动的爪尖，其外观并不奇特：每个足爪的前端有一对爪尖，每只爪尖上又生出一个小秤钩，就这么简单。

我盼望能借助解剖学的技术，观看到在跗节和细腿内部运动着的肌肉和神经，还有那操纵爪尖，使之在十个月里无论睡着或醒着，都能维持紧抠不放状态的筋腱。假如真有能满足我这个愿望的解剖刀，那么我想继而再请它帮助解决一个比椎头螳螂、蝙蝠和鸟类更怪的难题，那就是某些膜翅昆虫夜间休息的姿势问题。

八月末，我的篱笆围墙里，时常会有一只后腿赤红的泥蜂振翅悠荡，反复擦掠着薰衣草，在选择投宿的地点。傍晚，尤其是白天闷热、黄昏下起暴雨的傍晚，我敢肯定，薰衣草上准有泥蜂用身体支成的别致的躺椅。呵！这虫类夜里睡觉的姿势，可真够得上别出心裁了！它是张开大颚，把薰衣草杆大口咬在嘴里。这姿势形成的是一个直角结构，这样构形的支撑基础，要比弓形的来得牢固。靠着惟一仅有的支撑点，泥蜂的身体横支出去，直挺挺地悬在半空，足爪全部收在胸腹下面。虫体与托载体的中轴线，恰成直角；形同杠杆的身体，将全部重量直接作用在大颚这个支点上。

泥蜂睡觉，是凭借口器的力量，将身体横撑在空中。只有虫类才想得出这类主意，它们动摇了人类关于休息的观念。尽管你暴雨夹杂着闪电，任凭你狂风吹动着草杆，摇摆不定的吊床对泥蜂却奈何不得，它照样安然入睡。最多它只花一瞬间的工夫，偶尔用后腿撑点一下摇晃的立杆；只要身体一恢复平衡，杠杆立即平举回最佳位置上来。大概和鸟的爪子有共通之处吧，泥蜂的大颚也具有那么一种功能：风动愈猛烈，抓握愈有力。

采用这种别致睡姿的，不仅仅有泥蜂；不少其他虫类也仿效它，譬如，黄斑蜂、蜾蠃蜂、长须蜂等，都是这个睡法，但这里所说的主要是它们的雄性。这些昆虫的睡姿，都是用大颚咬住一根草杆，身体横撑出去，肢爪收拢回来。其中个别虫子的身体肥大，所以要用腹部末端撑顶在立竿上，由此形成一种弓形睡姿。

我们察看若干种膜翅昆虫的投宿点之后，仍然无法解释清椎头螳螂的那个问题，那也是个很难解决的问题。椎头螳螂告诉我们：人类的辨别能力实在低下，他们解释不清在动物机器的齿轮系统中，哪些正处于工作状态，哪些正处于休息状态。泥蜂应用大颚静力学的悖论，椎头螳螂使用吊挂十月不松扣的秤钩，二者置生物学家于困惑境地，叫他说不出究竟哪种姿势真正是在休息。我以为事实上，除生命耗尽可称休息外，其他任何状态都无休息可言。因为，斗争并未停止；每时每刻都有某束肌肉在紧张，都有某根筋腱在抽动。睡眠似乎是回归到虚无静态了，可实际上它和清醒状态一样，依然是在用力。这当中，有的是足爪在用力，有的是卷起的尾巴在用力，也有的是爪尖在用力，还有的是颌骨在用力。

（本篇选译自原著第五卷《椎头螳螂》）

为生命而死亡

幼螳螂一出生，就沦为蚂蚁、蜥蜴和其他打劫者的猎捕对象。那些家伙正耐心窥视着，只等美味食品小螳螂从集体孵化室露出身影。即使是螳螂卵，也在劫难逃。一种带针的小昆虫扎透凝固泡沫墙，把卵接种在螳螂窝里，安顿下自己的后代。它的卵比螳螂的卵早熟，抢先出世后便摧毁螳螂的胚胎。螳螂产卵非常多，然而经过淘汰后能保住性命的少之又少！一只母螳螂能做三个窝，产一千个卵，但也许只有一对逃过了灭顶之灾，又只剩一只繁殖了后代。如果不是这样，螳螂的数量就不会年年维持在大致相同的水平。

这就提出了一个严肃的问题。螳螂现有的繁殖力会不会逐步提高？蚂蚁和其他昆虫消灭它的后代，使其子女数量锐减。那么，螳螂的卵巢能不能孕育更多的胚胎，以大量的生产来抵消大量的破坏呢？它今天如此巨大的产卵能力，是从以前的低下生殖力进化过来的吗？有些人认定就是如此。他们津津乐道的是缺乏说服力的证据，却执意认为动物的嬗变是由环境引起的，殊不知其原因其实要深刻得多。

我窗前有棵粗壮的樱桃树，生长在池塘边上。这棵挺能结果的野树是偶然长在那里的，与我的先辈们毫不相干。它如今已是棵令人们景仰的大树了。值得景仰之处，主要在于那巨大的树冠，而不是品质平平的果实。每到四月，树冠简直就像无与伦比的白缎子华盖，满树枝头像蒙着一层厚雪，满地花瓣像铺了一层地毯。没过多少天，成片的樱桃红了。哦，我可爱的树，你多么慷慨！你的果实让我们装满那么多果筐！

树上也是一派节日气象！麻雀第一个知道樱桃熟了，一早一晚成群飞来，叽叽喳喳在树上觅食。麻雀把消息传给附近朋友，翠鸟和莺雀闻讯赶来，几个星期都在树上尽情享受。透着甜蜜心情的蝴蝶，这儿舔一口，那儿嘬一下，飞跳着一粒一粒地品尝樱桃。金匠花金龟趴在小圆果上，大口大口吞嚼，嚼着嚼着已饱，刚一饱就睡着了。胡蜂和大胡蜂才把甜汁小囊的皮掐破，寸步不离的小飞蝇竟已抢先醉倒。胖乎乎的蛆径直坐在果肉当中，称心如意地啃咬自己的多汁住房；既已吃得腰肥体壮，很快就会离开圆桌静卧；过不久蛹中一变，就成了身腰秀美的一只苍蝇。

这盛宴的地面席案，同样满目宾朋。一粒樱桃掉下来，所有过客一片沸腾。到了夜间，田鼠把鼠妇、蠼螋、蚂蚁和鼻涕虫们[①]啃过的果核收集起来，深藏到地洞里，留待冬天有空儿时再破壳取肉，细细咀嚼樱桃核仁。慷慨的樱桃树，养活了无数的生灵。

假如有一天，这棵树要找继承者，找一位继续在如此繁荣、和谐、平衡的环境中成长的接班人，那时它需要什么？一粒种子足矣。然而它每年却结出无数种子。为什么结那么多，你能告诉我们吗？你是不是

① 鼠妇、蠼螋、鼻涕虫，都是甲壳虫。

想告诉我们，起初樱桃树的果实很少，后来为最终能逃脱数不清的盘剥者，它慢慢变得多产了。你是不是又想用谈论螳螂的话来谈论樱桃树，仍然说“大量破坏会最终导致大量生产”。大胆无可厚非，但怎么能大胆到这般武断？樱桃树是将养分转化成有机物的加工厂，是将无生命物质演变成有生命物质的实验室，这难道不是显而易见的事实吗？即使结出的樱桃是用以延续物种的，那也只涉及一小部分樱桃，非常小的一部分。如果它所有的种子都一定要发芽，一定要充分生长，那么，地球上早就没有地方长樱桃树了。樱桃树的绝大部分果实另有用途。樱桃和其他植物一样，果实从不可食用演变成可以食用，其自身这一化学变化过程，为大批缺乏能动创造力的生命提供食物。

造就那种被视为生命最高标志的物质——脑质，需要漫长而精密的过程。这种物质起源于极其微小的加工作坊，即微生物体内。一种能量比雷电还足的微生物，把氧和氮结合成硝酸盐，为以后出现的植物制备最重要的养分。这种物质就是这样，起源于微不足道的基质，优化于植物当中，萃取于动物体内，品质逐步升级，直至形成所谓的脑质材料。

不知经过多少世纪的漫长岁月，也不知通过多少自然界秘密劳工和无名技工的辛勤工作，矿物被开采出来，精髓被提炼出来，最奇妙的心灵工具——大脑被制造出来！这样造就出来的大脑，难道让我们只会说“2＋2＝4”就行了吗？

焰火升腾，其最高境界臻于绚丽多彩的火花。火花过后，一切又归于黑暗。然而，它的烟、气和氧化物，又会通过植物而最终形成新的爆炸物。脑质，就是这样完成转化过程的。它经历一个又一个阶段，得到一步比一步精细的提炼；臻于最高境界时，耀眼的思维火花终于在脑介质中爆发出来。思维火花既灭，脑质毅然离去，以报废分子的形态回归最初所属的低级物类，重新构成所有生命体的共同源头。

最先聚合有机物的是动物的兄长——植物。今天的植物和地质时代的植物一样，以直接或间接方式向各类生命体提供食物，可谓第一食品供应者。它们在自己的细胞作坊里，为整个世界制造了食品，或起码可以说是粗加工了食品。继植物之后是动物。动物细细研磨被植物加工过的食品，进一步优化处理成更高级食品。于是乎，青草优化为羊肉，羊肉再因消费者而异，或转化为人身上的肉，或转化为狼身上的肉。

含养分的无机颗粒本身，并不能生成块状有机物。块状有机物，只能由植物那样的生物体将含养分的无机颗粒收集起来后制成。以无机物为原料制造有机物块的各类生物中，最多产的是第一个有了骨骼的动物——鱼。鳕鱼产出的鱼子，多到难以计数。问它产那么多鱼子干什么，它的回答与坚果累累的山毛榉和橡栗满身的橡树如出一辙。

鱼以自己之多产，养活无数饥饿的生物。自然界的有机物并不丰富，鱼类继承无数先辈自远古以来所从事的工作，抓紧时间增加自己的生命储备，为那些在第一时间加工鱼子的各类工人产出不计其数的鱼子。

螳螂和鱼一样，起源可追溯到遥远的年代。这一点，我们早就从它那奇异形状和野蛮习性上看出来了。如今，它那丰腴的卵巢又印证了这一点。它身体两侧至今各保留着一条干瘪的体痕，那是由于从前在树林间长着蕨类植物的湿地上拼命繁殖而形成的。今天，它继续为高级的“生物炼金术”做着贡献，当然贡献不大，但却十分实在。

我们离得更近些，看看它如何工作。泥土滋养着的草地变绿，蝗虫啃着青草。螳螂吃掉蝗虫，卵巢鼓胀起来。它产下三窝卵，卵粒总量上千。卵刚一完成孵化，蚂蚁立刻赶到，从卵窝里一件又一件地拾取这批丰富的战利品。那场面让我们看了感到震惊，实在看不下去。相比之下，螳螂无疑体型庞大，可本能的细腻性却不如蚂蚁。从这一点看，蚂蚁不知比螳螂高明多少！然而事物的循环并没有就此结束。

小蚂蚁还缩在蛹衣里，或者说尚处于蚁卵形态，就被雉鸡吃掉了。雉鸡原本和母鸡、阉鸡一样，也属于家禽。可饲养雉鸡开销太大，它只好吃蚂蚁长大，结果体质反倒增强了。饲养者索性把它们撒进树林放养。这样一来，自诩文明的人类兴致勃勃而至，端起枪向它瞄准，冲它射击。可怜这鸡类早在养殖场里，说白了就是在鸡窝里，就已经丧失了赖以逃生的本能。人，不仅在养鸡场用烤肉钎刺穿尖叫着的母鸡脖子，而且还结成豪华猎队在林子里开枪射击另一种鸡——雉鸡。我真不明白，为何一定要从事这类荒唐的屠杀。

塔拉斯孔城的达达兰[1]见猎物逃走后，就冲自己的帽子射击。我喜欢他这样的作为。我尤其喜欢的是，人去猎捕（真正意义上的猎捕）喜欢吃蚂蚁的另一种动物，食蚁鸟，即普罗旺斯人所说的“伸舌头鸟”。这命名很巧妙，因为它横拦在一队蚂蚁当中，伸出特别长的黏性舌头，粘满黑压压一层蚂蚁就突然缩回来。这种鸟大口吞吃到秋天，已肥得难以想象。尾巴尖、

---

① 达达兰：十九世纪法国作家都德在小说《塔拉斯孔城的达达兰》中塑造的文学人物。

翅膀根和胸肋两侧已裹足脂肪，脖颈长成鼓鼓的一圈肉球，头上嘴下贴满厚厚的肉块！

这可是块美味烤肉，当然我也承认它太小，最多有云雀那么大。不过，像它这么小的动物，没有哪个能这么味美。它能比雏鸡差得了多少？话说回来，雏鸡要想味道好，腐败植物离不了！归根结底，这条食物链的源头还是植物。

我希望至少为那些微不足道的昆虫说句公道话！吃过晚饭，收拾好餐桌，我安静下来。此刻暂时超脱身体的生理负荷，于是许多好念头从四面八方汇集而来，一些说不清是什么和为什么的火花，忽然间闪现在我的脑海。出现这些火花，诱因大概是螳螂、蝗虫、蚂蚁，以及更小的昆虫们。它们通过迂回多样的途径，以各自不同的方式，为我们的思想之灯添加了一滴滴燃油。经过一代又一代同类的耐心加工，点滴积蓄，长期传承，它们的能量最终注入我们的血管，为我们疲乏懈怠之时滋补体能。我们靠它们的死亡而活命。

一言以蔽之，多产的螳螂以自己的方式制造有机物，蚂蚁接过螳螂的有机物，食蚁鸟又接过蚂蚁，其后，大概人又会接过食蚁鸟有机物。螳螂产出一千只卵，只有一小部分用于繁衍后代，其余大部分都为生物大野餐做贡献。说到这里，我们不由得想起那条咬住自己尾巴的蛇的古老象征物。世界是个周而复始的圆：为开始而结束，为生命而死亡。

（本篇选译自原著第五卷《螳螂卵的孵化》）

卷　六

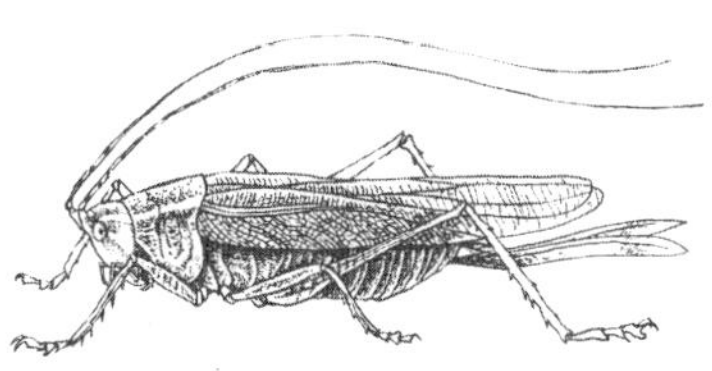

西绪福斯虫与父性本能

　　几乎只有高级动物才一定要尽作父亲的义务。鸟类在这方面表现得很出色，一身皮毛的兽类也做得无可挑剔。再低级些的动物，就没有身为一家之父的意识了。雄虫都怀着生儿育女的高涨热情；热望一时得到满足后，当场便与对方解除两口子的关系，溜之大吉，根本不把日后那一窝孩子放在心上，反正它们总会自谋生路的。只有少数虫类不在惯例之中。

　　在幼虫娇弱而需要长期帮助的那类动物当中，父性淡薄的表现是不光彩的。然而在这里，父性冷淡却颇有托辞，其理由是新生儿皮实，无需帮助亦会餬口，只要它们能呆在有利的地点就行了。譬如说粉蝶吧，为了繁衍种族，它只要把卵产在一棵卷心菜的菜叶上就行了，何需作父亲的跟着操心呢？母亲具备植物学本能，不需要什么帮助。产卵期内，另一方大概就是个纠缠不休的讨厌鬼。干脆让他再去勾搭别人吧，有他在恐怕反而会坏了大事。

　　大多数昆虫，都实行与此相似的粗放型育子方针。它们要做的，只是选好一座幼虫一出卵壳就可赖以组织家庭生活的食堂，或者选定一处日后幼虫能够自谋理想食宿的落脚点。凡此种种，都不需要父亲。姻缘一旦了结，自此无用的闲汉子继续过上几天快活日子，而后便在对安顿家庭毫无建树的情况下断了最后一口气。

事情不是总都这样将就凑合，潦潦草草，也有要为家庭备足一份财产的部落，它们为幼虫准备好食宿条件。这当中特别应提到膜翅昆虫，它们是能工巧匠，长于制造贮藏室、瓮坛和给幼虫盛蜜用的囊袋，掌握为小虫建造野味肉地下贮存室的高超技艺。

不过，这样一项既需要建筑又需要储备的庞大工作，这样一种鞠躬尽瘁、奉献一生的劳作，都是靠母亲一个人来完成的。她操劳过度，精疲力竭。父亲呢，他在工地边上尽情晒着太阳，看着不畏艰难的母亲在那里干活儿；一旦他调戏上了邻居的女主人，就更要自动免除一切杂役了。

他就不来帮她把手吗？兴许会只帮一把，但也恐怕永远都不会这样做。他就不学习燕子夫妻的榜样吗？人家是两口子一块儿干，谁都叼稻草，谁都衔垒窝的泥，谁都给雏燕喂飞虫。这种事他是不干的，也许他会以自认不如妻子强壮为借口吧。可这是不成其为理由的理由呀：拽下一片小圆叶，在多绒植株上刮些绒絮，从泥滩地上叼起一小块儿泥，这种工作并没有超出他的力量限度。他本可以很好地合作，至少可以胜任泥瓦小工的工作，给心细的母亲取来材料，由母亲放到该放的位置上。他这样做甩手掌柜，真正原因就是惰性。

事情很怪，技能型昆虫中造诣最高的膜翅昆虫，竟不知有属于父性的工作。幼虫在许多事情上都指望着成虫，这种现状似乎应该促进作父亲的练就一身高超本领，然而他却能力低下得像只蝴蝶。殊不知蝴蝶的家庭根本无需花力气建造什么。我们依充分理由确信他应该具备的本能天赋，事实上却看不到。

膜翅目雄虫没有表现出父性的本能才干，这就使我们格外对摆弄粪球儿的虫类感到惊叹，它们虽然不会造蜜，然而却具备令人肃然起敬的不凡身手。各种食粪虫都奉行夫妻互相减轻负担的行为准则，它们懂得双方共同劳动能带来巨大力量。我们还记得埋粪虫夫妻齐心合力为幼虫准备遗产的情形；想一想作父亲的吧，它在制作压缩香肠的过程中，不断用强有力的大手拍打按压，积极帮助自己的伴侣。那是何等高尚的家庭习俗；在普遍都由雌性单独劳作的情况下，这高尚习俗益发令人赞叹。

当然这毕竟只是惟一仅有的一例。但是在这一榜样的感召下，沿着这条道继续往下走，经过长期研究之后，我今天终于能够再举出这样的三个例子了，而且是三个都颇有意义的实例。不过，这三者仍然是食粪虫的同行。下面我将介绍它们，只是要说得扼要些，否则会令人感到许多地方与圣甲虫、西班牙蜣螂和另外一些虫种的情况太雷同。

第一个要说的是西绪福斯虫，它在我们滚粪球虫类中，是身体最小而热忱最高的一位。它手脚麻利，跟头翻得惊险，下坡滚儿打得异常迅猛，从难以行走的路上跌下来后，每每总是不顾一切地再往上爬。这些绝活儿，没有谁能比得了。为了让人们记住这位永不休息的体操健将，拉特来伊给它取名为“西绪福斯”。这本是古时候地狱里一位大名人的名字。那位不幸者以惊人的毅力服苦役，吭哧吭哧地往山头上推一块大岩石；每当马上就要推上山顶的时候，大石头总是脱手，重新滚到山下。从头推起，可怜的西绪福斯，再一次从头推吧，不断地从头推吧；只有当石块推上山顶，稳稳当当就了位，你的艰难困苦才能结束。

这个神话，我很喜欢。这说的差不多就是我们人间许多生灵的事。他们不是无耻刁民，经受得了今生来世的艰辛，而且他们具备良好品质，他们坚忍不拔，他们造福于周围大众。他们只有一个必须以身相赎的罪过，那就是“穷”。拿我本人来说吧，半个多世纪在漫长的坡路上爬，留下的是多少件被恶劣路面石棱石角划破而染着血迹的碎衣片；我熬尽了骨髓，耗干了血液，毫不吝惜地付出全部体能，只求把我那重负推上山顶，卸在牢靠的地方，这重负就是维持每日生存的面包；谁知这大圆面包刚放稳，眼看着又移了位，接着便疾速下滚，坠入深渊。从头推起，可怜的西绪福斯，从头推起吧，一直推到这大重块最后一次下落，砸碎你的脑袋，让你最终获得解脱。

博物学家养的西绪福斯，根本不知天下还有如此辛酸之事。它活泼轻快地行动，斜面陡坡不在话下，只管拖带着它的庞然大物前进，一会儿给自己准备食物，一会儿又给儿子们储备食品。我们这一带很难见到这种昆虫；若不是有一个助手，我永远也捉不到制图所需的这么多活虫。我只想顺便提提这位助手，因为在以后的篇章里，他还会多次出现。

他就是我的儿子小保尔，一位当时才七岁的小男孩。我每次出猎他都形影不离，因此他知道的事出奇的多，简直不像一个年仅七岁的男孩。他了解蝉、蝗虫、蟋蟀和食粪虫的秘密，食粪虫特别让他感到开心。二十步开外有一片并不起眼的土堆，他能凭着自己那双雪亮的眼睛，一下子辨别出其中哪一堆是真正的地洞口；远处传来一丁点儿蝗虫的唧唧声，我仔细听都觉得一片寂静，可他那尖耳朵早已听得一清二楚。他充当我的眼睛和耳朵；作为交换，我为他出主意。每当我面授机宜的时候，他都听得十分认真，抬起透着提问意思的一对蓝色大眸子盯着我。

啊！智力第一次开出的花，是多么可爱的东西！萌发想探询一切的天真好奇心的阶段，是何等美妙的年华！正因为如此，小保尔有了一个鸟笼，圣甲虫在里面给他制作泥胚小梨；小保尔有了一块方巾大的园子，几粒花生正在里面发芽，而且时不时被挖出来，好看看胚根是不是变长了；小保尔还有了一片森林植物园，里面长着四株布头儿一般高的橡树，株株幼树的一侧，都还连着那冒出一对小奶头的橡栗种子奶妈。这一切是不同于枯燥语法的一种散心活动，反过来也使语法学习得到长足进展。

如果科学肯放下架子让孩子们也感到亲切，如果我们的大学军营考虑在死书本之外再增设活的野外学习，如果官僚们颇有好感的教学大纲套索不把有志者的首创精神扼杀干净，那么自然史就不知能把多少美好善良的东西印在儿童们的心灵中！小保尔，我的朋友，咱们就待在乡村，置身于迷迭香和野草莓树中，尽一切可能学到更多的东西。咱们在这里一定能造就一副强壮的身体和一副强健的头脑；咱们在这里一定比在故纸堆里更能发现什么是美和真。

那一天是黑板失业的日子，真是件大好事。我们一大早就起了床，准备进行一次计划好了的远足。我们起得太早，你只能空着肚子出发了。别担心，什么时候想吃，我们就找块树阴歇一会儿，你可以在我那个旧背袋里找到干粮，还是那两样，苹果和面包片。

五月快到了，西绪福斯虫按说已经出来了。现在要做的，是在山脚下畜群已经踏过的稀疏草地上搜索一番；我们要用手指头把羊粪球儿一个一个掰开，那些粪球儿虽然已经被太阳烤过，但干壳里面还有湿软的心儿。西绪福斯虫就躲在软心儿里，我们会看见它缩成一团，在那里静候着傍晚那次放牧可能带来的新鲜货。

小保尔一字不漏听我说着以前那些偶然发现所揭示的秘密，听完后立即出了师，当场掌握住抠牲畜粪心儿的技术。他投注了那么大的热忱，那么认真地闻着符合要求的粪堆儿，结果没花多少工夫，我的收获就超出了预先估计的最高水平。现在我已经有了六对西绪福斯虫，这样大笔的财富是前所未闻的，以前我连想都没想过。

养育它们，不必用鸟笼。一只金属网钟形罩就够了，里面再铺上沙子底，投放些它们喜欢的食物。它们的个头儿，可真小，最多也就是樱桃核那么大！尽管如此，它们的外型还是很有特色的。短粗身材，尾端缩成弹头形；腿很长，像蜘蛛一样伸展开来；两条后腿长得出奇，呈一对弧形，非常适合搂抱和拢紧小粪丸。

一入五月，交尾开始，就在刚刚撒开肚子美餐过的畜粪蛋糕之间，找块平地就行。很快，建立家庭的时候到了。夫妻双双以同样高涨的热情，共同参与为儿子们准备面包的劳动，揉面团，运回家，入烤炉，样样都干。前爪上的小刀用力一划，一块大小正合适的粪食切下来，供它们加工用。这时候，作父亲的和作母亲的齐心协力，共同摆弄切下的小粪块，轻轻地拍打，加力按压，制作成大豌豆粒般的小丸。

和我们在圣甲虫的作坊里看到的一样，完成粪球儿的浑圆造型，不必再借助于横向滚动的作用力。一块粪食在移位之前，甚至是在原地晃动之前，就已经被模制成了球体。这又是一位致力于形状问题的几何学家，它追求的是适合长时间保存食品的最佳外形。

小球很快就做好了。现在需要通过疾速的滚动，使小球外表形成一层包皮，以此防止湿软食品的水分过快蒸发。那位作母亲的开始上套，从较为粗壮的体魄能看出她是母亲。她坐在了正位上，即球车的前方。两条长长的后腿支在地面上，两条前腿搭在粪球儿上，她倒退着将小球向自己这边拽。父亲在后边推，姿势刚好相反，是头朝下。这正是圣甲虫也使用的双人操作法，只是劳动的目的与圣甲虫不同。西绪福斯虫这样一架小球车所运载的，是为一只幼虫准备的财富；圣甲虫那种大型粪球车，则运载的是供老搭档日后重逢时举行地下欢宴的食品。

看哪，两口子出发了。没有既定的目的地，赶上什么恶劣的路面都要前进，如此倒退着行走是不可能避绕障碍的。再说了，这些路障本身就是一种显示精神的机会，西绪福斯虫大概并不想绕开它们，而是要爬上这钟形罩的金属网，以此证明自己具备坚忍不拔的意志品质。

这种举措难度太大，无法实施。母亲用后爪钩住金属网眼，前爪使劲拉拽，重物被向上拖吊起来；接着她搂紧粪球，把它悬抱住。父亲已经脚底无根，索性顺势攀上了粪球，爪尖抠进球体，可以说是把自己嵌进了球车。粪团的重量增加了，他那里却无动于衷，听其自然。不管再付出多大努力，也不可能坚持多久。粪球和镶嵌物合成的大球块，果然跌落下来。母亲从高处张望片刻，好不惊奇，随后立刻滑落而下，重新操起粪食丸，再次开始无法成功的攀缘尝试。两人一次又一次摔下来，最后，登高行动放弃了。

平地使车，也并非那么顺利。无论什么时候，只要是滚过一颗石子的小山包儿，就会看到货物倾斜，接着车辕翻了个儿，六脚朝天，一阵蹬踹。这不算啥，太不算回事了。二位又爬起来，重新各就各位，而且没一次不是快快活活。别看翻车每每会把这西绪福斯虫摔出老远，肚皮朝天，它却总是满不在乎。它们甚至会这样说：我们巴不得多摔几个哪。是啊，让食品丸摔得更熟，滚得更实，何乐而不为？既然有了这样的基本考虑，节目单中自然就安排了碰、撞、跌、颠等一系列表演。这着魔般拖带粪球儿的一幕，一连持续了好几个小时。

最后，母亲认为事情做得够完美了，于是抽身离开一会儿，去物色一处理想的地点。父亲蹲在财宝上守候着。雌性伙伴离去后迟迟未归，雄虫便翘起两条后腿，抱着粪球迅速翻转，以此消解心中的烦闷。他用一套独特的手法耍着心爱的小球儿，用一副弧形支脚的卡箍测试球体的尺寸。看他操着欢快的动作不停扭动，有谁会怀疑，为来日家人操劳一事证明他自己是一家之父，此时正因此而欣喜若狂呢。他似乎在说：是我揉成了这暄腾浑圆的面包，是我给我的儿子们做的。他擎举着的，是一份显示已获得为众人利益工作资格的勤劳证书。

这期间，母亲完成了选址工作。地面挖出一个小凹坑，这只是计划中地洞工程的最初阶段。粪食丸被移到坑沿上。父亲担任警觉的护卫，抓着小球儿不放；母亲操着爪子和小硬帽，连挖带拱。工夫不大，小坑够大了，已能容下小半个粪球儿。这之后，西绪福斯虫必须时刻与这圣物保持接触，用背顶着它，感觉到它在身后不停颤动。证实没有寄生虫食客接近后，才开始继续挖洞。它们担心，小面包在地洞口外一直放到贮藏室全部完工，恐怕会招致食客的侵害。的确，腻虫、蝇子多的是，它们会攫取这劳动果实。谨慎起见，还是该细心看管，杜绝疏忽。

粪食丸就这样向下滑落，整体已有大半坐入了盆形坑洞。母亲在下面，抱住小球拽；父亲趴在球上，减轻球体摆动，同时防备出现塌方。一切顺利。挖掘工作继续进行，球体继续下陷，谨慎态度依然如故。一只西绪福斯虫拖拽埋藏物，另一只控制下沉运动，并且清理可能碍事的物障。再经过一番努力，小球随两位矿工一起消失在地面之下。又过了一段时间，还是什么也看不到。让我们等上大约半天吧。

只要我们坚持观察，毫不松懈，就会看到结果。父亲出来了，但独身一人，只见他走到离地洞不远的地方，在沙土里缩腿休息起来。母亲留在洞中，她要做她的事，那种事是异性配偶所帮不上忙的，所以一般要到第二天才会出来。最后，她终于露面了。父亲从打瞌睡的隐蔽所跑出来，回到母亲身旁。重新团聚后，夫妻双双走到食品堆旁，先在那里用餐，然后又切下一小块原料，二人再次合作，共同加工成型，共同装车运输，共同埋入地窖。

看见夫妻双方都这样忠实，我心里感到很舒服。这忠诚是不是已成为行为准则？我不敢肯定。在这方面，会有一些朝三暮四的雄性，它们一旦置身于大蛋糕下的杂处环境之中，就把自己曾为其充当过小伙计的第一位异性面包师傅忘得干干净净，转而效忠于随便遇上的某位新异性；也会有一些结为临时夫妻的事例，双方只做完一个小食丸就离异了。但这无伤大雅，这种情况我只碰见过极少次，所以我依然认为，西绪福斯虫的家庭习俗是淳美的。

说到地洞里的情况之前，我们先回顾一下西绪福斯虫的习俗。父亲和母亲同样出力，参加为一只幼虫准备食物的取材和模制工作；他参与运输，当然，其角色是辅助性的；母亲去寻找掘洞地点的时候，他看守面包；他协助挖掘工程的施工；他把从地下推出的废料清理到洞口外边；最后一点，集这些品质于一身的他，在很大程度上做到了忠实于自己的配偶。

上述特点中，有些在圣甲虫那里也可看到。它们相当乐意双方一块儿加工粪球儿，它们也知道彼此操着相反的姿势驱动球车。然而我们要重复一遍，它们那种互助行为的动机是利己主义。换言之，两位合作者都只是怀着一个心计在制作和运输粪球儿：对它们来说，手中的东西是供自己美餐的圆面包。若就其家庭事务而言，圣甲虫母亲是没有帮手的。实际上只是她自己在制作球胚，移出粪堆儿，倒立着推滚，这种姿势在西绪福斯虫这里，则是雄性所甘愿采取的；只是她自己在掘土掏洞，而且只是她自己在埋藏粪球儿。其异性伙伴根本未把产卵、育幼之事放在心上，不在令人精疲力尽的操劳中出一把力。看，这与我们同样和粪球儿打交道的小矮子金龟相比，有多大的差距！

现在该参观一下地洞了。洞穴很浅，而且狭窄，刚够母亲围自己的作品迈开步。看了如此拥挤的宅所，就知道父亲是无法再钻进去住些日子了。作坊既已造好，他就该抽身出去，也好让继续摆弄粪球儿的母亲能自由行动。我们已经看见，他确实比母亲提前很多时间爬上了地面。

地窖里容纳的东西只有一件，也就是那件模塑杰作，宛如圣甲虫小梨的微缩制品，但着实给人一种小巧精美之感。由于体积更小，表面光洁度和曲线优美感都能达到比圣甲虫小梨更高的水平。这种微型球体，直径一般在12至18毫米之间。食粪虫类的艺术，在这里产生出了最精美的制品。

然而，这尽善尽美的状态维持不了多久。很快，惹人喜爱的小梨便染上污痕，一条多节状黑乎乎的附着物，围着它粘了一圈，不久前的娇美不见了。虽然其他地方还是原样，但这部分外表已经蒙上一厚层不是样的东西。出现这串有碍观瞻的结瘤的原因，开始时让我费解。我曾以为它们是某种隐花植物，或者是链球状菌类，因为看得出，它们结了一层黑色的、疙疙瘩瘩的硬皮。后来我从错觉中醒悟了过来，那原来是幼虫干的好事。

其实这是一种通常的现象，幼虫躬成一个钩子形，后背像个大口袋，其状如驼背。这种姿势说明它是一个急性排便者。如同圣甲虫的幼虫一样，它非常擅长修补术，用瞬间喷出的一点儿水泥，填补鸡蛋形小屋内壁上的坑洼洞眼。水泥材料就储藏在自己的小褡裢里，随用随有。此外它还实际应用着另一门艺术，这门艺术是滚粪球的成虫们所不会的，即细粉条加工术。当然，宽颈圣甲虫的成虫偶尔也用这门艺术。

各类食粪虫的幼虫，都利用消化残余物作灰泥，来涂抹居室内壁。内壁面积相当大，随时可供幼虫这样安置废弃物，从而免却了必须临时开窗倒垃圾的麻烦。然而，西绪福斯虫的幼虫别出心裁。或许出于活动空间不够的原因，或许出于我未得了解的其他原因，反正按规定抹过涂层后，它要把一切剩余的排泄物都排出居室。

当小隔室中的隐居者已经开始长大时，我们可以近距离观察一只小梨。不定什么时候，你会看见小梨表面的某一点变湿了，变软了，又变薄了；接着，一股暗绿色喷射物破幕而出，四下散开，歪歪扭扭地附着在表面上。又一片瑕迹出现了。待干燥后，污痕变成了黑色。

究竟发生了什么事？原来，幼虫在外壳的内壁上开了一个临时通风口，口外一侧暂时留着极薄的一层窗纱；接着，它透过这通风口，把用不了的剩余东西抛了出来。这是在穿墙排便哪。想开就开的天窗丝毫不危及幼虫的安全，因为它几乎是在洞开的同时就又封堵上了。幼虫采用的是封闭作业法，过后只需用抹子在内口上喷射物的根基部分抹一下就是了。塞子这么快就能堵上，哪怕小梨鼓肚上再开多少次窗洞，食品也能很好保鲜，干燥气流根本不可能进入室内。

西绪福斯虫似乎也清楚，再过些天，到了数伏的酷暑季节，自己这体积奇小、埋藏欠深的小梨将面临什么灾难。它行动得非常早，四五月份就动手干活，恰好是天气晴朗的日子。七月的前半个月里，就在可怕的伏天即将来临之际，它的后代摧毁一个个隐居室外壳，着手寻找牲畜粪堆儿，那里就是它们的暑期食宿场所。炎热季节过后，随之而来的是秋天里短暂的尽情欢乐，其后是严冬中僵缩于地下的折磨，再往后就是春暖复苏；最后，作为循环链中首尾衔接的关键环节，如火如荼的滚粪球活动又开始了。

关于西绪福斯虫，还有个值得一说的观察结果。我金属网钟形罩里的六对夫妻，一共给我提供了五十七个安排上居住者的粪球儿。

照这一人口统计数字推算，平均每对夫妻已经生出了九个孩子，这一指标是圣甲虫远远达不到的。出生率为何在这里出现大幅度回升呢？我以为起码有一个原因：父亲和母亲一样劳动。独自一人承受不了的家庭事务，由两人分担就不觉得负担太重了。

（本篇译自原著第六卷）

潘帕斯草原食粪虫

周游世界，穿越陆地和海洋，从南极直到北极，置身于各种气候环境，寻访那仪态万千的生命，这自然是懂得观赏的人的至高福分。可这也是小时候令我神往的梦想，那年月，我对鲁滨孙着上了迷。丰富多彩的旅行幻景，每每稍纵即逝，随之而来的，依旧是眼前现实：整年难得出一趟家门，终日在郁闷乏味中生活。印度热带丛林，巴西原始森林，还有大兀鹰所喜爱的安第斯山脉峰峦，这一切全都见不到，眼前所剩的，只是在四堵墙壁之间用碎石块堆砌的一块正方形模拟场景。

老天爷不让我怨天尤人。的确，要使思想有所收获，并不一定要求自己非去远征不可。让–雅克在供自己金丝雀享用的一束海绿树枝叶上，采集到植物标本；贝尔纳丹·德·圣皮埃尔从偶然落在窗角上的一颗草莓那里，发现了一个世界；克萨维埃·德·麦斯特尔则用沙发椅充当轿式马车，环绕自己的居室，做了一次堪称最负盛名的旅行[1]。

用他们那样的方式见识世界，我也能办到；只是那轿式马车用不上，它穿行荆棘丛太困难了。我在篱笆墙围成的天地里，将旅途分为小段，一趟又一趟地周游；这处停停，那处站站，一路耐心地向昆虫居民咨询；随着行程的增加，不断得到一鳞半爪的答案。

这区区昆虫小镇，我已经了如指掌。我知道薄翅螳螂在那里栖息的所有细枝；清楚在宁静的仲夏夜晚，苍白的意大利蟋蟀于其间唧唧轻唱的所有灌木丛；还了解那些被身挎棉袋的手工厂主黄斑蜂套上棉外套而折腾得荡然无存的野草；也了解那些被裁剪女工切叶蜂开发利用的丁香树丛。

当花园犄角旮旯间的近海游弋所获不足时，一次远洋航行便能为我带来丰厚的贡品。我绕过邻居家的篱笆海岬航行，几百米之外，就接触到圣甲虫、天牛、埋粪虫、蜣螂、螽斯和蚱蜢；到最后，我已经是在和族员众多的各部落居民建立关系了。要想揭示它们的发展史，大概得耗尽人的一生。它们的史料，我确实掌握得相当多；尤其是近邻们的情况，我掌握得就太多了；而这，却并没有长途跋涉到遥远的地方。

周游世界，注意是分散在众多对象上的，所以这不叫观察。昆虫学家外出旅行，能往自己的盒子里插进品种繁多的标本，这对昆虫分类词典编撰者和标本收藏家而言，自然是莫大的愉快。然而搜集详细资料，

---

① 以上三位人物均为法国名人。第一位应是十八世纪启蒙思想家让-雅克·卢梭；第二位是与卢梭私交颇深的作家，田园诗《保尔与薇吉妮》的作者；第三位是作家，著有《环绕居室的旅行》一书。

则完全是另一码事。科学工作的“永远流浪的犹太人”，是抽不出空儿来停一下脚步的。要研究这样那样的情况，本应当安心逗留较长一段时间；然而他却总是在急匆匆地赶路。从他嘴里，你别想听说这样奔波会做不成什么。如此也罢，任他去往软木板上插，往盛着塔菲亚酒的广口瓶里泡吧，就让他把费心耗时的观察工作推给定居的人做吧。

这也说明了，与分类词典编撰者从事的体貌特征记录迥然不同的昆虫史，为什么会这样奇缺。的确，异域他邦的昆虫，虫种数量多得惊人，它们几乎是永远保守着自己生活习俗的秘密。但我们仍不妨将眼前发生的情况，与其他地方的情况进行比较；而且最好是通过同专业工作者的合作，搞清楚在气候条件出现变化的情况下，基础虫种是如何变化的。

想到这里，旅行难的遗憾涌上了心头，令我比以往任何时候都更感到一筹莫展。假如能在《一千零一夜》里的那块地毯上谋得一个席位就好了，那样的话，只要往神奇地毯上一坐，便可以被带到任何想去的地方。唔！那真是最佳运载工具，比克萨维埃·德·麦斯特尔的轿式马车高明多了！但愿能凭一张往返票，在那神毯上拥有小小的一角之席！

我的愿望果真实现了。能有意想不到的好运气，应感激基督教学校的一位教友，他叫朱杜里安，在布宜诺斯艾利斯分会的学校供职。此人秉性谦恭，得到他帮助的人若报以赞颂之辞，就一定会激怒他。总之，是他按照我从法国发去的旨意，在阿根廷用自己的眼睛替我的眼睛工作。他寻找目标，找到它们，进行观察，然后把观察记录及新发现的东西寄给我。我收到后，先观察好，再出去寻找，最后，正是通过信件联系，我们俩一起找到研究对象。

这一步工作就完成了；之后，又多亏这位杰出合作者的帮助，我乘上了“魔毯”；而眼下，我已经是在阿根廷共和国的潘帕斯草原，正迫不及待地着手进行一项工作，即，对照研究一下法国塞里涅食粪虫及其身处另一半球的竞争者的技艺。

工作伊始，令人振奋！第一个让我巧遇上的，正好是米隆食粪虫[①]。这昆虫外观华美，一色青黑。

雄虫前胸突出，形同岬角，头顶壳是宽阔扁平的短角，短角前沿呈三齿状。雌虫头顶壳上，只有些简单的皱褶。不论雄虫还是雌虫，头顶壳的前端又都长出一对小尖角，这既是有力的挖掘工具，又是用于切割的手术刀。它那短粗敦实的四方体形，叫人想起了法国的一种橄榄树虫，那是生活在蒙彼利埃附近的一种罕见昆虫。

如果形体相似则技艺相仿，那么可以断言，既然橄榄树虫制造短粗血肠状产品，米隆食粪虫也应该制造同样形状的产品。啊！其实不然。遇到这类与本能相关的问题，形体结构是靠不住的提示要素。这方背短爪的食粪虫，所精通的是制造葫芦形产品的技艺。圣甲虫制作的类似产品，形状不如米隆食粪虫的规则，而且也没有那么大的体积。

别看这虫类形体短粗，出手的作品却精雅超凡，令我赞叹不绝。其作品透着无懈可击的几何学原理：这颈部不甚细长的葫芦体，起码显示出了优美与力量的结合。看上去，它仿佛是以印第安人的某个葫芦容

① 米隆食粪虫（Phanée Milon）：准确中译名待考。作者是把通过邮件获得研究实物资料的方式叫作搭乘“魔毯”。

器为原型制作的，然而比原型精湛得多。小葫芦的颈口是半开着的，壶肚上刻有精美的格状饰纹。这纹络其实是虫爪跗节留下的印迹。看到米隆食粪虫这作品，有人会把它当成套着细篾编织套的水壶。

想到工匠那副笨拙的肩背，你会更加感到这工艺制品的别致与完美。的确，事实再一次证明一个道理：绝不是工具造就工匠。食粪虫类和我们人类，无一不是如此。指导模工从事创造的，是一种比成套工具优越的东西，即我称之为“能耐”的东西，也就是虫子的天才。

米隆食粪虫蔑视困难。甚至，它也在嘲笑我们的昆虫分类法。称其食粪虫，意即粪类的狂热朋友。但这既不反映它的习性，也没反映其后代的习性。米隆食粪虫需要动物死尸的血脓。人们恰恰在禽鸟狗猫的尸骸下见到它；和它在一起的，是那些素有葬尸工之称的另一类昆虫。前面描绘过的那只小葫芦，就是横卧地面，遮掩在一堆猫头鹰尸骸下面的。

解释这一情况的人会认为，米隆食粪虫的特征，体现着食尸虫的胃口与金龟子的才能的结合。但我不敢苟同这种说法；须知，有些虫类的食性很让人捉摸不透，大概根本无法只凭它们的外观来主观臆测。

我家那一带，只有一种食粪虫，而这惟一仅有的所谓食粪虫类，恰恰也是尸体残骸的开发利用者。它是一种椭圆形体的食粪虫，经常光顾死鼹鼠和死家兔。然而小矮子葬尸工，却并不因为热衷于腐肉，就不沾粪类食料的边；它也和其他一些食粪昆虫一样，在粪料上大摆筵宴。这其中也许存在两份专门食谱：供成虫享用的是粪料圆球蛋糕，供幼虫享用的是高级腐肉蜜饯。

其他种类的昆虫，也存在食性虽异，但事理相似的情况。捕食类的膜翅昆虫，自己畅饮从花冠深处汲取的蜜汁，但是用肉质食料喂养后代。同是一个胃，幼虫时代吃猎取的野味，成虫时代吃糖食。照此看来，它们的消化囊必须在生命中途发生转变才行！到最后，比我们人类强不了多少，一旦步入耄耋之年，它们的消化囊就对年轻时代大嚼快咽的食物不感兴趣了。

我们现在进一步考察一下米隆食粪虫的工艺制品。我所见到的小葫芦，都是干透了的，差不多和石头一般硬，外观变成了淡咖啡色。用放大镜观察，无论内层还是外表，都没有一点儿木质成分。如有木质，便可以证明是畜草的残留物质了。因此，这奇特的食粪虫类，使用的不是牛粪饼或类似材料；它们加工出的，分明是别的材质的产品，那种材料乍辨认起来，还颇有点儿困难哩。

把小葫芦抓在耳边摇一摇，里面有东西在轻微响动，就像摇晃内核松动的干果壳时发出的响动一样。里面或许是干缩了的幼虫？或许是死虫子？我满以为会是这么回事；结果却上当受骗了。里面那东西，远比想象的更让你长见识。

我小心翼翼地用刀尖划开小葫芦。表皮之下是一层质地均匀的内壁。手头三只样品，其中最大的一个，内壁厚度达到两厘米。内壁的里面，包着一个刚好填满葫芦腔的球状物，它和内壁之间没有任何粘连。看到球形内核与周围包壁之间保留着少许空隙，我明白了摇晃葫芦体时发出撞击声的缘故。

从球形内核的颜色和整体外观上看，它和外壳属于同一物质。把它砸开，再清除碎皮，结果发现，里面原来是些金黄色的小碎块，还有些小绒絮团、毛皮丝和细肉渣，它们掺杂着裹在湿泥团里，酷似果仁巧克力。

我在放大镜下把这些尸体碎屑挑拣出去，然后把泥团放在煤火上烧烤。泥团变得黢黑，随后鼓起一层发亮的泡皮，紧接着又喷发出呛人的烟气，闻得出是烧灼动物的气味。由此得知，整个内核是浸透了血脓的泥团。

用同样方法，把包裹泥团的外壳也烧烤一下。外壳也变黑了，但黑得不那么厉害；有少量烟气释放出来，没有泡起乌黑发亮的膜皮，而且外壳中丝毫没有内核里那些尸体碎屑。经过烧烤之后看出，几只小葫芦的残留物都是颜色发红的黏土。

通过这样一番简单的分析处理，我们对米隆食粪虫的食物烹饪术有了认识。它们为幼虫准备的美味，居然是一种肉末香菇馅饼……它们是用头顶上的两把解剖刀和前爪上的锯齿刀，把所有能从尸体上割下来的东西切成碎块，做成肉馅，其中包括毛绒、脆骨渣和皮肉丝。刚拿到火上的时候，这份烩烤野味还是醮足腐肉汁的细黏土胶状物，经烧烤后已变得如砖块一样硬。包着肉末香菇馅饼的夹层黄油面球形盒，烧烤后成了土质与香菇馅饼的黏土相同的土壳。土壳不如固体肉汁做的内核营养丰富。

糕点师傅能给糕点做出精美的花样；他用蔷薇花饰、卷缆花饰，或者西瓜表皮斑纹状的子午线条，装饰自己的作品。米隆食粪虫对这门烹饪美学并不陌生。它把盛放馅饼的盒子，做成了华丽的小葫芦，外表还装饰了指纹的格状纹饰。

外壳只是没有营养的硬皮，几乎未蘸上一点儿有滋味的肉汁，我猜想它不是供幼虫消费的。幼虫阶段的末期，小虫胃口泼辣起来，不怕菜肴粗糙，它那时从糕点外壳的内壁上刮点儿什么吃吃，倒也是很有可能的事；然而就整体而言，直到成虫脱颖而出之日，小葫芦都保持完好无损。最初，它起到馅饼保鲜的作用，以后的全部过程中，它又要为里面的葫芦隐士充当保护壳。

冷馅饼上方，正好在葫芦颈根基部位，造有一间圆形隔室，其黏土墙壁是从葫芦壁整体上延伸而成的。隔室与食品储存室之间，隔着一道厚度相当的黏土壁板。小圆隔室就是孵化室，卵就产在那里面。我是回过头再找的时候，在小隔室原处发现有卵的，但那卵已经风干了。小虫在孵化室出壳后，先要打开上下两层房室之间的隔门，才能钻到食料团那里。

幼虫在食料团之上的隔室里问世，与食料团是隔绝的。初生的幼虫，要在合适的时候，靠自己钻透食品罐头的瓶盖。没多久，小虫爬到了肉馅团上，到那时你再看，隔板上钻出一个幼虫刚好可以通过的小洞孔。

由于四外都有厚实的陶瓷包装，在孵化所需的漫长过程中，油肉食料始终不会腐败变质。关于孵化过程的细节，目前尚不清楚。但可以断言，居住在同样是用黏土建造的小隔室里，虫卵是安然无恙地静卧休息的。真做到了万无一失；到此为止的一切条件，都是按最高规格创造的。米隆食粪虫深谙构筑防御体系的奥秘，深知过早出现蒸发会给食品造成危害。除此之外需要解决的，还有出卵幼虫的呼吸问题。

这虫类解决幼虫呼吸的方案，同样巧夺天工。它沿着葫芦颈的轴心线，开出一条细细的通道，细到只能插入一支最细的麦秆。这条细通道的内口，开在孵化室顶部；外口开在小葫芦尾突末端，呈半张开的喇叭口状。这就是空气通道。通气道极其狭窄，而且里面设置了似堵非堵的尘土颗粒，这样就防止了来犯者入侵。虽然天真，但是绝妙！我当即发出赞叹。难道赞叹不对吗？如此建筑，却是一种无意之中获得的成果，确切些说，是具有独特清醒性的盲目行为的偶然产物。

这呆头呆脑的虫类，它究竟是如何出色完成这样复杂而精妙的建筑的呢？我是在借着中间人的眼睛考察潘帕斯草原，因此，眼前能为我解答这个问题提供启发的，只有这建筑作品本身的结构。根据这结构，工匠的施工方法，可以出入不大地推断出来。我对建筑工作的程序，做了如下推想。

一具小动物尸体被发现，体液已经浸软它身下的黏土。米隆食粪虫前去收集湿土。至于收集多少，要看浸软的土有多少，并无精确限量。尸体下面这可塑性建筑材料如果很充足，建筑时就可以大量消耗，其结果只会使葫芦形食品盒益发坚固。这样就出现了超出尺寸规格的小葫芦，体积比鸡蛋还大，外壳厚达两厘米。可是，由于超出了模工自身力量的限度，这一类球块加工得比较粗糙，遇上超难度劳动时的那股吃力劲儿，依然保留在模制品的外观上。如果可塑性建材很匮乏，那么昆虫模工就会把能够收集到的材料，用在最需要的地方。在这种情况下，它的行动非常自如，制作出的小葫芦也就富于精妙绝伦的规则性。

很可能，米隆食粪虫先把湿黏土揉成球；而后再用前爪摁压，用头上尖角铲挖，把泥球掏成厚实的大口酒杯。蜣螂和金龟子就是这样办的，它们在小圆丸的顶部制成一只小碗，把卵产在里面，然后立即把它们的卵形巢和梨形巢最终加工成型。

在这第一阶段的忙碌中，米隆食粪虫只是个简单的制陶工。只要具备可塑性，什么黏土都不嫌弃，尸体体液浸润的黏土本来也无营养可言。

现在，它又做起了肉食师傅。它挥舞着锯齿刀，又砍又锯，从动物腐尸上搞到一些小渣块；然后把自认为最适于给幼虫制做美味佳肴的东西，拽过来切碎。经过一番挑选，它又从血脓最足的地方收集来软泥巴，与腐尸碎末掺和在一起。调制考究的大杂烩，就地取材而做成食料球，不用像其他一些食粪虫类，配制食料丸时要滚成球。食料球的额定分量，是按幼虫的需求量来计算的，因此球体几乎总是一般大小，与小葫芦最终形成多大体积无关。

如此这般，肉馅团做好了。米隆食粪虫把它安置在已经准备好的黏土大口杯里。肉馅团在安置过程中未受挤压，不会和外壳发生粘连，因此在以后的时间里，始终可以灵活转动。这时候，制陶工作再度开始。

这虫类推压宽大厚实的黏土杯边缘，使之逐渐延展到肉馅团上面，最后把肉馅团包裹起来。肉馅团顶部的黏土壁较薄，其他部位的黏土包层则很厚。幼虫将来要穿透顶壁，才能抵达食料储存室；考虑到那时的小虫还很娇弱，这虫类此时先在薄顶壁上造出一个牢固的环形黏土圈，随后再把黏土圈加工成空心半球。与此同时，它把卵产在空心半球里。

收尾工作开始。这虫类摁压小半球的边缘，使开口向内收拢，最后封顶，孵化室随即告成。这项工作，自始至终需要分寸感极强的灵巧。因为，加工小葫芦尾突部位时，必须一边压塑建筑材料，一边留出轴心线上的微口径通气道。

挤压力量只要出现一次计算失误，狭窄通道就要发生无可挽救的堵塞。我认为，建造这通道是极其艰难的工作。人类技术最熟练的制陶工，大概也得求助于一根针，否则这项操作无法坚持到底；只有待操作结束后，再把针抽出去。而这虫类，却是一架节肢构造的自动工作机，可以毫无意图地建造出穿越葫芦体尾突高地的暗渠。如果它是有意图的，那么，也许它就不会成功。

小葫芦既已制成，余下的就是装饰它了。这是一项需要非常耐心去做的整修工作。通过整修，葫芦形体的曲线变得更加完美，柔软的黏土表面还点印上指纹图案。这指纹图案，酷似史前人类制陶者用拇指按压后，分布在大肚瓮表面的指纹图案。

制作过程到此全部结束。米隆食粪虫要到另一具尸体下面去重新开始工作，须知，每处巢穴只设一只小葫芦，绝不多造一只。这种做法，和圣甲虫制造它的小梨时是一样的。

（本篇译自原著第六卷）

绿 螽 斯

眼下是七月，按照日历，伏天现在才开始；但实际上，酷暑已经赶在了日历的前头。几个星期来，气温高得折磨人。

人们今晚在镇上欢度国庆。顽皮的孩子们，正围着一堆快乐之火蹦蹦跳跳，从教堂钟塔的钟面上，可以看到影影绰绰映照出来的火光。“扑叭扑叭”的鼓声，给每束火焰增添了庄严气氛。我独自一人，躲在黑暗的一角，置身于晚上九点时已颇显凉爽的环境之中，倾听着田野的节日大合唱，这是庆祝收获的欢唱。这种节日，比起那正在村镇广场上由火药、燃柴捆、纸灯笼乃至烈性烧酒所欢庆的节日来，可要庄严壮丽得多，它透现着美所固有的朴实，显露着强大所固有的安宁。

时候不早了，蝉鸣停下来。饱享着光明和热量，它们把整个白天都花在了交响乐上。黑夜既已来临，它们应该休息了；可休息却不时受到惊扰。梧桐树厚密的树冠里，突然传出惨叫般刺耳的短促声响，是蝉在绝望哀号。趁它高枕无忧之际，绿螽斯一把抓住了它。攻势凌厉的夜间猎手蹿到蝉身上，拦腰抱住，剖开肚皮，随即在里面掏找起来。得手后，先是奏响狂欢曲，接着便开始一场残杀。

在我家附近，绿螽斯好像不是能经常见到的虫种。去年，我计划研究这种蝗科昆虫，可总是找不到它，只好向一位护林员请教。根据他的指点，我终于从拉嘎尔德高原捉到两对。那里属寒冷地区，山毛榉时下已开始爬上旺杜峰了。

好运气要先开一连串玩笑捉弄人，过后，那些坚定不移的人是会受其青睐的。去年找不着的虫种，今夏却几乎随处可见。不用出小围墙院子，我便如愿以偿，找到了螽斯。一到晚上，所有郁郁葱葱的矮树丛里，都能听到它们发出的声响。一定得利用今年这意外的好条件，不然的话，机会也许会失而不可复得。

从六月开始，我便将足够数量的一对对螽斯，安顿在一只金属网做的钟形笼里，笼子坐落在盛着沙土的瓦罐沙床上。这昆虫太美了，天哪，浑身莹莹淡绿，腰间缠着两条银白的饰带。它们体型得当，身材苗条，生着纱罗质般的大翅膀，无疑成了蝗科昆虫中最漂亮的一种。我为捉到这样的俘虏而欣喜。它们将教给我什么？以后才能知道。眼下是要养活它们。

我给这伙囚徒投喂莴苣叶。它们果然啃咬起来，只是吃得很少，仿佛不屑启齿似的。原因很快搞清楚了：我与之打交道的，都是些不那么甘心当素食主义者的家伙。它们需要的是另一种东西，似乎是某种捕捉物。那么究竟是哪一种呢？偶尔的一次机遇，让我知道了它们想要的是什么。

黎明时分，我正在门前踱步，忽然从近旁的梧桐树上掉下个什么东西，还发出吱嘎吱嘎的刺耳声响。我马上跑过去。原来，一只螽斯正在掏空一只蝉的肚子，那蝉已是身陷绝境了。任凭蝉在那里划动爪子，挣扎喊叫，螽斯却紧抓住不放，把头探进对方胸腹深处，一小口一小口地摘除五脏六腑。

我明白了：袭击发生在树上，时间是一大早，此刻的蝉正处于休息状态；被活活解剖的不幸者突然一跳，于是乎，擒拿者和被擒者抱作一团，从树上跌落下来。那以后，我又多次碰见了同样的屠杀场面。

我甚至看见过，一身是胆的螽斯蹿上前去，尾追没头没脑夺路飞窜的蝉，此情此景，犹如苍鹰在空中尾追云雀。这一回，打劫成性的鸟类，可不如昆虫。鹰是向比自己弱小的对象发难；这飞蝗则相反，它所突袭的是比自己大得多、强悍得多的庞然大物。两种昆虫体魄悬殊，然而格斗到最后，小个子毫不含糊。螽斯有强劲的下颌作尖口钳，极少出现来不及划开被擒者的时候。被擒者没有武器，只能叫喊着挣扎。

最关紧要的是要控制住猎物；这一点在夜间乘猎物昏睡之机行动，相当容易做到。凡是被这残忍的蝗科昆虫夜巡时撞见的蝉，无一不可怜地断送性命。现在我明白了，万钹[1]齐喑已经很长时间，深夜不该再有鸣响，为什么还时而从树冠里突然传出吱嘎吱嘎的哀号。那是身裹淡绿衣装的强盗，刚刚蹿上去咬住了初入梦乡的蝉。

我那些食客的菜单找到了：今后就喂它们蝉。它们果真觉得这道菜非常可口，只消两三个星期，笼中空场就变成了停尸场，死蝉的脑袋、空胸壳、离体翅膀和脱节肢爪，比比皆是。只有肚子不见了。肚子是

---

① 钹：作者将雄蝉腹下发声器的一对半圆形护壳称作“一副钹”，《昆虫记》中经常使用这个形象化的称呼。

块好肉，虽说营养不高，但味道看来一定很不错。

的确，蝉的嗉囊里收集着糖浆，那是它用自己的木工钻，从鲜嫩的树皮层里钻出来的甜树汁。是否为了这蜜饯的缘故，猎物的腹部赢得捕猎者的偏爱，致使它不惜舍弃其他的部位呢？这很有可能。

为了使饮食多样化，我还贸然向它们投喂了甜果类食物，包括梨块、葡萄珠和甜瓜碎片。结果，没一样不合口味，螽斯们交口称赞。绿螽斯就和英国人一样，酷爱配有果酱的牛排。也许，这恰恰可以说明为什么螽斯捉住蝉后，急于剖开的是大肚子；因为从那里，可以获得美味肉加甜食的配制食品。

这种甜味蝉肉，不可能是所有地方的食用品。北方的绿飞蝗非常多；然而，此类昆虫在我们这里吃起来没够的美味，在北方恐怕是找不到的。那里的绿飞蝗，应当拥有别的食物来源。

为使我的想法得到证实，我给绿螽斯投喂细毛腮角金龟，这是在夏季用来顶替春季腮角金龟的一种昆虫。这种鞘翅昆虫一投入笼子，便被不加迟疑地接受了，而且吃得只剩下鞘翅、脑壳和足爪。再投喂华美而肉肥的松树腮角金龟，同样颇受欢迎。到第二天察看时，这奢华的食物已经被我那群屠宰班的士兵们开了膛。

这些实例很能说明问题。它们证明，螽斯是嗜虫成性的食品消费者，尤其喜欢吃外层保护壳不太坚硬的昆虫。它虽然特别爱吃肉食，却不像螳螂那样嘴刁，螳螂是非猎获物不吃的。专事屠蝉的刽子手，懂得用植物来调剂热量成分过高的食谱。肉和血之外，还要再配上水果甜渣；甚至有的时候，实在找不到更好的东西，那么配上点儿草类也可以。

尽管如此，同类相食的现象依然存在。诚然，螳螂那里频频发生的野蛮行为，我的飞蝗笼里是看不到的，没有那类叉住情敌或吞吃情侣的现象；然而，如果笼中哪位虚弱者倒下了，那么幸存着的同类们，便一会儿也不耽搁，及时将尸体派上用场，就像对待普普通通的猎物一样。食物匮乏这理由是不能成立的，可它们偏要用死去的同伴充填肚子。倒也是，所有有刀类昆虫[①]，都程度不同地表现出以跛瘸同伴为食的癖好。

这个话题就说到这儿，现在还是来看我的螽斯吧。它们非常和睦地在钟形笼下过着和平共处的生活。它们从来不发生凶狠的吵闹，充其量只在食物问题上出现少许争执。我刚才投放了一块梨，立即有一只飞蝗在上面耍起威风。它惟恐梨块被别人夺走，在那里尥起蹶子，把任何前来啃咬可口食品的同伴蹬开。个人主义哪儿都有。肚子饱了，位子让给下一位，下一位又是个容不得他人的家伙。就这样一位接一位地，全体笼中动物都到这儿来下了馆子。吃饱以后，大家用大颚尖搔搔脚掌，用蘸了口水的湿爪子把额头、眼睛擦得锃亮；接下去，要么用爪子抓在粗麻布片上，要么俯身卧在沙土上，一个个摆着沉思冥想的姿势，悠然惬意地消消食儿。白天里，大部分时间都用来休憩，特别是气温最高的那几个时辰。

到了傍晚太阳落山后，众螽斯才群情振奋起来。晚上九点钟光景，活跃气氛达到高潮。大家以爆发般的冲动爬上圆顶，然后又以同样的急躁性情爬下来，接着还要再爬上去。同伴们你来我往，一片嘈杂。有

① 有刀类昆虫：是指雌性腹端生有细长刀剑形产卵器的昆虫。

的在环形跑道上奔跑，蹦跳，应接不暇地把一路撞见的艳情韵事收入眼底。四下里到处有发着尖叫的雄螽斯，它们站在一旁，用触须挑逗过路的雌性。未来的母亲们，神态严肃地散着步，身后拖提着那把大刀。坐卧不安、心急火燎的雄性们，现在要干的头等大事就是交配。有经验的人只要看上一眼，就能猜透它们的心思。

这个情况也是我的重要观察课题，我的愿望得到了满足；但是仍未完全满足，因为接下去的事情，时间拖得太晚，致使我没有能赶上婚事的最后一幕。那一幕，要等到深更半夜或者一大清早，才会上演。

我仅仅看到了冗长序幕中的一个片段。热恋中的一对情侣，几乎是头碰着头地对脸站在那里，互相长时间地触摸，彼此用柔软的触须向对方探话。你会以为眼前的是两位不愿劈杀的剑场对手，正一次又一次地把恋和的花剑搭在一起。每隔一段时间，雄性鸣叫片刻，可那琴弓刚简单拉了几下就停下来，恐怕是激动得拉不下去了。时钟敲响十一点，倾吐衷肠的场面仍未结束。实在遗憾，我已经困倦难忍，无奈只好放弃了那对夫妇。

第二天上午，雌螽斯产卵管根部的下方，挂上了一个怪玩意儿，那是盛着生命种子的口袋。其形状像个乳白色的细颈瓶，体积有一只天平砝码那么大，隐约隔成数量不多的几个长圆形囊泡。当这雌虫行走的时候，细颈瓶擦在地皮上，被黏上去的沙粒弄脏。过了一会儿，它开始用能够使自己受孕的细颈瓶大摆筵席，慢条斯理地把里面的物质吸干；然后猛地一下咬住剩下的薄皮囊，长时间反复咀嚼这带黏性的残留物，最后全部吞咽下去。不到半天工夫，乳白色的累赘不见了，连最后一粒细末都被津津有味地吃进肚里。

这种难以想象的吃筵席法，仿佛是从外星引进的，与地球上的作法大相径庭。蝗科昆虫是个多么奇异的世界啊。它们既是最古老陆地动物界的一种动物，又如同蜈蚣和头足纲昆虫一样，是迟至今日仍因袭古代习俗的一种具有代表意义的实例。

（本篇译自原著第六卷）

虫体着色

被当地人叫作“法内–米隆”的食粪虫，是南美潘帕斯草原上最漂亮的食粪虫。依照正规的专业评注，它的名称为“亮甲虫”，这意味着它是一种光彩、灿烂、辉煌的甲虫。名字起得毫不夸张。这昆虫将宝石晶辉与金属光泽两种光学性有机结合，使身体各部位随着接收光线的角度、强度差异，变幻放射绿宝石般的青辉和红铜般的紫光。虽然它一生寻污掘秽，到头来却为自己这昆虫珠宝匠的珠宝带来了美誉。

我们的食粪虫衣着朴素，却喜欢非常华丽的装饰品。例如，一只金龟子的前胸配置了佛罗伦萨青铜，另一只的鞘翅涂抹了红酱。伪金龟的身体，上面是黑色，下面却是黄铜矿色。粪生金龟的身体，暴露于光照的部分是黑色的，腹部则是紫晶般华丽的艳紫色。

很多其他种类的昆虫，也都有各不相同的装饰习俗。步甲、金匠花金龟、吉丁、叶甲等等，以佩戴珠宝首饰而论，都能与美丽的食粪虫媲美，甚至有过之而无不及。若将这些珠宝首饰聚在一起展示，宝石匠都难免眼花缭乱。单爪丽金龟这山间溪畔桤木、柳树的主人，通体湛蓝，令人叫绝。这种蓝比晴空之蓝还柔美悦目，如此装饰只有在某些蜂鸟的颈上、某些赤道地区蝴蝶的翅膀上才能找到。

为了这样打扮自己，昆虫到什么戈尔孔达[1]找来了它的宝石？在什么砂金矿里拾回了它的金砖？吉丁的鞘翅提供了多么好的课题啊！颜料化学能从中得到令人欣喜的收获。但这类课题似乎难度很大，连科学都还无法认识这些最朴素服饰的着色原理。问题的答案，到遥远的将来一定会有，尽管永远不会完整。说不会完整是因为，生命的实验室能够严守那些禁止我们实验室曲颈瓶知道的秘密。我此时此刻把自己看到的一点儿东西讲出来，也许能为未来的大厦增添一粒沙石。

我们细致观察一下以猎获物为食的两种幼虫，即泥蜂幼虫和水龟虫幼虫。两种幼虫体内一定会生成某种生命的变异物质，那就是尿酸或类似的某种酸。但事实上，水龟虫幼虫的脂肪层中没有看到这种酸的堆积，而泥蜂幼虫的体内却积存着这种酸。

这一阶段的泥蜂幼虫，自身排泄固体废物的管道还没有投入使用。虫体尾端的消化系统通道仍处于闭塞状态，尚未排出任何东西。体内产生的尿酸物质无法排泄，便积存在一大块脂肪里。这样一来，脂肪块变成了一座仓库，存放着体内器官加工原料后产生的废弃物，也储藏着用于再加工的可利用物质。这情况与高等动物切除肾脏以后的情况很相似：血液里本来带有微量尿素，含量并不显著；然而当排泄尿素用的通道被切断后，尿素成分只好积存在血液里，含量变得越来越大。

---

① 戈尔孔达：印度古城堡，位于安得拉邦。据史书记载，戈尔孔达附近曾盛产钻石。

相反，水龟虫幼虫的体内，供排泄物使用的通道一开始就畅通无阻。尿类物质生成后随即排出，无需体内脂肪组织像仓库那样储存它们。但在自身发生深刻生理变化的变态期内，幼虫不可能有任何排泄活动，尿酸还是要积累下来，而且也是储存在脂肪里。

研究尿酸残留物非常重要，只是在此不宜进一步深入下去。既然我们探讨的题目是着色，那就让我们言归正传，话题转回泥蜂所提供的资料。泥蜂幼虫的肌体几乎像玻璃那么透明，体色像不凝固蛋白一样不大鲜亮。半透明表皮之下可以看到一条长消化道，除此之外没有任何有色的东西。幼虫吃下了蟋蟀粥，消化道鼓囊囊的，呈红葡萄酒样的暗色。消化道下面，隐约可见一个透明度较差的扁椭圆形暗白色尿酸囊，囊中的细密颗粒清晰可辨。看着眼前这团细颗粒，就仿佛看到了已是半成品的一套美丽服装。虽然看上去就这么薄薄一片，但已经很了不起了。

幼虫阶段有通着消化道的尿酸囊，虫类就掌握了日后自我化妆打扮的手段。黄斑蜂已经告诉我们，它们怎样从小就在小棉絮袋里开始用自己的垃圾制作首饰。它们那种分布着白色结晶细颗粒的皮层，同样不愧为一项绝妙的发明。

利用体内产生的废物，花很小代价就把自己打扮得漂漂亮亮，这甚至在那些幼虫阶段即开通消化系统排泄道的昆虫那里，也是一种极为常见的作法。猎食性的膜翅昆虫就是这样，其幼虫也不得不用尿酸为自己准备斑纹服饰。还有不少昆虫，幼虫时代排泄管道是畅通的，没有尿酸囊。但它们很聪明，掌握另一种方法，照样获得了自制漂亮衣裳所需的虫体废弃物质。它们的方法，就是搜集其他昆虫匆忙排出的废物，经过自己体内消化吸收，把所需成分积存下来，以备自身装饰之用。这正是：化极俗为奇美。

我们剖开毛虫的外衣，用放大镜观察它的虫体镶嵌画。皮下那些没有染成黑色的部位，会看到一层色素，有的地方发红，有的地方发黄，有的地方发白，都是一种黏性分泌物。我们从这层色彩斑斓的薄膜上剥离一小片，用硝酸进行处理。现在要观察的是，它是否有色素，至于是什么颜色的并不重要。只见它在硝酸的溶解作用下，先沸腾发泡，接着衍生成红紫色的铵。由此可见，毛虫制服有那么艳丽的色彩，成因也在于尿酸。毛虫的脂肪组织里，确实存在微量尿酸。

皮层上呈现为黑色的部位，情况就不同了。对这些部位做化学处理，硝基镪水难以侵蚀，处理后与处理前一样，仍保持原来的沉着重色。能被试剂除去色素的那些部位，变得几乎和玻璃一样透明。仅仅以色别来划分，毛虫的美丽表皮，整体上其实就是两组拼片。

那些深黑色拼片，可以认为是染制的。染料浸透这批拼片，已经变为合成皮层分子结构的有机成分，用硝酸分解不出来。其他红、白、黄诸色拼片，是涂制的，用的是名副其实的油漆涂料。红白黄半透明薄片上带有尿类石灰浆，这种物质是由脂肪层通过细管注入皮层的液体生成的。若直接用肉眼观察，看不到黑色薄片上有石灰浆；但硝酸产生的化学反应结束后，没有光泽的黑底上呈现着星星点点半透明的红、白、黄色斑。

下面再看看另一目昆虫的实例。论穿戴漂亮，蜘蛛目昆虫中的彩带圆网蛛真可谓得天独厚。它那粗圆的肚腹表面，交替排列着黑、黄、白各色横条，黑者深黑赛墨漆，黄者鲜黄似蛋黄，白者纯白如新雪。腹部末端则只有黑、黄两色，排列方式也不同：黑底色上并列两条黄带，双双延至拔丝器旁，颜色逐渐变成橘黄。胸侧各有一个浅色鸡冠花样的图案，呈四外扩散状，说不清究竟像什么。

用放大镜观察蛛体表面各黑色部位，没发现任何特别的东西，它们质地相同，强度也相同。然而在其他颜色的各部位，看得见一些网眼细密的网状结构，网脉是由多角形颗粒堆码成的。用剪刀挑开腹部一侧，很容易就能把蜘蛛背部的角质层完整地剥取下来，而且不粘连这层外皮下的肌肉。白色横条所在的部位，薄薄的角质层是半透明的。黄色和黑色横条所在的部位，角质层则分别是相应的黄色和黑色。这些白、黄、黑色拼片的颜色，的确来自某种带色素的涂料。这种涂料性的物质，用油画笔就能很容易地清扫掉。

白色横条所在部位，揭去表面角质层，暴露出一层多角形的白色微粒。这些白粒组合成一条横带，只是其中有的地方密度大些，有的地方密度小些。观察证明，这些细微颗粒本身是透明的，因此，生性活泼的蜘蛛有了雪白的饰带。优美的肚皮镶嵌画，画面上没有任何破坏视觉效果的东西，白色腰带与彩色腰带搭配得十分协调。

各色细颗粒送到显微镜所用的玻璃载片上，滴上硝酸液做化学处理，结果它们不溶解，也不沸腾起泡。据此可以断言，它们不属于尿酸。这种物质大概属于尿碱，是蜘蛛目昆虫的一种生物碱。因此可以认为，这种东西就是蜘蛛表皮下生成的那些黄、黑、红、橘各色粘附性分泌物的色素。总之，这种美丽蜘蛛将动物体内残渣氧化，生成与毛虫所用不同的另一种化合物，而后加以利用。美丽蜘蛛的工艺与美丽毛虫的工艺，二者实在难分高下。你别的昆虫能用尿酸化妆，它彩带圆网蛛也能用尿碱打扮自己。

长话短说，我这里谈到的只是几条资料，必要时还可援引大量其他资料来印证它们。我们刚才了解到的几个情况说明了什么？它们明确告诉我们，有机体的残余物尿碱、尿酸，以及生命提炼装置产生的其他废料，对于昆虫着色有重要作用。

与虫体涂料相比，虫体染料是个精细复杂的难题。迄今为止，能够付诸实际观察的现象领域非常小，目前可以看到的只有涉及染料色质演变的一些情况。潘帕斯草原食粪虫那光彩夺目的深红色宝石，本身就是向我们提出的一个问题。我们把问题提给潘帕斯甲虫的近邻虫种吧！说不定，这些近邻能让我又前进一步。

刚脱去蛹壳旧衣的埃及圣甲虫，露出的是一套奇装异服。这套服装与成虫的一身乌黑毫无共同之处，头、爪、胸都是鲜艳的铁红色，鞘翅和腹部则是白色。这种铁红色，基本上就是大戟毛虫的色调。但与毛虫红不同的是，硝酸显影液对这种红颜色的染料不产生作用。此时此刻，腹部表皮和即将由白变红的鞘翅表皮里，同样基质的染色素肯定正在改变着自己的分子结构。

两三天内，无色的东西变成有色的东西，这当中有一种新的分子结构在起作用。沙石本身没有改变什么，但是按另一种顺序排列组合，建筑物就会改变外观。

圣甲虫这种金龟子已变成浑身通红。这之后，散雾状的褐色物质开始出现在额套壳和前爪细齿上，这是劳动工具早熟的标志。这些工具因而获得特殊的硬度。再往后，较暗淡的颜色像烟雾弥漫一般在全身浮现，逐渐呈现为取代红色的褐色，最后又变成常态圣甲虫的黑色。不到一个星期的时间里，无色变成铁红色，再变成乌亮的黑色。至此，一切结束，虫体涂成了成年色。

金龟子、宽胸蜣螂，以及其他许多昆虫，都是如此变色。潘帕斯草原的饰物——亮甲虫，大概也是这样把自己变美的。我肯定会是这样。假如把身在蛹壳褴褛的亮甲虫放到我眼前，我会看见，它的身体除腹部和鞘翅外，都染着不带光泽的红色或暗红色，要么就是褐红色；它的腹部和鞘翅最初无色，但很快就有了和身体其他部位相同的颜色。金龟子用黑色取代最初的红色，亮甲虫则应该是用火红的红铜色和苍翠的碧玉色，共同取代最初的红色。乌木、金属和宝石，它们是否与此有同理同因之处？显然有。

光，似乎与这些华美饰物的颜色演变毫无关系，既不加速也不延缓这种变化。日光直接照射太热，对娇弱的蛹是致命的。我在两片薄玻璃之间加进水，形成水屏，阳光变得柔和了。整个变色期间，我每天让金龟子、粪金龟、金匠花金龟接受弱化的阳光照射。我让昆虫证人们接受对比实验，有的置于漫射光下，有的放在黑暗当中。可我的实验没产生任何效果。阳光下与黑暗中，虫体颜色的变化进程相同，既没有在这种条件下加快，也没有在那种条件下放慢。

实验前即不难预料，光线差异对变色无效。平安度过幼虫期的吉丁从树干深处钻出，粪金龟、亮甲虫一类昆虫从地下故居出走，它们初见天日时披挂着的即是终生受用的饰品，此后的阳光并不会使饰品再增加什么光彩与绚丽。昆虫从事其化学着色，不求助于光，即使是蝉也如此。无论是囚在我们实验器材的黑暗角落，还是置身阳光充分照射的正常环境，挣脱幼虫期家园的蝉都一律由嫩绿变为暗褐。

昆虫以尿渣为染料。这种染料也可以在多种高等动物体内找到。人们至少知道一个例子，一种美洲小蜥蜴的色素，在滚沸的盐酸长时间作用下，最终变成了尿酸。这种情况不会是孤立的。照此看来，爬行动物也应该是用类似的生化物质，给自己的外皮染色。

从爬行动物到鸟类，差距并不大。野鸽身上的虹彩，孔雀身上的眼斑，翠鸟身上的海蓝宝石，红鹳身上的胭脂，还有一些异域鸟类的绚丽羽毛，这一切都或多或少与尿类排泄物有关系吗？为什么没有呢？大自然这最崇高最卓越的主宰，热衷于那些能造成巨大反差的事，这类事改变着我们看待事物的价值观。大自然把一小片很平常的煤变成金刚石，把陶器工人制作猫狗食盆用的黏土变成红宝石，把有机体的劣等残渣变成昆虫和鸟类华美的饰物。这类饰物包括，吉丁和螃蟹那金属般的绝妙护甲，叶甲和食粪虫那全身披挂的奢华饰品，蜂鸟们那紫晶、红宝石、蓝宝石、绿宝石、黄宝石，如此等等，不胜枚举。光彩夺目的饰物，切磨宝石的珠宝匠搜遍自己的专门词汇也搞不清你们是什么。你们究竟是什么？答案是：少许尿液。

（本篇选译自原著第六卷《昆虫的着色》）

蟋蟀出世记

想看蟋蟀产卵的人，不必花一个钱做准备工作；他只要有点儿耐心就够了。布封[①]称这耐心是天才；我愿略降一格，称之为观察工作者的最可贵品质。我们在四月，或最迟五月，把乡野蟋蟀一雌一雄地单独关在盛有底土的花罐里。可以用莴苣叶做它们的食物，隔一段时间换一次新鲜的。容器口上盖一块小玻璃板，防止蟋蟀逃走。

一些很有意义的资料，就是通过这种简陋的设备获得的。需要的话，还可以利用优质金属网做的笼子，作为辅助设备。金属笼里的情况，将在后面予以介绍。现在，我们来监视产卵过程，但愿能保持高度警觉，不要错过产卵良机。

时至六月的第一个星期，坚持不懈的观察工作开始收到令人欣慰的成效。我忽然看见母蟋蟀站在那里一动不动，产卵管垂直插在土里。对我有失礼貌的偷看行为，它毫不介意，依然长时间定在一个点上不动。

---

① 布封（Buffon，1707—1788）：法国十八世纪著名博物学家，以写作具有文学魅力的《自然史》三十六卷闻名于世。

最后，它拔出自己那把点播种子的小铲，草草扒拉几下，抹掉钻头眼的痕迹；它稍微喘口气，又溜达到另一个地点，再度开始往土里插产卵器；它这儿插一下，那儿插一下，所有可以利用的地皮都点播到了。这情形和大家熟悉的白面螽斯一样，只是操作速度比螽斯缓慢。二十四小时过去，我觉得产卵结束了。但为了做到更可靠地掌握情况，我又继续观察了两天。

两天过后，我开始搜索土层。卵粒呈稻草黄色，都是有两个终端的小圆柱体，长约三毫米。它们彼此不接触，竖埋在土里，点播的距离很近。种子数量多少，取决于一个连续产卵过程中的产卵次数。整个土层下都发现了卵粒，它们离土表层大约两厘米。用放大镜观察一堆土，是件很麻烦的事情，根据这样所能观察到的结果估计，每只母蟋蟀的一个产卵过程，大约产出五六百粒卵。这等规模的家庭，肯定要在很短时间内接受大幅度裁员才行。

每粒蟋蟀卵，本身都是绝妙的小小机械系统。幼虫完成孵化时，卵壳就像一个白色的遮光套，顶部有一个很规则的圆孔；沿圆孔周边扣着一个拱形顶帽，成为一个封盖。封盖不是在新生儿盲目推顶或割划下被划开，而是沿一道特意准备的、质地极其脆弱的线纹自动开启。这奇妙的孵化过程，也应该了解一下。

产卵后十五天左右，卵壳前端隐约看得见一对黑里透红的视觉器官的大圆点。从视觉点稍稍向上，恰好在圆柱体顶端，此刻显现出一个微型环状垫圈。这就是正在形成当中的断裂线。不久，透过半透明的卵壳，可以看见里面那小动物身体的细小分节。再往后，就要加倍警觉，频频察看了，尤其是上午的时间里。

好运气所偏爱的，是那些有耐心的人；它来报答我所付出的艰辛劳动。经过一种精妙绝伦的加工，微型垫圈已经变成一道强度甚低的条纹；就在这时候，困在卵中的小生命额头一碰，卵盖便沿着自己的周边分离开去，被顶起来，随后落在一旁，其景状与注射剂细颈薄玻璃瓶的顶帽断落一样。蟋蟀从卵壳里出来，犹如从玩偶盒里弹出了个小怪物。

（本篇选译自原著第六卷《蟋蟀的地洞和卵》）

意大利蟋蟀

我们镇子里见不到家蟋蟀，那是乡间面包房和灶台的常客。然而，尽管壁炉下的石板缝哑然无声，这寂寞还是能得到补偿的：夏夜里，原野上，到处听得见一种调式简单重复，然而情致陶冶人心的乐曲，这音乐在北方可难得听到。春天，在太阳当空的时间里，有交响乐演奏家乡野蟋蟀献艺；夏天，在静谧怡人的夜晚，大显身手的交响乐演奏家是意大利蟋蟀。演日场的在春天，演夜场的在夏天，两位音乐家把一年的最好时光平分了。头一位的牧歌演季刚一结束，后一位的夜曲演季便开始了。

意大利蟋蟀与蟋蟀科昆虫的某些特征不大一致，这表现在它的服装不是黑色的，它的体型不那样粗笨。这虫种体形修长，体格纤弱，体色苍白，周身穿戴几乎都是白色的；这与它夜间活动的习惯相符。即使把它轻轻捏在指间，人们也担心会挤破。它栖驻在各种小灌木上，或者高高的草株上，过着悬空生活，极少下到地面上来。从七月到十月，每天自太阳落山开始，一直持续大半夜，它都在那里奏乐。在闷热的夜晚，这演奏正好是一台优雅的音乐会。

我们这里的人，都听过它的奏鸣曲，因为只要是有一点儿荆棘丛的地方，就有它的交响乐队。这昆虫有时竟在房屋的顶楼上高声奏响，那是它顺着干草摸爬，结果在那里走失了。这苍白蟋蟀的习俗很神秘，谁也说不准耳边听到的小夜曲，究竟是从哪儿传出来的。有人完全误以为这声音是普通蟋蟀的鸣唱，殊不知，普通蟋蟀眼下还十分幼嫩，尚不会发声。

乐曲由一种轻柔缓慢的鸣叫声构成，听起来是这样的：咯哩——咿咿咿，咯哩——咿咿咿。由于带颤音，曲调显得更富于表现力。凭这声音你就能猜到，那振膜一定特别薄，而且非常宽阔。如果没什么惊扰，它安安稳稳待在低低的树叶上，那叫声便会始终如一，绝无变化；然而只要有一点儿动静，演奏家仿佛立刻就把发声器移到肚子里去。你刚才听见它在这儿，非常近，近在眼前；可现在，你突然又听到它在远处，二十步开外的地方，正继续演奏它的乐曲；你以为是距离拉开后，使音量显得弱了。你赶快跑过去。结果什么也没有。声音仍然从第一个地点发出来。事情愈发蹊跷。这一回你再听，声音又从左边传来，可又像是从右边传来的，或许是从后边传来的吧。你完全摸不着头脑了，已经无法凭听觉，找到这虫类正在唧唧作声的准确位置。要想捕捉这演奏歌曲的，必须具备足够的耐心，采取防止意外的周密措施，然后才能再借助提灯的光亮来行动。如上条件都具备以后，我捉到那么几只意大利蟋蟀，投放到笼子里；这之后，我才得以了解到一点儿情况，一点儿有关演技能高超到迷惑我们耳朵的演奏家的情况。

两片鞘翅都是干燥的半透明薄膜，薄得像葱头的无色皮膜，均可以整体振动。其形状都像侧置的弓架，处于蟋蟀上身的一端逐渐变窄。弓架从上端开始，依一条粗实的经翅脉的弧形走向，先折成一处直角，然后再以鞘翅凸边的形式，沿体侧向下顺延，直到身体末端。弓架形成的凸边，刚好在蟋蟀采取休息姿势时能包住体侧。

右鞘翅在上，左鞘翅重叠在它下面。右鞘翅内侧，在靠近翅根的地方，有一块胼胝硬肉。从胼胝那里，放射出五条翅脉，其中两条上行，两条下行，另一条基本呈横切走向。横向翅脉略显橙红颜色，它是最主要的部件，说白了就是琴弓。这一点，只要看看它是嵌在若干细褶纹之间的，我们就明白了。鞘翅的其他部位上，还有几条不那么粗的翅脉，它们撑着铺展开的翅膜，不属于摩擦器的组成部分。

左鞘翅，或称下鞘翅，结构与右鞘翅基本相同；其不同之处在于，左鞘翅的琴弓、胼胝，以及从胼胝放射出来的翅脉，全部显现在翅膜的上一面。左右两只鞘翅是斜向交叉着的。

虫鸣大作之际，两只鞘翅始终高高抬起，其状宛如宽大的纱罗布船帆。两片翅膜，只有内侧边缘重叠在一起。两支琴弓，一只在上一只在下，斜向铰动摩擦，于是支展开的两个膜片产生了发声振荡。

上鞘翅的琴弓在下鞘翅上摩擦，同样，下鞘翅的琴弓在上鞘翅上摩擦；摩擦点时而是粗糙的胼胝，时而是四条平滑的放射状翅脉中的某一条，因此，发出的声音会出现音质变化。这大概已经部分地说明问题了：当这胆小的虫类处于警戒状态时，它的鸣唱就会使人产生幻觉，让你以为此时声音既好像从这儿传来，又好像从那儿传来，还好像从另外一个地方传来。

音量的强弱变化，音质的亮闷转换，以及由此造成的距离变动感，这些都给人以幻觉；而这恰恰就是腹语大师的艺术要诀。但是，这幻觉的产生自然还有别的原理，那原理也并不难发现。鞘翅高抬，声音响亮；鞘翅略降，声音转闷。鞘翅低压的时候，左右凸边高度不一地搭垂在柔软躯体的两侧上，这就大大缩小了振荡部位的面积，同时也就削弱了声响。

手指贴近被敲响的玻璃杯，那声音会变得发闷，不再那么响亮；而隐约作响的声音，听起来则仿佛是从远处传来的。我们的苍白蟋蟀，掌握这个声学诀窍。它把振荡片的凸边往两侧肚皮肉上一贴，就让寻找它的人摸不着头脑了。我们的乐器有各种制音器和消音器；意大利蟋蟀的制音消音器，不仅能和我们的媲美，而且比我们的用法更简便，效果更理想。乡野蟋蟀及其同属，也使用弱音器，方法也是用鞘翅凸边箍住肚子的上部或下部；然而它们当中，没一个能取得意大利蟋蟀那般以假乱真的效果。

每当我们的脚步发出些微响动，都会给自己带来某种惊异之感，这其实就是所谓距离幻觉产生的效果。这虫类的鸣叫，不仅能产生距离幻觉，而且还具备以柔和颤音形式出现的纯正音色。八月的夜晚，在那无比安宁的氛围之中，我的确听不出还有什么昆虫的鸣唱，能有意大利蟋蟀的鸣唱那么优美清亮。不知多少回，我躺在地上，背靠着迷迭香支成的屏风，“在文静的月亮女友的陪伴下”，悉心倾听那情趣盎然的“荒石园”音乐会！

夜蟋蟀在墙围子内大量繁殖。每一簇红花岩蔷薇，都安排上这虫类的军乐队队员；每一束薰衣草，都安插进这虫类的亲信伙伴。茂密的野草莓丛和笃耨香树，都成了它们的乐池。整个这小世界的成员，操着惹人喜欢的响亮声音，躲在一簇簇小灌木里，彼此询问着，互相回答着；这兴许是另一码事，它们可能都对别人的咏叹调无动于衷，而是在为一己之欢乐纵情歌唱。

那高处，我的头顶上，天鹅星座在银河里拉长自己的大十字架；这低处，我的四周，昆虫交响曲汇成一片起伏荡漾的声浪。尘世金秋正吐露着自己的喜悦，令我无奈忘却了群星的表演。我们对天空的眼睛一无所知，它们像眨动眼皮般地闪烁着，它们盯着我们，那目光虽平静，但未免冷淡。

科学向我们讲述它们的距离，它们的速度，它们的质量，它们的体积；科学将铺天盖地的数目字向我们压来，以无数、无垠和无止境，把我们惊得目瞪口呆。然而，科学却怎么也感动不了我们一丝真情。这是为什么？因为科学缺少那伟大的奥秘，也就是生命奥秘。天上有什么？太阳们在给什么加热？理性告诉我们：天上有和我们相似的许多人类；还有生命于其间变幻无穷地演化着的许多地球。这气度恢宏的宇宙观，说到底还是纯粹观念，没有确凿事实作基础；确凿事实是至高无上的证据，可以被所有人的理解力认可。所谓"可能"，乃至"非常可能"，都构不成"明显"；明显的东西才既不可抗拒，又无懈可击。

我的蟋蟀啊，有你们陪伴，我反而能感受到生命在颤动；而我们尘世泥胎造物的灵魂，恰恰就是生命。正是为了这个缘故，我身靠迷迭香樊篱，仅仅向天鹅星座投去些许心不在焉的目光，而全副精神却集中在你们的小夜曲上。

一小块注入了生命的，能欢能悲的蛋白质，其价值超过无边无际的原始物质材料。

（本篇选译自原著第六卷《蟋蟀的鸣响与交配》）

结串而行的松毛虫

巴汝奇别有用心地把那只羊扔进大海，结果，商人丹德努的羊都跟随着它，一只接一只地跳进海去[①]。按拉伯雷的说法，这是因为："世上最愚蠢无能的绵羊，本性就是一味追随头羊，头羊往哪儿走，它就往哪儿跟。"松毛虫的行为特征不是出自无能的本性，而是受着客观必要性的规定，因此它比绵羊还绵羊：头一只松毛虫走过的地方，其他同伴都要从那里走过，队伍前后既不拥挤，也不拉开空当。

松毛虫行进时排成一路纵队，宛如一条没有断头儿的长绳，每只虫子都用自己的头够着前一只虫子的臀部。走在队首开路的毛虫，随心所欲地游荡，踏出复杂多变的曲线，所有其他毛虫一丝不苟地踩着它那弯弯曲曲的线路行进。古希腊人前往埃略西斯城朝觐得墨忒耳神庙[②]，排着长长的队伍行进，也从来没有走

---

① 作者援引的是法国著名人文主义作家拉伯雷在《巨人传》中写到的一个情节。

② 埃略西斯（Éleusis）城是位于雅典城西北的一座古代城镇，那里建有谷物女神得墨忒耳的神庙。古希腊时代，每年不断有大批人前往朝觐，队伍排得整齐肃穆。

得像松毛虫这么步调一致。为此，人们把这种啃咬松树的虫子，叫作串行毛虫。

若称松毛虫一生都在走钢丝，这说法很能概括出它的特征；这虫类的确只在抻开的绳索上行走，那绳索是它们一边前进一边铺设就位的轨道。碰巧当上领头虫的那只毛虫，用垂挂下来的口涎拉成不带断头儿的长线；它按照自己飘忽不定的淡薄意念走出一条路线，同时也就把口中长线安放在了路面上。这丝线实在太细，借助放大镜用肉眼观察，都怀疑是否看真切了。

正是顺着这极窄的丝轨天桥，第二只毛虫跟上来，并且为丝轨增添又一根细丝；第三只毛虫再增添一根细丝；就这样，不管有多少毛虫，都依次将自己的一根细丝抛置在这条通道上。当一长串毛虫排好了队伍，通道上留下的丝痕已经形成一条窄丝带，丝带闪闪发光，折射着太阳的光辉。我们人类的道路系统可不如它们的豪华，它们不是用碎石修筑道路，而要用丝毯铺路。我们是在路上铺撒碎石，然后用沉重的碾子轧出一层平整路面；它们却在路上铺设柔软的丝缎轨道。它们这项关系到全体行路者利益的工程，凝结着每位行路者一根细丝的贡献。

这么豪华有什么用？难道它们不能像其他类毛虫那样，不靠昂贵设施也照样行路吗？我发现，它们采用这种方法，其中有两个道理。结串而行的毛虫们天黑后出动，去啃食松树针叶。一片漆黑之中，它们从坐落在枝梢的窝里爬出来；然后沿无叶的主枝枝干，下到邻近一杈未经啃食的枝叶；随着较高层次的枝叶被剪食，它们不断向较低的位置行动；最后又顺着尚未触动的一杈枝叶，向上爬行，疏散开来，分头在青翠的针叶上歇息。

待体力恢复，夜境也已颇带寒意，现在该回家躲起来了。毛虫们重新排好整齐的长队，互相保持着一臂间隔。这间距虽然很小，行路者却谁也不跨越一步。它们必须从一个十字路口下到另一个十字路口，从针叶下到托枝，从托枝下到杈枝，从杈枝再下到主枝，这之后，才能通过那里多棱多角的小路，最终返回往所。由于是在如此漫长而曲折的路途上寻路而行，即使眼睛能看见也于事无补。诚然，这种毛虫的头部两侧各有五个视觉点，然而它们太小了，用放大镜都很难看得清，真难说它们有什么视野。更何况是在伸手不见五指的黑夜，这些近视眼小颗粒又能起什么作用呢？

嗅觉同样无济于事。结串毛虫有无嗅觉器官？不得而知。虽然我并没有解决这个问题的决心，但总可以证实一下，它们迟钝的嗅觉是不能用来判断方向的。在试验中，我用几只饿肚皮的毛虫证实了这一点。很长一段时间里，我没让这几只虫子进食；可是，当它们从一杈枝叶近旁爬过的时候，却看不出有任何想得到它的欲望，也根本没有停下脚步的意思。给它们提供信息的，其实是触觉。这几只动物的嘴，没有侥幸碰到牧场上的食物，因此尽管饥肠辘辘，却谁也不到松枝那边去。它们并不是奔向嗅到的食物，而是在半道遇上挡住去路的枝叶时，才会停下脚步。

既然视觉和嗅觉的作用都排除了，那么是什么东西引导它们回家的呢？是依然留在路上的拉丝小细绳。在克里特岛的迷宫里，如果不是阿里阿德涅给了他一团线绳，忒修斯就迷路了[1]。杂乱丛生的松针漫无边际，尤其又是夜里，这也成了一种迷宫，和怪物弥诺陶洛斯的迷宫一样方位难辨。靠了丝线，结串而行的毛虫就可以辨认道路，行进不会发生路线差错。到了该撤退回家的时候，每只松毛虫都能轻而易举地找到自己的丝线，或者旁边同类们的任何一根丝线。这些丝线在虫群辐散开去的时候，铺设成了扇面形的网络；回撤时，散在各个点上的毛虫越凑越近，最后在共用丝带上重新集结成一条长队；而共用丝带的源头，恰好是通到虫巢的。靠了这种可靠的办法，填饱肚子的沙漠旅行队，又返回自己的小城堡。

有时，它们白天也开展长途旅行活动，甚至是在冬季，当然天气要好。它们从树上下来，到地上冒险，队伍各成员之间拉开的距离，有毛虫的五十步那么远。这类出游的目的不是寻找食物，因为那棵故乡树远远没有枯竭：被啃食过的枝叶，仅仅是一茬已经充分发育的叶簇。再者，只要夜幕没有降临，它们是绝对保持禁食的。它们白天出门远足没有别的目的，只想进行一番健身散步，并通过朝山进香活动来了解一下附近的情况，视察用得上的地点，以便将来在那里把身体埋进沙土，完成变形。

不言而喻，在这类大规模编队活动中，引路绳是不容忽略的东西，它此时此刻比任何时候都更加不可或缺。全体成员都把自己吐丝器的产品贡献给它，这

① 古希腊神话中有一段故事，说英雄忒修斯进入克里特王的迷宫，杀死里面的半人半牛怪物弥诺陶洛斯，而后顺着用线绳设置的引路绳摸出迷宫。这线绳是克里特王的女儿阿里阿德涅事先为英雄准备的。

仿佛成了一条只要前进就必须遵守的成规。没有哪只毛虫向前迈出一步时，不把挂在口中的丝线安放在路上。

如果串连虫队有了一定长度，丝带就会变粗，正好便于毛虫们摸找到它。有一点应该注意到：行进中的毛虫，从来不会调头返身，它们绝对想不到在自己的细绳索上，做一百八十度的大转弯。

为能按来路返回，它们必须先吐出一条迂回到来路上去的丝带。迂回路线的曲折程度和回转弯度，都是由队长一时一己之情绪决定的。正因为如此，虫队时而摸索，时而游移，有时甚至一筹莫展，结果，害得整群毛虫都在家外过夜。家外过夜倒也无妨。只见大家聚拢过来，挤作一团，彼此贴紧身体，一动不动地过上一夜。第二天，或早或晚，寻找归途的行动准会重新开始。更常见到的是幸运情况，迂回丝带往往一下子就和来路上的丝带巧遇了。那条轨道一旦踩在第一只毛虫的脚下，一切优柔寡断的举止就再也看不见了：虫队加快速度，大踏步走上回家之路。

从另一个侧面，还可以认清拉丝道路的用处。冬季，松毛虫要冒着严寒工作。它们编织一个掩体，当作避寒场所，遇上坏天气，工作被迫中断，它们就在丝造掩体里度日。大风猛烈地摇晃着松树，要在动荡不定的枝梢上把自己保护起来，光靠一只毛虫吐出的有限的细丝材料是极其困难的。营造一处结实的寓所，一处能够抵御冬雪、北风和冰霜的寓所，必须有大批成员的协作。社会能将所有个体的微不足道的能力集中起来，建造可以长期使用的宽敞大厦。

建大厦要花很长时间。在天气条件允许的情况下，每天晚上都得动工，加固其结构，扩大其空间。为此，只要严酷的冬季尚未结束，而且这虫类仍处于毛虫状态，那么劳动成员之间就一定要做到精诚合作。在没有专门措施的情况下，放牧时间内的每一次夜出，都可能引起拆散集体的后果。这胃口大开的时候，大家会回到个人主义那里去。毛虫们远近不一地分散开，独自呆在附近的各杈枝叶上，各自啃咬着自己的松针。三只一群、两只一伙的松毛虫，怎样才能重新组成社会整体呢？

每只毛虫都在自己的小路上留下了丝线，这些丝线可以使全体成员随时随地、轻而易举地重新组成社会整体。只要有那条引路丝带，不管彼此相距多远，所有毛虫都能回到伙伴们身旁，从来不会走失。从近处，从远处，从上面，从下面，从一簇簇的细枝上，它们赶来了；散开的虫群，很快又重新集结在一起。使用丝线比修筑道路的权宜之计来得优越：这丝线是社会的联系，是维系紧密团结的共同体各个成员的网。

不管队伍是长是短，凡结串而行的毛虫，都会有一只走在第一个。后文中，我将称这第一只毛虫为“行军长”或者“队长”，尽管因为找不到更合适的词而使用“长官”的“长”字会产生歧义。事实上，这只毛虫与其他毛虫没有什么区别；在各种排列方式的队伍中，它是碰巧排在头一位的，原因仅仅如此。在结串毛虫那里，一切队长都是临时性的。带领大家前进的现任队长，过一会儿又可能变成一个被带领者，那是因为不知出了什么事故，队形打乱了，恢复秩序后的队伍顺序，已经和原来的不同。

队长虽是个临时职务，可担任此职的毛虫，态度却与众不同。其他毛虫都是被动地随着队伍认真走路，队长却心神不安，前半身一探一探的，忽儿探向这边，忽儿探向那边。它好像一边在前进，一边还在窥探情况。这真的是在勘察地形吗？或者说，是在选择更佳落脚点吗？也许，它这样踌躇不前，仅仅是因为尚未走过的地方还没有引路的丝线吧？跟随其后的下属们，显得非常平静，它们抓得着丝线，心中不慌；队长它忧心忡忡，是没有依赖的缘故！

队长那一滴柏油般又黑又亮的脑壳里究竟在想什么，我无从知道了。但根据行为举止判断，那脑袋里盛着的东西，有很小一部分具备着分辨功能。这虫类凭着自身的体验，可以辨别出坚硬粗糙的物质，过于光滑的物体表面，没有强度的粉状质地，更能辨别出其他长途旅行者们留下的丝线。虽然我与结串而行的毛虫们长期保持着频繁接触，但有关它们心理状况的认识仅限于此。它们是群没头脑的家伙；这些可怜虫赖以捍卫自己共和国的，竟是一根丝线！

串连成的虫队，长短非常悬殊。我所见过的地面长队，最长的大约有十二米，由三百来只毛虫组成，排得规规矩矩，看上去像条起伏波动的长绳。串连成队的也可能只有两只毛虫，即令如此，秩序仍不会混乱：后一只紧跟着前一只，在它后面行走。从二月开始，我的温室里便出现各等规模的虫队。那么我能不能给它们出些难题呢？方案我只想到了两个：一是去掉带路的毛虫，二是截断引路的丝线。

即使去掉队长，也不会有什么明显的作用。如果此事做得很从容，不惊扰毛虫们，那么虫队的步伐是不会出现任何紊乱的。排在第二位的继而出任队长，并且会顿悟到获得这一头衔后应承担的全部职责：既要选路，又要带路，说得更准确些，既需要踌躇，又需要摸索。

截断丝带，也几乎不会有什么用。设想我从队伍中段拦腰取掉一只毛虫，为避免惊动串连虫队，可以用剪刀把这只毛虫脚下的那段丝带剪断，而且抹得干干净净。队伍截断后，会出现两位互不相干的队长。但随后很可能出现这样的情况，后一队的队长很快又踏在前一队的丝带上，因为它本来就离前队的队尾很近；于是乎，一度有所改观的事物，又恢复了原状。

可能性更大的情况是，上述两个部分不会再衔接起来。于是，泾渭分明的两支虫队可以游离开去，互相越走越远。然而即便是这样，两支队伍最后也一定能找回家门，因为它们是在四方云游，迟早会正好走到那个断口后方，从而重新发现通往家门的丝带。

然而这样的两个试验，都不会有多大意义。我认真考虑过另一项计划周密的试验。我设想让毛虫们走上一条无限循环的路线；这就要求我们，把环行中途会再度遇上的那条引路丝带及时破坏掉，因为那丝带会把循环路线引入歧途。只要没有岔上另一股道的道岔儿，那么火车头就会循着环道一成不变地运行。如果结串而行的毛虫前面总是一条畅行无阻的轨道，既柔软光滑，又不带道岔儿，那么它们是否将始终在同一条道路上行进呢？是否将沿着无限循环的路线不停地兜圈子呢？我所要做的事，是人为造成这样一种环道，这种环道在通常的条件下是没有的。

我首先想到的方法，是从列车后面用镊子夹住丝带，一点儿也不颤动地把它拉弯，将其末端置于虫队前面。一旦开道的毛虫踏上这股丝道，那就大功告成了：其他毛虫一定会忠实地步其后尘。这一操作，理论上讲很简单；但实践起来十分困难，是行不通的。由于丝带极为纤细，即使粘在它上面的小沙粒，也足以把它坠断。就算没有被坠断，排在队尾的那些毛虫，也会因为有人牵动丝带而感觉到某种颤动，于是蜷缩起来，甚至撒手丢开丝带。

我们还会遇到更大的困难：队长不接受人为放在面前的丝绳，断头儿会引起它的顾虑。找不到不带断口的合格丝路，队长会向左向右偏离既定路线，仓皇逃去。假如我试着干预它的行动，把它引回我给它选定的小路，那么它就要负隅顽抗，缩起足爪，原地不动。紧接着，整个虫队都会惊慌失措。不必多费脑筋了：此招并不高明，纯粹是在无法成功的方法上作文章。

看来，干预应该少而又少，环行路线应该是一种自然造就的环道。这种可能有没有呢？有。我们能够完全不用自己介入，便看到毛虫们在一条理想的环形跑道上排起长队兜圈。做到这一点是非常了不起的，应归功于为我提供良机的客观环境。

铺了沙层的地台上，长着有虫窝的松树；树旁有几口栽着棕榈树的缸；缸口的周长有一米半左右。毛虫们常去攀缘缸壁，一直攀上那圈鼓凸出来的缸口厚沿儿，它们觉得在那儿串连长队很合适。这也许是因为，缸沿儿的表面是不会晃动的，毛虫不必像在缸下踩着地面时那样提心吊胆，地面是松动沙粒的堆积层；这也许还因为，缸沿儿处于水平位置，毛虫们爬缸爬累了，在平铺的缸沿儿表面容易得到休息。那缸沿儿，正是我梦寐以求的环形跑道。需要我做的只有一件事，那就是伺机行事。结果，我还没怎么等待，机会就来了。

一八九六年一月结束前的第三天，正午光景，我忽然发现一支成员极多的虫队正攀缘缸壁，走在前头的已经开始抵达它们最喜欢的缸沿儿。虫队鱼贯而行，缓缓穿过缸壁，依次登上缸沿儿，然后串连成疏密均匀的队列，开始向前行进。此时此刻，还有毛虫陆续抵达缸沿儿，不断增加着虫队的长度。我在一旁等待丝带首尾合龙，也就是说，等待始终沿环形缸沿儿爬行的队长，重新绕到进入环形跑道时的入口处。一刻钟后，它绕回来了。几乎和一个圆环别无二致的循环跑道，就这样令人叫绝地形成了。

现在，该把仍排在攀登纵队当中的那些毛虫全部撵开了，如果它们过多地抵达缸沿儿，串连虫队的最佳序列状况就要遭到破坏。另外，所有铺设在缸壁上的细丝小路，包括刚铺上的和早铺好的，也应该清除干净，否则它们会使缸沿儿和地面沟通起来。我先操起大毛笔，把多余的登山队员们扫掉；接着抓起硬毛刷，仔细清刷缸壁，不仅沟通上下的丝线荡然无存了，而且连毛虫的气味也清除干净了，说不定，气味真会招致试验失败呢。准备工作就绪，我们等着观看一场奇特的表演吧。首尾相接的环行虫队，不再有什么队长。每只毛虫头前都有一只毛虫，每只毛虫尾后都跟着一只毛虫，它们都踩着前一位伙伴的脚印，在集体的杰作——丝路的引导下，向前迈步。整根链条上的每个环节，都重复着同一套动作。没有一只毛虫发号施令，换句话说，没有一只毛虫凭心血来潮的意志改变路线。所有毛虫依然怀着对领路者的信任，亦步亦趋地爬行，却不知那正常情况下在队首开道的队长，由于我小施妙计，实际上已经被免职了。

缸沿儿上转过第一圈，丝线轨道即铺设就位。环行虫队不断将丝线垂放在路面上，单股线很快变成了窄丝带。轨道一再铺回始发点，却没有出现一股岔道，因为我的硬毛刷已事先破坏了所有道岔儿。在这条诱骗它们上当的环行小道上，毛虫们将如何作为呢？它们是否将没完没了地兜圈，直到精疲力尽为止呢？

古代经院哲学中，有一个“彼力当之驴”的典故[①]，说的是一头赫赫有名的驴子的事。这头驴被牵到左右两份燕麦饲料当中，它最后竟不得不活活饿死了。它无法打破指向相反而强烈程度相等的两个欲望之间的平衡，因此就下不了到底吃哪一份燕麦的决心[②]。以往，人们是在诋毁那头可敬的驴子。驴子并不比其他东西笨，面对逻辑所设的圈套，它似乎已经做出了自己的反应，那就是：二者都想吃。我的毛虫们能不能有驴子那么一丁点儿心机呢？它们被长时间困在不得出路的环行道上，经过反复尝试，会不会悟出如何打破那环路封闭体系的平衡呢？只要从任何一侧偏离轨道，就可以到达它们的饲料，即那近在咫尺的翠绿松枝；它们究竟会不会下定决心实施偏离轨道这惟一可以达到目的的方法呢？

我相信，它们一定会这样做。可是我想错了。我当时想的是，转上一两个小时，虫队就能发现自己上当了。到那时，弄虚作假的道路一定被抛弃，毛虫们随便找个地方，就可以实施下山行动。没有任何东西阻止它们离去，它们若留在上面忍受饥寒交迫的折磨，简直就是愚钝到了令人难以接受的地步。然而，事实

---

① 十四世纪法国经院哲学家彼力当（Buridan），以一头驴的故事为论据，论说关于摆脱惰性的命题。后人称他这个论据所假设的驴子，为“彼力当之驴”。

② 据文献记载还有另一说法，称驴子的一侧是水，另一侧是燕麦，令其陷于饥、渴无一可解的窘境。

偏要我接受难以置信的事情。现在我们看看事情的详细经过。

一月三十日，时近正午，天气晴朗，串连虫队开始了环行运动。每只毛虫都跟随着前面的毛虫，大家一板一眼地踩着脚步。长链没有任何断口，偏离轨道的事情绝不可能发生，所有成员机械地随着大队，就像钟表盘上的指针那样，忠实地踩着它们的圆周走。没有了领队的行军序列，同时也就丧失了自由和意志，它变成了一个齿轮。几小时过去，而后又是几小时，此情此景依然持续。它们把事情做到如此地步，大大超出了我凭主观臆断所做的十分大胆的预料。我情不自禁地为之赞叹。确切地说，我是被惊呆了。

循环运动往复不止，最初的窄轨，眼下已经变成两毫米宽的华美绝伦的丝带。一眼望去便会看到，在缸沿儿形成的微红色底布上，那丝制的饰带正闪闪发光。白昼已进入尾声，跑道的位置仍没有出现任何变化。另一个惊人的事实，更能说明问题。

严格地讲，那轨道不能算一条平面曲线，而是挠曲线。轨道在某一点上出现一处折弯，溜滑到缸沿儿凸边的下面，而后又重新斜爬上缸沿儿的表面。偏离出缸沿儿路面的这段距离，算起来有两分米。从第一圈环行开始，我就用铅笔在缸体表面标明了这两处折弯点的位置。就这样，整个下午过去了；而且更能令你心服的是，这之后又一连好几天都这样过去了。从这场法浪多乐舞[①]开始跳起，一直到跳得发疯走样儿为止，我都看到毛虫的丝绳从前一个折弯点下沉，迂回

---

① 法浪多乐舞：法国普罗旺斯地区一种民间舞蹈，跳舞的人手拉手围成圆圈转着跳，以跳得筋疲力尽为快乐。

到后一个折弯点，再从那里浮上缸沿儿表面。第一圈丝线一旦安置就位，以后要走的路线便不可更改地确定下来。

路线是一成不变的；但速度不是这样。根据我的测量，虫队行进速度是平均每分钟九厘米。途中歇脚的时间，每次长短不一；再有，行进速度有时会减慢，尤其是在气温逐渐下降的时间里。晚上十点钟，毛虫们不过是在懒洋洋地拱着屁股而已，虫队看上去好像一串有气无力的波浪。下一次停止走动的时刻就要到了，因为气温已经降下来。虫子们累了，而且一定也饿了。

此时正是开始放牧的时候。温室内，所有虫窝里的毛虫都成群结队出动了，它们爬到自己丝袋窝巢的近旁，啃食我事先插放在那里的松枝。园子里的毛虫，在这气温还不算低的夜晚，也纷纷出来觅食。惟独一群毛虫，此刻仍列队趴在黏土质大缸的缸沿儿上。它们肯定正巴不得赶赴会餐场所；经过十个小时的散步，那胃口只要见到吃的，准不会放过。离它们一拃远的地方，就有精工细做的美味翠松枝。只需往下爬动一下，美食唾手可得。可这些窝囊废下不了决心，始终执迷不悟，甘做丝带的奴隶。十点半的时候，我离开这忍饥挨饿的虫队，但心里仍然深信，黑夜会开导它们，天亮后一切将恢复正常。

这一回我又错了，我对它们的指望太大了。我总觉得，如果谁肚皮空空地忍受饥饿的折磨，它会于恍恍惚惚之中产生清醒的一闪念；为此我相信，毛虫们也会产生这一闪念的。第二天黎明，我便跑去察看它们的情况。毛虫们依然排着前一天的队伍，只是一点儿也不活动。气温稍稍回升，懵懂昏沉之中，它们抖擞一下精神，接着便动作起来，再度踏上征程。串连虫队重新开始兜圈，情形和前一天完全一样。那股不开窍的顽固劲儿，无所增减，依然如故。

当天夜里，天气突然恶化，出现一场骤寒。前半夜开始的时候，园子里的毛虫已经传出天将有变的信息：尽管天气看上去很不错，它们却拒不出动。然而，凭着迟钝的感觉，根据表面的现象，我当时还自以为已经看出好天将持续下去呢。破晓时分，迷迭香通道上霜晶闪耀，这是进入本年后的第二次寒潮。园子里那大水池，整个水面上都是寒夜留下的痕迹。温室里的毛虫会怎样呢？走，看看去。

所有毛虫都躲在窝里；只有一部分不在了，就是那群坚忍不拔的家伙们，它们现在正结成长串，呆在缸沿儿上。当我这一回看到它们时，却发现它们分别挤成两堆，绝无秩序可言。它们这样挤在一起，身体贴着身体，为的是少受点儿挨冻的罪。

这的确是不幸的遭遇；然而这不幸对一件事来说，恰恰成了万幸。寒夜将圆环截成两段，这就有可能为采取拯救行动创造机会。两个部分的毛虫都开始活跃起来。用不了多少时间，踏上征途的虫队就会出现队长。队长不必跟在哪只毛虫后面，所以它的步履将比较自由，并且能把自己的串连队伍带离轨道。要知道，在通常情况下，走在结串而行的毛虫头一个的，实际上肩负着侦察兵的使命。只要不突然发生激起群情骚动的事件，所有其他毛虫都安安稳稳地排在队列当中；侦察兵则全神贯注地履行自己的职责，不断斜伸出脑袋，左顾右盼，打探着，寻找着，摸索着，选择着。它这些行为就是在做决策；大队人马只管忠实执行它的旨意就是了。应该说明一点，即使脚下踏着已经走过的老路，而且路上铺设了丝带，领队的毛虫仍然一如既往，一刻不停地勘察路线。

我相信，只要能脱离缸沿儿，肯定会有得救的机会。我们等着瞧吧。痴呆症旧病复发，毛虫们又开始列队，缸沿儿上逐渐形成彼此独立的两个序列的雏型。这一来，出现了两个步履自由、各自为政的行军长。二位首长最终能不能走出魔环呢？有一段时间，两位队长的大黑头频频摆动，看着这副心急如焚的神态，我确信它们一定能走出魔环。但是很快，我感到势头儿不对。随着扎堆儿的毛虫不断加入环行行动，分成两段的长链又衔接上了，魔环重新弥合。两位任职一时的队长，再度变成普普通通的随从。更有甚者，整整一天过去了，毛虫们依旧排着那环形圈队。

随之而来的，又是一个起初气氛宁静、群星璀璨，后来却招致严重霜冻的夜。接着，又一个白天来到了。缸上串连虫队独一无二地露天过了一夜，现在正挤在一处。其中许多成员，已经从两侧脱离开那条致命的丝带。我前去观看这群执迷不悟的虫子如何觉悟。第一个迈步的，可巧是在环路之外爬动。它处在了一片崭新的区域，正六神无主地冒着险。只见它向上爬，爬到缸沿儿脊梁，然后翻越过去，从另一侧往下爬，最后抵达缸内的底土。另有六只毛虫尾随而去，但仅仅是这六只。虫队其他成员，大概还没有从恍惚迷离的夜眠状态中清醒过来，一个个连身子都懒得晃一晃。

落后一步，其后果便是再度沦入往日的飘泊。众毛虫踏上丝带跑道，排队转圈又重新开始。但是这一次，长队的圆环已经出现缺口。缺口造就的排头兵，在带队方法上没有任何革新尝试。彻底摆脱魔环的良机就在眼前，只是领路的不知道利用。

至于那些深入缸底腹地的，其实命运并没有什么改观。它们攀登到棕榈树顶上，忍受着饥饿的折磨，四下里寻找牧场和饲料。树上的一切都不是味儿，它们只好摸着来路上的丝线，踩着自己的脚印往回走，再爬上缸口，重新找到串连大队。顿时，焦虑烟消云散，七只身影一头钻进大队的行列。就这样，圆环又完整无缺了；就这样，队伍仍旧是一个旋转着的圆圈。

到底何时才能摆脱出去呢？有个传说故事，讲的是一群可怜的生灵，他们被引诱进一条无法走到尽头的环形通道，只有等到一滴圣水降临，才能消解诱惑他们的那股可怕的魔力。有什么幸运之水能溅落在我的毛虫身上，止消它们的环行运动，从而把它们领回家呢？我以为，若要驱散魔力，摆脱环道，办法有两种。所谓两种办法，其实是两种严峻考验。因果之间有着奇特的关系链：艰难困苦，当可产生美好幸福。

办法之一，以寒冷造成蜷缩。这样一来，毛虫们杂乱无序地聚集在一起，其中一部分成员拥挤在道路上，而为数更多的成员集结在道路之外。不在道上的这些毛虫当中，迟早会产生出一位蔑视走老路的革命者，它将踏出一条新路，把队伍带回住处。我们刚才看到了这样一个实例，已经有七只毛虫深入缸底，爬上棕榈树。的确，那是一次没有取得成果的尝试，然而毕竟是尝试了。要想大功告成，只须朝相反方向的坡道爬行就够了。两个方向上的行动机遇，已被它们抓住一个，这着实不少了。下一次一定能获得更大成功。

办法之二，以征途劳顿和长时间饥饿造成筋疲力竭。这样的话，总会出现一只腿脚受伤的毛虫，它将止步不前。这只毛虫体力不支了，但它的前方，串连虫队依然会继续行进一段时间。队伍渐渐密集起来，队尾会出现一段空当。于是，歇脚的成了打头的。等到它继续前进时，自己就成了由断口造就的队长。这位队长的前方空空如也，只要它冒出一丝哪怕并不清晰的谋求自由的念头，就可以把整个大队拉到全新的小道上去，而那小道，很可能就是一条救命之路。

总而言之，为使备受磨难的毛虫列车脱离窘境，就必须一反我们的观念，故意制造一起列车出轨事故。出轨之举，完全取决于队长一时的心血来潮，因为只有它才可能向左右偏离；但如果圆环不断，能够掌握出轨权的队长是根本无从产生的。归根结底，圆环断裂这绝无仅有的良机，是由产生秩序紊乱状况的停止前进造成的；而停止前进的主要原因，则是超过忍耐限度的疲劳或寒冷。

可以用来解救蒙难者的各种事件，特别是那种由疲劳造成的事故，事实上在相当频繁地发生着。就在当天，这运行着的圆周曾多次分解为两三个弧形段；可过不多久，其联系力又都发挥效用，致使事态始终无法得到改变。能够把毛虫们从那里带走的果敢创新者，一直都没有获得灵感。

和头几夜一样，这又是一个寒夜。寒夜过去后，迎来的是第四个白天。这一天，仍未打开新局面。值得一提的，只有下面这点儿情况。昨天钻进缸内的几只毛虫，留下了自己的路线痕迹，我没有把丝痕清除。今天上午，这条最终与环路复接的路线，被毛虫们重新发现了。全队中有一半成员，利用它去参观了缸内的底土，还攀上了棕榈树；另一半成员依然留在缸沿儿上，沿着旧轨道转悠。到了下午，游离出去的那队毛虫，重新与循环轨道上的虫队接上头儿，环行圈又完整无缺了，事物全然恢复原状。

现在是第五天了。昨夜的霜冻更厉害，但总算还没有殃及温室。继寒夜之后，是一个碧空万里、平静祥和的艳阳天。玻璃窗刚被阳光稍稍照热，扎成堆儿的毛虫便苏醒过来，接着又开始在缸沿儿上继续它们的运动。第一天开始时那严整的阵容，眼下已经骚动不安，队形出现混乱，这显然是下一次解放运动的先兆。用于探察缸内情况的道路，已经在昨天和前天铺设了虫丝。今天，一部分队伍从这条路线的起点出发了，但继而踏出的是又一条岔路。随着新岔出的丝路已经具有一点儿长度，旧岔路便宣告废弃了。其他的毛虫，仍然轻车熟路，在已经走惯的环形丝带上爬行。由于岔道口作怪，缸沿儿上的虫队终于分成了两支，长短基本相等，彼此相距不远，沿着同一方向行进。有时它们连接到一起，但走一走又断裂开，队形始终不够整齐。

疲倦使混乱加剧。拒绝前进的脚伤伤员大量出现。大队多处断裂，变成许多分队；分队进而分化成若干小队，每个小队都有一位队长；哪里都有小队长在窜头窜脑地探察地形。看来，到处都在瓦解，到处都将出现得救的可能性。然而，我的希望再次落空。入夜前，毛虫们又共同组织起一支长队，那无法克服的转圈运动又重新开始了。

如同寒冷降临之急骤，炎热也突然一下就出现了。今天是二月四日，赶上了明媚的暖和天。温室里热闹非凡。毛虫们倾巢出动，一起一伏地在土台的沙层上移动，那一圈圈的虫队，宛如平放在地上的一个个花环。缸沿儿上，毛虫串连成的圆环随时在断裂，而后又衔接。我第一次看到出现了大批勇敢的队长，它们为温暖的阳光所陶醉，用末端的一对假足抓在缸沿儿的外侧边缘，身体猛然间悬空垂挂下去，扭来扭去地试探从缸沿儿到地面的距离。这试探重复了许多次，每一次队伍都得停下来，这段时间里，大家颤晃着脑袋，臀部一拱一歪地扭动。

这些革新家中，有一位决心从缸沿儿外侧逃走。它溜到凸边底下。另四个伙伴跟了过去。然而所有其他毛虫，却始终对险恶的丝带轨道怀着信赖之心，不敢效法胆大妄为，甘愿踏着昨天的老路迈步。

从主链上离异出去的那小串毛虫，煞费苦心地摸索着，在半缸腰一带长时间徘徊。它们才下到一半的高度，便又从斜里往上爬去，赶上大部队，加入到行列当中。仅就这次尝试而论，是以失败告终的，尽管还差两巴掌距离就够着缸脚下的细松枝了。我刚才把一捆细松枝放在那里，是想引诱这些饥饿难忍的虫子，可是形、色、气、味，均未给它们提供任何信息。已经离目标这么近了，它们竟然还调转方向爬了回去。

不过没关系，尝试总会有用。它们一路上已经设置好首批路标。这之后，又过去了两天。接着，新的一天又开始了，这实际上已经进入试验的第八天。毛虫们时而单枪匹马，时而一个小组，时而一支稍长的小分队，分批沿着设置了路标的小路，从缸沿儿的凸边上爬下来。太阳落山的光景，最后一批磨磨蹭蹭的毛虫，也终于回到家里。

我们现在算一下。二十四小时的七倍，毛虫在缸沿儿窄面上呆了这么长时间，不论哪只毛虫，疲劳后都得休息一阵；尤其是在夜间最冷的几个小时，它们完全处于休息状态；为此，我们满打满算，减去一半时间，结果还剩下八十四小时，这就是行走的时间。

按平均速度计算，它们每分钟的行程为九厘米；每只毛虫七天多的总行程已有四百五十三米，将近半公里，这对步伐细小的松毛虫来说，算得上是长途跋涉了。缸口周边，也就是环行跑道，每圈的长度整整一米三五。照此算来，毛虫们已经周而复始地沿着脚下的路线画了三百三十五个圈。当我们看到毛虫们如何面对那些小事故的时候，就已经大致知道这虫类是愚钝之极的了；而现在算出这些数据后，我们又会大吃一惊，叹其竟冥顽不化到如此地步。结串而行的毛虫困在缸上那么长时间，我想，原因并不是爬下来很困难，冒风险，而是它们可悲的智能做不到顿悟。事实也向我们表明："下来和上去是同样容易的事情。"

毛虫的脊背非常柔韧，因此它能缠抱在突出的物体上，从底下溜爬过去。无论沿垂直方向还是沿水平方向，无论背朝下还是背朝上，它都可以自如地行走。再者，只有当丝线放置在脚下物体的表面上之后，它才继续往前走。爪间有了这样的撑扶物，无论处于什么姿势，它都不必担心会失足跌落。

我在八天里亲眼目睹的一个情况，这里想再谈几句。跑道不是保持在同一水平面上的，而是有两处折弯。它从一处潜到缸沿儿凸边底下，隔不远又从另一处复升到缸沿儿上面。因此，环行路程中有一小段，串连虫队是在凸边下面行走的；采用这种仰面朝天的姿势时，不便与危险是微乎其微的；自始至终，每一圈环行过程中，每只毛虫都要重复一次仰面姿势。

担心毛虫在缸沿上失足跌落是不必要的，因为绕过每个折弯点的时间很短促。毛虫们身陷困境，忍饥挨饿，遮蔽全无，备尝夜寒，然而却踩着丝带，顽强地坚持了几百圈。这是因为，它们缺少最起码的理性闪光；否则，那闪光也许会提示它们放弃丝带。

感受和思考，都不是虫子能做的事。走了半公里的路，绕过三四百圈，它们也没有获得任何启示；必须出现偶然巧遇的条件，才能使它们重返窝巢。如果不是露天夜宿造成混乱，不是一路劳顿后极需休息，不是进而在环行路线以外丢下那么一些丝线，那么，它们就会在自己那险恶的丝带上丧生。正是靠了环路以外那些随便铺设的岔道引线，几只毛虫向远处走去；虽说方向不大对头，但是却以自己的作为，为下到地面做了准备；终于，下地行动由那些获得偶然机会的小分队完成了。当今有个很走红的学派，特别希望能在最低级的动物社会中发现理性的起源。好吧，我向他们推荐结串而行的松毛虫。

（本篇译自原著第六卷）

卷 七

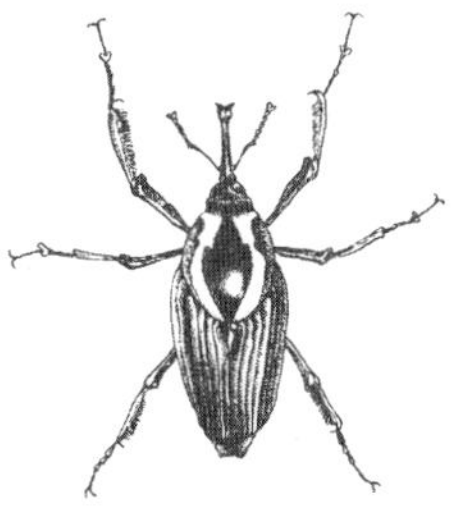

装　死

第一位就装死问题接受我们调查的，是肆无忌惮的剖腹刽子手，生性粗暴的大头黑步甲。要让它作出不动的样子，办法很简单：我用手捏它片刻，几个手指再翻转它一气；我还可以使用更有效的方法，松开手让它跌落在桌子上，在一个不太高的高度上这样搞它两三次。虫子感受到了碰撞的震动，如有必要，再多让它受几次震动。这之后，我把它背朝下放在桌面上。

这就足够了：虫子躺在那里一动不动，和死了一样。它的爪子折缩在肚子前面，两条瘫软的触须交叉在一起，两副手钳都张着口。旁边放上一块手表，实验开始和结束的准确时间就可以掌握了。现在要做的就是等待，尤其是要增强耐心，因为对于在一旁窥伺整个事件的观察者来说，虫子静卧不动状态持续时间之长是令人厌倦的。

如果不许我人为制造影响虫子缩短或延长静卧状态的因素，那么，在同一天的同样气候条件下持续观察同一只虫子，其静止不动状态所保持的姿势会出现许多变化。应该测试对此产生作用的如此众多、但有时又如此微弱的外部影响，特别是收集虫子自身所得到的真实感受，然而，这类因素诚属难揭之谜。我们还是来做记录观察结果的工作吧。

静卧不动状态，常遇到能持续五十分钟左右的；某些情况下，甚至超过了一个小时。最常见的持续时间，平均为二十分钟。如果虫子不受任何惊扰，比如，实验正好在酷暑时进行，我把它扣在玻璃罩里，避开了热天里烦人的光顾客苍蝇，那么，静卧不动则成了地地道道的静卧不动：跗节、口须、触角，这些细微部分都纹丝不动。整个僵滞过程中，虫子看上去简直和死了一样。

终于，看起来像死了的虫子苏醒过来。前爪跗节微颤，紧接着所有跗节都颤动起来；口须和触角缓缓摇晃，这是重新活跃前的征兆。腿脚现在都乱划乱晃起来。身体在腰带紧束处稍稍躬起；接着重心落在头和背上；然后一使劲，便翻过身来。此时此刻的它，又操起小碎步，向别处走去，那样子仿佛依然保持着警觉，一旦我再施行撞击术就立即再作死去的样子。

趁这工夫，再开始做一次实验。刚刚复苏的虫子，又一次不动了，还是六脚朝天的姿势。这一次它作出的死样，比头一次的时间长。当它再醒过来，我又做了第三次实验。这之后又做了第四次，第五次，不给它一点儿喘息的机会。静卧不动的时间越来越长。我们来计算一下时间。连续进行的五次实验，持续时间依次为：17分钟，20分钟，25分钟，33分钟，50分钟。死亡姿态从第一次的一刻钟，达到了第五次的近一个小时。

我做了许多次这样的实验，尽管结果不完全一样，但基本上有一个共同点，也就是说，虫子连续假死时，每一次持续的时间都长短不一。这些结果告诉我们，一般情况下，当实验连续重复多次时，黑步甲会使假死状态的时间一次比一次延长。这是否因为一次比一次更适应这种状态了？这是否因为虫子越来越狡猾，以期使敌人最后失去耐心？现在做结论为期尚早，因为我们对虫子查问得还不够。

继续等待吧。我们不必有这样的想法，以为若如此等下去，只要不怕等到我们失去耐心，那么或迟或早，不定哪一次，虫子被我不断折磨得乱了方寸，就不会再假死了；到那时，同样震动它，再把它背朝下放好，它就会立刻翻过身来，拔腿逃窜，似乎觉出这种不见效的计谋再也使不得了。

依了这种思维定势，你以为事实准会是这样，以愚弄人为能事的滑头虫子，准会设法迷惑进犯者，以此作为保卫自己的手段。它会先假装已死；一旦再有人进犯，它会更加坚定地遵循自己的诈兵原则，再一次装死；当它感到骗术无效后，便会放弃行骗的作法。只是眼下，实验的恶作剧性还不够；要想探出虫子真是在作假，我们得采取一种非常聪明的试探方法，要做到能欺骗骗子手。

接受试探的虫子躺在桌上。它感觉得出自己身下是一块坚硬的物体，向下挖掘是行不通的。挖一处地下隐蔽室，对于掌握着强劲快捷工具的黑步甲来说太容易了；然而在毫无挖掘希望的情况下，它只好一声不吭地操着那死一般的姿势，需要的话，可以坚持一个小时。假如它躺在沙土上，一下子就感觉得出是松散的沙粒，那种情况之下，难道它不迅速恢复行动吗？难道连扭动扭动身体都不想，丝毫不产生要往土里钻的念头吗？

我一心盼着它发生转变。可到头来我知道自己错了。不管我把它放在木头上、玻璃上、沙土上还是松软的田土上，这虫类的策略都没有改变。在一片挖起来特别容易的地面上，它躺在那儿一动不动，竟和待在坚硬物体表面上的时间一样长。

对不同质地的物体表面都采取一样的态度，这一点，为我们认识疑惑不解的事由打开了一道门缝；接下去，未知事物之门将完全敞开。接受实验者待在桌子上，就在我这位近距离观察人的眼前。触角半遮着它的视觉，但它也用那对油亮的眼睛看见了我；它盯着我，观察着我。我想，此刻使用这样的字眼儿应该是恰当的。面对着庞然大物——人，虫子的视觉究竟感应如何？小得可怜的家伙，在怎样打量由我们身体构成的这般高大的纪念碑呢？在极其狭小的视野里，极其庞大之物可能什么都不是吧。

话题且不拉得这么远，就算那虫子正盯着我，觉出我是个要害它的家伙。这样的话，只要我待在那里，生性多疑的虫子就不会动一动。如果它断然恢复活动，那肯定是因为已经耗得我丧失继续实验的耐心了。干脆，我躲到远处去。那样一来，要花招没有意义了，它准会迅速翻身站起，匆匆拔腿逃跑。

我走出十步远，到了大房间的另一头。我隐蔽起来，不再走动，生怕发出一点儿声响。虫子站起来没有？唔，还没有，我这么小心翼翼的，算是白费了。那虫子独自待在原地，仍然一点儿没有动静，一直坚持好长时间，和我待在近旁的时间完全一样。

好精明的家伙，它大概发觉我依然在房间里，只是待在了另一端的角落里而已。也许它嗅觉太敏感，所以觉出我依然没有离开吧。那好，我们再用些高招。

我把它扣在钟形罩下，免得有讨厌的苍蝇飞来搅扰，然后我出了房间，去了花园。凡是能引起它担忧的东西，都没法再靠近它了。门和窗户也都关死了。户外传不进一点儿声音，室内不存在任何产生惊扰的条件。它置身于如此平静的环境当中，将会有什么表现呢？

结果，假死时间和平时完全一样，既未增加，也未减少。二十分钟过去时，四十分钟过去时，我都回到房间里，来到虫子身旁。每次抽查，都看见它一如刚开始放在那儿的样子，依然是仰面朝天，依然是不动窝儿地躺着。

我用好几只虫子，分别做了多次同样的实验，其结果为解决问题提供了非常有力的答案。它们明确无误地表明，虫子死一般的情态，并不是因为它面临危险才假装出来的。我的实验过程中，没有任何令其感到受威胁的因素。它周围没有声音，没有第二者，没有发生任何事。在这种情况下它依然要坚持一动不动，大概不会是为了欺骗什么敌人。既然这一点很清楚，那么事情肯定是有别的原因。

说实在的，它采用特殊伎俩保护自己，究竟有什么必要呢？我知道，一位弱者，一位难能得到保护的和平爱好者，在危难临头时有必要求助于心计；然而，如果它这样一位崇尚武力、浑身甲胄的强盗，也有这类必要，就让我不得其解了。它出没的河边一带，没有一位能敌得过它。强悍的圣甲虫和蛇金龟，都是秉性温厚的虫类，它们非但根本不会虐待它，反而倒成了充实它肉食洞的源源不断的猎物。

或许鸟类对它构成威胁？我很怀疑会是这样。它与步甲虫性质相同，身体里浸透着极难闻的怪味，这气味让鸟类很难往肚里吞。再说，它白天缩在洞里不出来，谁也看不见它，谁也不会打它的主意；只有到了黑夜它才出来活动，此时鸟类已不在河边巡察了。所以，它不必担心被一口啄进鸟嘴。

这样一位残杀蛇金龟，碰得巧也残杀圣甲虫的刽子手，这样一位没有谁能构成威胁的粗暴家伙，它居然会是个稍有风吹草动就躺下装死的胆小鬼！我越想越觉得不合情理。

客居同一片河边地界的抛光金龟，给了我这样的启示。前面所说的大头黑步甲是巨人，相比之下，现在提到的这种抛光金龟则是矮子。二者体型一样，而且同样生得乌黑发亮，同样披挂着盔甲，同样以打劫为习。可是，抛光金龟虽然个小力亏，却几乎不谙装死的伎俩。你把它折腾一番，背朝下放在桌上，它立即翻过身来，拔腿就逃。我每次只能看到它暂时不动地坚持几秒钟。只有一次，经过长时间反复整治之后，小矮子总算假死了一刻钟。

这与大个子形成多么强烈的对比，那家伙刚一被翻过来放在桌上就不动弹了，有时候要一动不动地坚持一小时后才重新爬起来！这与理应看到的情况刚好相反，平时的事实告诉我们，装死是一种以防卫为目的的骗术。强有力的大个子，采取的是懦夫哲学的态度；弱小的小矮子，则采用的是迅速奔逃的策略。二者的作法恰恰相反。这其中究竟藏着什么道理？

试试危险情况会对它产生什么影响。在大头黑步甲背朝下一动不动的时候，让什么样的敌人出现呢？我还不知道它有什么天敌。这样吧，搞一种能使它感到是来犯者的东西。苍蝇让我有了主意。

前面说过了，大热天里做实验时，苍蝇总是来讨人嫌。假如我不加钟形罩，不坚持守在旁边，那么，就不愁那种爱惹是生非的双翅昆虫不落在我的实验对象上，就不愁它不来试探虚实。这一回让苍蝇随便来。

苍蝇刚刚用细爪扫了僵尸似的东西几下，这大头黑步甲的跗节便做出微颤反应，仿佛受到直流电疗的轻度振荡而颤抖；若光顾者只是路过，停脚后随即离去，细微动作很快就没有了；可如果不速之客停留下来，特别是又在浸着唾液和溢流食物汁的嘴边一带活动，那么受折磨的家伙就立即蹬动腿脚，翻身站起，仓皇逃走。

可能它觉得，在这样不值得一顾的对手面前要手腕有失体统吧。它重新动作起来，是因为看出这所谓的祸害根本构不成什么威胁。那好吧，我们转而请另一位讨厌鬼来，一种力量和身材都令人生畏的虫子。现在我手里正好有一只爪子和大颚都非常有劲的天牛。这长角虫类生性平和，这一点我很清楚；然而大头黑步甲并不了解这一点，因为河边沙地上从来没出现过这种大家伙；论起来，这长角大虫都能让比它自己蛮横的虫类感到敬畏。对陌生者的恐惧感，肯定会使事态变得严峻起来。

我用稻草棍把天牛引到大头黑步甲那里。天牛刚把爪子放在仰卧着的虫子身上，它的跗节立即颤动起来。如果天牛不仅迟迟不挪开爪子，而且与它接触得更加频繁，甚至转而变成一种进犯时，死一般的虫体突然翻身站立，逃之夭夭。这一幕，与双翅目昆虫搔弄它时的那一幕如出一辙。危险就在眼前，再加上对陌生者怀有恐惧感，假死的骗术立即放弃，取而代之的是逃跑。

下一个实验也不无价值。虫子翻身躺在桌上，我用一块硬物敲打桌腿。敲击产生轻微震动，不会让桌子出现明显的颤晃。我掌握着分寸，让桌面的震动仿佛是一种带弹性的物体产生的。这次实验不必用力过大，否则会惊动虫子，妨碍它保持僵死状态。每敲打一下，跗节便蜷曲着颤动片刻。

最后还要再看看光线对虫子的影响。直到现在，研究对象都是在书房的弱光环境中接受试验的，没有接触过直射的日光。窗台上此时阳光晒得正足。如果我把虫子从桌子这儿移到窗台上，让保持不动姿势的虫子接触一下强光，它会怎么样呢？啊，就在这时候，事情弄清了。那虫子刚一接触直射下来的阳光，立刻翻过身来，随即夺路而走。

问题够清楚了。吃尽苦头的试验接受者，你刚才已经吐露了一半秘密。苍蝇戏弄你，舔你粘着黏液的嘴唇，把你当作一具尸体，想吸尽所有可口的汁液；你眼前出现的那位吓人的天牛，爪子伸到了你的腹部，就像要占有一份猎物一样；桌子在震动，你以为是土地传感过来的，料定有要入侵你地洞的家伙在掘土；强烈的阳光照在你身上，这对敌人的狼子野心有利，却对你这喜欢昏暗的虫类有害，危及了你的安全。然而事实上，当一种灾祸对你构成威胁的时候，你通常是做出一动不动的反应，你的看家本领是装死。

在上述各种危在旦夕的时刻，你在战栗，而不是装死；你乱了方寸，操起正常立姿，逃离现场。你的骗术荡然无存，更确切地说，根本就没有什么心计可言。你僵滞不动，不是装出来的，那是一种真实状态。你复杂的神经紧张反应，使你一时间陷于某种动弹不得的状态。随便一种情况都会让你极度紧张，随便一种情况都可以使你解除这种状态，特别是受到太阳的照射时。阳光是促发活力的、无与伦比的强烈刺激。

在受到震动后长时间保持静姿方面，我觉得可以与大头黑步甲这大个子相匹敌的是吉丁虫中的一种，即烟黑吉丁。这种虫子个头不小，浑身黝黑，胸甲上带白粉，喜欢待在刺李树、杏树和山楂树上。某些情况下，会看到它爪子紧收在一起，触角耷拉着，僵死的姿势保持一个小时以上。其他各种情况下，它总是当即就准备逃跑；表面上看是气候因素在起作用，但我不清楚气候究竟暗中发生了怎样的变化。遇上这类情况，我通常只能看到虫子僵滞不动一两分钟。

我们再说一遍：用来做实验的不同虫子，操装死姿态的时间长短不一，差别很大，其原因在于这是由一系列说不清的环境条件所决定的。我们要利用好那些合适的机会，这类机会出现的几率还是相当高的。我让烟黑吉丁接受了大头黑步甲所接受的各项试验，其结果如出一辙。知道前一批结果的人也就等于知道了这后一批结果，因此不必再细说一遍了。

我只想提一句有关烟黑吉丁会即刻恢复正常状态的话题。烟黑吉丁在光线暗的地方一动不动，可当我把它从桌子上移到照满阳光的窗台上时，它就迅速恢复了活力。高温强光下沐浴才几秒钟，它就裂开一对鞘翅当杠杆，一骨碌爬起来，立刻就要起飞，多亏我及时出手按住了它。这是一种见了光就惊喜、晒着太阳就狂热的昆虫，一到炎热的下午，它便趴在李树上烤太阳，如醉如痴，怡然自得。

这种酷爱热带气温的特点，倒叫我忽然产生了一个想法：假如在它装死时给它降温，那么它会立刻做出何种反应呢？我预感到它会延长僵滞不动的状态。当然，低温是不可取的，因为一旦制冷，有能力越冬的那些虫类便要冻得发木，随之而来的就会是进入冬眠状态。

现在需要的不是冬眠状态，而是要让烟黑吉丁保持充沛的活力。降温要做到徐缓，有节制，要能使虫子像在相似气候条件下一样，依然具备平时那样的生命行为方式。我启用了一种合适的保冷材料——井水。我那口井的水温，夏季里比户外气温低十二度。

我用惊扰的方法使一只烟黑吉丁处于僵缩状态，随即把它背朝下放在一只小广口瓶的底上，然后用瓶塞塞严瓶口，再把小瓶置入一个盛满冷水的小木桶。为了使这次冷浴保持最低温度，我不断往桶里加入新鲜井水。但我换水时注意做到一点儿一点儿地排旧注新，以免引起小瓶晃动，因为那里还躺着僵尸一般的虫子呢。

结果证明，我没有白费心机。那虫子在水下已待了五个小时，依然没动一下。我说的是五个小时，漫长的五个小时，而且可以肯定，假如我有更大的耐心继续把实验做下去，虫子还要坚持更长的时间。然而即便如此，问题也已经很清楚了，绝不要以为是虫子在要什么伎俩。勿庸置疑，虫子此时不是在故作死态，实际上，它是进入了一种昏昏沉沉的麻木状态，是因为一开始我折腾得它不得不采取僵死对策，其后的降温措施又给它造成了一种超惯例延长休眠状态的条件。

我用置虫子于低温井水的方法，也对大头黑步甲做了降温效应的试验，结果其表现不如烟黑吉丁那么理想，未能在低温下保持五十分钟以上的僵眠状态。这一时间长度，在以往不实施冷处理的情况下，我都多次从大头黑步甲身上看过了。

现在可以做出这样的判断。吉丁类昆虫喜欢灼热的日光，大头黑步甲是夜游神，是地下常客。因此，在遇到冷水浴的时候，吉丁虫与大头黑步甲的感受有所不同。温度降低一些，怕冷的虫类惊魂不定，而习惯了地下阴凉环境的虫类则不以为然。

我继续沿降温的思路做了一些试验，没出现什么更新的情况。我所看到的是，不同虫类低温下保持休眠姿态的时间长短，取决于它们是追求太阳者，还是躲避太阳者。现在再换种方法。

我往小木桶里滴入几滴乙醚，乙醚开始挥发；我立即把同一天捉到的一只埋粪虫和一只烟黑吉丁同时放进桶里。没过多一会儿，两个试验品都不动弹了，已被乙醚雾气麻木，进入休眠状态。我赶紧取出两只虫子，背朝下放在正常空气当中。

它们的姿势，与受到撞击和惊扰后所操的姿势是一样的。烟黑吉丁的六条足爪，很有规则地缩在胸腹前；埋粪虫的足爪是摊开来的，胡乱支楞着，僵直得像患了蜡屈症。它们是死是活？说不好。

它们并没有死。两分钟过后，埋粪虫的跗节在发抖，口须在振颤，触角缓缓晃动。接下来，前爪活动了。又过了不到一刻钟，其他爪子都乱摇起来。照此下去，因碰撞震动而操起静止不动姿势的虫子，会恢复动态的。

可烟黑吉丁却躺得死死的，好长时间不见动静，起初我以为它真的死了。半夜里它恢复了正常状态，我是第二天才看到它已经和平时一样行动了。我在乙醚充分发挥效力之际，及时停止了接受刺激的试验，因此没有对烟黑吉丁产生致命后果；然而乙醚在它身上产生的作用，比在埋粪虫身上产生的严重得多。可见，对碰撞震动和降低气温较为敏感的虫类，也是对乙醚麻醉作用反应更为敏感的虫类。

敏感性上的微妙差别，说明了为什么当我同样利用撞击和手捏方法使虫子做出不动姿势后，两种昆虫的表现会如此不同。吉丁虫的静态姿势坚持近一个小时；可埋粪虫刚过两分钟就使劲晃动起足爪来。时至今天，我仍然只是在极少的情况下，看到埋粪虫能达到两分钟的僵死时间。

烟黑吉丁有硕大的体型和坚固的外壳作保护，其硬壳连大头针和缝衣针都扎不透。然而，为什么烟黑吉丁那么爱装死，而埋粪虫却不那么需要用装死术来保护自己呢？看来，还有大量的不同虫类，也会轮番向我们提出同样的问题。各种昆虫当中，有些会长时间一动不动，有些则不是这样；仅仅依据接受试验的虫种、外形、生活习性来预先估计其试验结果如何，是完全不可能的。

比如，烟黑吉丁僵死不动的时间非常长。那么与之同属的其他昆虫，是否由于类别相同就会和烟黑吉丁的表现一样呢？偶然的机会使我捉到了闪光吉丁和九星吉丁。闪光吉丁完全不按我的意愿行动。我把这光彩照人的虫子背朝下按住，它却拼命抓住我的手，抓住捏着它的手指，只要背一着地就非要立刻翻身站起来不可。九星吉丁不必费劲就会一动不动；却不料装死的姿态只保持那么短时间！最多也就是四五分钟。

我在附近山间碎石下经常碰到一种短身怪味的墨纹甲虫，它持续不动的时间可超过一小时，能和大头黑步甲一争高低了。然而必须指出的是，在多数情况下，它只坚持几分钟就恢复常态。是否因为具备喜暗习性，所以就能长时间不动呢？完全不是这样，这一点我们可以看看与墨纹甲虫属于同一类的双星蛇纹甲虫。这种虫子后背鼓圆，仰身摔倒后，立即就能翻过身来。还有一种拟步行虫，脊背板平，体态肥厚，鞘翅没有中缝而无法助其翻身，所以，装一两分钟死后，就开始在原地仰卧着拼命挣扎。

鞘翅目昆虫腿脚短，只能迈小碎步，似乎应该比其他虫类更需要花招，以此弥补难能迅速逃跑的缺陷。事实却无法使这种看起来很有道理的预言得到证实。我一一请教了叶甲虫、高背甲虫、食尸虫、克雷昂甲虫、碗背甲虫、金匠花金龟、重步甲、瓢虫等一系列昆虫，它们几乎都是几分钟，甚至几秒钟后，就恢复了活力。还有许多种昆虫，断然拒绝装死。

我们用这么多鞘翅目昆虫做试验，是因为它们都擅长徒步行走。然而，实验表明这些鞘翅昆虫当中，有一些能保持片刻僵死姿态，为数更多的则按不住地乱蹿。一言以蔽之，没有任何要诀能事先告诉我们："这种虫子乐意操装死的姿态，那种虫子不那么情愿，另一种虫子拒绝装死。"只要实际经验没有发话，这些说法无非都是模棱两可的推测而已。面对各种可能性都有的现实，我们能否得出这样一个结论：精神意志在此可以休矣。我希望是这样。

（本篇译自原著第七卷）

白蝎“自杀”

经碰击物体一震，或突然受到惊吓，虫子便陷入一种迷迷糊糊的状态，这种状态好比是鸟把头扎在膀下，原地晃晃悠悠地站上一会儿。突然出现的恐怖，会使人惊呆，有时甚至能致人于死命。人既然都如此，那么反应极其敏感的昆虫，其生理机能在遇到可怕事物的震慑惊吓时，怎么能承受得了，怎么能不暂时就范呢？如果惊恐程度较轻，昆虫挛缩片刻，而后很快恢复正常，惊恐症状随之缓解；如果受惊严重，就会突然进入催眠状态，长时间僵滞不动。

昆虫根本不知道死是怎么回事，因此也不会装出死来。昆虫同样不知道自杀是怎么回事，不知道自杀是用于即刻中断极端痛苦状况的一种手段。据我所知，某只动物自动剥夺自己生命这种情况，至今还没有名副其实的真正实例。感情色彩较浓的虫子，有时会任凭苦恼折磨自己，直至神形憔悴，这种事确实有；可这与用匕首刺死自己，用小刀割断自己喉咙一类事，还沾不上边哪。

话题至此，我倒是想起了蝎子自杀的事。关于蝎子是否有自杀一事，有人持肯定态度，有人持否定态度。有人说，蝎子被围在一圈火当中，用带毒的螯针戳刺自己，直到这死刑执行完毕。这故事里究竟有多少真实成份？现在该我们亲自看一看了。

周围环境对我很有帮助。此时，我在铺了沙土、放了碎瓦片的几个大泥罐里，养着一群怪模怪样的动物。我一直等着它们提供些对研究昆虫习俗有用的事实，可它们不理睬我的愿望。我可以改改路数，那样就一定能有收效。我养的是南方大白蝎，一共十二对。附近小山上阳光充足的沙质土地带，有许多扁平石条。每块石条下住着孤零零的一只蝎子，但这丑陋的虫子却到处都是，多得很。大白蝎名声很坏。

有关它螯针如何厉害的问题，我本人说不出什么。需要与书房里这群可怕的囚徒们接触时，会面临危险，所以我总要加点儿小心，注意避其锋芒。自己没有亲身体验，只好向他人讨教。我让别人谈谈他们的体验，这些人主要是砍木柴的工人，他们久而久之总要因一遭不慎而尝点儿苦头。其中一位告诉我：

“汤饭吃完了，我靠在柴捆当中打了会儿盹儿，猛然间被一阵难忍的疼劲儿惊醒过来。那滋味儿就像是被烧红的钢针扎了一家伙。我伸过手去一摸，嗯，按着个乱动弹的东西。是只蝎子钻进裤筒里了，正好在腿肚子下边一点儿螫了我一下。这丑八怪，足有手指头那么长。有这么长，先生，这么长。”

这位厚道人边说边比划，还特意伸出自己那根长长的食指。这样长的尺寸并不让我惊奇，因为我外出捕虫时，见过这么长的蝎子。

“我还想接着干活儿哪，”对方继续说，“可浑身直冒冷汗，眼瞅着那条腿就肿起来了，一下肿得这么粗。这么粗，先生，这么粗。”

接着，这汉子又比划起来，他张开双手，空掐在小腿周围，做出有一只小桶粗的样子。

“是的，有这么粗，先生，这么粗。我使出吃奶的劲儿，才回到了家，其实也就是四分之一里这么点儿路。小腿肿得越来越大，越来越往上。第二天，已经肿到这么高的地方了。”

他用手做了个指示动作，告诉我是到了小腿窝的高度。

“是的，先生，整整三天，我都站不起来。我使劲儿忍着，把腿跷在一把椅子上。敷了好多次碱末，才算消了肿，喏，才像现在这样了，先生，您看。”

讲完自己的经历，他又提起另一个砍柴人的事，也是被蝎子蜇了小腿下部。由于那个人砍柴的地点相当远，没有力气走到家了。他就倒在了路边上。几个过路人看见后，分别抱住他的头、腰和腿，一起用肩膀把他扛了回来。“就像扛死尸那样，先生，扛死尸那样！”

叙述者带着乡下人的风格说事情，比划多而话语少，但我不觉得他在夸张。被白蝎蜇着，对人来说确实是件不可等闲视之的事。蝎子被自己的同类蜇一下，很快就会支持不住的。在这个问题上，我比外行人更有发言权：我亲自做过多次观察。

我从我的动物园里取出两只强壮有力的大家伙，把它们同时放在一个大口瓶的沙底上。我用稻草棍拨弄它们，激怒它们，同时让它们都倒退着移动，最后相遇在一起。两位受到骚扰的勇士，决心立即进行决斗。恼火是我挑起来的，可看上去，二位大概都把惹是生非的罪过归在了对方头上。双方的防御武器钳子，伸举成了月芽儿形的姿势；钳口张开顶住对方，不让对方近身；两条蝎尾你一下我一下地突然伸展，从背上向前突刺；毒囊不断顶撞在一起，一小滴清亮如水的毒汁挂上了螫针的硬尖。

格斗只用了很短的时间。其中一只白蝎，被另一只的毒性武器刺了个正着。这下完了，两三分钟后，伤者几步踉跄，倒在地上。胜者一点儿不动声色，平平静静地开始啃咬败者头胸的前端，说得容易理解些，就是啃咬我们想找到蝎头却看到只是个肚子前口的那个地方。每一口啃咬都很小，但啃咬的时间拖得很长。一连四五天，食同类肉的蝎虫几乎没有停口地吃着自己死去的同行。吃掉战败者，其理由只有一点是可以原谅的，即：这行为对战胜者而言是光明磊落的。我们人类，包括所有人群在内，都不会设法将战场上的人肉熏熟作口粮；为什么这样，我还说不清楚。

我们已经得到真实的情况：蝎子的螫针可以使蝎类自身即刻丧命。现在就来谈蝎子的自杀问题，也就是有人向我们讲到的那种自杀法。如果按人们所说，蝎子被围在一圈火炭中间，它便会用螫针刺自己，最后以自愿死亡来结束这失常状态。假如真是这样，那么对这种野性生灵来说本应是件很理想的事。我们亲眼看一看。

我用烧红的木炭块围成一圈火墙，把我动物园里那只最大个儿的家伙放在火墙当中。风助火势，炭墙通红。烫肉的热浪开始烤在蝎子身体上，它倒退着在火圈里打转。一不留神，身体碰在烫肉的围栏上；只见它左一闪，右一躲，突然一下起动，不顾方向地倒退着瞎冲，身体另一处又挨了一下烫。每一次想逃脱，都被更狠地烧着一下。蝎子变得丧心病狂了。往前冲，烫一下；往后退，又烫一下。绝望中它狂怒了，挥舞着长枪，再反卷成钩子，而后伸直开来，平放在地，接着又举了起来，动作来得那么迅疾，家伙儿耍得那么没有章法，简直叫我看不清招招式式是怎么作出来的。

现在该刺出一剑来超脱这失常状态了吧？谁知突然一阵抽搐，这变态狂接着就一动不动了，身体伸得直直的，平卧在地上。再往后，仍不动一下，彻底僵直了。这蝎子，它死啦？你会认为它真死了。也许在眼花缭乱的最后狂舞过程中，有一剑刺中了它自己，而我却没看见吧。如果它确实用短剑刺杀了自己，靠自杀得到解脱，那么，它毫无疑问是已经死了。我们看到了，只消那么短的时间，它就被自己的毒汁夺去了性命。

但我总有些怀疑，于是用镊子夹起看上去已经丧生的蝎子，放在一摊凉沙土上。一个小时后，所谓的死者忽然复活了，和接受火烤试验前一样生气勃勃。我继续试验了第二只蝎子，第三只蝎子。结果完全一样：因绝望而疯狂后，都突然不动了，都像被雷击致死那样瘫卧在地；放到凉沙子上后，又都恢复了生机。

由此可以确信，杜撰蝎子自杀一事的那些人，是被它突然失去活力的现象迷惑住了；蝎子身陷火墙高温之中，怒不可遏，痉挛至猝然倒卧，这场面让他们受骗上当了。他们过早地相信了事实，结果就让蝎子在原地活活烤焦了。假如他们不那么轻信，早些将蝎子从火圈中取出，那样大概就能看到，表面上看已死的蝎子又恢复活力，这说明它全然不知自杀是什么。

除了人以外，任何有生命的东西，都不具备自愿结束生命的至壮至烈的精神力量。我们人，自感有勇气和魄力从生活的苦难中自行解脱，视此为人的崇高特性，为一种可以进入沉思境界的优势，似乎是我们高于动物贱民地位的一种标志。然而，一旦我们真的把这种精神付诸于行动，其骨子里所存在的则是怯懦。

如果有谁想走这一步，那么不妨先重温一下黄面孔人的伟大贤哲——孔子在二十五个世纪前说的话。这位中国圣人在林中撞见一位陌生男子，正往树杈上拴系上吊绳，于是赶紧向他说了几句话。圣人说：

“你的不幸确实太大了，然而其中最大的不幸当是向绝望屈服这件事。其他什么事都可挽救，惟独此事无可挽救。不要觉得你失去了一切，要说服自己坚信一条被多少世纪所证实了的真理。这真理即是：只要一个人享受着生命，他就没有任何可失望的。他能够从最大的苦难走向最大的快乐，摆脱最大的灾祸而获得最高的福分。重新鼓起勇气吧，只当从今天开始你要认识生命的价值了，并因此而全力以赴，每时每刻都好好利用生命。”

这条中国式的哲思浅显易懂，然而却寓意不凡。它让人想起，那位寓言家也有对这一哲思的另一种表述。寓言家写道：

……让别人折磨得尽管残酷，

把我变成缺胳膊少腿浑身痛的残废不在乎，

只要能留下条命我就比什么都感到心满意足。

不错，寓言大师和贤哲孔夫子说得很有道理：生命是种很严肃的东西，人们不会一遇到拦路荆棘和烦心琐事就把它抛弃。我们应当不是把它当作一种享乐，一种磨难，而是当作一种义务，一种只要最后期限未到我们就必须全力而尽的义务。

让这期限提前到来，就是懦夫，就是蠢货。我们有权凭自己的心愿决定坠入死亡无底洞的方式，然而这不意味着我们有权轻生遁世。相反，这种自由意志之权力，恰恰给我们提供了动物所全然不知的向前看的本领。

只有我们，才知道生命的狂欢会怎样结束；只有我们，才预见自己的末日；只有我们，才对死者怀有崇拜之情。这些大事，其他动物无一会想得到。当着一种劣质科学在那里高谈阔论，当着这低品位论调要我们相信一只可怜的虫子会要装死伎俩的时候，让我们提出这样的正告：把事实看得再清楚些，切莫将虫子被吓昏，误认为虫子能装出自己根本没有的状态。

只有我们才能做到清醒认识一个结局，只有我们才具备想见彼岸的本能。地位卑微的昆虫学，要在这个问题上让人们也听到自己的声音："你们要有信心；要相信本能从未违背过自己的诺言。"

（本篇选译自原著第七卷《催眠与自杀》）

捉灯有感

半夜里，我带上一盏提灯，出去看夜景。身体周围是一圈弱光带，可以约略看出一片模糊的影象，但景物怎么也看不清。昏暗的光线散开，几步之外就黑下来了。再往远，夜幕下漆黑一团。借着提灯，我只看到地面那天然马赛克铺层中的一块小方砖，而且还看得不真切。

为了看到其他小方砖，我移动着自己的位置。每次移动后，周围仍旧是一圈狭窄的弱光带，仍然只能隐隐约约地看到眼前的些许景物。我察看到的这些孤零零的点，究竟是按照怎样的规律一个挨一个地组合成整体画面的？光线昏暗的灯无法让我看清。这时候，恐怕还是得靠太阳来照明。

科学也是这样，它所做的也是用提灯照亮；它一点儿一点儿地察看小方砖，以此来探索由各种事物构成的永无穷尽的马赛克铺层。灯头总是供油不足，玻璃灯罩的透明度又如此之差。不过没什么：捉灯人没有做徒劳无益的事，他毕竟是走在别人前面，发现了庞大的未知体系中的一个点，并且把这发现指给了他人。

不管我们的照明灯能把光线投射到多远，照明圈四外依然死死围挡着黑暗。我们四周都是未知事物的深渊黑洞，但我们应为此而感到心安理得，因为我们已经注定要做的事情，就是使微不足道的已知领域再扩大一拃范围。我们都是求索之人，求知欲牵着我们的神魂，就让我们从一个点到另一个点地移动自己的提灯吧。随着一小片一小片的面目被认识清楚，人们最终也许能够将整体画面的某个局部拼制出来。

（本篇选译自原著第七卷《熊背菊花象》）

坚 果 象

我们有些机器的部件，看上去很古怪。处在静止状态下，你对它们的作用百思不得其解。然而等机器运转起来，这怪家伙的齿轮铰合转动，联杆开启闭合，我们便看清了设计巧妙的组合机制，而且发现整个系统中的每个部分，都是为实现预定功效而被颇具匠心地安装在各自的位置上。各种象虫具备的，正是这样的机制。这当中，坚果象的情况尤其如此。所谓“坚果象”，顾名思义，就是以开发橡栎子、榛子和诸如此类坚果为业的象虫。

在我居住的地区，最引人瞩目的象虫是坚果象。这名字起得真妙！多么能让人产生想象！唔！滑稽的虫类，嘴上还叼着根怪烟斗！烟斗通体棕红，细如马鬃，近似笔直，长长地前探着，足以防止打前失。这工具很绊脚，坚果象非伸直了携带不可，结果就像装备着一根刹车用的尖头戳棍。一根过长的尖头桩，滑稽的长鼻子，它究竟有什么用?

我看到，当你提出这个问题时，便有人轻蔑地耸耸肩膀。假如人生的惟一目的果真是不择手段地赚钱，哪怕是见不得人的手段，那么这类问题当然要被当成无稽之谈。

好在还有一部分人，在他们看来，各类事物的问题都是严肃大事，绝无微不足道可言。他们知道，思想的面包是用怎样零星琐细的面球球揉制的，然而却和五谷杂粮的面包一样不可或缺；他们明白，集耕耘者和提问者于一身的人们，是用日积月累获得的面包渣供养着世界。

让别人把不耻下问看作可怜行为吧，我们继续往下谈。即使你没有看见坚果象操作，也已经可以猜想到：它那古怪的嘴里伸出的是一把长杆钻，作用和我们穿透坚硬物体的各类钻头相似；大颚恰好是一对钻石尖，它们构成钻头尖端的高硬度齿甲；这种象虫的工作条件比菊花象的艰难，它也效法菊花象，利用自己的钻头，开掘安置卵粒时用的通道。

这样的分析颇有道理；但猜想毕竟缺乏可靠性。只有亲眼看见坚果象工作，我才能了解清楚这个秘密。

机遇是偶然性的；但只要你能沉住气，坚持不懈地恳求，它就会为你效劳。十月的上半月，机遇终于照顾到我头上，让我遇到了正在做工的坚果象。但事情又令我格外惊讶，因为此时节气已晚，一般而言，所有技能型工作现在都应该已经做完了。寒潮初袭之日，也是昆虫季节结束之时。

可巧，那一天天气恶劣，刺骨的北风呼啸着，像小刀子一样割裂人们的嘴唇。这种日子里出去察看灌木丛，非得有坚定不移的信念不可。我产生一个念头：象虫会不会正在用长杆工具开发橡栎子呀？既然已经想到，那么就该立即去看个究竟才是。颜色依然鲜绿的橡栎子，个头儿已经长足了。再过两三个星期，它们就要变成熟透的褐色坚果。其后不久，便会从树上掉下来。

这趟发了疯似的出巡，竟给我带来了收获。在黑绿的橡树上，我突然发现一只坚果象，前半截长鼻子插进一颗橡栎子。观察它，必须做到细致入微，可是干冷的北风猛烈地刮，橡树摇摆得厉害，观察难以进行。我折下细枝，轻轻平放在地上。那虫子没有因地点变更而产生警觉，依然干着它的活儿。我跪在它旁边，借着矮树丛遮挡大风，目不转睛地盯着它工作。

坚果象的脚上，蹬着带黏性的击剑鞋。后来，在我的设施里，它们兴冲冲地在光滑的玻璃壁板上垂直攀登，靠的正是这种鞋。此时此刻，坚果象牢牢站在溜光倾斜的拱形表面上，操作着自己的弓摇钻。它绕着细长的尖头桩移动步伐，显得笨手笨脚的；它以钻尖为中心，先顺一个方向绕上半圈，然后再顺相反方向绕回半圈。就这样，一口气来回绕了许多个半圈。我们握着简易钻在木头上钻孔，手腕来回旋动；坚果象钻孔的方式，和我们如出一辙。

（本篇选译自原著第七卷《坚果象》）

大孔雀蛾的晚会

那是个难忘的晚会。我称之为大孔雀蛾的晚会。有谁不知道这种华美的蝶蛾？它是欧洲最大的夜蛾。它穿着栗色的天鹅绒外衣，戴着白色的皮毛脖套。那灰白相间的翅膀，中段位置上横着由暗白色“之”字连成的波浪形线纹；外缘有一圈表层呈熏黑色调的白边；正中央长着一个圆点，像一只由黑瞳孔和红光阑组成的大眼睛；这圆点周围，环包着黑、白、褐、红各种颜色的弧形线条。

体色发黄的夜蛾蚕，同样相貌出众。黑色纤毛构成的一排栅栏，稀疏有致地栽在各个结节的顶部，其间镶嵌着青绿色的珍珠。粗实的棕褐色蚕茧，形状别致，出口是奇特的漏斗形，看上去酷似渔人的捕鱼篓。蚕茧通常紧贴在树皮上，位置都在老扁桃树干的根脚一带。茧壳所在的那棵树，日后将用自己的树叶供养蚕虫。

真没想到，五月六日那天上午，就在我虫子试验室的台桌上，一只雌夜蛾当着我的面，从蚕茧中脱颖而出。它刚一从潮湿的孵化室钻出来，就被我扣进了金属网做的钟形笼，它浑身还湿漉漉的。我只能这样做，因为事前没有为它准备任何专门的试验计划。我把它监禁起来，按照观察工作者的惯例，密切注视即将发生的一切情况。

结果，我很走运。约摸晚上九点钟光景，全家上床睡觉的时候，隔壁房间传来好一阵木器家具的碰撞声。已经脱掉衣服的小保尔，在那间房子里来回跑动，蹦高跳低，把椅子撞翻在地，简直发了疯一样。忽听他大声叫我："快点儿来呀，快看这些蛾子，跟鸟儿一样大！满屋子都是啦！"

我赶忙跑过去，这才明白孩子为什么如此情绪振奋，发出听起来吓人的惊叫。原来是发生了一起我家从未见过的侵宅行为：一群偌大的蝶蛾闯进孩子的房间。小保尔已经捉住四只，投进空麻雀笼。还有许多，正在天花板上飞窜。

见此情形，我不由得想起上午那只被扣押起来的雌蛾。"穿上衣服，孩子。"我对儿子说，"把笼子放在那儿，跟我走。我们去看样稀罕东西。"

我们出了孩子的房间，向位于这幢住宅右侧的我的工作间走去。路过厨房，碰上女佣人，她也被正在发生的事件惊得目瞪口呆。只见她正轰赶围裙上的几只大蛾子，怎么也轰不走。乍发现它们，她还以为是蝙蝠呢。

看来，大孔雀蛾在我家的各个地方，都占领了一点儿空间。这祸水都是那被囚禁的雌蛾招引来的，可想而知，它自己头顶上的天花板会成什么样子！真不错，工作间的两副窗户中，有一副一直没有关闭，大孔雀蛾的通道畅行无阻。

我们手擎着一支蜡烛，钻进工作间的房门。眼前出现的情景，真可以说终生难忘。一群大孔雀蛾轻拍着翅膀，围着钟形笼飞舞，而后停在笼子上，片刻飞离开去，过一会儿又飞回来，接着蹿上天花板，然后再一头扎下来。它们扑向蜡烛，翅膀一下子把烛火拍灭了；随后突然落在我们的肩头，抓挂在我们的衣服上，擦掠着我们的脸。于是，这里成了有成群蝙蝠盘旋，供巫师招魂时用的阴暗秘洞。为了壮胆子，小保尔抓住我的手，比以往哪一次都抓得紧。

这些夜蛾有多少？大约二十只。再加上失散在厨房、孩子居室和其他房间里的，闯进我家的夜蛾肯定得有四十来只。我称这是一次难忘的晚会，是大孔雀蛾的晚会。大夜蛾们从四面八方赶来，真不知是怎么得到的通知。它们实际上是四十位恋人，在迫不及待地向一位姑娘致意。那姑娘是今天上午在我工作间的神秘氛围中诞生的；可刚一出世就进入了育龄期。

（本篇选译自原著第七卷《大孔雀蛾》）

保持生机的一潭死水

铁匠找来三角铁，给我制作了容器的框架。木匠在框架下面安装上木质底盘，框架上面加了副活动板盖，四周镶嵌上厚玻璃。然后再装上用沥青涂封的密闭铁皮底壳，以及排换水用的龙头，好了，大功告成。

面对自己的作品，工匠们颇感得意。这是一件由他们作坊制作的非同寻常的稀罕物。作坊里不少人产生了好奇心，在寻思我用这玻璃小贮槽干什么。稀罕物引起纷纷议论。有人说我要储存橄榄油，是用它来取代那只旧容器，也就是那个掏空石砣子做成的油罐子。如果这些功利主义者得知，我将只是用花这么大价钱定做的器具，观看观看水里的区区小虫，那么，他们又会为我精神失常作何感想？

工匠满意自己这作品，我也满意自己这用品。它做得别致，透着雅兴，往大半天里处于阳光照射之下的窗前小桌上一摆，还真是特别好看。怎么称呼这容积五十升左右的容器呢？叫它鱼缸？不好，这种叫法有矫饰之嫌，会误导别人想到微观假山、小瀑布和金鱼。还是为严肃的事保留住严肃性吧。我用于研究工作的贮水容器，可不能混同于沙龙客厅里无关紧要的摆设。我们就称它“玻璃池塘”吧。

我在玻璃缸水底放置一大块石灰质结成的壳体，壳体表面附着了一些原生物质，扎根其中的灯芯草已见枯萎。这种石灰质块很轻，内部形成许多空心洞道，外观则像珊瑚礁。壳体表面滑腻，因为生着颜色青绿的牡蛎壳短丝藻，即一种细密的刚毛。成片成片的丝藻，宛如翠绿的草滩。靠了这些微形植物，我不必换水，也可以相当程度地保持水质清洁。不断换水，会干扰这移植的环境，不利于它维持自身的正常工作。在这里，清洁卫生与安宁平静，二者可谓确保成功的头等要事。

住进了动物居民的天然池塘，水中很快就充斥了令呼吸不适的污臭浊气，积存下动物遗留的残渣。照此下去，池塘就得变成“生命谋害生命”的罪恶深渊。只要有残渣积存，就要立刻裂解、净化，让它荡然无存。废物经过氧化，重新产生用于维持生命的气体，水中也就始终保有可供呼吸的成分。植物的绿细胞作坊，将这样的净化变成现实。

阳光照射到我们的玻璃池塘，此时非常适合仔细观赏藻类植物的工作情景。礁石上裹着带无数小光点的绿色地毯，外观酷似精美绝伦的天鹅绒绿球。这之后，绒球仿佛又插上了数以千计露着圆头儿的钻石大头针。再往后，接连不断地，小小珠玑一个个从华美的绿绒球里跳出来，随即就像亮晶晶的小气球一样飘忽上升，还一路闪着星光。到后来，那景象简直就是不停发射着的水中焰火。

化学告诉我们，藻类自身的叶绿素受阳光激发后，可用于分解二氧化碳。由于动物居民呼吸，以及有机物残渣腐败，水中充斥着大量二氧化碳。藻类将碳储存起来，加工成新型生物；这一过程中产生的氧气，以细微气泡的形式释放出来。部分氧气泡溶解到水里，部分氧气泡升上水面。升上水面的泡沫，向大气源源不断地返还可供呼吸的气体。溶解于水的气泡，供池塘里的动物居民们生存用。水中产生的污染物，经过氧化便消除了。

一坨绿丝藻，竟能使一潭死水保持清洁不污。这既普通又奇特的现象，令我情趣倍增，引我经常光顾玻璃池塘。我用着了迷的目光，仔仔细细地观看那一旦发射便不再终止的小光球焰火。此时此刻，眼前隐隐约约显现出远古年代的景象。那时候，海藻这植物长子，为生物制备好可供呼吸的初始空气；与此同时，大陆表面则开始生成湿土。眼前玻璃缸中的一切，正向我讲述充满纯正空气的行星的历史。

（本篇选译自原著第七卷《池塘》）

岩石片史书里的象虫

阿普特附近，已经风化成页片的奇异岩石随处可见。岩石片的样子，有点儿像发白的薄纸板。这是一种可燃性物质，燃烧时冒黑烟，吐火苗，散发出沥青的气味。这是一种沉积在大水域湖泊底下的物质，那里当初是鳄鱼、巨龟出没的地方。人们从来没有亲眼看见过这些大湖，湖盆早已被隆起的丘陵取代，烂泥早已静静地积压成薄地层，而那些沉积物质则已变成露出水面的坚硬礁石。

让我们从礁岩上分离出一块石板，再用刀尖把它分割成小片。这项工作不难做，就和一层层分离重叠为一体的字板一样。我们这是在查阅从山石自然图书馆取出的一册文献，是在浏览插图精美的一本图书。

这是大自然的一部手稿，比古埃及的纸莎草纸书更有趣，几乎每一页都带插图。其尤为绝妙之处在于，图像是由实物转变而成的。

第一页展现出的，是几条随意摆凑到一起的鱼。这些鱼仿佛用石油煎炸过，鱼刺、鱼鳍、脊椎链、鱼头小骨，还有变成黑晶状小球的眼睛，总之，一切都保持着自然形态。所缺的只有一种东西，那就是鱼肉。

这无关紧要。眼前这盘炸鮈鱼，外观多漂亮，你简直想用手指去触摸触摸，再尝一口这筒保存了几千年的罐头。让我们调动起奇思妙想，然后取一块用石油味矿物油炸的鱼，咬在牙齿间品味吧。

书中插图的四周，没有任何形式的注释。思索，代替注释。思索告诉我们：当初有大量的这种鱼，成群成群地生活在那片平静的水域。江河突然上涨，滚滚洪流裹着河泥涌入，大湖中的清水变成混浊的稠泥汤，鱼类全部窒息死亡。紧接着，咽气的鱼被迅速沉淀的泥沙掩埋在湖底。如此这般，它们日后反而逃脱了风、雨等等摧毁性气候因素的损蚀。它们已经跨越了时间，它们还将护在裹尸布下，无限期地穿越时间隧道。

迅猛上涨的河水，既带来附近被雨水冲刷的泥土，也带来大批植物或动物的碎段残骸，湖泊的沉积层也因此而能够向我们讲述陆地上的事情。这是一部有关那一地带生命的汇编。

让我们再翻开我们的石板，恰当些说是翻开我们画册的一页。哦，这一页有带翅膀的种子，有褐色印痕样的树叶。岩石植物集的清晰度，绝不亚于专业植物集。

岩石植物集向我们再一次陈述的，正是贝壳们已经让我们有所了解的情况：世界在变化，太阳在衰竭，普罗旺斯现有的植物不是从前的植物。是的，普罗旺斯不再有棕榈科植物，不再有散发着樟脑味的月桂，也不再有叶如羽饰的南洋杉，以及很多其他种类的乔木、灌木。这类乔木和灌木，本应生长在气候炎热地区。

我们继续翻阅。这一页是昆虫。数量最多的是双翅目昆虫。它们个头儿不大，基本上都是微不足道的小飞虫。其中还有大角鲨牙齿，擦去粗糙的石灰质外表，齿骨依然质感细滑，令我好不惊讶。安放在泥灰岩圣骨箱里的小飞虫，丝毫没有残缺。关于这些完整无损的脆弱飞虫，应该说些什么呢？这些我们用手指轻轻一捏便粉碎无疑的娇嫩动物，置身于重山重压之下竟依然形态如初。

六只纤细的肢爪平铺在石板上，造型和位置都十分规整。这姿势证明小虫正在休憩。若此时它稍微动一动，肢爪肯定会脱节。小飞虫什么都不缺，甚至连指尖的一对爪钩也不缺。不必用大头钉固定，就可以直接端起放大镜观察这只双翅目昆虫：翅膀上，纹理纤细的翅脉网清晰可见，插成一对羽饰的触角，完全保持着特有的精巧和神气；排列在各条腹节上的细微颗粒，连数目都辨得清，这些微粒就是昆虫的纤毛。

乳齿象的骨骼能在沙质河床上经受住时间的侵蚀，想来已够我惊讶。一只娇小嫩弱的飞虫在厚岩层中居然完整保存了下来，眼前这一幕让我感到更为惊讶。

这种蚊虫当然不是从远方飞来的，而是被上涨的河水卷到了这里。它到达此地之前，已是随时准备彻底消失之物，一条喧嚣着的细流本来早该叫它化为乌有了。它的一生是在小河边上了结的。一个上午的快感便要了它的性命。度过一上午时间，这小飞虫已算高龄了。它从那根灯芯草上失足跌下，落入小河。这之后，溺水者又葬身于满是淤泥的地下坟墓。

旁边这些虫子，短粗矮胖，一副坚硬的弓背鞘翅，其数量仅次于双翅昆虫。它们又是什么虫呢？它那由窄而宽的长喇叭头形已清楚地告诉我们，它们是长鼻鞘翅昆虫，一种有吻管类昆虫。换个不那么俗气的称法，这就是象虫。它们当中，个体发育分小、中、大三等，个头儿与它们今天的同类相同。

它们呆在泥灰质石片上的姿势，没有蚊子那么端正。肢爪，都随便乱放着；长嘴，有的藏在胸下，有的探向前方，有的指着一侧，有的穿过一绺浓密的颈毛向斜后插出。作出这后一种姿态的数量较多。

这些肢体残缺、形象扭曲的象虫，没能像双翅目昆虫那样被突然而平静地埋葬。岩石书中的象虫，属于终生不离海岸植物的虫种不止一种。然而，占大多数的象虫都属于相邻地区的虫种，是被雨水冲刷到这里来的。发威的雨水，逼着它们强行穿过枝杈密集、乱石丛生的障碍，挤压、碰撞、钩绊之下关节已经变形。虽说坚固盔甲保住了身体完整，但它们六肢的微型关节已经扭曲，或者开裂。溺水身亡者被淤泥裹尸布殓收时的那副模样，正是落水前昏天黑地的一路跌撞所摧残的。

那些异地象虫或许来自远方，但毕竟也为我们提供着宝贵资料。它们告诉我们，如果说湖畔昆虫序列的主要代表是蚊子，那么，树林昆虫序列的主要代表就是象虫。

有吻管类昆虫介绍完毕，我的阿普特岩石书页确实再没有展示出什么来，特别是没有提及一系列的鞘翅目昆虫，比如步甲、食粪虫、天牛等等。这类陆地昆虫种群在哪里？雨水冲刷万物之时，会不会恰巧也把它们像象虫那样带入湖中？这些今日昆虫旺族的往昔岁月，没有留下任何痕迹。

还有水龟虫、豉甲和龙虱们，这些水中居民在哪里？说到这些湖沼昆虫，我想，当人们发现它们的时候，它们很可能已经变成加在两层泥灰岩间的木乃伊。

如果当时确有这些虫子，那它们肯定就生活在湖泊里。湖底烂泥把这些动物连同触角一起保存下来，而且保存得比小鱼，甚至比双翅目昆虫还要完整。那些没有留下任何痕迹的鞘翅目昆虫，是生活于荆棘丛、野草地和虫蛀树干间的昆虫，在地质圣骨箱里没有找到，那么它们又在哪里？它们当中有钻木昆虫天牛，嗜粪昆虫金龟子，以及擅长将猎物剖腹的昆虫步甲。不错，它们所属的都是处于形态变化过程之中的虫种，那个时代还没有它们这副身影。它们属于未来虫种。如果本人力所能及查阅到的数量不大、内容简略的档案资料是可信的，那么可以说，象虫就是鞘翅目昆虫的鼻祖。

生命在它的初期阶段，制造出显然与当时的和谐世界不尽和谐的某些怪物。生命创造蜥蜴类动物，最初热衷的是十五到二十米长的巨兽。它给这类怪物的鼻子和眼睛装上尖角，脊背铺上古怪的鳞片，脖子雕上带刺的鼓包，从这圈鼓包当中钻露出来的头，酷似缩在一顶风帽里。

生命甚至下大功夫，给这些巨兽再配上翅膀，但并不那么成功。这类可怕的动物出现后，生殖的激情和狂热却无奈消沉下去。于是，出现了我们篱笆上的绿色蜥蜴。

生命发明鸟类的时候，给鸟嘴装上爬行动物的尖牙利齿，臀尖挂上一条装饰着羽毛的长尾巴。这些不知长得像什么，难看得令人发怵的未定型动物，即是红喉雀和鸽子的远祖。

这些原始动物，脑袋过小而智力低下。远古兽类的首要特征在于，它们都是一架能突然一下就抓住猎物的机器，都有一副能够消化东西的胃。智力在那个时代还不重要，其重要性是以后才显现出来的。

象虫以自己的方式，多少重蹈了远古动物那畸形化与错位法的覆辙。请看它头上稀奇古怪的延伸部分。与头部相接的是短厚的吻根，由此前伸的是强劲的圆形或四棱形吻管。吻管非常奇特，一副北美印第安人长烟斗的模样。它像一根马尾那么细，和象虫自己的身体一样长，甚至更长。这奇特工具的前端，是灵敏的大剪刀——上颚。触角则长在了长吻管的两侧。

这个或称喙，或称嘴，或称鼻子的奇怪东西，于小虫何益？虫子是从哪儿找到了这些器官的原型？哪儿也没找。它自己就是这些器官的发明者。这些是它独有的器官。除了它所属的那一科昆虫，再无任何鞘翅昆虫拥有这样一副奇形怪状的嘴。

它那个小得出奇的头，也值得注意，几乎就是个从鼻子底部膨胀出来的球。球里面有什么呢？有一台不好使的微型神经仪，这正是本能极为有限的标志。看到这些小头昆虫干活儿之前，人们因其智力而漠视它们。它们被归为反应迟滞、缺乏技艺的动物。这些具有先见之明的见解，后来也没有被否定。

类象科昆虫没有因为自己的才干而受到赞扬，但这并不能成为蔑视它们的理由。正如湖泊里的页岩所肯定的，它们在长着鞘翅的昆虫当中，拥有先驱者的地位。在预防可能发生的意外方面，它们比最具备养育灵性的昆虫同类们优越。它们向我们展示出生命的最初形态特征。长着利齿形大颚的鸟和生着尖角状眼眉的蜥蜴，表现的是远古时代的特征。它们在那个宏观世界里所具备的本质特征，也是象虫们在自己微观世界里表现着的本质特征。

类象科昆虫种群一直兴旺不衰，未改变特征就能延续到今天。它们今天的形态，就是它们在各个大陆古老年代的形态。泥灰岩书页上的图像，充分肯定了这一点。我不揣冒昧，在这些图像下面注明的是“属”这个名词，有时甚至还用的是“种”。

本性持之以恒，形态也会随之经久不变。继续开展对今日类象科昆虫的调查研究，我们还可以在象虫祖先的生物学状况方面，获得与实际情况十分接近的一章知识。那个年代的普罗旺斯，还是一片岸边满目棕榈，水中成群鳄鱼的辽阔湖泊。现在的历史一定会为我们讲述过去的历史。

（本篇选译自原著第七卷《老象虫》）

卷　八

丁香小教堂

我的隐居地有段丁香林道，浓荫幽深，路面开阔。五月来到了，两行树丛婀娜多姿地曲展着枝条，枝头顶着串串小花；树冠互相交织在一起，搭成框架相衔的拱形顶。此时的林荫道，俨然变成一座小教堂。上午，柔和的阳光斜洒进这小教堂，里面正在庆祝一年当中最美好的节日。这节庆一派安详，听不到彩旗在窗前哗啦作声，看不到火药燃成的五彩光焰，也没有大庭广众之下的酒后打骂场面；这节庆自然朴实，免却了舞场沙哑管乐的惊扰，也不必忍受人群的喧嚣，为了给一位刚在三步舞中赢得一块价值四十苏的方绸头巾的舞迷叫好，那尖叫声能让你脑袋像炸开一样。你们靠爆竹与酗酒烘托的粗野欢乐，根本得不到这里所呈现着的庄严！

我是丁香小教堂活动的忠实参加者。我的节日致辞无法转化为言词，它是轻缓起伏着的一种最真挚的激情。我从一根绿色的立柱走到另一根，每一次都虔诚地驻步静观；我一刻也不偷懒，每一步都拨动一颗观察者特有的念珠。我的祈祷，就是一声感叹：哦！

一些朝圣者赶来参加美餐，捞一份春天的施舍，顺便喝上他一大口。来者当中有采花蜂，也有专门欺负它的暴君琉璃蜂，它们你一下我一下，轮流把舌头捅进同一朵花的圣水缸。抢劫者与受劫者和睦相处，一口口地呷着圣水，彼此之间没有一点儿距离。它们都平静地做着自己的事，仿佛谁也不认识谁。

壁蜂穿着黑红各半的天鹅绒外套，往腹刷上粘着花粉，然后跑到附近的芦苇秆里堆起面粉来。这边的是管蚜蝇，它们喜欢拼了命地嗡鸣，其翅膀像云母片一般折映着阳光。它们一口一口地已经喝醉了，于是退出筵席，找一片叶子，躲在阴凉下醒酒。

那边的是胡蜂，是长须胡蜂，它们喜欢发火，动辄以剑相见。这些从不饶人的家伙路过哪里，哪里的好脾气同类就望而怯步，赶紧溜到一边去，就连人多势众的蜜蜂也不例外。蜜蜂也是动不动就爱拔出剑来的虫类，但只要它们忙着收获食物，就会采取让胡蜂三分的态度。

那些色彩斑斓、短粗身体的蝶蛾，名叫透翅蛾，它们不屑于把翅膀严严实实地糊上鳞粉。翅膀上的裸露部分就是一层透明的薄纱，与那些蒙着粉饰的部分形成鲜明对照，不失为一种独具风韵之美。此乃以素朴衬华丽。

这飞来飞去、飞上飞下，盘旋着疯狂起舞的，是正在跳鳞翅昆虫平民芭蕾的卷心菜粉蝶，它们清一色的白衣裳，翅膀上嵌着醒目的黑眼点。大家在空中互相挑逗，互相追逐，互相捉弄。它们中不断出现跳累了华尔兹舞的伙伴，每隔一会儿就有一位落在丁香树上，把定丁香花那小尖底瓮痛饮一气。细喇叭嘴探进瓮颈深处吸吮着，此时此刻，一对大翅膀轻轻并立到背后，再缓缓分开举平，而后又并排竖起。

那些数量同样很大，但由于翅膀宽阔而起飞不够迅捷的飞蝶，叫金凤蝶。它们拖着长长的凤尾，着实迷人。它们身上戴着桔黄色的绶带，装饰着湛蓝的月牙儿。

孩子们回到我这儿来了。他们看见一只金凤蝶，立刻被这天生丽质的生灵迷住了。每当孩子伸过手去，金凤蝶便躲闪着向旁边飞出几步，落到花上，继续探寻甜汁，那对翅膀和粉蝶一样开合着。如果阳光之下吸管作业正常，糖汁顺利吸上来，那么不论是哪位伙伴，只要翅膀操着轻松的开合动作，就说明它此时感到很心满意足。

“快捉住它！安娜！”可安娜就是不伸手，她知道，自己虽然手疾眼快，可金凤蝶从来就没让自己的小手靠近过。安娜是全家人中最小的一个女孩，她已经找到了更合自己情趣的虫子，那就是金匠花金龟。早上天凉，金匠花金龟尚未恢复活力，这浑身金光闪闪的美丽昆虫，此时正在丁香树枝上打盹，既觉察不到危险，又没有逃跑的本领。这种昆虫可多了，不一会儿就摘下了五六只。我一看，赶紧制止住孩子们，请他们别再惊扰其他金匠花金龟。捕获到的虫子，被安置进一个铺着花瓣褥子的纸盒。过些时候，等天热上来后，给金匠花金龟一只爪子拴根长长的线，它就会在一天当中气温最高的几个小时里，绕着圈儿在孩子头上飞行。

（本篇选译自原著第八卷《金匠花金龟》）

隧　　蜂

你知道隧蜂吗？大概不知道。但这算不上多大苦恼：对隧蜂一无所知，照样可以品尝人生的某些甜蜜滋味。在我们坚持不懈的询问下，这些没有历史的卑微者会讲述出十分奇特的事情。况且，这世界之嘈杂拥挤令人忧虑，如果我们想对这种现象增加些真知灼见的话，就绝不可小看和隧蜂经常打打交道的意义。既然我们现在有空儿，那么就来看看隧蜂吧。此事值得一做。

怎样识别隧蜂？隧蜂这飞天工匠，体型一般比较纤细，比我们箱养的蜜蜂更显修长。它们组成成员众多的共同集团，但又依身材、颜色，分成繁多的种类。各种隧蜂中，有的比胡蜂还大，也有的个头儿像家蝇，还有的甚至比家蝇都小。经验不足的人，会为隧蜂种类之繁杂难辨而颇感茫然；殊不知它们具备着一个经久不变的特征。所有隧蜂，均持有清晰可辨的同业公会证明。

请看腹部背面那最后一道腹环。如果你捉到的是只隧蜂，其末端腹环则有一道平滑光亮的细沟。当隧蜂处于平静的防御状态，蜇针会顺着细沟做下滑上缩动作。这道被人忽略的武器滑槽，已经证明这虫类就是隧蜂族类中的一员，无须再辨别体色和体材。有针管昆虫系属中，隧蜂以外的其他蜂类均不使用这道细沟。这是个明显标记，是隧蜂家族的徽章。

四月里，工程秘密上马，惟有那些新鲜泥土隆起的小山包，在偷偷地泄露天机。没有一项活动在地面土地上展开。工匠们极少露面，它们钻在深深的井底，工作是那样的繁忙。偶尔，不定在哪儿，一座小土丘的顶端晃动几下，随后便顺着那圆锥体的坡面塌滑下去：这是一位劳作者，正把清理的杂物抱上来，向后推出去，可它还是没有露面。这时节，其他任何事情都不做。

快乐的五月来到了，处处是鲜花和阳光。四月时节的掘土工，此时转而干起了收获工。无论什么时候，在那些开出天窗的小土丘顶上，我都看得见它们，一个个浑身上下沾满鲜黄的花粉。个头儿最大的是斑纹蜂，我常常看到它们在我的花园小径上营造宅穴。让我们靠近些观察它。储备食品的工作这才开始，却不知从哪儿突然光临了一位食客，它将让我们目睹一场贪得无厌的巧取豪夺。

五月里，上午将近十点钟，每当食品储运工作正干得热火朝天的时候，我就去察访我那座居民极为稠密的昆虫小镇。我顶着日头，坐在小椅子上，躬着腰背，两臂支在膝头，一动不动地一直观看到吃午饭。一位食客引起我的注意，那是种名不见经传的小飞蝇，可却是隧蜂的无耻暴君。

这无赖有没有名字呢？我想应该是有的，只是我不想花费过多时间，谈那些对读者无甚裨益的情况。讲清事实，这比提供昆虫分类词典那种乏味细节，来得更合读者口味。这里简洁交待几句罪犯的体貌特征，也就足够了。这是一种身长五毫米的双翅目昆虫。它眼睛暗红，面色苍白；深灰的胸廓上生着五行小黑点，黑点上长着向后倾斜的纤毛；腹部是浅灰色的，朝下的一面发白；足爪则全是黑的。

在我观察的蜂群中，它的数量很多。阳光下，只见它蜷缩在一个地穴附近，静静地等候着。隧蜂觅食归来，爪上沾满黄粉。它的身影刚一出现，红眼白脸的食客便冲上前去，尾随追踪，紧跟不舍，上下左右悠荡着窜跃，兜着圈儿来回飞行。最后，那膜翅目昆虫突然钻进自己家里；这双翅目食客也疾速俯冲，落在小土丘上，就守在洞口旁边。它一动不动地趴在那里，脑袋朝着隧蜂的家门，只等那酿蜜的蜂子把活儿做完再说。隧蜂终于又露面了，头和胸探出洞口，在门槛上稍停片刻。飞蝇趴在旁边，仍然一动不动。

时常出现这样的情形，隧蜂和飞蝇面对面站着，间隔还不到一指宽，双方都没有惊异的神色。凭那平静的态度可以断言，隧蜂对窥伺自己的食客并无戒心；因而凑在眼前的食客，也丝毫不怕自己的冒犯行为会受到惩罚。面对抬抬爪子就能踩扁它的庞然大物，这小矮子保持沉着冷静。

我很想看看，双方中究竟哪一方会示弱，但始终未能看到：没有任何迹象表明，隧蜂知道自己面临着被打家劫舍的危险；也毫无事实说明，小飞蝇对严惩不贷之事心怀恐惧。这打劫的和遭劫的，双方只是互相打量一会儿罢了。

巨虫宽宏大量，但只要它想那么做，就可以用利爪划破前来糟践家舍的小强盗，可以用大颚轧碎它，用蜇针刺穿它。然而，巨虫根本没有这样做，却听任近在眼前的无赖安然无恙地待在那里，一双红眼睛瞄着宅穴大门。真不知隧蜂为何采取这般愚蠢的宽容态度。

隧蜂飞走了。飞蝇马上钻进蜂穴，如同钻进自己的家一样无拘无束。此刻，它从各个食品储藏室里，随心所欲地选用美味，所有储藏室都没有加封；与此同时，它还忙里偷闲，建立了自己的产卵室。直至隧蜂返回之前，不会有谁打扰它。要让爪子上沾满花粉，嗉囊里填足糖液，这可得花些时辰呢；正好，侵宅犯要干坏事，也需要充分的时间。这罪犯的计时器非常精密，可以精确地显示出隧蜂离家在外的时间。待隧蜂再度归来，飞蝇已经溜走。它溜到离洞穴不远的地方，选一处有利位置，开始窥伺干下一次卑鄙勾当的机会。

假如食客正在干事的时候，隧蜂突然出现，那会形成什么局面呢？即使如此，问题也并不严重。我见过一些胆大的飞蝇，它们跟着隧蜂一道钻入洞穴深处。乘隧蜂在那里调制花粉、蜜糖混合饮料的当儿，飞蝇在一旁小憩片刻。收获者正在掺和甜面团，处于这道工序的食品，飞蝇尚不能享用，于是它又自由自在地钻出洞口，站在门槛上，等着隧蜂出来。飞蝇爬上来晒太阳，毫无惊恐神色，而且步态平稳，这清楚地说明，它们在隧蜂工作的洞穴深处并未受到虐待。

假如小飞蝇跃跃欲试，急不可耐地围着糕点转，也许后脖子上会挨一巴掌；但食品所有者驱赶讨厌鬼时，所能做出的举动不过如此。盗贼与被盗者之间，不会发生任何叫骂殴斗。关于这一点，只要看看从巨虫忙碌着的洞底爬上来的小矮子，看看它那稳健的步态，那副完好无损的模样，你就会认同的。

蜜蜂[1]归来，无论携带食物与否，都要犹豫一段时间；它疾速兜着圈子前后飞动，贴近地皮来回滑行。看到这紊乱的窜跃式飞行，我立即产生了一个想法：膜翅目昆虫是在试图利用错综复杂、进退往返的飞行网路，甩掉追逼自己的敌人。就其效果而论，这确乎是它采取的谨慎措施；但实际上，它恐怕并不具备这么高的智慧。

它其实并不是在顾虑敌人，而是在寻找自己的宅穴时遇到了困难。许许多多的小土丘，交错重叠地连成一片；昆虫小镇上的窄街狭巷，彼此杂乱穿插；况且，由于不断有新清理出的废料脏物倾倒成堆，小镇的面目一日一变。很明显，它所表露的是一种踌躇心理；它的确经常认错家门，一头扎到了别人的大门口。当然，洞门口的细微景观，会使它觉察到自己的失误。

于是，它再做一番侦察，仍旧荡秋千似地画着曲线，窜跃飞行，偶尔悬定在一个点上，随后又突然起动，向远处飞去。终于，自己的住宅找到了。它带着狂喜，一头扎进洞穴。不管隧蜂何等迅速地消逝于地面之下，那飞蝇是神气十足地守在大门旁的。它把脑袋扭向洞口，直等到蜜蜂出来后，就又该它进去造访蜜罐了。

主人钻出来了；食客稍退几步，让出刚好能自由通行的过道，仅此而已。倒也是，它凭什么要自己惊动自己呢？二者相遇，如此太平，如果不另外给你提示，你绝对看不出是歼击对象与歼击者面对面站在一起。隧蜂忽然出现，飞蝇毫不惊慌，只是稍加留意而已；隧蜂亦然，只要强盗不尾随它，不在飞行中纠缠

① 蜜蜂：此处指隧蜂，隧蜂属蜜蜂科。

它，它根本不知道这眼前的就是它的迫害者。这时候，只见那膜翅昆虫突然一个急转弯，远远地飞走了。

隧蜂的食客要吃上美味，也不是那么容易的。隧蜂回家时，嗉囊里盛着吸吮来的甜汁，主要肢爪上粘着采集到的花粉，但甜汁是强盗无法接触到的，花粉又是没有定型的松散粉末。更何况，一次带回的材料，远远不够制作甜食用的。为收集揉制圆面包的材料，隧蜂必须反复出游。待必备的材料齐全够用了，隧蜂便用大颚硬尖掺和它们，再用爪子把和好的软面做成小丸。如果小飞蝇把卵产在这些材料里，那么经隧蜂如此这般一番操作，虫卵的命运想必是凶多吉少的。

为此，蜜蜂的异类是在面包做成后，再把卵产在上面。但由于食品制作是在地下进行，食客显然必须潜入隧蜂家中才行。飞蝇胆量非凡，果真钻进洞去，甚至不怕那蜜蜂仍在洞中。要么是出于怯懦，要么是出于愚蠢的宽容，被剥夺者竟听任剥夺者行事。

飞蝇耐心窥伺，贸然侵宅，其目的并不在于靠收获者养活；它自己的大颚也很有本事，可以毫不费力地从花朵里获取吃的东西。它在隧蜂的酒窖里，只是有节制地尝尝酿制食品的品质罢了。我想，它允许自己做的，不过如此而已。它的目的实际上是建立自己的家庭，正可谓悠悠万事，惟此为大。它窃取财富，为的不是自己，而是自己的儿子们。

让我们把花粉面包挖出来。结果我们看到，最常见的情况是，小面包被不加珍惜地糟蹋成碎末，白白浪费掉了。小储藏室的地板上，撒满黄色粉末，粉末里有两三条尖嘴蛆虫在蠕动。蛆虫是那双翅目昆虫的后代。时而可以发现，与蛆虫同在的还有真正的主人，也就是隧蜂的幼虫，它们由于吃不饱，长得瘦弱不堪。

蛆虫和它们共享甜食，虽说不粗暴虐待它们，但是却与它们争夺优质食料。悲惨的挨饿者，健康每况愈下，枯瘪皱缩，很快不见了身影。它们那变成微小颗粒的尸体，混在余下的食料当中，化作蛆虫的又一口美味。

宅穴里惨遭劫难，可隧蜂母亲这段时间干什么去了？它随时都有空儿来照看一下虫宝宝；多了不用，只要把头往洞口窄道里一探，就会及时发现幼虫的惨状。圆面包糟蹋了一地，害虫贼头蹭动地乱作一团，只要随便扫上一眼，就知道出事了。它不钳住蛆虫的肚皮把它们抓起来才怪！然后再用大颚把它们咬碎，抛到门口去。这点儿事情，只消片刻它就可以办到。然而，傻母亲根本没想到这样做，却容忍使自己孩子挨饿的家伙过太平日子。

隧蜂母亲还有更愚蠢的事呢。成蛹期开始后，它用泥盖把被食客洗劫一空的隔室封堵起来，而且像封堵其他隔室一样的认真。最后设这样一道拦堵屏障，对于置身室内度过变形期的隧蜂幼虫，当然是一项绝好的防护措施；然而把它堵在已被双翅目昆虫幼虫光顾过的隔室口上，则成了十足的荒唐举动。明明是徒劳无功之举，本能却仍教母亲义无反顾地去做；结果，它把封条贴在了空房间的门上。为什么说是空房间？因为狡猾的蛆虫在食品吃光后，就要赶忙抽身溜走，仿佛已经预见到，隧蜂将设置一道日后叫飞蝇无法逾越的障碍。为此，正好在封门之前，这双翅目虫类已经离开了隔室。

食客不仅具有无赖的刁滑，而且行事小心谨慎。尽管洞底有那么多现成的黏土隔室，但所有蛆虫食客最后都要弃之不用，因为一旦隔室的窄口遭堵，那里就是自己的葬身之地。黏土质的小卧室内壁上，有波纹状的防水涂层，可防止返潮；感觉细腻而丰富的飞蝇幼虫表皮，在里面会备觉柔和舒适。照理说，这似乎应该是环境优越的蜕变期居室，但蛆虫却并不喜欢这里。它们惟恐刚变成飞蝇后，体格尚未强壮，只能惨遭囚禁；因此一一爬出小卧室，分布在洞内升降井附近。

我挖到的飞蝇蛹，从来不在小隔室内，而是在小隔室外。它们一只挨一只地挤在黏土里，那里有一个狭窄的土窝，是它们身为蛆虫，乔迁至此时营造的。来年春天，出土期一到，成虫只需穿过塌陷的碎土，就能钻出地面，所以出土之事并不难。

食客一定要迁居一次，还因为它必须服从另一种客观要求。当年七月，隧蜂生育第二代幼虫。每年产一次卵的双翅目昆虫，七月份其后代尚处于虫蛹状态，只能在第二年开始后才变为成虫。采蜜娘七月正好在小镇故里重操旧业；它直接利用春天建造的竖井和隔室，真不知节省了多少时间！昔日倾注了大量心血的旧建筑，此时仍基本完好，只需稍事修葺，就可重新使用。

如果天生就爱干净的蜜蜂，打扫住宅时遇到一只蝇蛹，那该如何是好呢？它也许会把这碍事的玩艺儿当作建筑废料。它看到这废弃物后，用大颚钳起来，也许这一下就会把蛹壳钳碎的。接着，它把这玩艺儿搬到洞外，和废料杂物堆放在一起。移出土壤的蛹，暴露在变化无常的气候之下，只能是在劫难逃，死路一条。

我真佩服蛆虫明智的预见力，居然能抛开一时财富之得，谋求确保安全的长远之计。蛆虫面临两种危险：一是被囚禁于闷匣之中，最后成虫飞蝇不得出世；

二是在蜜蜂修整、打扫宅穴时，被抛出洞外，遭受外界气候折磨而丧生。为免遭这双重灾祸，蛆虫赶在封堵隔室和清理宅穴之前，就抽身迁走了。

我们再看看食客后来如何了。整个六月，在隧蜂闲歇下来的日子里，我在我那昆虫势力极大的小镇上，展开了全面搜索，那里有五十来个隧蜂洞。发生在地下的不幸，全部被我们看到了。我们是四个人一起，用手指缝筛检从洞穴里挖出来的土。头一个人筛检一遍，第二个人再筛检一遍，接下去是第三个人，然后是第四个人。筛检记录上的结果，实在令人痛心。我们始终未能发现隧蜂的虫蛹，一只也没有。原本是人口稠密的街区，居民竟已全部死亡，顶替它们的是双翅目昆虫。蛹态双翅目昆虫之多，比比皆是。我把这些蛹收集起来，准备观察它们的演变过程。

双翅目昆虫的生活年度进入尾声，最初的蛆虫已经在蛹壳里收缩变硬，一个个圆鼓鼓的小筒子，保持着静止不动的状态。这都是具备潜在生命力的种子。七月的烈焰不会把它们从沉睡中烤醒；这个月份正是隧蜂生育第二代幼虫的月份。上帝似乎发出了本月休战的圣谕：食客停止活动，蜜蜂和平劳动。假如再接连出现敌视行为，致使夏季也发生春季那样的惨重伤亡，那么，一向妥协有余的隧蜂，大概就要绝种了。第二代隧蜂幼虫过上一段太平日子，事物也就恢复了秩序。

每年四月，正当斑纹蜂悠游于围墙内的条条峡谷之间，寻找着理想的造洞地点，食客那里恰好正加紧化蛹成虫的工作。呵！时间计算得何等精确，追逼者的历法与被追逼者的历法之间，竟如此默契地相互吻合，真令人难以置信！蜜蜂着手筑穴之时，飞蝇已经准备就绪：以饥饿消灭对方的故伎，马上就要重演。

如果上面讲述的只是某种特殊情况，我们可以不去重视它：多一只少一只隧蜂，对世界的平衡无足轻重。然而太遗憾了！以各种名目从事掠夺，已经成了芸芸众生之间的既成法则。无论低等生命还是高等生命，凡是生产者，都受到不生产者的剥削。占有特殊地位的人类自身，本来应当超脱这些灾难；却不料在他身上，野兽的贪婪欲望竟表现到了无以复加的地步。他说："营生嘛，就是图别人的钱。"这话与飞蝇的话如出一辙："营生嘛，就是图隧蜂的蜜。"为了更有效地掠夺，人创造了战争这种将人们大规模杀死的艺术，还引以为荣地创造了绞刑这种将人们小规模处死的艺术。

我们永远看不到那崇高梦想的实现，那是人们每星期天在乡村小教堂里唱诵着的崇高梦想：Gloria in excelsis Deo，et pax in terra hominibus bonæ voluntatis！[①] 如果战争只是人类自己的事，那么未来也许还能为我们保存住和平，因为有那些慷慨豁达的心灵在为此工作。可是这祸水却也侵蚀到冥顽不化的虫类，而它们是永远都听不进道理的。邪恶只要一蔓延成大势，可能就变成不治之症了。瞻望未来生活，叫人不寒而栗。那生活将仍然是今天的样子，即，一场永不停歇的屠杀。

于是，怀着绝望中的一线希望，人们不遗余力地调动想象，为自己塑造了一个能把宇宙星辰当球要的巨人形象。这巨人是不可抗拒的力量；他是正义和权

---

① 祈祷时的拉丁语，大意是：荣誉归于高高在上的上帝，和平归于下界凡人的善良心地。

利。他知道我们在作战，我们在杀戮，我们被烽火硝烟所笼罩，我们中的野蛮人正赢得胜利；他知道我们有炸药，有炮弹，有鱼雷艇，有装甲舰，有各种各样神通广大、致人死命的武器；他同样清楚，哪怕是最小的上帝造物，都存在因贪欲而引起的残酷竞争。那么好了！这正义者，强大者，当着他用拇指按住地球的时候，肯定要毫不留情地把它碾碎！

他完全可能把地球……然而，他毕竟会让一切事物顺其自然地发展。他会这样说："古代的信仰确有道理；地球正是个生虫的核桃，已经被'邪恶'这蛀虫啃咬。它是个野蛮的粗坯，正处在向温文尔雅过渡的艰难阶段。随它去吧：秩序和正义在一切过去之后。"

（本篇选译自原著第八卷《食客隧蜂》）

卷　九

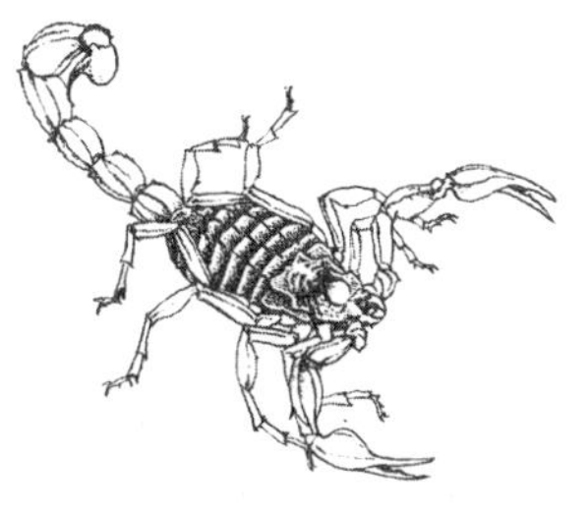

我的小桌

时间已到，该上分析几何课了。和我合作的那位数学家，大概马上就到；我估摸着，他要讲的我都能懂。我事先翻过书了，发现要讲的那个问题经作者这么一写，读来已经很轻松，没有什么太费解的地方。

就在我的屋子里，对着一块黑板，我们的课开讲了。几讲过去，时已入夜，在一派肃静中我突然惊讶地发现，我这位资深天书先生，其实与我那位有一种最常见毛病的学生别无二致。一遇到横、纵坐标的组合，他就说不大清楚了。于是我便积极主动参与进去，自己操起粉笔，画出线条走向，掌起我们这条代数小船的舵把。我就书本上的内容发表见解，用自己的方式加以解释，逐段查找课本上的相关要点，探明妨碍理解的暗礁，直到东方微微发白，我们被渡到答案的岸边。想起来，逻辑思路冒出得那么快，问题解决得那么轻松、那么清楚，好多回了，让人觉得简直是自己记起来的，而不是学来的。

如此这般，我们俩的角色颠倒过来。我刨动坚固的凝灰岩，敲成碎块儿，再耙成松土，一直做到能让思维扎进去为止。我的同事呢（噢，这回我可以平等相称了），我的同事他听我讲，对我提出一些异议，给我推出一些难题，然后我们就合力攻坚，共同解决这些难题。有两根通力协作的撬棍插入撬缝，岩块开始松动，随后就滚到一边去了。

开始时，这位先行者并不把我放在眼里；现在，他眼角上那种小看人的皱纹完全消失了。我们之间出现了一种坦诚，一种互相感染的活力，这活力可以使人有所作为。渐渐地，窗外映进曙光晨色，尽管依然朦胧，但却充满希望。我们两个都精神焕发。我所获得的是一种双重的满足感：自己明白了，也让别人明白了。就这样，黑夜的一半时间在一种难以名状的享乐中度过了。当明晃晃的太阳刺得眼皮发沉的时候，我们中断了研讨。

我的同事已经进了给他准备好的房间。此时此刻，他是否一点儿也不想刚才我们造出的那些魔景，而在安然酣睡呢？我进去查访，果真他睡得很熟。这种优越性，我可不具备。像把黑板上的东西用板擦一抹了之那样，也让头脑中的内容顷刻消失，这从来不是我的作法。各种交织在一起的念头依然存在，构成蛛网般颤动着的思维网，任何休息状态被它缠住，都别想能安稳下来。

最后，困劲儿终于上来了，可事实不止一次证明，此时进入的只是某种似睡非睡状态，不仅远远没有抑制住思维活动，反而使之得到维持，甚至比刚过去的不眠之夜还来得清醒。处于这种大脑活动还没有中止的模糊意识状态，头一天徒劳无功想攻克的数学难题就要解决了。我几乎并没有意识到，一盏格外明亮的灯塔已经出现在自己的脑子里。

这时候，我一下子蹦到地上，重新点着灯，赶紧把想到的东西记下来。这些想法若等到一觉醒来，也就再也回忆不起来了。真像暴风雨中的闪电一样，这些思维亮点来得突然，去得也极快，眨眼工夫就消失了。

它们是从哪儿冒出来的？也许是我的习惯造成的？我养成了一种起得特别早的习惯，这样可以使头脑不间断地摄入食物，可以源源不断给思维的灯头续足燃油。你有心在脑力工作中做出成就吗？那好，最牢靠的办法就是做到“念念不忘”。

我这位同事死活不愿领教这个办法，而我却不仅死活要坚持，而且是坚持不懈地这样做了。也许正是因为如此，二人的角色调了个过儿，徒弟变成了师傅。说起来，早起并不是什么难以忍受的无尽苦恼，也不是什么力所不及的过份操劳；这其实是一种乐趣，其享受与读首好诗差不多。我们那位伟大的抒情诗人，在他那本《光与影集》的序言中写道：

“数既在科学当中，也在艺术之内。代数包含在天文里，而天文则紧挨着诗歌；代数包含在音乐里，而音乐也紧挨着诗歌。”

这是诗人的夸张吗？不，肯定不是。维克多·雨果说的是真事。代数即有序之诗，它是具备神思飞跃功能的。我感到，它的公式、段式结构那么华美绝妙。至于别人有什么看法，尽可以与我不同，我绝不惊讶什么。只要我一时不慎，把内心超几何学的激情思绪吐露给我这位共事同仁，他眼角上就立即又皱出那种带讥笑意味的褶来，随后便会冒出一句：“别说那些纯粹的废话。还是画画我们的曲线切线吧。”

此话说得有道理，他是先行者嘛。的确，日后的考试将要求做到极其严格规范，不允许掺杂这些想入非非的冲动。可作为我，难道算大错特错了吗？用理想的灶火给冰冷的计算术加加温，将数学思维提升到超乎公式之上的高度，用生命的光焰激活抽象世界那些幽暗的空洞，这不正是为致力于深入未知领域的行动减轻负重吗？我这位同事，对我提供的旅行保障不屑一顾，百般艰辛地赶他的路；而我却在这条路上轻松愉快地完成旅行。我之所以用代数这根硬棍子作支撑，是因为能从中听到一种有助于向前飞跃的声音。于是，研究变成了一种给人欢乐的事。

会画直线相交形成的夹角后，我又学会如何画出曲线的优美，这样一来，收益就更大了。有多少圆规所特有的性能还未清楚，有多少高明的法则还蕴含在一组方程式中，它们就像一个神秘的核桃，必须采取具备艺术性的巧妙去壳方法，才能取出丰厚的仁肉，才能提取一个定理！在这个数学项前加个“+”号，它就成了椭圆形，即那些行星运行的轨线，它具有两个密切相关的焦点，两点之间往返形成数量恒定的向径；如果加个“-”号，就代表的是焦点互斥的双曲线，其曲势以无限多的岔线形式不可逆转地划入太空，于是便形成一种越来越接近为一条直线、但又永远不会成为一条直线的渐近线。去掉这个数学项，那么就意味着是抛物线，它无论怎样延长也没有用，都不会遇到那个已经失却了的第二个焦点；这就是降落的轨线；这是一些彗星的滑行路线，这些彗星有一天会光顾我们的太阳系，其后便没入无垠的太空，以后就永远也不会再来了。用这样的思路来勾画宇宙间各个世界球体的轨道，岂不妙哉？我以前就觉得很妙，如今依然觉得很妙。

经过十五个月的这类训练，我们一同来到蒙彼利埃的数学专科学校。结果，两人都取得了数学业士[①]学位。我的伙伴已经精疲力尽，而我从分析几何学中得到的却是愉悦。

我的合作者被圆锥曲线问题搞得疲惫不堪，再也不想钻研下去。我清楚地告诉他，再争取提高一步，拿下数学学士学位，这样我们就能够领略高等数学的辉煌境界，从而为研究天体力学创造条件。但这些鼓劲都白费了，我无法调动起他的积极性，无法使他产生和我一样的胆量。

依他的看法，我提出的计划纯属想入非非，真做下去只会熬干我们的血管，终将无法实现。如果没有另一位经验丰富的领航员指点，如果除了以若干固定套话显示简洁却往往不明不白的一本书外，不能再找到另一种罗盘，那么只要一遇上障碍航道的礁石，我们这条小船就要沉没无疑。因此，即使是身在半个核桃壳中，也不妨鼓足勇气，藐视茫茫大海的惊涛骇浪。

要么是因为听了我这番话，要么就是因为大致看到了一种令人却步的天大困难，反正他向我做出了解释，说明他不想继续和我一道往下走了。我一心继续航行，不管会不会在靠岸前被那片并不好客的海域拍成个粉身碎骨；而他呢，则一味保持谨慎，决意不跟我走。

我猜想还有另一个理由，只是我这位临阵脱逃的老兄不肯承认罢了：他反正刚刚弄到了对实现个人计划着实有用的一纸文凭，其他一切，于他何妨？他会这么说：仅仅为着学习的乐趣就受熬通宵、伤元气的罪，难道真值得吗？那小子是疯子，根本没有实惠可

① 业士：法国设置的中学毕业会考合格者学位。

图，却那么专注于做学问的痴醉感；咱还是缩回自己的螺壳，关上封盖靠老天，过咱软体动物的日子吧；这是好好活着的诀窍。

我没有这样的哲学。完成一个阶段后，继续为认识难以捉摸的未知领域做下一阶段的工作，只有处于这种状态之下，我才有兴奋感。正因为如此，我的合作者与我分手了。从此以后，我只剩下一个人，孤单得可怕的一个人。不眠之夜里，既没有了可以消遣解闷的聊天人，也没有了争论研究课题的对手。身边再也找不到一位能理解我的人，再也找不到一位哪怕采取消极态度但能提出反对意见的人，一位与我发生能够带来闪光效应的冲突的人，这冲突是一种可以迸发火星的两块石头的碰撞。

面前竖起一道拦住去路的障碍，犹如直上直下的峭壁，此时此刻却没有一副亲切的肩膀辅助我，支持我一心攀上高峰的行动。我只能靠双手在凹凸不平的壁障上使劲扒抠，但却常常坠落下来，摔得遍体鳞伤，而后再做冲击；当筋疲力竭抵达顶峰的时候，听不到任何对我抱以鼓励的回音，我只好自己发出胜利的喊叫；但终于，我总算可以从山巅眺望一眼了。

我这种数学战役需要大量付出的，是执著的沉思；这一点，我在一开始读自己的书时便领略到了。我进入了那种属于抽象性质的领地，那是一块只有靠思索这坚韧的铧犁才翻耕得动的地界。供我与朋友共同研究分析几何时画曲线用的黑板，现在没人动了，我更喜欢用的是笔记本。一定数量的纸页外加一层硬皮，就成了一个本。用本子工作，可以采取坐姿，使小腿得到休息。有了这样一种知己作伴，我每晚坐到桌灯的灯罩下，一直全神贯注地工作到深夜一点多钟，思维的打铁作坊自始至终保持着活力，遇到解不开的难题，便放到这作坊里软化，锤锻。

我工作用的桌子比大手帕大不到哪儿去，右边摆着花一苏钱买的一瓶墨水，左侧摆着打开的笔记本，中间余下的空地刚好够用蘸水笔写东西。我喜欢这件小家具，它是我新婚不久和妻子购置第一批家当时买的。这小桌的好处是可以随意移动，阴天时放在窗前，阳光太晃眼就搬到光线柔和的某个角落；到了冬天，还可以靠在燃着一段粗树根的火炉旁。

可怜的核桃木板小桌，半个世纪甚至不止半个世纪过去了，我一直忠实地和你在一起。如今你的脸上已留下墨水的斑斑污迹和小刀的道道伤痕。然而你却依然像过去支持我解方程一样在支持我写散文。服务性质虽变，你却始终未变；你那耐心的背板，对代数公式和思维模式统统采取欢迎态度。我的心可没有你那么平静；我感到，尽管已经不再操劳，但心境还是无法清闲下来；比起求索方程根来，捕捉思想念头对大脑的刺激竟更加残酷。

假如你能看我一眼，亲爱的伴友，看到这一头银灰长发，你大概会不认识我的，啊，以前那张焕发着热情、映现着希望的脸，那副美好的面容，哪里去了？我已经老得不像样子。再看看你自己，当初从家具商家来到我这里，你多么光亮，多么细滑，上光蜡打得光彩照人！可那以后，你被毁成什么样啦。和你的主人一样，你脸上也出现了褶子，当然得承认，这些褶子一般都是我的杰作。的确，不知多少回，笔尖里的墨水变成了稠浆，无法写出合体的字迹，我就用蘸水笔的金属尖在你脸上犁沟沟儿！

你的一个桌角已经裂口，桌面板开始松散。我时而听见，那种专爱开发旧家具的虫子窃蠹，在桌板层内发出推小刨子的动静。年复一年，里面不断挖出新的坑道，瓦解着你的结实性能。年头既久的洞道，在桌面上张开一个个小圆口，打起哈欠。一位外来户钻进这些小孔，据为己有，成了它得来全不费功夫的天赐良宅。我眼睁睁看见这斗胆包天的家伙，趁我正在写字的工夫快步从我肘下溜过，一眨眼便钻进了窃蠹遗弃的坑道。它是一身黑装、身材细瘦的野味收集贩，为自己的幼虫积攒了一筐蚜虫。哦，我的老桌子，一群居民正在你肋下干着剥削你的勾当；我则是在一窝咕咕容容的虫子上写作哟。对我写作昆虫记文章提供最得力支持的，非你莫属。

以后主人不在了，你将变成什么样呢？一旦有人争抢我这些微薄的遗物，你会不会以二十苏的价钱被拍卖掉？你会不会变成厨房洗碗池旁一副放水罐的支架？你会不会被当作拾掇白菜的小案板？家人们是否不会这样？如果不这样，那么他们会说："咱们保存住那件珍贵的遗物；正是伏在那上面，他受尽煎熬，既使自己获得教益，又使自己成了有能力让别人也得到教益的人；那么漫长的岁月，他都是在那上面耗心费神，熬枯脑汁，为后代换来一口口食儿。咱们就把那块神圣的木板留下吧！"

真不敢相信以后能有这样的好事。哦，我的老知己，你一定会落到根本不理会你历史如何的人的手里；你一定会变成床头桌，上面压上好多碗药汤；很可能，当你身子骨衰老之时，腿瘸了，腰也断了，于是被大卸八块，丢在土豆锅下，成为添把火的干柴。你将化作一团青烟，在另一团青烟中与我相会；那青烟是我毕生劳作的结果，也是被人彻底忘怀的标志。然而，不复存在，这正是你我忙碌一场之后得到的最好的休息。

不谈这些，我的桌子，还是重温我们的年轻时代吧，那个你打着上光蜡的时代，那个我绘着快乐图形的时代。休息日的星期天，倒成了没完没了工作的日子，因为这一天不会有学校事务干扰。不过，我真的更喜欢星期四，因为那一天虽不放假，却能让人不谈学习的事。星期四，人们需要分心忙圣体节，因此，我这一天都很清闲。我们要最大限度地利用这难得的轻松日子。算一算，唔，这好日子一年里有五十二天，加起来差不多够一个暑假了。

记得有一天，要攻克一个尖端课题，即开普勒的三定律。如果通过计算来验证它们，就可以让我认识到天体运动的基本力学原理。第一条定律是这样说的：一个行星向径光线扫过的面积，与时间的流逝成正比。那么我应该据此做出这样的推断，即，维持行星轨道运动的力，是被引向太阳的。经微积分方程稍一鼓动，公式已经出来说话了。我的精力越发集中，思维快速运转，以求从光芒四射的公式中随时抓住脱颖而出的真谛。

突然，远处传来咚哒哒咚、咚哒哒咚的响声！声音越来越近，越来越震。真是我们的灾难！那家“中国木屋”尽害人！

事情是这样的。我住在市郊，位于拜尔讷市公路的一个入口处，远离城市的喧嚣。却不料就在前不久，我家住宅对面十步开外的地方，建起一个门面上写着“中国木屋”几个大字的舞场咖啡馆。一到星期日下午，附近农庄的姑娘小伙子们，便跑到那儿跳四组舞，扭蹦起来就没个完。咖啡馆的经营者还有高招儿，每当这主日蹦跳快要散场时就组织一次实物奖摇彩，借此招徕顾客，促销那些清凉饮料。

摇彩前两个小时，他就让人举着各等中彩奖额的实物，在有行人散步的地方巡回招摇，走在奖额牌前边的是短笛、小鼓乐队。一位腰缠绒线红带的壮小伙子擎着长杆，杆身包着彩带，杆梢晃来晃去地挂着镶银平底杯、里昂细绸布、双枝蜡台和几包雪茄。彩奖如此诱人，有谁会不进小咖啡馆的门呢？

咚哒哒咚，咚哒哒咚，咚咚哒哒咚！摇彩宣传队好大动静。他们来到我的窗前，然后往右一拐，一条条身影都不见了：他们进了那座临时凑合搭起的大木板房，板房只有外壁装饰了一圈黄杨木。此时此刻，如果你怕噪音，不如一躲了之，而且躲得远远的。圆管呜呜，短笛嘟嘟，活塞号噗噗，阵阵声浪将一直持续到天完全黑下来才平息。那么你索性就听着这种卡菲尔人[①]乐队的演奏声，继续求证开普勒定律吧！谈何容易，我非得神经病不可！趁早，咱还是挪挪窝儿吧。

我知道，离这儿两公里有一片多石荒地，是块脊令鸟和蝗虫喜欢的地方，那里非常安静，而且有几处栎树丛；尽管树丛很小气，不肯给人遮阳，但总可以借给我这样的人几尺树阴。我拿上一本书、一摞儿纸和一只铅笔，甘愿到那儿去孤独寂寞地度时光。啊！一点儿嘈声都没有了，好一个安静环境！只是躲在枝短叶疏的树丛下，感到阳光仍然燥热灼人。加油干吧，我的小伙子！让蓝翅蝗虫陪着你开掘那些开普勒定律吧。到了回家那一天，你的数据计算出来了，皮也烤焦了。有关面积的定律搞清了，后脖子上那片面积也

① 卡菲尔人：非洲东南沿海一带的居民。

就得上日射病了。此乃有得有失。

星期一到星期六这些天，星期四属于我，此外的每天晚上，可以用来连续作战，埋头学习，直到太阳出来把我整垮才罢休。总而言之，尽管必须为学校尽心效力，但时间还是不缺的。最关键的问题是，开头遇到不可避免的费解难题时，切不可自暴自弃。我自得其乐地闯入这片辨不清方向的密林，林中处处爬满青藤，必须抡起板斧砍掉它们，才能透出一线光亮。有时几个圈子兜下来，很幸运，我仍能找到思路。然而，我还会迷路的。板斧虽然顽强不息地劈荆斩棘，但也并不总是能获得足够的亮光。

书本就是书本。换句话说，它是一种一成不变的简洁文本。书本凝聚着高深学问，这一点我承认；然而不能讳言，书本中也有许多无从读懂的地方。作者兴许是为自己而写了书本。似乎他所明白的地方，别人就理所当然应该明白。可怜的初学者，静下心来依靠自己，以你的能力自悟迷津吧。

你不要指望，以其他形式出现过的困难还会再出现在面前，沿着环形线转来转去，绝不可能缓解道路的艰险，找到一条顺畅的出路；任何辅助性质的洞孔，都不会透进些许阳光。用说话的灵活方式，可以不断变换攻坚方法，重新着手解决问题；可以做到踏遍各种各样的小道，达到通向光明的目的。书本则比不上说话。书本只能说出它所说到的，一字一意也不会多说。

书本里的内容讲完了，你明白也好，不明白也好，写书的权威他一言不发，真可谓千呼万唤不出来。你只好再回过头去读书，顽强地思索；你一遍又一遍地用梭子织那张计算网。然而花多大气力也没有用，还是两眼一摸黑。要给人以豁然开朗的光明，通常需要做的是什么？什么都不用多做，只要简简单单一句话就够。然而这句话，恰恰是书本所不说的。

有先生指点的人是非常幸运的！他不知在前进道路上还有心烦意乱、被迫停步的苦衷。我则不然，不定什么时候就会冒出一堵墙，死死挡住我的去路。面对这种挫人锐气的壁障，如何是好呢？我那时遵循的是达朗贝尔教导年轻数学家们的一句格言。大几何学家是这样说的："坚定信念，一往直前"。

信念我当时就有，而且我是勇往直前的。然而我要应付很多难题，因为我站在墙前要寻找的光明，往往最后都是在墙后才找到的。我并不急于认识排除障碍的难度，而是先跳开去，摘取可以爆破这障碍的炸药。炸药起初只是毫无威力的颗粒，但这小圆粒滚动起来便越来越大。随着不断从一条定理的坡面滚到另一条定理的坡面，小球球滚成了大坨坨；炸药坨子再变成威力巨大的炮弹；大炮弹调过头来射向一开始暂时未动的挡路墙。如此这般，暗墙必将被炸开，亮光随即会大束大片地涌泄过来。有了这套苦功夫，智能一定会获得强大的威力。

我的小桌陪伴着我，度过了十二个月冥思苦想的日日夜夜。一年的艰辛没有白搭，让我终于得到了数学学士的学位。这样，我便具备了半个世纪之后胜任一项工作的能力。这工作，就是测量蛛网的工作。蛛网测量员可是个好差事，由他负责的种种工作都是大有油水可捞的哟。

（本篇译自原著第九卷《数学忆事·我的小桌》）

朗格多克蝎的婚恋和家庭[①]

朗格多克蝎

这虫类沉默寡言，尽管同类之间经常见面，但它们的接触索然无味，其习俗蒙着浓厚的神秘色彩，以至除了解剖学提供的有关它的一些情况，人们对它的历史几乎一无所知。老师们用解剖刀给我们揭示的，是它的器官构造；据我所知，至今还没有哪个观察工作者能以极大耐心，为我们认真了解一下它的私生活习惯。酒精浸泡后剖开胸腹的朗格多克蝎[②]，人们已经认识得十分清楚；然而，作为本能驾驭之下的生命体，这蝎子却又鲜为人知。我觉得，在节体动物中，最应

① 本篇三部分，分别节译自《朗格多克蝎的栖驻地》、《朗格多克蝎的交配》和《朗格多克蝎的家庭》三篇文章。各小标题，均为译者另拟，以期使全篇具有连贯感。

② 朗格多克，原意是指法国古代南部某一地区居民使用的“奥克语”，后以此作为那个地区的专门称谓。这一地区处于罗讷河和加龙河之间，南至地中海，北至中央高原。本篇所描写的蝎子，正是这一地区的独特蝎种，故以“朗格多克蝎”命名。

当有一篇生物学详细报告的，就是朗格多克蝎。世世代代，它强烈地吸引着人们，勾起人民大众的想象，因此它成了黄道十二宫的标志之一。卢克莱修[①]曾经说过：恐惧产生神。靠了惊恐心理的神化作用，蝎子在天上谋得一个星宿的荣誉，在历史中被敬为十月的象征。现在就请蝎子自己发言吧。

我们暂时不提给我的蝎子们如何安排住处，先来说说它们的体貌特征。常见的黑蝎，世人皆知，分布在地中海沿岸欧洲境内的大部分地区。它们经常出没在房屋的阴暗角落；在多雨的秋天，它们大白天潜入我们的住宅，有时竟钻到我们的被子里。这讨厌鬼给人的感觉倒不是灾难，而是恐怖。我现在住的房子里就有不少黑蝎，但我还没有一次因察看它们而发生意外事故。由于人们把它捧得太高，我对它主要是怀有一种厌恶感，心里好像没觉得它有什么危险。

朗格多克蝎栖驻在法国的地中海沿岸诸省。对这种蝎子，人们往往害怕有余而了解不足。朗格多克蝎绝不打我们住宅的主意，而是离我们远远的，躲在人迹罕至的荒僻地带。与黑蝎相比，它算得上巨人。充分发育后的朗格多克蝎，能有八至九厘米长。这蝎类，浑身都是退色稻草的那种铅灰色。

它的长尾巴（实际上是腹部），由一串五节棱柱体组成。每节棱柱体的形状都像小酒桶，互相通过酒桶底板连接起来，形成粗细相间、起伏有致的脊条，其状酷似一串珍珠。在擎举双钳的大臂和小臂上，分布着一样的纹络，这些纹络将蝎臂的外表分割成许多

---

① 卢克莱修（Lucrèce，约公元前98年—前55年）：古罗马著名哲理诗人和抒情诗人。

条形磨面。脊背上也有一些纹络，那弯弯曲曲的线痕，看上去就像护胸甲片结合部位的轧边，而且是颗粒状的轧花滚边。轧边上醒目的小颗粒，透着一种盔甲所特有的粗野而强悍的结实感；这，恰恰也是朗格多克蝎的性格特征。你会觉得，这动物简直是在闪闪刀光中削制出来的。

尾巴末端是第六节体。这个节体表皮溜光，呈水泡状，它就是生成并储存蝎毒的小葫芦。蝎毒看上去像水，这是种可怕的液体。毒腔终端是锐利的蜇针，颜色深暗，明显带弯。离针尖不远的针体上，有一个微微张口的细孔，用放大镜才看得见。毒液可以从细孔里流出，然后渗到被蜇针刺出的小针口里去。蜇针又硬又尖，我用手指捏着它扎透纸板，就像用缝衣针一样不费劲。

蜇针的弯度很大，当尾巴平放着的时候，针尖是指向下方的。蝎子使用这件武器，必须把它翘起来，拍打着向前突刺。这就是它的毫无变化的单调战术。它喜欢把尾巴反卷在背上，随时准备向自己箝住的对手戳刺。它几乎总操着这种姿势，无论行走还是休息，尾巴都卷贴在脊梁上，极少有尾巴平展而拖在地上的情况。

一对钳子从嘴里伸出，活像螯虾的口钳。这对钳子既可用来格斗，又可用来获取信息。蝎子前进的时候，双钳伸向前方，每把钳子都张着自己的双指，时刻戒备，以防不测。向对手展开刺杀攻势时，蜇针从背上发起攻击。需要长时间啃咬猎物时，它用双钳作手，把猎物抓在嘴前。当然，钳子从来不当行走、固定或挖掘的工具。

不包括双钳在内的蝎爪，有其特殊作用。爪端仿佛是突然截断的指头；指头上生出几只可以活动的细爪尖；这组爪尖对面还有一根短爪杈，可起到拇指的作用。那粗糙的睫毛，正好为这发育不够周正的躯体，戴上了一顶桂冠。身体各部分组合起来，构成一部攀缘器；正因为如此，这虫类能够在我的钟形网罩上游走，能够仰面朝天地长时间停在笼顶上，能够拖着笨重的身子沿垂直的笼壁攀缘。

身体下面，在紧挨每条腿根部的位置上，长着些稀奇的梳状东西，它们是这虫类得天独厚的器官。称其像梳子，是因为它们的结构。它们由排在一起的小薄片组成，小薄片一根紧挨着一根，酷似我们常见的梳子的排齿。据解剖学人士猜测，这些梳子在交尾时起到铰合作用，可以使雌雄双方保持紧密联系。为了观察它们习俗的内幕，我把捉到的朗格多克蝎安置在装有玻璃壁板的大笼子里，同时放进一些大块的碎陶片，做藏身的掩体。每只笼子里，都放进二十四只蝎子。

婚　恋

那年四月，燕子飞回来了，布谷鸟初试圆润的歌喉，我那些一直安分守己的蝎子，此时此刻却发生一场革命。在我花园的昆虫小镇上，各种各样的蝎子都出来从事夜间朝圣活动，而且一个个出了家门就不思归返。更严重的事件也在发生。我屡屡看见一块石头下有两只蝎子，但都是其中一只正在吞吃另一只。这是否同类之间发生的打家劫舍事件？也许，美妙的季节刚刚来到，它们心潮浮涌，游荡心切，不慎撞入邻宅，却由于敌不过主人而自取灭亡了？我们会以为是这么回事，因为冒失鬼是被当作普通猎物一样的东西，一小口一小口地，一连几天地，平平静静地被吃掉的。

然而有一点，我想请大家注意。那些被吞吃的，总是中等个头儿的蝎子，它们的颜色更显金黄，肚子不那么鼓圆。这说明它们是雄性的。结果，事实一再证明，它们确实是雄蝎。那些吞吃它们的，都体型较大，肚子圆滚滚的，颜色发暗；这些大肚子们，都不是以如此悲惨的方式结束生命。由此看来，这大概不是邻里间的骂街打架，不是主人因为珍惜独身生活，所以先给来访者一顿苦头儿，然后把它们吃掉，以此作为彻底解决问题的办法，以期冒失行为绝不会再度发生。这其实是婚俗成规中的一个程序，由交尾后的女主人，以富于悲剧色彩的方式履行。

第二年，春归大地。这回我事先准备了一只宽敞的玻璃笼，放养进二十五只蝎子，每只蝎子配备一块瓦片。从四月中开始，每晚七点钟到九点钟，夜幕下的玻璃宫殿显得格外热闹。白日里是一片凋蔽荒场，这时则呈现出一派欢娱景象。晚饭一结束，家人倾巢出动，去看蝎笼。玻璃挡板前挂起一盏提灯，笼子里发生的一切都历历在目。

白天已在一片喧嚣中度过；眼前的是一种轻松的消遣，是一台演出。这台戏由天真的演员们表演，一招一式，一场一幕，无不精彩动人。因此，从提灯刚一照亮笼子开始，全家人不论老幼，都找到自己的位置，席地而坐；真可以说一个不缺，连我们的爱犬汤姆也赶来了。面对着蝎子们的事，汤姆漠然处之，显示出真正达观者的态度。它趴在我们脚边，只用一只眼睛在那里打瞌睡，另一只眼睛却睁得大大的，望着它的好朋友，也就是孩子们。

现在，通过我的叙述，读者就会想见眼前发生的事情。贴近灯前玻璃挡板的地方，有一片弱光区，那里很快聚拢了大群蝎子。从其他各个角落里，这儿一只那儿一只地，又冒出一些单独散步的蝎子，它们正在光亮的引诱下离开黑暗，前来享受光明的快乐。夜蛾投光的情景，也不比这场面热烈多少。后赶来的，也混入灯下蝎群。个别蝎子被遗弃在游戏圈外，缩在阴暗处歇息片刻，然后又发狂似的加入到演出行列中来。

这是疯狂到可怕地步的萨拉班德舞[①]，但表演仍不失魅力。几只蝎子从远处赶来；它们一本正经地从阴影的边缘踏进照明区亮相；然后突然操起滑步步伐，以一种迅疾而轻柔的冲动，投身于灯下蝎群当中。看着那灵活敏捷的动作，你会想起老鼠碎步疾走时的样子。蝎子们彼此寻找着；然而刚一触到对方的指梢，又都像被对方烫伤一样，立即躲闪开去。另有几只蝎子，已经和同伴滚抱在一起；没过多一会儿又躲闪到一旁，在那里发上一阵狂；接着再躲进阴影平静一下；过后又回到光亮当中。

每隔一段时间，爆发一阵热烈的喧闹声：缠在一起的足爪，突然对叉起来的钳子，翘卷着拍打的尾巴，一时间乱作一团。尾巴的敲击，究竟是在威吓还是在抚爱，实在说不清楚。如果找到一个合适的视角，会发现蝎群中有一对对的小亮点，像红宝石一样闪闪发光。人们会以为那是发光的眼睛；其实不然，那是光滑得像反光镜一般的一对对棱面，每只蝎子头前都有这么一对。看见所有蝎子不分大小，全体参加一场群

---

① 萨拉班德舞：十七、十八世纪风靡一时的三步舞，是欧洲贵族社会的狂欢舞蹈之一。

架，你可能以为这是殊死搏斗，是互相残杀；其实不然，这是一场顽皮的嬉闹游戏。这情景，犹如年轻的猫们凑在一起，动手动脚，胡乱抚摸。没有多长时间，蝎群散开了，一只只向各处游窜，身无一块伤痕，体无一处扭折。

现在，散去的蝎子又重新在灯前集结。它们来回走动，离去了又返回来。在这段时间里，大家总是头碰头撞到一起。赶得急的，径直踏着别人的后背走过；被踩踏的，晃晃臀部表示抗议。现在还不到冲撞推搡的时候；眼下互相照面，充其量彼此给个小耳光，也就是用曲棍尾巴拍打拍打而已。这种不动用蜇针的和和气气的拍击，是蝎子社会频频采用的拳击方式。

还有一种极富独创性的打斗架式，比拳脚相加和长尾挥舞还要精彩。二者相遇，头顶着头，双钳收回，这当儿，互相对峙的角力者都翘起后身，接着忽地一下都倒立起来。它们用顶在一起的头当支点，前肢辅助支撑，整个后半身直直地竖在那里，连胸前那八个小小的呼吸囊都能看到了。垂直支立着的两条尾巴，此时互相摩擦，一会儿我在你尾巴上滑动几下，一会儿你在我尾巴上滑动几下；这同时，两个尾梢不时碰撞，反复轻轻地衔接，缓缓地分开。突然间，友爱的金字塔倾倒了，双方不讲任何客套，迅速各奔东西。

两位角力者拉起别致的架式，究竟要干什么？难道是两位情敌在设法制服对方？实在不像，它们相遇时有多和气。通过连续多次的观察，我才发现，它们这样做，开始是在订婚，互表衷情，后来倒立起来，目的是引燃情火。

如果往下仍采用前面已开始使用的方法，把日复一日记录的细枝末节汇总成篇，估计会有好处，而且叙述起来也比较快。然而，如果把那些很难融会贯通，但却各有特色的一幕幕一场场情节都舍去，那么就会有失这样一篇文字的价值。向读者介绍如此离奇并鲜为人知的昆虫习俗，应该说，任何情况都不容忽视。参照编年法，采用抽段叙述的方式，把观察过程中出现新鲜情况的内容告诉给读者，我想，这样会更好，即使有些重复也无妨。这种初无定质的叙述，到头来一定能显示出内在的条理性，因为每天晚上的那些引人注目的情况，实际上具有共同特点：它们都是对以前情况的验证或补充。我现在开始抽段叙述。

一九〇四年四月二十五日。

嗬！这是怎么回事？从来没见过。我的注意时刻保持警觉，现在终于开始投入工作状态。两只蝎子伸出双钳，互相夹住对方的钳指。这是在友好地握手，而不是搏斗的前兆，双方都以极其温和的态度对待对方。它们一雌一雄，那肚子大、颜色暗的是雌蝎，那相形较瘦、颜色苍白的是雄蝎。这一对，都把尾巴盘成漂亮的螺旋花，挪着颇带分寸的步子，沿玻璃墙根做着悠闲的散步。雄蝎在前头退着走，步履稳健，一点儿没有拽不动的迹象。雌蝎被雄蝎夹住，和它面对面，驯服地跟随着它。

散步过程中，不时有停下来歇歇脚的时候，但衔接方式始终不变；稍息片刻，二位又继续上路。它们时而从这里起步，时而从那里起步，反复从围墙的一头儿走到另一头儿，不知走到哪里才算是个头儿。它们闲逛着消磨时光，双方都觉得事情已经很有把握，一个劲儿眉来眼去。此情此景，叫我想起村镇上每星期天晚祷后的情形：年轻人沿着篱笆围墙散步，每个他都挎着自己的她。

两只蝎子不断调转回来，决定改变方向的总是雄蝎。雄蝎依然紧握着对方，亲切可掬地转动半圈，处在了与情侣肩并肩的位置上。它舒展开尾巴，搭在情侣的脊梁上，抚摸起来。雌蝎一动不动，无动于衷的样子。

足足一小时过去了，眼前这冗长无奇的来回走动，却并不叫人厌倦。几位家人把目光支援给我，和我一道坚持观赏这奇妙的表演。这是世上无人见过的表演，或者至少可以说，是具备观察工作能力的人至今未曾见过的。虽然时候不早了，大家的眼神也不好使了，但是我们的注意力仍密切配合，丝毫没有漏过重要情节。

终于，将近十点钟的时候，这对情侣分手了。然而这分手却只是分开一只手，雄蝎的另一只手还紧抓着雌蝎。雄蝎爬到一块瓦片上，那掩体看来很中意。它用已经腾出的手扒一扒，用尾巴扫一扫，一个洞口出现了。它钻了进去，然后再毫不粗暴地，一点儿一点儿把雌蝎也拖进去。不一会儿，两只蝎子都消失了。一块沙土垫子把门封上；两口子待在自己家中。

也许现在不该打扰它们；假如急于了解瓦片下发生着的一切，就会过早做出不适时机的干预。它们那些事，仅仅准备阶段就得占去大半夜；而我这里，已经好长时间没合一下眼睛，八旬老骨架也实在难以支撑下去，膝关节一个劲儿打弯，沙粒也落到眼睛里来。算喽，睡觉去。

整整一通宵，我都在做梦，梦见的都是蝎子。我梦见它们在我的被窝里跑，还爬到我脸上；然而我觉得自己没有任何反感，那是因为，凭借着想象，我在梦中看见了蝎子情侣们的奇特事情。第二天，天刚发白，我就去揭开了瓦片。结果，只有雌蝎独自待在那里。雄蝎不见了踪影，不仅过夜地点没有它，而且附近一带也没有它。雄蝎溜了。初试令我失望，往后的工作可想而知了。

五月十日。

晚上七点钟光景，天上乌云密布，预示一场大雨即将来临。玻璃笼里一块瓦片下，一动不动地趴着一对蝎子，脸对着脸，钳指牵在一起。我小心翼翼地掀去瓦片，将里面的占领者暴露出来，以便随心所欲地跟踪观察这次单独会面的情形。天色渐黑，我放心了，觉得不再会有任何情况能惊扰掀顶宅室里的事件。一场倾盆大雨，迫使我撤离现场。蝎子们有玻璃笼遮挡，不必躲雨。啊，它们正堕入情网，可是，供私生活享用的凹床却没了华盖；想到这里，心里真不知它们该如何是好。

一小时后，雨停了，我又来到蝎笼旁。真没想到，它们已经从无顶宅里出去了。原来，它们又选定了附近一处有瓦顶的住宅。钳指依然牵在一起，雌蝎等在宅外，雄蝎在里面收拾下榻。时间十分钟十分钟地过去，家人一个接一个地替换，决不让交尾的时刻错过去，我已经感到那时刻迫在眉睫了。八点钟光景，天完全黑下来。但是地点总不称心，两口子一遍又一遍踏上朝圣的旅途，手拉着手，一起寻找别的地点。雄蝎退着引导方向，选择自己中意的住所。雌蝎俯首帖耳地跟在后面。这完全是在重演四月二十五日所见的一幕。

又找到一处瓦顶房，这下终于满意了。雄蝎先钻进去，这一回双手都没有放松，时时刻刻抓着自己的伴侣。它用尾巴三扒两扫，新房准备停当。蝎娘子被蝎郎君轻轻拉在贴身处，一道钻进洞房。

两小时过去了，我得察看一眼，已经这么长时间，各项同居准备肯定就绪了。我掀开瓦片。呵！还是那个场面，还保持着原来的姿势，还那样脸对着脸，手牵着手。看来，今天是看不上更多内容了。

第二天，一切还是老一套，依然是站在对方跟前沉思着，一只钳爪也不动，牢牢夹在一起。大哥大嫂的房瓦下幽会，仍在进行当中。傍晚太阳落山时，连在一起达二十四小时的这对情侣，终于分手。他走出了房瓦，她留在了瓦下。事态毫无进展。

这一幕当中，有两个事实应予以注意。第一个事实，一对雌雄订婚后，需要有一处神秘、清净的隐蔽场所。在露天场合，身处蝎群之中，众目睽睽之下，它们可能根本下不了结婚的决心。譬如，住所的房顶一旦被掀掉，无论白天、黑夜，即便你再小心，那仿佛陷入沉思的夫妻也要重新上路，寻求另一个住处。第二个事实，待在石块下静止不动的状况，要持续很长时间。刚才提到的那个实例，过程拖延了二十四个小时，而且仍没有出现最终结果。

五月十二日。

今晚这一幕，将为我们提供些什么呢？天气闷热，很适合夜间嬉闹作戏。两只蝎子配上了对；其来龙去脉，我不得而知。这一回，蝎大哥的身材比腹阔腰圆的蝎大姐小多了。但别看蝎大哥又瘦又小，作用却发挥得不错。它倒退着，这似乎已成定规了，尾巴卷成喇叭筒，双手牵着偌大的雌性伙伴，悠悠然漫步在玻璃墙根一带。一圈兜完，再一圈；一会儿沿着不变的方向，过一会又调头转弯。

它们走一走，停一停；此刻停了下来。它们头顶住头，一个偏左，一个偏右，仿佛正俯在对方耳旁交谈。靠前的细足爪扭来扭去，好像正急不可待地试图抚摸对方。它们之间在谈什么？怎么才能把那些无声的祝婚辞译成话语呢？

全家人赶来观看这奇异的拉拉扯扯场面。虽然这么多人在场，却没有对正在进行着的事造成干扰。两只蝎子显得很亲热，但其感情表露却并不夸张。在挂灯的照耀下，它们变成了半透明体，浑身蒙上一轮光晕，仿佛是雕刻在黄琥珀里面的。

没有任何东西打搅它们。不知哪位户外乘凉的流浪汉，也像它们一样，正顺着围墙溜达，突然和它们迎头撞了个照面。但一看它们正干着风流韵事，便自动闪出道来，让二位自由通行。后来，一处瓦片客栈接待了这对漫步情侣，于是，不言而喻，雄蝎又倒退着先钻进去。时间已是晚上九点。

傍晚是纯美的田园诗；随之而来的深夜，却发生了残忍的悲剧。到了第二天早上，我去掀开昨晚那块瓦片，看到雌蝎依然待在那里；可瘦小的雄蝎，却已经化作亡魂，一小部分体魄被吃掉了。雄蝎的脑袋、一只钳爪和一对足爪不见了，我把残缺不全的尸首放在蝎舍门槛前，让它暴露在我的视野之中。整整一天，雌隐士都没过去碰它。待夜幕再度降临，那隐士钻出来，路遇死者，拖到远处，又在那里郑重其事地举行葬礼，说得明白些，就是最后吃光死者。

这残食同类的举动，回想起来，是与头一年我在室外昆虫小镇上看到的事情相吻合的。那时候，我不时在乱石之下看到，一只大腹便便的雌蝎，把过夜伴侣当作宗教仪式的菜肴，津津有味、随心所欲地品尝着。当时我曾猜想，那雄蝎一旦履行职责后脱身不及，那么按女主人胃口的大小，它会被整个或部分地吃掉。如今，可谓眼见为实了。昨天，我还看见一对夫妇依惯例做着准备活动，即散步，然后走进寓所；可今天早上，当我去察看它们时，就在昨天那块瓦片下，新娘却正在吞吃新郎。

勿庸讳言，那位不幸者算是熬到了头儿。不过，出于种的需要，另有不幸者暂时还未被吃掉。今晨发生悲剧的这对雌雄，已是快刀斩乱麻，急着把事情了结了。可与此同时，还有这样的情侣，时针虽已转过两圈多，它们的甜言蜜语和静默沉思阶段仍然没有结束。难以掌握的外部状况，或称氛围因素，例如气压、气温、所有昆虫个体的不同发情状态，等等，这些因素会大幅度加快或延缓每例交尾高潮的到来。有鉴于此，观察者想了解至今未露的爪梳的作用，期望能准确捕捉时机，看来的确是十分困难的。

五月十四日。

我想，这群虫子每晚兴奋不已，肯定不是饥饿所致。它们一到晚上就兜着圈子跳舞，毫无觅食的意思。刚才，我往这群急事缠身的蝎子当中投放了品种丰富的食物，都是从它们最喜欢的品种里挑选来的，其中有幼蝗虫嫩肉段，有比一般蝗类肉厚的小飞蝗，还有切除了翅膀的尺蛾。由于季节渐暖，我也捉到了它们的美味食品蜻蜓，还有同样受欢迎的蚁蛉成虫，都一起调配进了食料。以前，我曾在蝎洞里见到过蚁蛉的残渣和翅膀。

对这么丰盛的野味，它们却不屑一顾，没有谁关心吃。一时间，笼子里炸开了窝，小蝗虫蹿跳，尺蛾用残翅拍打地面，蜻蜓在一旁颤抖。然而蝎子们目不斜视地从活食身旁走过，全然不放在眼里。它们索性撞翻活食，踩踏过去，用尾巴一下扫到老远。一句话，它们不需要，绝对不需要。它们要做的是别的事情。

绝大多数蝎子，正沿着玻璃围墙爬行。几位秉性固执的，一定要攀缘登高。它们找到一处墙根，用尾巴撑起身体，试着爬玻璃；没爬几下便摔下来；接着换个地方再试攀登。它们气急败坏地用拳头砸玻璃；砸着砸着，又冒出了离去的念头。这公园着实开阔，谁都有自己的一小块天地；园中的小径，随时供大家远足。它们愿意长距离游逛的话，在这里是一样的。如果解除对它们的限制，它们就要消失在四面八方。头一年，也是这个时节，围墙内的移民们就开了小差儿，从昆虫小镇出走后，再也没见到它们的身影。

春季交配期内，蝎子们必须出游。这之前，它们一直过着孤独的生活，日子很窘迫；现在抛弃小单间，去完成爱情巡礼，尽可以不吃不喝，却一心要找到同类们。在蝎类的领地上，总会有一些位于石块之间的择偶场所，情侣在那里幽会，蝎群在那里聚集。若不是怕夜幕下在它们的小石头山上摔折腿脚，我还真愿意赶去参加它们的夫妻聚会活动，细细体味自由的种种滋味。它们到光秃秃的山坡上去干什么？显然和在玻璃围墙之内干的事情没什么两样。雄蝎为自己挑选一位新娘，在自己的带领下，它们手拉着手，长时间地在薰衣草丛中穿行。在那里虽然感受不到我这昏暗小灯的美妙光晕，然而却有月亮，月亮正是它们的无与伦比的挂灯。

五月二十日。

雄蝎邀请雌蝎散步的最初一幕情景，并不是每天晚上都能碰上的。形形色色的蝎子从石片下出现时，都已经结为夫妻了。整个白天，它们在石片下度过，一律是手指夹着手指，始终不动地脸对脸站着，陷于沉思之中。到了晚上，它们形影不离地沿着玻璃墙兜圈，继续进行头天晚上，甚至更早以前就开始了的散步活动。人们不知道，它们究竟是何时，又是如何结合到一块儿的。它们当中，有的是在偏僻之处的通道上不期而遇，我们很难发觉这一细节。当我发现这些蝎子的行动时，为时已晚，它们已经是在结伴而行了。

今天我交上了好运，就在眼皮底下，灯光较强的地方，一对情侣结合上了。一只喜形于色的雄蝎正快步横穿蝎群，突然和一只过路的雌蝎打了个照面，而且一见钟情。雌蝎没有表示拒绝。事态进展顺利。

它们额头贴着额头，各自用钳子在地面吃住劲；两条大尾巴大幅度摆动一阵；接着，尾巴都竖立起来，尾梢搭在一块儿，互相温柔地抚摸。这种倒立姿势，前面已经描述过。工夫不大，共同搭竖的支架放倒了。双方的钳指仍握在一起。此后没有再出新花样，夫妻双双上了路。搭起金字塔小憩片刻，这是拖拽远足的序曲。这种小憩方式并不罕见，甚至两只同性蝎子也采用和这一模一样的方式；然而两只同性搭架的姿势不那么正规，特别是不那么郑重。同性搭架时显得匆匆忙忙，并不以此谈情说爱；它们互相敲打一气，而不是抚摸对方。

我们再看那只雄蝎。它兴冲冲地倒退着，领走自己的对象，满怀着征服这样一位情侣的自豪感。半路遇上一组雌蝎，它们列队亮相，展示各自的魅力。它们望着这对情侣，眼睛都看直了。兴许是出自妒忌吧，队列中蹿出一位，扑到正被牵着走的雌蝎身上，用爪子抱住它，竭力拖坠，阻挠雌雄结合体的行进。那雄蝎使尽浑身解数，克服坠力；摇摆不行，拉拽也不行，寸步难行。不行就算了，它丝毫不因出现意外而感到痛惜，干脆放弃了这局竞争。就在旁边，还有一只雌蝎呢。这一回，蝎大哥只粗暴地打个招呼，不再有什么爱情表示，拉起雌蝎便邀它散步。蝎大姐哪里肯依，一再表示抗议，最后挣脱出去，逃之夭夭。

雄蝎又采取不客气的方式，爱上了在那里好奇观看的雌蝎队列中的一位。这一位同意了；但这完全不证明，它上路后一定不从勾引自己的雄性身边溜走。其实，对这年轻的雄蝎来说，再失去一位也没什么了不起！跑了一位，还有好多位，它们就等在那里。那么究竟它应该得到什么样的呢？它应该得到的，正是那第一位投入怀抱的姑娘。

啊，第一位情侣真被它找到了，那不，它正领着为自己而倾倒的那位蝎姑娘。这时，雄蝎刚好走在照明区。雌蝎不愿前进，雄蝎摇晃着身子拉它；假如雌蝎乖巧顺从，雄蝎的动作是会很轻的。雄蝎不时停下来喘气，有时一次要休息相当长时间。

现在，雄蝎正集中精力，从事一项奇特的操练。它把双钳，不如说，它把双臂先收回来，然后再伸出去，强迫雌蝎按相反方向，随它一道做交替伸缩的游戏。它们把自己变成一个由节肢拉杆构成的机械系统，处于运动状态的矩形拉杆系统，形成不断张开闭合的态势。灵活性训练结束，机械拉杆僵止不动了，并且就这样坚持下去。

这时，双方的额头贴在了一起，两张嘴互相倾吐着脉脉温情。为能表达出这抚爱衷情，它们何尝不想接吻和拥抱。然而，它们不敢这样，它们没有脑袋、脸面、嘴唇和腮帮子。甚至如同被整枝剪剪了一刀，这动物连鼻子尖也没有。在应当长面孔的位置上，它们长着的是丑陋颌骨的平板。

然而，此时此刻毕竟是雄蝎的最美妙时刻！只见它操起最敏感的第一对足爪，用这双娇嫩的小手，轻轻拍打对方丑陋不堪的面具；在它看来，这面具就是甜蜜的脸蛋儿。它饱享着快感地轻咬着，用自己的下颌搔弄对面伸来的那张嘴，尽管我们觉得那嘴也同样丑陋。温情和天真，此刻达到了至高境界。有人说，亲吻是白鸽发明的。我知道有一位比鸽子还早的发明者，那就是蝎子。

小心肝儿听任摆布；但完全是被动的，它未必不揣着伺机溜走的念头。怎么脱身呢？非常简单。只见雌蝎用尾巴当棍子，照着热情有余的伙计猛击一棍，恰好打在手腕上。只这一刹那，雄蝎撒开了手。于是，彼此分道扬镳。第二天，气消了，它们又会携手言欢。

五月二十五日。

一棍猛击，倒叫我们了解到一个事实，那就是，起初看似温顺的雌性伴侣，其实是喜怒无常的，会固执地抗拒对方，说分手就突然分手。请看一个实例。

一对仪表堂堂的情侣，今晚正在散步。它们找到一块瓦片，看来比较称心。雄蝎松开一只钳子，仅仅松开一只，为的是行动自由些。它动用几只足爪和尾巴，清理出一个洞口。它钻了进去。随着宅穴空间向纵深扩展，雌蝎也一步一步地跟进去，不妨说是自觉自愿地跟了进去。

兴许住址和时间仍不够适宜，雌蝎很快又出现在洞口，半个身子退出门外。它想从对方手里挣脱；对方隐蔽在里面，使劲把它往门里拽。严重的争执发生了，一个在斗室里用力，一个在门外边拼命。双方互有进退，结果打了个平手。终于，雌蝎猛使一把劲，倒把那雄蝎拽出洞来。

一对搭档又暴露在洞外，但两双手仍牵在一起。散步又重新开始。足足一个小时，它们沿着玻璃墙转来转去，最后来到一块瓦片前，恰恰就是刚才的那块瓦片。瓦片下的通道已经开通，雄蝎径直钻进去，随后发狂般地往里拖拽。雌蝎在门外反抗着，挺直足爪，插进土里，拱起尾巴，顶住拱门，死活不愿进去。看到这反抗，我并不觉得扫兴。试想，没有序曲和花絮，交尾会是桩什么事呢？

瓦片下的诱拐贩子坚持不让，结果它手腕要成了，反抗者总算被制服。雌蝎跟进洞去。现在刚好十点钟。看来，今夜剩下的时间里，我得睁眼守着，直等到它们分手为止。我将伺机掀开瓦片，察看下面的事态。好不容易估摸到一个时机，我们利用这机会看上一眼。看到什么了？

看到的，还是老样子。又过了刚好半小时，奋力反抗的蝎姑娘挣脱了，从暗穴里露出身影，随后逃走了。雄蝎从陋室深处追出来，站在门口观望。美人儿从自己手心里溜掉了。它尴尬到了极点，无奈转身回到屋里。说实在的，它是被诈骗了。我和它一样，也被诈骗了。

眼下，六月已经开始。

由于担心光线过强会使这虫类不安，我一直都把提灯挂在玻璃笼外面，并且和笼壁保持一定距离。但光线不足，蝎夫妇散步时牵引方式的某些细节无法看到。双方在手拉手的运动中是否都采取主动？它们的钳指是否互相铰合在一起？这一点很重要，应该搞清楚。

我把提灯放到笼子中央。四周一切都看得一清二楚。蝎子们非但不怕强光，而且还因此变得快活起来，围着提灯奔跑。有几只甚至想爬上提灯，离光源更近些。它们借着玻璃灯罩的框架，果然爬上去了。它们抓牢马口铁片的边缘，坚持再往上爬，脚下打滑无所谓，终于爬到灯顶。它们站在上面不动，身体一部分贴在玻璃上，一部分撑在金属片上，整夜里观赏奇景，垂涎着那灯具拥有的荣耀。它们令我想起大蚕蛾，我曾看见大蚕蛾扒在电灯的反光板上，在那里出神发愣。

借着提灯下的一片通明，一对雌雄正不失时机地倒立搭架。它们用尾巴亲热打逗一番，然后开始行进。我发现只有雄蝎自己在起作用。它用每把钳子的双指，夹住雌蝎与之相对的钳子的双指。这就意味着，只有它在出力维持二者的衔接，只有它能够按自己的意志随时解除牵引，也就是松开钳子。雌蝎无能为力；它是被捕的，诱拐它的贩子已经给它戴上拇指铐。

比这再细微的情节，就太难看到了。但我曾撞见，雄蝎抓在情妇的两条胳膊上使劲拖；还见过雄蝎同时抓住对方的一只足爪和那条尾巴，蛮横地生拉硬拽。被这样横拖的雌蝎，事前曾利用自己的钳爪反抗过，结果，从来不懂悠着劲儿来的鲁莽汉子，把蝎大姐推翻在地，胡乱插上了自己的双钳。这类事件的性质很清楚，属于劫持行为，是暴力拐挟。这公蝎的表现，就像干着拐挟萨宾妇人勾当的罗慕鲁斯王的部下们[①]。

家　庭

在生活中遇到难题时，依赖书本科学只能算下策；坚持不懈地与事实展开切磋探讨，比关在包罗万象的

① 罗慕鲁斯王传说是罗马城的创建者和第一位罗马王。萨宾妇人，指的是意大利境内古代民族萨宾人的妇女们。

书斋里更有助于解决问题。许多时候，还是以无知为佳；头脑保持调查研究的自由，人就不会误入书本提供的某些绝无出路的歧途。最近，我再一次体会到这一点。有位身为大师的人，曾经写过一篇解剖学学术报告，我从中得知，朗格多克蝎每年九月承担家庭义务。想起来，当初没有查阅那篇报告就好了！仅就我们这个地区而言，朗格多克蝎的繁殖期比报告所称早得多。好在教授这门课程的时间不长，否则，如果我真的等到九月，那就会什么也看不到的。可是到了第三学年，为能等到我认为意义重大的那个场面，自己不知度过了多少枯燥乏味的日子。外部环境并没有出现异常，我却莫名其妙地坐失良机，白白浪费了一年的时间。记得我甚至还放弃了既定的课题。

无知反而可能受益；远离熟路也许有新的发现。这是当今一位声望很高的名师曾经对我说过的。那时候，他根本没指望什么现成的课本知识。有一天，我毫无准备，巴斯德[①]敲响我的房门，就是当时很快要名声大振的巴斯德其人。我那时已经知道他的名字。我曾读过这位学者就酒石酸不对称结构所做的出色研究，还以极其浓厚的兴趣，长期关注过他对纤毛虫纲生殖问题的研究。

每个时代，都在科学上有自己的奇思异想。我们今天关注的是变化论；而那个时代，人们所钻研的是自生论。凭借自己那些可以人为决定其有菌无菌的烧瓶，依据自己那些严谨而简洁的绝妙试验，巴斯德让

① 巴斯德（Pasteur，1822—1895）：法国化学家，微生物学的奠基人，重视科学实验，不受旧说束缚，生前做出一系列开创性贡献。

一条无理的狂论永远地破灭了。那狂论断言，腐败物内部的某种冲突性化学反应，可以激发出生命。

那个有争议的问题被巴斯德如此成功地澄清，此事我早有耳闻；所以那天，我抱着极大热情，欢迎名声赫赫的来访者。学者来访，首要目的是向我请教几个问题。我能有这意外的荣誉，当归功于我的身份，即，物理、化学界的一位同行。啊！我只不过是他的一位不足挂齿的无名同行罢了。

巴斯德此番巡视阿维尼翁地区，是为了解养蚕业的情况。几年来，各蚕场惶恐不安，由于遭受了一些前所未见的灾害，养蚕业呈现出一派凋蔽景象。不知什么原因，蚕虫溃烂，腐败，继而硬变，最后都成了包着一层石膏外壳的蚕仁硬皮豆。农民都惊呆了，眼看着自己的一项主要收成，就这样付诸东流。他们投入大量心血和钱财，但最后还是把整屋子的蚕倾倒在肥料堆上。

我们以正在蔓延的灾害为话题，做了一番交谈。谈话开门见山：

“我想看看蚕茧。”来访者说道，“我还从来没见过这东西，只知其名。您能不能给我搞到？”

“太好办了。我的房东正好在做蚕茧交易，他就住在隔壁。请稍候片刻，我这就把您要的东西拿来。”

没走几步，就到了邻居家。我往衣兜里装满蚕茧。返回后，把蚕茧拿给学者看。他拿起一个，在手指间翻转过来，又翻转过去。他观察着，那好奇的神态，就像我们观察从世界另一半球搞来的珍奇物品。然后他把蚕茧举在耳边摇了摇。

“有响动。”他说，“里面有什么东西。”

“是的。”

“是什么？”

“是蛹。”

“什么，蛹？”

“噢，那东西就像一种木乃伊，蚕虫变成蛾子之前，就是在那里经历变形的。”

“所有蚕茧里都有这么个东西吗？”

“当然啰，蚕吐丝织茧，就是要保护蛹。”

“啊！”

他没再多说什么，蚕茧塞进了自己的衣兜。这以后，他将利用空闲时间，向这种重要的新生事物——蚕蛹讨教。他表现出的非凡的自信，令我惊诧不已。他对蚕、茧、蛹、变形这些情况一无所知，然而却来为蚕虫谋新生。古代的体育教头们，格斗时是一丝不挂的。专门与养蚕业各种灾害做斗争的这位“吉尼亚尔”[1]，奔赴灭灾战场时，也可以说是一丝不挂的；因为他对需要从灾祸中解救出来的昆虫，连最起码的概念都没有。巴斯德令我震惊，确切地说，他令我赞叹不已。

再往下，我不感到惊异了。巴斯德转而关心到另一个问题，就是通过加温来改善酒质的问题。他突然提起这话题：

“让我看看您的酒窖吧。”

我的酒窖，那是属于一个清贫者的酒窖。我拿着教师那微薄的薪水，支付不起几口酒钱，前不久将一把红糖和一些苹果丝放进一只坛子里发酵，用这样的方法，给自己酿制一种带酸味的劣等酒！我的酒窖！

---

① 吉尼亚尔：希腊神话中的农牧神，肩负着消灭农业灾害的重任。

要看我的酒窖！为什么不说看我的酒桶，不说看我的标明年代和产地，积满灰尘的陈年酒瓶？他一定要看我的酒窖！

我感到莫名其妙，想回避他的要求，于是变换一下交谈的话题。然而他那里却紧逼不舍：

“让我看看您的酒窖，我请求您。”

对如此坚决的请求，你是没有办法回绝的。我指给他看厨房角落里的一把没有椅垫的椅子，那上面摆着一只容量十二升左右的大肚坛。

“我的酒窖，那就是，先生。”

“您的酒窖，就是这个？”

“我没有别的了。”

“全都在这儿了？”

“毫无办法！是的，全都在这儿了。”

“啊！”

他没再说什么；学者没有发表任何见解。看得出，巴斯德并不知道，里面现在盛着的，是老百姓称之为“烈性母牛”的一种佐料甚足的菜肴。无疑，关于利用加热来抑制发酵素的问题，我的酒窖，也就是那把旧椅子和那个拍起来空洞有声的大肚坛，它是无可奉告的。但是它雄辩地谈论着另一件事情，而我这赫赫有名的来访者显然没有听懂。一种微生物逃过了他的眼睛，而且是最可怕微生物的一种，那就是：扼杀人们坚强意志的“歹运”。

尽管酒窖的插曲叫人心里很不舒服，但丝毫不影响我对巴斯德那清醒自信的感慨。他并不了解昆虫的变形是怎么回事；他刚才是有生以来第一次看到蚕茧，得知里面有个东西，那是未来蚕蛾的胚形；我们南方乡村小学一年级孩子都懂的事，他却一窍不通。然而正是这位初学者，不久之后便彻底改变了养蚕场的卫生状况，继而又彻底改变了医药和环境卫生的状况。

他的武器就是思路，是舍弃枝节、立足总体的思路。变形、眠虫、蚕茧、蛹壳、蛹虫等等，以及不胜枚举的昆虫学细微隐秘，这一切都对他无足轻重！解决他的问题，以不知道这一切为好。思路这东西，能更好地保持独立头脑和大胆起飞精神；其行动将更为自由，将能够越出已知世界的边线。

巴斯德用惊奇万分的耳朵听着蚕茧的响动，这举动本身就是一种光辉范例。受这一范例的鼓舞，我已经在自己的昆虫学研究工作中，将无知法当作一条必循的规律。我很少去翻书。与其去翻书本，采取我无力承受的高消费方式，与其向他人讨教，还不如持之以恒地和我的研究对象单独待在一起，直到能让它最终开口说话。我什么也不知道，可这有多好，只会使我对虫子的提问更为自由；我可以根据获得的启发，今天按一条思路了解情况，明天按相反的思路了解情况。如果偶尔我去翻翻书，那是我在设法为自己的头脑清理出一块向怀疑敞开的空地；因为此时，疯长的杂草和浓密的荆棘已经封严了我赖以耕耘的土地。

正是由于当时缺乏这样的先见之明，那年险些白白浪费一整年的时间。那时候，出于对读来的东西的信赖，我不在九月之前去等候朗格多克蝎的家庭；可如今却无意之中，在七月里看见了它的家庭。实际日期和所称日期之间的这个差距，我认为是地区差别造成的：我今天是在普罗旺斯进行观察；而那位当年为我提供信息的莱昂·杜福尔先生，则是在西班牙进行的观察。尽管老师是有很高权威的，但我当时还是留个心眼儿才对。如果不是碰巧常见蝎种黑蝎给我提供了信息，那么在丧失独立思考的情况下，我肯定会错过观察朗格多克蝎家庭的机会。细想起来，巴斯德不知蚕蛹为何物一事，包含着极其深刻的道理呀！

常见蝎比朗格多克蝎的体型小，也没有它那么好动。我曾在工作间的桌子上摆放了一些不大的广口瓶，里面喂养常见蝎，用来做对照蝎种。这些普普通通的容器不占地方，而且便于观察，我每天都可以察看它们。早上，在开始往记录簿上填写文字之前，我总忘不了掀开食客们藏身的纸壳片，了解夜里发生的情况。但这种每日察看的办法，对大玻璃笼不太实用，因为笼子里有许多格室，如果一格一格地检查，不管怎样巧妙地恢复原样，也势必在笼中引起骚乱。广口瓶盛黑蝎，察看一遍只消片刻。

有一回，直系后代与母亲形影不离的场景，忽然映入我的眼帘。七月二十二日，早晨六点钟光景，我掀开黑蝎的纸壳掩蔽室，发现一只母蝎背上挤着一群小蝎，看上去仿佛披在母蝎身上的白色短斗篷。我心里顿时产生一种甜蜜的满足感，这种令人欣慰的时刻，观察工作者要隔很长时间才能赶上一次。这是我第一次看到雌蝎把幼蝎"穿"在身上的珍贵场景。蝎妈妈刚完成分娩；估计是夜里开始的，因为头一天晚上它身上还是光溜溜的。

还有别的成果等待着我呢。第二天，又一只蝎妈妈被孩子们蒙上白斗篷；第三天，又有两只蝎妈妈披上白斗篷。至此一共四只了。我奢望之中的，也没有这么多。和四只母蝎的四个家庭在一地，静谧地度过几天，你会感到生活增添了种种温馨气氛。

现在，运气仍一如既往帮助我。自从在广口瓶里获得那第一次发现后，我就想到用玻璃笼了。此时此刻我正在寻思，朗格多克蝎是否不像黑蝎那样早熟。不用想了，快去看个究竟。

二十五块瓦片全部掀开。啊，成就辉煌！我觉得老血管里有一股热流在翻滚，那是股如此熟悉的热流，涌动着我二十岁时的激情。二十五块瓦片中，有三块的下面发现了正照看着家庭的母蝎。一只母蝎的孩子们已经开始长大，它们生长了有一个星期，要是我连续观察的话，早该知道这情况了。另两只母蝎刚生产不久，是在昨夜里，因为大肚皮下还惟恐有失地保存着残留物。至于残留物能说明什么问题，我们等会儿再谈。

七月结束了，八月和九月又过去了，再没有得到能为研究资料充实新内容的结果。由此可见，两个蝎种的繁殖期都在七月后半月。七月一过，一切结束。可是，留在笼内的寄居客当中，还有一些大腹便便的雌蝎，它们的体型，和已经给我生出蝎宝宝的母蝎产前的一样。我一度以为，它们也要给蝎类居民增添人口了，那外观处处让我觉得会是这样。冬天到了，它们没有一位对我的期待做出响应。这件看上去会很快发生的事，结果竟推迟到了下一年。这个新事实说明，妊娠期是漫长的。这样漫长的妊娠期，在低等动物中实属罕见。

空间狭小的容器，便于从事细致的观察，因此我把每只母蝎连同它所生的幼蝎，一起单独安置在一只较小的容器里。早间察看时，夜里产仔的母蝎，肚皮下还藏着一部分幼蝎。我用稻草尖拨开母蝎，在尚未爬上母背的幼蝎堆里发现一些东西，而这一发现，彻底动摇了我所读到的各种书本对此做出的不求甚解的说法。有人声称，蝎类属于胎生动物。这说法，就其表述而言是颇有见解的，然而缺乏的是准确性。实际上，幼蝎并非一降生就具备我们所熟悉的那副模样。

这一点，从道理上也是讲得通的。你怎么可以想象，宽阔的钳子，伸展着的足爪，以及蜷曲着的尾巴，这些东西能进入母蝎那狭窄的通道吗？这么有碍行动的小动物，大概永远也不会穿过那条体内窄道。它出世的时候，必须是包裹起来的，不占什么空间。

在母蝎身下发现的残留物，正是名副其实的卵，它们与解剖妊娠已相当长时间的卵巢而得到的蝎卵，几乎别无二致。小小的幼蝎，以节省空间的方式，缩成米粒状的东西，尾巴顺在肚皮上，双钳回折在胸前，几对足爪紧贴在腰侧，这样，椭圆形的小生命团便可以轻巧滑动，不致出现时畅时阻的情况。额头上的小黑点，即是幼蝎的眼睛。幼蝎悬浮在一滴透明的液体里，此时此刻，这就是它的世界和大气，大气外面包着的是一层精妙的薄膜。

那些残留物，就是地地道道的卵。分娩刚刚结束时，朗格多克蝎母蝎的身边有三四十个卵，比黑蝎母蝎的略少一些。遗憾的是，当我去观察夜间分娩的时候，已经太晚了，只赶上个结尾。不过，所剩无几的卵粒，也足以令我信服了。蝎类事实上是卵生动物；只是卵的孵化期极为短暂，母蝎产卵刚完，幼蝎就破卵而出了。

幼蝎是怎样脱身出来的？我当然也有目睹这一过程的特权。我看到，母蝎用大颚尖抓起卵的薄膜，把它撕破，扯开，而后吞咽进去。给新生儿剥胎衣时，它格外精心，流露着母羊和母猫舔食胎衣时那种抚爱之心。尽管工具那样的粗糙，但刚成形的小肉体却既未划伤皮肉，又未扭碰筋骨。

我再一次感到惊讶：蝎类是最先将近乎人类的母爱传授给生命物的。远在石炭纪植物区系年代，当着第一只蝎子出现之际，生儿育女的种种抚爱之心，就已在酝酿之中了。那相当于休眠种粒的卵，那当时已为爬行动物和鱼类所拥有，不久又当为鸟类和几乎全部昆虫所拥有的卵，再以一种微妙无穷的有机体形态应运而生，成为了高等动物胎生现象的序曲。至此，生命胚胎的孵化，不是在体外各种事物的凶险冲突环境中完成了，而是在母体的腰间完成。

生命进化并不是循序渐进的过程，不是一定从低劣进入良好，而后从良好进入最佳；进化是以跳跃形式完成的，有的时候出现进步，有的时候也出现倒退。海洋有涨潮，也有落潮。生命是又一种海洋，比水的海洋更深奥莫测，同样有过涨潮和落潮。生命今后还会有涨潮和落潮吗？谁能说还会有？谁又能说不会再有？

如果母羊不用嘴唇摘除胎膜并吞吃掉，不能以此为手段使羊羔得到关照，那么，羊羔就永远不能从襁褓里脱出身来。同样道理，仔蝎也指望得到母亲的帮助。我见到有些仔蝎被黏膜黏缠住，在已经撕破的卵囊里不知所措地挣扎，然而却始终挣脱不出来。绝不可以认为，幼虫自身会在挣脱束缚时起什么作用。其脆弱对付不了另一种脆弱，即出生囊袋的那种脆弱，尽管它薄得就像葱头片内壁的皮膜。

雏鸡嘴尖包着一层存在时间很短暂的硬茧，供它出世时啄裂蛋壳用。仔蝎则不然，它蜷缩成不占地方的米粒形状，无所作为地等待外来帮助。一切都由母亲完成。它精益求精地工作。分娩过程附带排出的东西，它全部清理干净。即使是随大溜混在正常蝎卵当中的，寥寥无几的未孕卵，它也绝不放过一粒。碎衣破布一类的残片，一点儿都看不见了；一切都回到母亲的肚子里；产卵占用的那片土地，收拾得干干净净。

我们所看到的，是母蝎细心做过挑拣后存留下来的幼蝎，它们浑身清洁，自由自在。它们现在是白色的。它们从头至尾的身长，朗格多克蝎为九毫米，黑蝎为四毫米。脱胎清洁既已搞完，幼蝎们便一道开始了攀登运动，这儿一只那儿一只地往母亲的脊背上爬。它们顺着母亲的钳子，不紧不慢地爬向高处。母蝎保持着双钳着地的姿势，为小宝宝爬上自己身体创造条件。幼蝎一只紧挨一只地集结在一起，在毫无目的的混合编队过程中，构成了母蝎后背上的一片覆盖层，而且面积在不断扩大。它们凭借自己的小爪子，牢牢扒在母蝎身上。我试过，如果不对这些娇嫩的小生灵施加点儿粗暴动作，那么要用毛笔尖扫掉它们还颇费一番功夫呢。这时候，驮兽和驮载物都不动弹了；这正是开始试验的好时候。

母蝎身上穿着由子女们组成的细布白斗篷，这情景确实值得一看。母蝎保持静止不动，高高地翘卷着尾巴。我把一根稻草凑到蝎子一家的近旁，母蝎立刻举起两钳，带着一股怒气，这态度只有在奋起自卫时才偶尔看得到。它挥开双拳，拉起拳击架式；那钳口张得大大的，准备随时还击。尾巴仍然翘着，但是在挥摆，这动作平时极少看见；但它并不把尾巴突然平放下来，大概是怕脊背产生晃动，会把身上的驮载物甩下一部分来。只要有拳头，就够具有威胁性了，就够勇猛，够突然，够威风的了。

雌蝎盛怒，我并不感到好奇。我拨掉一只幼蝎，放在母蝎面前，离它只有一指宽的距离。母蝎好像并不把这起事故放在心上，原来一动不动，现在仍一动不动。掉下个把小家伙，何必大惊小怪？滑落下去的小蝎，自己可以脱离困境。只见它先打了半天手势，好不焦急；过后发现，旁边就有母亲的一只钳臂，立刻迅速爬上去，重新回到兄弟们中间。它又骑在了马上；但它的动作并不灵敏，根本不能与狼蛛子弟们的灵活敏捷同日而语，那蛛类的后代，个个是精通高空杂技的马戏演员。

试验又重复了一遍，规律比刚才大。这一回，我拨掉了驮载物中的一部分；幼蝎摔散开来，但溅落得不远。接着出现的是不知所措的局面。而且持续了相当一段时间。孩子们不知该往哪儿爬，来回打转；母亲终于对现状感到忧虑。母蝎用两条合抱成半圆的胳膊（其实是蝎类的钳式触角），先刮净地面的沙粒，从而得以把迷失的孩子领回自己身边。这一行动实在笨拙，透着粗野，丝毫不管是否会把小宝贝轧碎。母鸡只需一声温和的召唤，离去的小鸡便回到自己的怀抱；母蝎却要搂上一耙，把幼蝎聚拢到一起。还好，所有幼蝎都安然无恙。它们一摸到母亲，立即爬了上去，重新集结起母背集团。

即使是素不相识的孩子，母蝎也会像对待亲生儿子似的，接纳它为自己背上集团的一员。如果用毛笔扫帚，把一只母蝎的整窝后代或部分后代从它身上赶开，然后把它们放到正照料自己孩子的另一只母蝎近旁，那么这后一只母蝎就会把它们用双臂搂到一起，就像搂的是自己亲生的儿子，心甘情愿地让新来的孩子们爬到自己身上。可以说，这母蝎收养了它们，如果“收养”一词用在这儿并不表示这母亲野心太大的话。母蝎不会干那种事的。真正称得上野心太大的，那是狼蛛。狼蛛昏头昏脑，区别不了自己的家庭和别的家庭；凡是在自己身旁蹦动的小狼蛛，母狼蛛都抱欢迎态度。

在地中海一带，常看到母狼蛛背上驮着一堆幼蛛，在一种常绿矮灌木丛中游逛。我曾期待能看到母蝎也像狼蛛一样，驮着后代出去散步。然而雌蝎不知道这种消遣活动。一旦做了母亲，雌蝎一般情况下都不再出门；甚至在晚上，当其他同类都出去玩耍的时候，它也待在家里。它把自己关在小单间里，废寝忘食地养育儿女。

事实上，小精灵们还需要经受一次痛苦的考验，毫不夸张地说，它们必须再出生一次。现在，它们正做着一件默默无闻的工作，这工作就是昆虫由幼虫走向完全变态的成虫。幼蝎的外表虽然和成虫相当相象，但线条轮廓仍不够清晰，其形象仿佛是透过水蒸气看到的一样。可以想象，它们需要脱去那套幼儿套服，才能长成修长的身材，获得清晰的相貌。

这项脱外衣的工作，要求幼蝎在母蝎背上度过八天。这期间，幼蝎完成“弃皮”。我觉得，说“蜕皮”不很恰当，因为幼蝎的弃皮与真正意义上的蜕皮有区别，而且蜕皮是要经过若干次的。蜕皮是在胸廓上裂开一道缝，虫子仅仅通过这道缝，使全身崭露而出，丢掉一身儿不再穿的干燥衣装；只有在丢掉干皮层这一点上，蝎类的弃皮与所谓蜕皮相同。蜕皮所丢下的空壳，就像一个模子，维妙维肖地保留着模塑物的外观。

我们现在正观察着的，完全是另一回事。我在一块玻璃片上，放了几只正处在弃皮过程中的幼蝎。它们一动不动地趴在那里，显出格外受罪的样子，几乎支持不住了。外皮破裂了，没有专门的裂口，是前后左右同时挣破的；足爪从护腿套中脱出，钳子抽出护手甲，从剑鞘里拔出来的是尾巴。脱下的外皮掉在地上，像堆破烂衣片。这是一种既无顺序，又不保持完整形状的剥落。这一过程完成后，外皮剥落的幼蝎便显露出蝎类规整的外观。不仅如此，它们的行动也变得敏捷了。虽然它们仍旧浑身苍白，但动作灵活得多，转眼间就下了地，在母亲身边玩耍，奔跑。最惊人的长进，表现在身体突然变长这一点上。朗格多克蝎幼蝎的身长，原来为九毫米，现在变成了十四毫米；黑蝎幼蝎达到了六七毫米。身长增加了半倍，体积更增加了两倍之多。

惊讶之余，我们不禁会问，身体突然变长的原因何在？事实上，幼蝎并未吃进任何食物呀。至于体重，非但没有增加，相反还减少了，因为抛弃了一层外皮。总之，体积增加，质量未增。因此，这是一种体积产生一定程度扩张的膨胀，与此道理相通的现象，可举出未经加工的物体的受热膨胀。由于内部变化，生命分子构成空间更大的结构体，在并无新物质成分加入的情况下，体积却增加了。我想，谁如果非常有耐心，并且配备一套合适的工具，那么他大概就可以跟踪观察到这种建筑结构的一系列快速突变，最终获得一定的质量。我是自感知识不足了，这难题就交给别人去解决吧。

幼蝎剥落的外皮，是些白色的条状物，像上了光的碎衣片。它们绝不会掉在地上，而是牢牢附着在雌蝎的后背上，特别是靠近足爪根基那一带，混杂交织成一片柔软的白毯。刚刚剥落外皮的幼蝎，正好栖息在白毯上。坐骑现在配上了一层鞍垫，骑手们身体摇晃时，可以靠它来稳定身姿。幼蝎的破衣层，又是结实的鞍镫，可以为骑手们提供抓把、蹬踏的方便，上马下马的一连串动作变得更轻快自如。

我用毛笔轻轻赶掉母蝎背上的孩子们，眼前立刻出现了十分开心的场面。失镫落马的骑手们，操着异常迅捷的动作纷纷上马；它们抓住鞍镫垂条，借着尾巴撑竿的力量向上一蹿，瞬间翻身就位。奇妙垫毯为骑手上马准备的鞍镫，可以结结实实地存在一个星期左右，也就是一直保存到幼蝎解除监护的时候。那个时候一到，垫毯便全部或局部地松垮下来。随着小家伙们四下离散而去，垫毯也将变得无影无踪。

幼蝎开始显现出体色来，腹部和尾部染上一层金黄，钳子透着半透明大理石般的晶莹。青春让一切都变得美妙起来。它们确实美妙动人了，我的小朗格多克蝎们。如果它们保持住现在这副模样，而且没有生着一个很快将令人生畏的毒汁蒸馏器，那么就会成为人们非常乐意喂养的精美宠物。不久之后，它们萌发了解除监护的朦胧愿望。它们兴致勃勃地从母亲背上爬下来，在它周围快乐地玩耍。如果它们走得太远，母亲便发出警告，并且用前臂双耙在沙土上刮动，把它们重新聚拢到一起。

每当小憩的时候，雌蝎身边会出现不亚于母鸡和小鸡休息时的精彩场面。绝大多数小蝎趴在地上，挤在母亲身边；几只小蝎待在白垫毯上，但此时的垫毯，已经成了一小块一小块的坐垫。有的小蝎顺着母亲的尾巴爬高，攀上那螺旋峰的顶巅，饶有兴味地从那里饱览脚下的蝎群风貌。另一组杂技演员突然赶到山顶，撵跑已经过了观赏瘾的同伴，随后取而代之。每个小家伙，都想满足自己对观景台的好奇心。

大部分家庭成员围在母亲身旁；它们也不闲着，在那里不停地蹿动；它们钻在母亲的肚皮下，缩着身子，露着额头，视觉器官的黑点在额前一闪一闪的。那些最不知闲的，专门喜欢母亲的足爪，把它们当作健身器械来玩；这是在专心致志地练习吊杠。过了一会儿，大家不玩了，重新爬上母亲的脊背，各自找好位置，安定下来。这会儿，谁也不再活动，母亲和孩子，无一例外。

现在是小蝎的成熟期，也是解除监护的准备阶段，时间持续一个星期，恰好和不进食而体积增加两倍的特殊工作用的时间一样长。蝎类的家庭，总共在母亲背上呆十五天。母狼蛛驮孩子的时间长达六七个月，这期间小狼蛛无需进食，却始终保持着灵敏的动作和好动的性格。那么，母蝎的孩子们吃什么吗？尤其是经过蜕变而获得新生及灵活性后，母亲是否请它们一道享用自己的餐食？是否把自己茶点中比较软和的东西留给它们？事实是，它谁也不请，什么也不留。

我投给母蝎一只蝗虫，是从我认为适合小蝎口味的小型野味中挑选的。母亲一口一口地嚼着肉，根本不顾周围的孩子们。正在这时，一只小蝎从母亲的脊背上跑过，一直爬到前额上，斜探出身子，观看母亲前面发生了什么情况。小蝎的爪尖碰着了母亲的下颌，小家伙突然退缩回去，魂都吓丢了。它离开那里，算它谨慎。这位嚼起来收不住嘴的长辈，不但绝不会给小蝎留一口吃食，而且很可能会猛然咬住它，然后毫不介意地吞进肚里。

母蝎正在啃蝗虫头部，一只小蝎扒挂在了蝗虫尾部。小家伙轻轻咬咬，悄悄拽拽，真想吃上一小块。可是，它放弃了自己的打算，原来这个部位太硬。

还有一种情况相当多见。小蝎胃口初开，如果母亲稍加留意，给它们几口吃，特别是适合它们嫩弱嗉囊的食物，它们一定格外高兴接受母亲的馈赠。然而，母亲只顾吃自己的，别的什么都不管。

你们该怎么办哪，噢，让我度过了美好时光的漂亮的小蝎？你们是想出走了，想到遥远的地方去觅食，寻找毫不起眼的小虫。这一点，从你们焦躁的游窜中已经看得出来。你们正在逃离母亲，是它不再认你们这群孩子了。是啊，你们长得够强壮了，是各奔东西的时候啦。

假如我清楚你们爱吃什么样的小野味，假如我有充裕的空闲时间给你们去抓活食，那我该有多高兴，我会继续抚养你们，而且不再把你们圈在出生地玻璃笼里，不再让你们置身于碎瓦片之间，混迹于老年社会当中。我深深知道，那些老家伙襟怀狭隘，容不得人。那些老妖精会吃掉你们的，我的小宝宝们。母亲是不保护你们的，它已经把你们视为陌生的同类；下一年求偶时节，它也会怀着嫉妒之心吃掉你们。你们应该离去；而且，为了谨慎起见，也必须这样做。

要是不走的话，你们住在哪里，又以什么为生呢？我们还是分手的好，尽管我于心不忍。今后几天里找一天，我将带你们到你们的领地去，把你们撒放在那里。那里的山坡上，石头可多呢，而且洒满了阳光。你们在那里能找到同类伙伴，它们和你们一样，也刚刚开始长大；但它们已经在不足一指宽的窄石块下，过上了独立生活。我可爱的小生灵，你们在那里，将比在我家更能学会为生活而艰苦卓绝地斗争。

（本篇各部分均译自原著第九卷）

胭 脂 虫

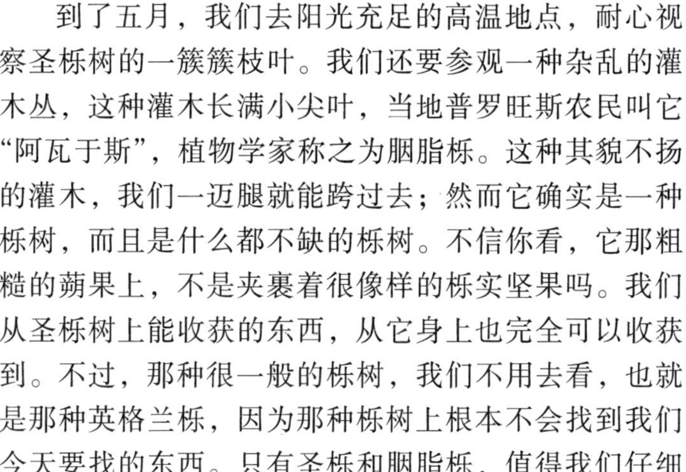

到了五月，我们去阳光充足的高温地点，耐心视察圣栎树的一簇簇枝叶。我们还要参观一种杂乱的灌木丛，这种灌木长满小尖叶，当地普罗旺斯农民叫它“阿瓦于斯”，植物学家称之为胭脂栎。这种其貌不扬的灌木，我们一迈腿就能跨过去；然而它确实是一种栎树，而且是什么都不缺的栎树。不信你看，它那粗糙的蒴果上，不是夹裹着很像样的栎实坚果吗。我们从圣栎树上能收获的东西，从它身上也完全可以收获到。不过，那种很一般的栎树，我们不用去看，也就是那种英格兰栎，因为那种栎树上根本不会找到我们今天要找的东西。只有圣栎和胭脂栎，值得我们仔细观察一番。

我们将会在栎树上看见，这儿几个、那儿几个地生着一些乌黑油亮的小球球，大小就和豌豆差不多。那就是胭脂虫，一种极其奇特的昆虫。这东西，它是种动物？不知道怎么回事的人，万万想不到会是这样，他以为那小球球是浆果，或者是醋栗的黑栗子。如果把小球儿放进嘴里，用牙一咬，它会裂开，有种微苦中带甜的味道，结果更会让人产生上述错觉。

这挺可口的果实，据说是动物，是一种昆虫。我们得好好看看，用放大镜仔细观察观察。你拿起放大镜，仔细寻找虫头、虫腹和虫爪。找来找去，绝对没有头，也绝对没有腹肚和足爪；整个小球儿倒像一种用煤玉加工出来的规格一致的珠子。上面是否有昆虫特有的体节？一点儿也没有。这珠子表面像磨光的象牙一样光滑。它是不是在微微颤动，是不是能看到它具备活动能力？纹丝不动。宝石也没有这么牢牢固定的。

也许在小球儿下部，在它与枝叶的接触面上，能找到点儿动物身体构造的痕迹。小珠儿很容易就从树枝上摘下来了，和摘浆果一样，完整无损。球体根基部分略呈凹坑，粘着一层蜡质白皮，此处形成一个漏出稠浆的小孔，浆液很黏。在酒精里浸泡二十四小时后，这层蜡质溶解了，我们想检查的那小片区域暴露出来。

放大镜一丝不苟地工作着；到头来它没能在小球儿底部发现爪子，也没找到爪钩的痕迹。爪子和爪钩尽管细小，可它们是起固定虫子身体作用的呀。放大镜也没有发现虫子的吸管；吸管要用来插进树皮吸吮树汁，那是这虫类不可或缺的食物。球底部分不如球顶部分光滑，但是和小球各部分一样，什么都没有。真可以说，胭脂虫就是简简单单和枝叶粘合在一起了，除此之外与枝叶再无其他联系。

事情不会是这样。黑珠子得到滋养，它不断长大，它在不停地往外倾倒一种产品，那产品像是某位甜酒制造商的作坊里酿制出来的。要经得起这么大量的流失，它必须至少有一个会钻孔的喙，能插入多汁液的树皮。它肯定有这样的喙，只是太细小，我这双疲劳的肉眼辨别不出来。也许是在我摘下胭脂虫那一瞬间，那把吸液体的工具收缩了，缩进了体内，成了肉眼看不见的东西。

小球球体朝向树枝的一侧，有一条长度几乎与半球子午线相当的宽沟。宽沟下端深窝儿处，开着一道像衣服扣眼般的小口，位置在小球根部的下侧。胭脂虫与外界的联系，全靠的是这个小口。这是一个多功能小门，其中第一个功能，就是流淌甜浆用的泉眼。

我们折了几枝住上胭脂虫的圣栎树枝叶，断口朝下插进一杯水里。这样，树叶可以在一段时间里保持新鲜，使胭脂虫仍能继续过安生日子。没多久，我们看见从扣眼小口处冒出一种无色透明的液体。两天之内，这液体不断渗出，形成与蓄水小球个头差不多大的一滴浆液。液珠儿变重后，从小球上滴落下来，但没有淌过小球表面，因为这泉眼开向球底的根部一侧。一滴浆液滚落，另一滴浆液又开始渗出。这甘泉不是间歇泉，它源源不断地流动着。这小球何等忧伤，眼泪淌起来就没个完。

我们用手指尖接过小蒸馏器滴出的液体，送到舌尖尝一尝。啊，味道真不错！气味、滋味俱佳，与蜂蜜不相上下。如果胭脂虫可以大量饲养，其产品可以尽情收取，它岂不就成了我们十分难得的一位甜味食品制造商了嘛。

五月底的时候，我们捏裂这薄壳小黑球儿。剥开脆硬易碎的外皮，出现在眼前的是解剖结构十分简单的一团虫卵，除了小卵粒外什么都没有。三个星期来，你一直期待着最后能看到甜酒酿造商的成套设备，那些排排行行的小蒸馏釜；可到头来看到的，却是满车间的卵粒。可以说，所谓的胭脂虫，无非就是满满一匣子虫类的种子。

（本篇选译自原著第九卷《圣栎胭脂虫》）

卷十

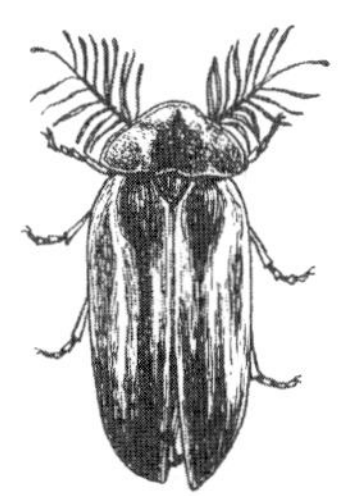

萤火虫备餐

我们再回过头来说萤火虫。如果蜗牛在地上爬行，甚至就龟缩在那里，萤火虫向它发起攻击是件轻而易举的事。因为此时外壳没有牢靠的封盖，而且隐居者前端有一大部分暴露着。纵使它居安思危，硬皮外套裹得紧紧的，防护衣的领口一带也是无法设防的，软体非常容易在这一部分受到攻击。不过，许多情况下，蜗牛不是在地上，而是在远离地面的高处，要么是粘在一株禾本植物茎秆上，要么是粘在一块石头的光滑表面上。此时此刻，它所栖身的物体起到了临时封盖的作用，按理说险恶萤虫要加害于它，只能是痴心妄想。然而，幽室蛰居者要做到幸免遇难这一步，必须具备不折不扣的前提条件，那就是，其螺旋护墙的墙根一圈没有任何开着口的地方。如果不是这样，而是像经常看见的情形那样，蜗牛壳没有严严实实地附着在栖身物体上，壳口某一点上露出缝隙，那么，即使空隙再小，也足够萤火虫钻空子了。萤火虫那纤细灵巧的工具插进去轻轻一咬，蜗牛当即陷入麻木僵滞状态，于是为食蜗牛者不声不响悄悄下手提供了便利条件。

事实上，萤火虫操作起来总是极其谨慎的。攻击者必须以轻柔的动作处理自己得到的牺牲品，不能使对方有丝毫挛缩反应。蜗牛只要做出收缩动作，就会与粘附着的物体脱胶，这样一来，起码就会从自己酣睡其上的植物茎高处掉下去。猎物一旦落到地上，也就成了萤火虫得而复失之物，因为它没有耐心搜寻猎物的兴致。它凭的是福气，获得巧遇到的野味。可以这样说，在发动攻击之际，高挂在植物茎秆上，仅仅靠一层胶皮粘附着的那个螺壳，其平衡不易受到任何破坏；进犯者必须慎而又慎地工作，不引起对方的丝毫疼痛感和惊恐感，否则，对方肌肉做出反应的话，猎物就会掉下去，到手的野味也就得不到。我们看得很清楚，能使萤火虫达到目的的绝好方法，就是在瞬息间实施深度麻醉；而萤火虫的目的，就是在非常平静的情况下享用自己的猎物。

它用什么方法来享用猎物呢？它是不是吃它？也就是说，它是不是先把蜗牛化整为零，切成小碎块儿，然后用一种咀嚼器把它磨烂？我觉得不是这样。我捉到的萤火虫，嘴上从来没见过有固体食物的痕迹。萤火虫的“吃”，不是严格字面意义上所说的吃，它是吞饮。它用和蛆相似的方法，将猎物变成清汤，然后再吃进肚里。和双翅昆虫那爱吃肉的幼虫一样，萤火虫也擅长先消化、后进食的吃法。食用猎物肉之前，先对肉质施行液化处理。下面我们来看看事情经过是怎样的。

一只蜗牛刚刚被萤火虫施行了麻醉。麻醉师几乎总是单独一位工作，即使遇到常见蜗牛那样的大家伙，它也是独自单干。没隔多一会儿，宾客接踵而至，两三位，四五位，越来越多。大家来到桌前，与食品的真正主人不发生任何纷争，一起共享筵宴。让它们尽情享乐吧，我们先离开。两天后再回到这里，我们将蜗牛壳口朝下翻过来。这时，壳里的东西就像锅口朝下倒浓汤一样，一股脑儿地流了出来。消费者们吃饱喝足离开这汤罐儿时，里面只剩下没什么吃头儿的残糊剩羹了。

事情很明白，我们开始时已经看见，萤火虫这儿一口，那儿一口，像轻轻弹指一般不断轻咬在蜗牛身上，这软体动物的肉质转化成了稀汤；众宾客赶来，不分彼此，共同享用汤食；来者一边往汤中释放某种专门用于消化的蛋白酶，一边一口一口地痛吸着清汤。看到萤火虫采用这种方法将食物事先化成液体，想必它嘴上那两只弯钩的外表上是没什么保护层的，它用这对钩形器官刺入欺负对象的体内，注入麻醉毒剂，很可能这毒剂就是能使肉质液化的萤火虫体液。这对微型工具在放大镜下能看得一清二楚，我感到它们不像是钩子。它们的中心是空的，和蚁蛉的那对工具很类似；蚁蛉靠这对工具嘬吸捕获的野味肉，不必把肉食分解成碎块儿。然而萤火虫与蚁蛉的表现很不同，蚁蛉吃完后，从沙地的漏斗形陷阱中扔出大量丰盛的食物；而萤火虫这种专门液化装置，一点儿也不糟踏东西，或者说，几乎没剩下什么原料。

二者掌握着相似的工具，但其中一位只用它吸吮猎物的血液，而另一位却知道物尽其用，采用的是一种预液化技术。

尽管有的时候，由于蜗牛壳所处的位置不佳，要维持其平衡并不容易，但萤火虫的事却依然干得特别利索。喂养着萤火虫的那些大口瓶，让我看到了这样的精彩场面。大口瓶上压盖着一块玻璃，捉来的蜗牛顺着玻璃瓶内壁往上爬，总是爬到瓶口边沿处才停下来，然后用很少一圈黏液将壳体松松地粘挂在那里。它们在那里只是临时逗留，舍不得多用软体组织生产的胶粘剂，所以，只需制造轻微震动，蜗牛壳口就会脱离栖息点，蜗牛便跌到瓶底。

不断看到瓶中那只萤火虫往高处爬，来到蜗牛的栖息点。它攀登瓶壁时，凭借着的是某种攀缘器官，这攀缘器弥补了足爪此时的功能缺陷。萤火虫选中一个对象，仔仔细细地察看着它，找到一处可以下手的缝隙，轻轻咬几下躲在缝隙内的蜗牛，使之失去知觉，紧接着便着手烹调美味汤。此后一连几天，这锅鲜汤就是它的风味餐。

当就餐者离开汤锅的时候，蜗牛锅连锅底都空了。然而此时此刻，只用了薄薄一层黏液粘在玻璃上的壳体，依然没有开胶，甚至丝毫没有移位。壳中隐居者没有发出任何抗议，一点儿一点儿地化作了稀汤，全部从萤火虫开始发起攻击的那一个点上流尽了，剩下的只是个空壳。从这些细节中可以看出，致使蜗牛陷于麻醉状态的啄咬攻势何其凌厉。我们从中了解到，萤火虫开发利用蜗牛时，手法是多么轻巧，没有让蜗牛从垂直光滑的栖息点上跌落，甚至没有使它在一圈附着力极弱的黏液线上产生晃动。

（本篇选译自原著第十卷《萤火虫》）

对付菜青虫

菜粉蝶的一代幼虫，开始时是包在供胚胎发育的小卵囊里，安安稳稳地附着在卷心菜底层的菜叶上。可如今，从卵囊的托台直到菜根，这底层部分已经被洗劫一空；构成菜株底部的，只剩下一个个圆洞眼。建筑物的根基结构不见了，留下的仅仅是幼虫定居点的遗迹。小菜青虫现在都移居到上层叶片区，从今以后，菜叶就是它们的食物。它们浅桔黄色的身体上，支楞着稀疏的白色纤毛。小脑袋乌黑油亮，透着虎虎生气，未来饕餮之徒的气质，这会儿就已经显露出来了。小动物眼下才两毫米长。

虫群一踏上卷心菜的青绿牧场，便开始创造能使身体保持稳定的环境。它们这儿两三只，那儿三五只，每个成员之间留出很近的空当，各自吐着自己的丝线，布下许多短短的缆绳。丝缆格外纤细，用放大镜仔细观察才能看到。没多久，小菜青虫完成一次蜕变，外衣发生变化；浅桔黄底色上，显现出许多黑色斑点，混杂在白色纤毛之间。脱皮是件十分疲劳的工作，这期间，小虫要静卧三四天。这几天一过，饥饿感无法满足的进食期便开始了；其后几个星期，卷心菜会被糟蹋得满目狼藉。

如此厉害的胃口！好一副夜以继日工作的肠胃！这是个吞料的无底洞，食物尽管从中穿过，它们会立即转化成别样的物质。我挑选一束最大的菜叶，投喂给钟形笼里的虫群；两小时后，剩下的只有菜梗了；如果新鲜菜叶投放得慢了点儿，虫子们就要接着啃菜梗吃了。照这样的速度，一片一片地投喂，一百公斤卷心菜，大概也不够我一个星期用的饲料。

大量繁殖期内，这暴食成性的虫类构成一种灾难。它们哪里会给我们的菜园留下什么！拉丁人伟大博物学家波利纳①的时代，人们在需要保护的卷心菜菜畦中央竖一根木桩，顶端放上一个被太阳晒得煞白的马头骨，最好是母马的头骨。撑起这样一个吓人的怪物，据说可以把祸害菜田的败类大批吸引过去。

我不大信服这种防虫措施；这里说说它，是因为要由此提到我们现在的一种实用方法，这种方法起码在我们那一带被人们采用着。没有比"荒诞"更能经久不衰的了。波利纳讲到的古代菜田保护器，经过不断简化，作为传统保存下来。人们现在用蛋壳代替了马头骨，蛋壳扣在小棍顶端，小棍插在菜田当中。这种装置确乎比昔日简便多了；然而效果没什么两样，依然是无济于事。

我发现，智理不清没什么了不起；只要能有点儿盲从轻信的头脑，事理总可以自圆其说。我询问那些农民邻居，他们是这么告诉我的：要说蛋壳的用处，

---

① 波利纳：古罗马博物学家，著有三十七卷本《自然史》。公元79年维苏威火山大喷发之际，前往参加救生和科学考察工作，不幸以身殉职。

道理再简单不过了：白花花的蛋壳一闪，就能把粉蝶招来下籽儿；小菜青虫在蛋壳上，挨太阳烤还不算完，这光秃秃的地方又找不着吃的，最后就小命儿见阎王了；能闯过这一关的没几个。

我刨根问底，请他们说说哪一回看见白蛋壳上有卵粒层，或者幼虫团。

“没见过。”他们异口同声。

“没见过怎么这么说呢?”

“那是从前的事呗，现在我们只管照着做，别的一概不管。”

只有这后一句回答，我是认同的，因为它已使我确信，昔日的马头骨深深印在人们的记忆当中，难以磨灭；这同多少世纪以来在农村扎下根的种种荒诞现象之难以磨灭，恰恰一脉相承。

其实，我们只有一种保护菜田的办法：持续监视菜田，不断察看菜叶，用手指捏碎卵层，用鞋底踩烂幼虫。目前尚无比这更有效的措施。当然，这样做需要花费大量的时间和精力。得到一棵像样的卷心菜，真不知倾注了多少心血！然而，为了这擦地皮的下等植物，为了这虽然衣衫褴褛，但却供我们食用的上等菜类，我们尽什么义务都责无旁贷！

（本篇选译自原著第十卷《菜青虫》）

说反常

所谓反常者，就是对于协调一致事物整体形成的通例而言的例外。比如昆虫有六只爪子，每只爪子前端有一个细趾，这就是通例。为什么爪子是六只，而不是别的某个数量？为什么只有一趾而不是多趾？这类问题，我们甚至连想都没想过，显然我们觉得提得毫无意义。通例之所以为通例，就因为它是通例。人们关注着它，如此而已。至于它存在的理由，我们尽可以泰然处之，无须知晓。

反常则不然，它让我们焦虑，让我们的思想产生混乱。为什么会有例外，会有不合乎规则的事，会有违背法律条文的行为？反秩序的魔爪，大概会到处都留下一些自己的爪印吧？怪音怪调会到大合唱中来胡乱搅和吧？问题既然如此严重，我们完全应该做些调查，但是，先不必对解决问题抱多大希望。

我们先从这些不合通例的现象中举出几个个例。在研究过程中，我能偶尔获得一些新发现，其中有的现象非常奇特，埋粪虫的幼虫就属于这类与通例很不一致的实例。第一次见到埋粪虫幼虫时，它形同残废，差不多已经完全长大了。我当时心里不禁发问：是否因生命历程中遭受了某些灾难的缘故，埋粪虫幼虫的虚弱体质及其后爪的反常方向，都没有逐渐得到改善？难道不是因为在食物贮藏室内的狭窄走廊里长期操一种姿势行动，致使其体型一点儿一点儿地走了样吗？

今天，我已经完全搞清了其中缘故。埋粪虫幼虫不是日复一日慢慢被扭曲成跛脚的，它一生下来就是残废。我观看它怎么孵化，用放大镜照着它从卵壳里出来的情形。那对后爪，待其长成成虫之日，将用来揉按自己收获的食物，并把它挤压成灌肠，着实应是一对结实强劲的挤压工具。然而此时此刻，它们却缩成两只很不起眼的附件，一副畸形模样，没有任何用途。它们蜷翘着，贴在脊梁上。细嫩的爪尖弯得像秤钩，不是用来着地，只是背在背上，不为立姿起任何支撑作用。这不是爪子，倒像要抛甩出去的东西，仿佛投掷运动员在别别扭扭地试投着什么。

一对前爪生得倒是很正常，然而非常短小。小肉虫把它们缩在身体前端的下面，它们处在那个位置上的工作，就是把扶啃咬过的小食物粒。中间一对足爪较长，而且有劲，反而非常醒目。它们像结实的支架一样戳立着，支撑虫体的鼓凸部分。肥胖的鼓凸向上隆起，坚持不了一会儿就要摔倒一次。从后背看小虫，总觉得它是个什么都不像的怪物，好像世界上根本没有的一种东西。可以说，这是一个踩着一对高跷的大肚子。

它为什么要这样古怪地安排形体结构呢？我们明白，食粪虫幼虫身上有一处形状滑稽的隆肉，那是它构造像糖包一样的褡裢，由于重量大，小虫每挪一步，都会被拖赘得摔倒；它此时住的是堆放供建筑蛹期内室用的水泥材料的库房。可埋粪虫幼虫畸形萎缩的足爪，就让我们弄不明白了。是啊，如果这些足爪能变成抓钩，那该多有用呀。埋粪虫幼虫要走道，要在食物塔里上上下下，为寻找一块可口的食品走来走去。如果它发育正常，那么把那两根长长的高跷去掉，岂不更便于攀高爬低吗？

由此我想到圣甲虫的幼虫。圣甲虫幼虫关在一个特别狭窄的小宅室里，几乎不需要拖着身子行动。屁股稍微挪挪窝儿，一片要吃的食品就到口了。残废者四处走动，健全者一步不迈；成了瘸子的驱足远行，腿脚利落的随处碰壁。这不近情理之事，恐怕用什么道理都解释不清吧。

长成成虫后，圣甲虫以及与它同属的金龟子半斑点甲虫、阔颈甲虫和天花斑甲虫，居然都是有残疾的，它们的前爪上都没有跗节。我目前所了解的只有这四种金龟子，它们的实际情况说明，所谓个别现象在同一属的虫类中，却有其共同性的一面。

有一本内容肤浅到极点的专业分类词典，读起来时时给人莫名其妙之感。按编纂者的癖好，词典中抛弃了“甲虫”这个古老而颇有崇高感的名字，代之以“阿德舒斯”这么个名字，该拉丁词的意思是无兵器者。想出这名称的，并不是一位真有什么灵感的人，殊不知，除圣甲虫外，还有多种其他食粪虫也没有触角性的兵器。譬如说，与圣甲虫极其相似的一类裸胸金龟，情况就是这样。既然他主张依照类型特征为一类昆虫命名，就应该琢磨出一个能表明“前爪没有跗节”这一特征的词来。而且，这样一种称谓，只适用于圣甲虫及其同属昆虫才好。这一点，编者连想都没有想到。不言而喻，人们当时不了解这样一个重要的细微特征。只见沙粒，不认大山；这是编词造字者们常有的一种怪毛病。

对于昆虫来说，由五小段组合而成的跗节，就是它身上惟一可以算作手的一个部分。究竟为了什么缘故，圣甲虫们前爪上连昆虫这惟一仅有的手指头也不见了？为什么它们不和其他各类昆虫一样也按通例长上指形爪尖，却只剩得一双残肢、一双截肢？有一种说法，乍听起来还挺有道理：因为这些狂热的滚球能手，推动粪球时操的是头朝下、尾朝上的倒退姿势；身体重心全落在两只前爪的尖端；整个球车的运行，都靠不断接触着地面的这对杠杆尖使劲。

一根细嫩敏感的指头，在这类条件下要直接受地面的磨砺搓扭，给行动带来极大不便，就算这是滚球虫考虑将其舍去的又一个原因，那么，截肢术是什么时候进行，又如何完成的呢？是不是像我们今天的情况一样，是在作坊中做工时被意外事故截去了手指？不会的，因为我们从来没见过有前爪跗节的圣甲虫，即使是刚刚开始滚球职业的圣甲虫也没有；不会是那样，因为它们平平安安地在蛹壳里度过蛹期时，臂铠甲的清晰纹样上就没有手指部分的痕迹，成虫没有手指自然顺理成章。

断指一事发生在更早年代。假定多少年前，一只圣甲虫遇到过一次什么事故，正好断掉了那对没什么用处而且累赘的指头。不料多余肢体去掉后，它竟感到非常自如，于是通过代代遗传的作用，将切断剩下的爪形传给了自己的种群。自此，圣甲虫们便与其他虫类不同，成了昆虫具备指形前爪这通例之外的特殊虫种。

如果没有冒出诸多重大疑问，如上解释当然很吸引人。但人们不禁要问：最早时期，是怎样的一种心血来潮怪力，让它的身体构造加上了这些将来还要因极不方便而消失的部件呢？动物骨骼的总体设计难道无需逻辑，不思长远？难道只是在盲目采用某种结构，只靠事物发生冲突带来契机？

让我们排除这种愚蠢的念头吧，事情不是这样。圣甲虫今天所缺少的跗节，以前就不曾存在过。不，圣甲虫不是因为滚粪球时操了首尾倒置的驾车姿势才失掉了两只跗节。它现在的样子就是当初的样子。这是谁说的？是裸胸金龟和西绪福斯虫说的。这两位证人也都是滚球儿狂，它们和圣甲虫一样，也是头朝下倒退着驾球车，也是在高强度作业中靠两只前爪尖支撑全部重量；然而，尽管不停地与地面摩擦，它们的前爪仍然和其他昆虫一样，完好地保持着手指形状；圣甲虫不想再要的细嫩跗节，它们却还是保留着。什么原因让圣甲虫成了例外，却让其他虫类依然遵守着通例？这是我提出的一个并不高明的问题。我是多么诚心诚意地欢迎能够回答这一问题的英明者出来发言呀！

沼泽鸢尾草象虫的跗节末端只有一个爪钩，其他昆虫则并排生着两个秤钩般的爪钩。能弄清鸢尾草象只有一个爪钩的原因，我就够满足的了。是什么根本原因，使它少生了两个小爪钩中的一个？难道因为其中一个已经没有用了？我总觉得它还是有用的。残留的小爪钩是个攀缘器；用它可以抓爬光滑的鸢尾枝叶；用它可以探查花朵，可以使象虫在花瓣的背面和正面都行动自如；有了它，象虫便可以操着仰姿在表面平滑的蒴果上走它的路。多一个小抓钩，肯定对保持平衡有大用；然而这蛮干的虫子不要另一个小钩了。其实，自然规则允许它拥有两个小抓钩，别的虫子就都使用着两个抓钩，甚至在它的长鼻子部落内，情况也是如此。鸢尾草上的小残废，你缺一根指头的秘密究竟何在？

从道理上讲，缺一个小抓钩可是桩大事；然而，从具体东西上看，这毕竟是价值甚微的细枝末节。想得知这一细节，还得求助于放大镜。到了放大镜凸片玻璃下面，这缺陷竟看得一清二楚。有一种阿尔卑斯山草地蝗虫，出没在旺杜峰山顶地带，它居然不要飞行器件膜翅了，成虫的外形和幼虫一模一样。临近交尾时，它会变得美丽一些，屁股上出现红斑，胫节上呈现出蓝色；不过，其变化仅此而已。此时的它已经成熟，可以交尾和产卵了，但是却不像蝗科其他昆虫那样具备飞跃的能力，仍只会蹦来跳去。

会蹦跳的昆虫中，只有它还是个傻乎乎的步兵，其拉丁文绰号的意思就是“步行者”，其他同类则已生出了飞翅和鞘翅。至关紧要的原因，起码可以说是在那由一对扁小硬壳构成的肩膀上，那里埋着的是一对永远发育不起来的飞行器官。演变过程中，是怎样一股鬼使神差的怪力作用，使美丽的蓝腿蝗虫失去了飞翅和鞘翅，而只将它们的萌芽包藏在小壳套中？它本可以获得飞跃的能力，然而却不去获取它。没有任何可以说清的原因，这部分动物齿轮系统停止了运转。

普赛克蝶的情况，比这还离奇。这种昆虫的雌虫，依开始阶段的长势来看，完全应该变成蝶；可事实上，它们却无力蜕变为蝶，只能停留在肉虫形态，换言之，只能变成塞满了虫卵的囊袋。它们本是鳞翅昆虫，然而鳞翅昆虫的最基本特征——鳞翅，却在它们身上看不见了。既定的形态，只在雄虫身上得到完美的体现，它们最终变成了穿着黑天鹅绒外衣，戴满华丽羽饰的美男子，而且可以悠然飞舞。为什么两性中最重要的一方只长成一段小泥肠，另一方却经过变形而出落成尽善尽美的彩蝶？

现在我们来看看一种短翅天牛，不知你会做何感想？它的幼虫阶段，是在杨树和柳树上度过的。这是种带长角的鞘翅昆虫，身材相当秀美，可以和那种生长在山楂树上的小天牛斗俏。若论鞘翅昆虫，那么名副其实的鞘翅昆虫就该生出一副鞘翅，这副鞘翅就像护套一样包住躯体，保护脆弱的飞翅和易受攻击的软腹。可我们这里的杨柳天牛，很看不起鞘翅目的规则。它在肩膀上长出两只像鞘翅样的短小尖片，样子就像一件短身燕尾礼服。你看了这情形，会认为裁制礼服时缺了布料，身长无法再增加，致使两片燕尾包不住本应包住的那部分身子。

从小燕尾下，伸出一对宽飞翅，翅角一直长到肚子末端。乍观察时，你眼前的就像是一种怪模怪样的大胡蜂。既然真是鞘翅昆虫，配一副捉襟见肘的鞘翅又有何用？是缺材料吗？做一身齐肩的套服是否价钱太高？如此抠门儿，真叫人吃惊。

再看看另一种鞘翅昆虫椿象，你又会做何感想？不知怎么回事，它的小幼虫居然在斑纹隧蜂的蜂巢隔室里安了家，而且把里面的虫蛹当作自己的美味享用。长成成虫后正值夏季，它经常出没在刺芹的花球之间。头一眼望去，你会把它当成一只双翅昆虫，一只苍蝇，因为它的两只飞翅上没有鞘翅遮掩。离近些观察，才看清它的肩膀处有两个小鳞片，是被废弃了的一对鞘翅的残余。这又是器官未全一例。这昆虫也没想到，更准确地说是也没有能够使两片鞘翅充分发育，只保留着它们的一丁点残迹。

鞘翅目昆虫中有一个数量很大的种群，即隐翅虫，其全体成员的鞘翅都截去了一大段，只剩下正常尺寸的三分之一或四分之一。这虫类过于节约，结果个个露着不停扭动的长肚子，衣装短小得丧失了美感。

照此列举下去，关于残废现象、不得体现象、例外现象的话题，还得占我们好长时间；随之而来的仍会是一连串的为什么，仍会得不到什么答案。动物是很难与我们交流的。但植物不然，只要我们方法巧妙，植物会随时准备与我们较好地配合，解答我们的问题。让我们向植物请教一下反常现象的问题吧，它兴许能告诉我们是怎么回事。

蔷薇给我们出了这样一个谜：我们弟兄五个，两个长着胡子，两个没有胡子，另一个长了一半胡子。

这个谜甚至被编写成了两句拉丁语诗：

Quinque sumus fratres：unus barbatus et alter，

Imberbesque duo，sum semi-berbis，ego.

这五兄弟是什么？无非是蔷薇花的五片苞皮，也就是五个萼片。我们来一个一个地观察一下这五个萼片。我们看到，其中两个萼片，两侧都带有裂叶形或者羽支形的毛刺，它们有时还能恢复原始形状，样子和蔷薇的小叶片非常相似。植物学知识告诉我们，实际上，每一个萼片就是一个已被改变了形状的叶片。这就是所谓的长着胡子的两兄弟。

我们又看到两个萼片，两侧都没任何毛刺。这就是所谓的没胡子的两兄弟。最后，我们看到另一个萼片，它的一侧没有毛刺，另一侧却挂着羽支形毛刺。这就是所谓的长着一半胡子的那位兄弟。

五个萼片的不同，不是偶然因素造成的，也不是因花而异的。所有的蔷薇花，萼片都是这种搭配法，每朵蔷薇花的萼片都分为三个刺须结构类型。这是一条固定的规则，是由支配花株构造的规律产生的。人类也有相似情况，一位维特鲁威奥斯[①]的艺术，对我们的建筑起着决定性的作用。这种具备朴素优美特性的规律，在植物学中是这样描述的：植物世界中最重要的序列是以五个为一组的排列形式，植物的花遵循这种结构法，以螺旋层叠的方式，将五个花瓣依次转圈排列起来，每一圈都差不多形成一个圆周；不过，这样排列的结果是，每一组的五个花瓣均匀排列在两个螺旋层上，即每两圈排列五个花瓣。

说到这里，与花萼相关的蔷薇花总体设计问题，也就好解释了。我们把一个圆周分为长度相等的五段。在第一个断分点位置上，我们放上一个萼片。第二个萼片放在哪儿呢？不可能放在第二个断分点上，因为如果这样放，只用一层圆周就够放五个萼片了，没有做到分为两圈。这第二个萼片要放到第三个断分点上。再往下，依此类推，每次都隔过一个断分点，放在它的下一个断分点上。只有这样往下排列，才能在转过两圈后刚好又回到起点。

现在，我们把萼片根基部分加宽，使它们能共同围成一个不留空当的圆圈。于是我们看到，处在一、三两个位置上的花瓣完全没有重叠，暴露在表层；处在二、四两个位置上的花瓣，其两侧都重叠在了相邻花瓣的下面；而处在第五个位置上的花瓣，其一个侧边被遮住了，另一个侧边却暴露出来。此外还有一点

① 维特鲁威奥斯：公元前一世纪古罗马杰出建筑师，著有《建筑学》十卷。十五世纪，他的草图以及后人依据其草图所做的修订蓝图，对欧洲古典主义的演变产生过重大影响。

是清楚的，被遮盖住的各个侧边，由于上面有别的花瓣构成障碍，其边缘上的细小毛刺便无法生发出去。出于如此机制，一、三两个位置上的萼片带刺须，二、四两个位置上的萼片没有刺须，第五个位置上的萼片只生一半刺须。

这样一来，蔷薇出的谜解开了。表面上看，五个萼片的结构是不合理的，是由随意性造成的反常现象；然而事实上，五个萼片的差异性，恰恰是一种数学定理的必然显示，印证着一种内在的代数原理。无序所诉说的是有序，不规则所证明的是规则。

我们继续在植物领域中漫游一程。以五为单位的序列规律，使植物的花具备了五个按严格序位转圈排列的花瓣。然而，许多花冠的簇集形式与正常形式不相符。譬如，唇形科的花冠和面具形科的花冠就是这样。唇形科花冠的五个裂片，在圆柱的顶端组成开放状的冠檐，成为井然有序的五个花瓣。它们分别组成大张口形的两道嘴唇，一道在上，一道在下。上唇有两个花瓣裂片，下唇有三个花瓣裂片。

和唇形科的花冠一样，面具形科的花冠也组成双唇，上唇由两个裂片组成，下唇由三个裂片组成。不同的是，下唇三个裂片构成凸形，顶住上唇，形成花冠的一个入口。用手指捏挤花侧，双唇大开；松开手指，双唇闭合。这形象与兽脸或兽吻有些相像，根据这一特征，人们给这种形象特别生动的植物起了“兽脸草”的名字，也有人叫它“狼嘴草”。不仅如此，人们还想到，兽脸草的大嘴唇与假面具的夸张形象之间也有某种相似的地方。古代戏剧舞台上，演员就是用面具包住脑袋，表现自己所扮人物的形象。面具花冠的称谓，正是这样得来的。

双唇状花冠的反常特征，促使各个雄蕊出现某些改形变化，在某一位置上变得挤一些，在另一位置上变得松散一些，因为它们的位置必须有利于使雌蕊受粉。此外，五个雄蕊的一个，已经被废弃，许多实例表明，它只剩下一点儿根基痕迹，仿佛证明它曾经存在过。其他四个雄蕊，组合成长短有别的两对，而且颇有要进一步再取消那对短蕊的态势。

鼠尾草完成了取消那对短蕊的工作。它只有两个雄蕊，也就是那对较长的雄蕊。与众不同的是，两个雄蕊的花丝上各藏着半只花药。种类极多的植物都有一个通例，即每只花药都有两个微小的隔室，它们背靠背连在一起，中间只隔着一道被称作“药隔”的薄薄夹层。这夹层横卧在花丝顶上，形成类似天平梁的结构，对鼠尾草是十分必要的。夹层天平梁的一端，放置一半花药，也就是一个小花粉袋；而另一端却什么也没有放。雄蕊的环生结构，除最为紧要的东西保留着，其他一切都因花冠追求奇美而牺牲了。

可究竟为什么，这些深深触动了花朵原来必要结构的反常现象，出现在了唇形科、面具形科和其他一些品种的植物身上呢？为认识这一问题，我们不妨做一次建筑学方面的比较考察。最早敢于直接凭借光秃秃的大块石材保持桥体平衡的人，获得了“大祭司”的光荣称号，这称号的原意就是“造桥者”。他们以圆圈的弧线作为石材堆积体的标准造型，这种弧线也称作半个圆周，后来又称作半圆拱腹，它可以利用由整齐划一的石材拼成的拱背来支撑负载。这种造型看上去结实壮观，但同时也就显得单调了，笨重有余而轻巧不足。

这之后，对角拱出现了，将中心位置各异、走向不同的两个拱形结合起来。有了新的标准造型，拱檐可以造得更高，框架可以造得秀挺，顶壳可以造得富丽堂皇。不同形式的优美组合是变化无穷的，于是，多姿多采取代了呆板单调。

不妨这样说，合乎规则的花冠就相当于花朵建筑之半圆拱腹。无论其造型像钟还是像壶，呈辐射状还是呈星状，或者还有什么其他形状，合乎规则的花冠都是由一些相似的材料，依着一个圆周排列组合而成的。不合乎规则的花冠，则相当于那种胆略非凡的对角拱。它给花的诗歌艺术，带来了真正的诗所具备的无序之美。兽脸草那大嘴唇面具，鼠尾草那洞开大口，真应该像英国山楂树和法国李树一样也荣膺勋章。它们多么像加入音阶的那些半音，多么像伴随高昂主题乐曲而出现的优美变奏，又多么像反衬出合奏之和谐美的游离音调。时而有意想不到的独奏穿插进来，百花的交响乐反倒更加美妙。

蹦跳于高高山顶虎耳草间的步行蝗虫，正是以同样逻辑的思维方式，讲述自己何以不再会飞跃，隐翅虫也在这样讲述自己何以穿了件短上衣，尼西达力虫用同样方式讲述自己何以只做了套短燕尾礼服，椿象虫仍是以同样道理讲述自己何以长得像双翅昆虫。每一位都以自己的方式，为单调重复的主旋律增添着花絮；每一位都为全体成员的音乐会，献上一段拿手曲子。我们尚未搞清楚，为什么圣甲虫不要前爪跗节，为什么沼泽鸢尾草象的指端只装备一只小抓钩，为什么埋粪虫幼虫生出来就是残废。导致这些细微变异的根本原因究竟是什么？回答这一问题之前，让我们再一次倾听植物的教诲。

温室里种着原产地在秘鲁的印卡百合。这稀罕的植物，使我们心中不禁产生谜一样的疑问。一眼看去，那些柳叶形的叶子没什么值得细心琢磨的地方。好，我们到近处观察观察。结果发现，扁长条形的叶柄本身是拧着长的，而且拧得很厉害。再看其他叶子，都一样，凡是有叶子的地方，叶柄都是拧着的。你心里有一种突出的感觉，眼前的是一株从上到下都在犯脖子扭筋病的植物。

我们格外精心地用手指恢复事物原有的秩序，把拧上劲的叶柄条再拧开，并且展平。结果让我们大为惊讶：叶柄倒拧回正常状态后，叶子竟是翻过来长着的。展现在上面的本应朝下，具体些说，朝上的是苍白的一面，布满透气孔，绷露着条条叶脉；盖在下面的则恰恰应该朝上，换言之，此时朝下的是鲜绿光滑的一面。其他所有植物所遵循的，无一不是糙面朝下、光面朝上的规则。

总之，消除了扭曲状态，下功夫使印卡百合的姿态复原后，它的所有叶子都是翻扣着的。本应背阴的一面成了向光的，本应向光的一面成了背阴的。在正反面颠倒的情况下，叶子都无法发挥应有的功能；正因为如此，为了纠正这种严重的安排失误，植物让所有叶子扭转脖子，采取了叶柄旋转变形的措施。

引发这种翻转运动的动力是阳光。如果我们采取一些人为的措施，阳光就能把自己做过去的事再做回来。我找来一根小立棍和一些捆扎用的细绳，然后弯下一棵百合的茎秆，头朝下固定在立棍上。在阳光的作用下，所有叶柄没几天就都倒转回来，柄条恢复了平展状态，这时候光滑鲜绿的一面正好向光，苍白多脉的一面正好背阴。所有叶子的脖子扭筋症都消失了，叶面朝向臻于正常，然而，这株植物却首尾倒置了。

看到把叶子翻过面来安在茎秆上的印卡百合，我们是不是认为植物无形中出现了错乱，所以正借助于阳光，用强拧叶柄的办法来尽量克服自己的失误？是否因机制紊乱而出现了差错，反秩序的魔爪在其中作怪？或许是我们根本不了解这当中的因果效应，因而将事实上的好事当成了坏事？假如我们能清楚地了解真情，那就不知有多少怪音怪调会被承认是一种和谐！那样的话，所谓最聪明的也就成了最糊涂的。

我们使用的各种书写符号当中，最符合这种意味的就是问号。问号的下面是一个圆圆的原子形圆点，它就是世界这个小球儿。问号的上面，是一个大大的、画成弯头棍样的立钩，它就是古代人的“里图厄司”[①]，即用来指问未知事物的占卜棍。依我的心愿，这问号代表的是科学的标志，也就是那永远与事物的“如何”和“为何”打交道的科学。

可是，这指问未知的曲棍虽然为了看得更清而立得这么高，却在自己中心形成的是一孔晦暗不明的狭窄视野。未来的探索活动，将会使人们超越眼前这晦暗视野，但取而代之的将是一连串更为遥远、同样晦暗的狭窄视野。的确，随着人类知识不断进步，这管窥状况会一次又一次被艰难地克服掉。那么试问，这一切狭隘视野的那一面，这一切晦暗景观的那一面，究竟会是什么？是豁然满目的光明，是为什么之为什么和诸道理之道理，是世界方程式的那个大“X”。我们所具备的永无满足、从不怠懈的求知本能，就是这样告诉我们的。本能这东西，在动物界是消失不了的，

① 里图厄司：lituus一词的译音，指的是古罗马人用来作占卜的曲棍。

在智力领域也不能不是这样。

至此，我尽自己所能，探讨了昆虫反常的种种动力因。能令人完全信服的答案，一直都远远没有找到。为此，在结束这篇留下诸多疑问的文章时，我要在本页中心最醒目的地方，竖起那根用作占卜的“里图厄司”——问号。

？

（本篇译自原著第十卷）

金步甲的婚俗

举世公认：金步甲是消灭毛虫的能手，的确无愧于园丁的称号；它保护菜园、花圃，是警觉的乡野卫士。我的研究并不是从这方面入手，不会为金步甲由来已久的美名锦上添花，但我却至少可以通过后面的内容，向大家揭示这虫类至今鲜为人知的一个侧面。这残忍的吞噬者，吞吃力所能敌的一切猎物的怪兽，自己最终也被吃掉了。被谁吃掉了呢？被自己和许多同类。

一天，门前梧桐树的树阴下，一只金步甲正匆匆经过。来朝圣者是受欢迎的；它一定可以起到使笼中居民加强统一的作用。我把它拾起来，这才发现，它的鞘翅末端受了轻微损伤。是不是情敌之间争斗的结果？看不出有这种迹象。最要紧的是，但愿它没有遭受什么重创。经查无伤，可以利用。我把它放进玻璃住宅，为已经占用居室的二十五只金步甲作伴。

第二天，我前去了解新食客的情况。它已经死了。夜里，伙伴们袭击了它，那残缺不全的鞘翅，未能充分保护它的腹部，肚子被掏空了。手术做得干净利落，没有弄掉任何一部分肢体。爪子，头，胸，一切安然无恙；只有肚子开了个大口子，里面的东西就是从开口的地方摘除的。眼前这东西，已成了一个金贝壳，两瓣鞘翅抱合在一起。掏空软体组织的牡蛎壳，也比不上这金贝壳干净。

这一结局令我惊异，我从来都十分留心做到不让笼子里缺少食物呀。蜗牛、腮角金龟、螳螂、蚯蚓、毛虫，以及其他一些最受欢迎的菜肴，调换着花样地送进饭堂，而且供应量充足到消费不完的程度。甲壳缺损的步甲类昆虫，易于招致袭击，我的金步甲们把这样的一位弟兄吞吃了。它们再不能把这种行为的原因归结为饥饿了吧。

难道它们当中通行这样的惯例：受伤的要结束性命，后来的要掏空肚子？昆虫是不讲慈悲的。面对着绝望中四下乱窜的一位伤残伙伴，同类中竟无一肯停下来帮它一把的。食肉者之间的事情不仅仅如此，甚至还要朝着悲剧性方向发展。有时候，一群过路的奔向一位残疾者。是去减轻它的痛苦吗？根本不是。是去品尝它，而且，假如味道不错，那么就以吞食的方式，为其彻底解除残疾之苦。

因而会有这种可能：那步甲虫鞘翅残缺，部分暴露在外的屁股，引诱了伙伴们；大伙儿觉得，这挂了彩的弟兄是正好可以开膛的猎物。换一种情况，如果不是哪一位事先负了伤，那么大家是否就互敬互重呢？从种种外在表现上看，给人的突出感觉是，大家彼此保持着十分和睦的关系。用餐期间，众宾客从未发生打斗，充其量只是轮流抢着吃而已。躲在小条板下午休的长时间内，也从来没有发生过争执吵骂。我那二十五个家伙，在凉爽的土中埋进半个身子，心平气和地消着食，打着盹儿，互相挨得近近的，卧在各自的土窝里。当我掀掉遮板时，它们立刻醒过来，拔腿就走；四下奔跑当中，无论什么时候相遇，彼此都不翻脸。

由此可以认为，它们的和睦关系有着深厚基础，并且会无限期维持下去。可就在这六月暑热开始之际，当我察看虫笼时，却立即发现一只金步甲死了。它的所有肢体都没有脱落，全身紧缩成金贝壳状，酷似被吃空的牡蛎壳。这东西仿佛在向我们复述事件经过，这事件与不久前那位伤残者惨遭吞食的情形是一样的。我端详圣骨似地仔细检查这残骸，除腹部豁开大口，其他一切原封未动。可见，在别的伙伴掏空它肚子的过程中，它还保持着正常状态呢。

几天后，又一只金步甲被杀，受到同前者一样的礼遇：盔甲完好无损，干净整齐。把死者肚子朝下放在那里，一副完整无缺的模样；把它背朝下放在那里，看出是个空壳，里面没有一丝肉质。隔不多久，又出现一个空心尸骸，接着又是一个，其后又是一个，我眼睁睁地看着园中动物的数量这样锐减下来。如果这股屠杀的疯狂持续下去，我那虫笼里就什么也剩不下了。

也许是这些天年耗尽的步甲虫走过自然死亡历程，幸存者们在瓜分它们的尸肉？要不就是为了减少人口而不惜牺牲过着美滋滋生活的庶民？要搞个真相大白是不容易的，因为事件主要是在夜里发生。由于时刻保持警觉，我终于在大白天，两次撞见正在进行当中的剖尸行动。

六月中，我亲眼看见一只雌虫摆弄一只雄虫。雄虫还是认得出来的，它的体型略小。手术开始了。进攻的一方撩起对方的两瓣鞘翅，从背后咬住蒙难者的肚子末端。它情绪高昂，轻轻拉拽着，大口咀嚼着。就擒者体力依然充沛，然而却既不防卫，也不折腾。它全力向相反方向扯着身体，一心从那些可怕的小钩子上挣脱出去；它一会儿前移，一会后滑，拖拽雌虫时它前移，被雌虫拖拽时它后滑；它的全部反抗，仅限于此。战斗持续一刻钟。一群过路的突然赶来，停下脚步，心里似乎在窃窃私语："一会儿该看我的了。"最后，使足成倍的力气，雄虫终于挣脱，逃之夭夭。可以想象，假如它挣脱不成，肚子就会被狠心的步甲大姐掏空。

几天之后，我又观看到一场相似的戏，只是这一回演完了结局。仍然是一只雌虫从后面咬一只雄虫。雄虫除了徒劳地拼命挣着身体，再无任何其他抗争表现，这挨咬的是在听任摆布了。表皮终于先做了让步，接着创口扩展开来，继而内脏被摘除，被胖主妇吞进肚里。再看胖主妇，脑袋钻进自己伴侣的腹腔里，正仔细清理硬壳底下的软组织。只见雄虫的肢爪一阵抖动，宣告此生走到了尽头。宰尸妇并不动情。它继续搜寻，一直深入到胸腔中可以探进头嘴的狭窄地方。死者身上所剩的，只有抱合成小船壳形状的鞘翅，以及尚未脱落的前半个身子。掏空后的残骸，被就地抛弃。

我在笼子里不断看到的遗骸，每每总是雄性步甲虫的，这些雄虫大概就是如此丧生的；至少可以估计，那些仍然活着的雄性还是要这样毙命。从六月中到八月一日，笼中居民的数量从最初的二十五口，减少到只剩下五位雌性的程度。二十只雄虫全部消失，它们先被剖腹，然后再被深深地掏空。它们是被谁剖腹掏空的？显然是被雌虫。

我有幸亲眼目睹的那两次攻击行动，都证实了这一点。先后两次，光天化日之下，雌虫钻进鞘翅，打开雄虫腹腔，填饱自己的肚子。当然应该承认，其中第一次是在试图这样做。即使我未能直接观察到其他屠杀实例，我所获得的证据也是很有价值的。有人不久前也目睹了类似场面：被咬住的一方不予以反击，也不采取防卫，只是一个劲儿挣扎着抽身夺路。

如果这只是正常的打斗，只是为争夺生命而发生的合乎常情的拳脚相加事件，那么被攻击者显然会调转过头去，因为它完全可以这样做：只要一把抓住攻击者的身体，就能够回敬它的侵权行为，以牙还牙。凭它的力气，一旦对打，准会转而占上风；不料这白痴，却听任对方有恃无恐地啃咬自己的屁股。这其中似乎有一种无法克服的难为情心理，妨碍它反戈一击，阻挠它也咬一咬正在啃咬自己的对方。这宽容令我想起朗格多克蝎；雄蝎在婚姻终结的时候，任凭自己的伴侣吞吃自己，却不动用自己的武器，即那根有能力让蝎大姐尝尝苦头儿的毒螯针。这宽容还令我想起雌螳螂的情夫，那是条只剩一段身躯也要继续为未竟事业尽忠的汉子，当最后被一小口一小口啃吃的时候，它竟不做任何反抗。此乃婚俗成规所系，对雄性而言，就是无可非议的规矩。

我那步甲公园中的雄性，从第一个到最后一个，全部被剖了腹。它们向我们演示的，是一样的习俗。它们是为现在已得到交尾满足的伴侣而牺牲。从四月到八月的四个月里，每天都能有几对雌雄配成双。它们忽儿是试探性夫妻，忽儿又结为有效夫妻；当然，结为有效夫妻的情况更为多见。它们都是些求偶心切、欲火难熄的热恋狂，其冲动绝不会仅此而已。

步甲虫处理爱情事务，真可谓简便快捷。就在众目睽睽之下，也无需酝酿感情，一只过路雄虫便扑向一只过路雌虫，而且是刚刚遇上的第一位雌性。雌虫被它搂住，略微仰起头来，表示乐意接受；于是，那骑士便挥动触角，用梢头儿抽打对方的颈背。双方发生了关系。事情刚一干完，二者突然分手，双双跑到餐桌上的蜗牛那里去吃便餐。然后，它们各自通过新的婚仪，分别另结良缘。新结成的夫妻双方，事后又你我另寻新欢。反正，只要有雄虫受用就行。一顿大吃过后，一次粗暴的泄爱；一次泄爱过后，又是一顿大吃。对步甲虫而言，生命要旨即在于此。

我的步甲园中，待嫁的姑娘与求婚的小伙儿，双方一开始就不成比例，五个雌性对二十个雄性。不过问题不大，争风吃醋是不会见出高低胜负的；大家索性平心静气地共同使用过路的雌性，滥用过路的雌性。有了这忍让精神，经过多次反复尝试，随着见面机会碰巧到手，或早或晚，每只雄虫都总有一天使欲火得到宁息。

本来，按我的愿望，我是想得到一群雌雄比例更趋合理的步甲虫。然而，由于此事是以偶然因素为主导的，无从进行选择，当时捉到的就是这样一群步甲虫。初春时节，我在附近一带的石块下寻找步甲虫，只要能遇上，就统统捉来，不管是雌是雄；单看外表，区别雌雄是相当困难的。后来，在笼养过程中我知道了，雌虫比雄虫稍大一些，这是雌虫的明显标记。所以说，我的步甲园中雌雄数量搭配这么不协调，纯属偶然因素所致。可以想见，自然条件下，雄虫的比例不会如此之大；而且，处于不受约束状况下的步甲虫，也绝不会在一块石头下聚集这么多只。实际上，步甲虫基本过着孤独生活，极少能在同一窝穴里发现两三只住在一起。一个玻璃笼里聚集这么多步甲虫，确实是例外的情况；还好，这里竟没有出现骚乱和失控局面。玻璃笼有开阔的场地，可以供虫子们长距离漫步，也可以供它们随心所欲地从事惯常的嬉戏游乐。愿意离群索居的可以独自过活，愿意聚众群居的可以立刻找到伙伴。

监禁的处境，看来并未使它们心烦意乱，频繁大量进食和日复一日交尾的事实，都说明了这一点。自由生活在野外，它们的精力大概不会这样充沛，很可能缺乏生气，因为食物不能像笼子里这样丰富充足。不过，给这些囚徒的福利照顾，并没超出正常水平，这样有利于它们保持以往的习俗。

惟一不同的是，在我这里，同类之间的接触比在野外频繁得多。这对于雌虫来说，等于创造了更便于虐待异性的机会；它们可以随时厌弃已经挑逗够了的雄虫，咬它们的屁股，掏空它们的肚子。由于相互离得过近，猎食旧爱的现象变得严重起来；但这种行为本身，并没有因此而发生变异。这是习惯性的行为，临时作是作不出来的。

交尾期过去，如果是在原野上，那么一只雌步甲遇到一只雄步甲时，就应该把它当作猎物嚼碎，以此结束婚礼的最后程序。我在野外掀翻许多石块，始终没有巧遇这种场面。问题不大，笼子里发生的事情，也足以令我信服了。步甲虫的世界是个怎样的世界呀！在那里，当卵巢获得孕育资本而不再需要助手的时候，胖主妇们便把助手吃进肚里去了！为了要将雄性如此这般地碎尸了事，生殖法则想置雄性于何等微不足道的地位？

爱情既过，同类相食；这种现象是否十分普遍地存在呢？就目前而言，我知道有三种各具特色的实例：其一是螳螂，其二是朗格多克蝎，其三就是金步甲。在飞蝗类昆虫中，以雄性为猎物的作法不那么恐怖，算是比较温和的；之所以说比较温和，是因为被吞食的雄虫是已经死去的，不属于活吞。雌性白面螽斯，很乐意蚕食已故情侣的腿；绿螽斯也是这样。

这可能在某种程度上与食性有关。譬如，白面螽斯和绿螽斯，二者都以肉食为主。遇到一只死的雄螽斯，胖主妇们乐意不乐意吃，要看死者是不是前夜情夫。同是野味肉食，情夫的肉却如此好吃。

吃素食的又如何呢？临近产卵期，雌性无翅螽斯向活得好好的伴侣张开利齿，在它鼓鼓的肚皮上咬出个洞，然后开始吃它，直到不想再吃为止。性情温厚的雌蟋蟀，会突然变得乖戾起来；它把曾经向自己献上那般痴情的小夜曲的雄性打翻在地；扯碎它的翅膀，折断它的提琴；甚至还没断气就先从那演奏家身上叼下几口肉。由此可见，交尾过后，雌性对雄性极端厌恶的情况是经常发生的，尤其是在食肉昆虫当中。这些残酷习俗究竟出于什么动因？我想，只要能具备条件，我一定不失时机地把这个问题搞清楚。

（本篇译自原著第十卷）

童年忆事

儿童快乐之时，他几乎与虫类不分彼此；开满花的山楂树当虫子的床，一只扎了孔的纸盒架在床上，里面养上鳃角金龟和金匠花金龟，他心里便得到那么大的满足。儿童一心惦记鸟的时候，他几乎与鸟类别无二致；他非要亲眼看见鸟巢、鸟蛋和大张着小黄嘴的鸟娃娃不可，说什么也得看。从老早开始，蘑菇就把我吸引住了，它们有那么多种颜色的。第一次穿上背带裤，开始坠入天书般读书的十里烟云时，我这天真的男童仿佛觉得，自己就像第一次找到鸟巢、第一次采到蘑菇时那么着迷。听我讲讲这些至关紧要的事件吧。人上了年纪，就爱倒嚼往事。

好奇心重新出现，把我们从无意识的模糊状态中分离出来，这是一个非常幸运的时刻。此时此刻，你们正回忆起遥远的过去年代，这更让我不禁想起自己那些最美好的岁月。一窝小山鹑晒着太阳睡午觉，忽然走过一位行人，惊得它们四下散开。一团团可爱的小羽绒球夺路而走，全都消失在荆棘丛中；不过局面很快恢复了平静，刚听到一声呼唤，大家就全部回到母亲的羽翼之下。

我回忆童年时，情形与此相仿。往事也好比是一种雏鸟，它们已被生活的荆棘挂掉羽毛；但是一经提示，它们就回到了我的记忆当中。一类往事，虽然逃脱了荆棘丛，但已经疼得直摇脑袋；另一类往事没有再回来，它们已经在市场商贩的摊位上断了气；还有一类则依然保持着清晰的形象。然而，在这些从时间利爪下逃生的往事中，最富生气的是那些发生最早的事情。儿童记忆的那层软蜡膜，在这些事情那里已经转化成了难以损毁的青铜壳。

那一天，我很阔气，不仅有了一个解馋的苹果，而且有了自由活动的时间。于是我打算到邻近一座小山的山顶上去看看，当时对于我来说那里就是世界边缘了。山顶上有一排树，它们背对着风，弯着腰不停摇晃，似乎想拔脚逃走。在家里通过窗户望去，不知多少次我看见它们在暴风雨中频频点头致意；不知多少次，我瞪着它们在北风扫帚沿山坡卷扫积雪时形成的滚滚白烟中，绝望地痛苦挣扎！那些饱经沧桑的树，它们现在正在做什么？

我对它们能逆来顺受很感兴趣，今天在一片蔚蓝晴空之下它们安详自在，明天当乌云掠过时它们摇摆不停。它们平静时我感到舒服，它们惊恐万状时我感到难受。它们就是朋友。它们每时每刻都能出现在我的眼前。早晨，太阳从它们身后那明亮的天幕上冒出来，光芒万丈地升起。太阳到底是从哪儿出来的？到上面看看去，也许我会弄个究竟出来。

我顺着山坡往上爬。坡面是并不茂盛的草地，已经被羊群啃得差不多了。看不见一簇荆棘，很不错，要不然衣服会挂得尽是口子，回家后还得拿我问罪；没有岩石块，也很不错，否则说不定会出什么事故。

只有一些扁平的大石片，稀稀拉拉地分散在山坡上。你尽管照直走，路面情况完全一样。可这里的草地像屋顶一样，有一定的倾斜度。只觉得坡面好长好长，我的双腿却太短了。我几步一抬头，不断向山顶张望。我的朋友们，也就是山顶上的树，总是觉不出和我越来越近。加把劲儿，小家伙！一直往上爬。

咦，那是什么，就出现在我的脚旁？原来刚才是一只美丽的鸟，从藏身的大石片遮雨檐下飞走了。上天恩宠，石下洞中有一个用绒絮和细稻草做的鸟窝。这是我遇上的第一个鸟窝，是鸟类带给我的第一次快乐。窝里有六只小蛋，互相挤在一起，看着那么可爱。鸟蛋颜色特别蓝，如同在青天的蓝颜色中浸染过一般。我被这等美事惊得难以名状，顺势趴倒在地，目不转睛地看着鸟窝。

就在这时候，鸟妈妈发着咯咯咯的轻细喉音，焦急地扑楞着翅膀，从一块石头飞到另一块石头上，始终不离这位冒失鬼的左右。我当时处在一个不知天下有怜悯之事的年龄，混蛋劲儿十足，尚不懂得作母亲的忧心。一个计划在我心中盘算，那是一种透着小猎食动物心理的计划。过十五天我再来，在雏鸟离巢前把它们取走。这段等待时间里，我先拿走一只小蓝蛋，就拿一只，这样可以骄傲地证明我发现了一窝鸟蛋。我生怕把小蛋挤碎，手心里抓上一些苔藓，把小蛋包在苔藓窝儿里。啊，管他呢，就让童年时代根本没有过第一次发现鸟窝这种狂喜的人来谴责我吧。

我轻轻握着揪心的小东西，生怕稍有闪失会把它弄坏。干脆就此停步，山不再往上爬了。等以后找一天，我再登上山顶，去看那些能升出太阳来的树木。我顺着山坡往下走。走到山下时，遇见了副本堂神甫先生，正一边读着他的经本，一边悠闲散步。他以为我拿着什么圣物，走路时步子迈得那么重。我把那只手背到身后，不料他居然发现我手里有东西。

“你那是什么，孩子？”教士问。

我一时不知所措，张开那只手，让他看了卧在苔藓床中的小蓝蛋。

“啊！一个萨克西高勒蛋。”副本堂神甫这样说着，“你是从哪儿弄来的？”

“山上，石头底下。”

提问步步深入，我的小过失彻底坦白出来：我没想找什么，忽然一个鸟窝让我看见了；鸟窝里有六个蛋；我从里面拿了一个，喏，就是这个；我想这样等那五只小鸟出壳；等雏鸟翅膀上长出粗羽毛秆的时候，我再去，把它们都端回来。

“我的小朋友，”教士开了腔，“你可不能这么做。你不能把一窝小鸟从它们母亲身边夺走。你要尊重一个无辜的家庭。你应该让仁慈上帝的那些鸟长大，让它们从窝里飞走。它们是田野的快乐，它们能清除地里的害虫。如果你想做个乖孩子，就别再去碰那个鸟窝。”

我做了保证，表示一定按他说的去做。于是，教士继续散他的步。当我回到家里，自己这儿童心智的生荒地里，已经着着实实播进了两粒种子。一粒是一席权威的话，它刚才教我懂得了损害鸟窝是一种不良行为。但我还是不明白，鸟类怎么会来帮助我们灭杀害虫，灭杀那些破坏收成的祸害。不过，我内心深处确实已经感到，惊吓母鸟是不好的。

另一粒种子是那个“萨克西高勒”，教士看到我拾来的鸟蛋时说了这个词。噢！我心里想，原来动物和我们人一样，也有名字。是谁给它们起的名字？我在草地和树林里见过各种各样的动物，它们又都叫什么呢？“萨克西高勒”这个词是什么意思？

时间一年一年过去，学了拉丁语后，才知道发“萨克西高勒”音的那个词，指的是居住在岩石间的人。真是这么回事，当年我看见的那只鸟，在我出神地盯着它那窝蛋时，确实是从一处岩石尖上飞到另一片岩石尖上；而且安的家，也就是它的鸟窝，也正是安置在一块大岩石片做的屋顶之下。从书中，我又无意中进一步获得一个知识，知道了这种与多石丘岗为友的鸟还有另一个名字，叫“土坷拉鸟”，因为它在耕过的地里，总是踩着一块一块的土坷拉飞蹿，巡视那翻出了许多虫子的道道田垅。到后来，我又知道了普罗旺斯人给它起的一个名字，“白屁股鸟”。这个叫法也很富于想象力，让人一听就能想到，见一只昆虫在翻过的田土上突然一蹦做个空中杂技动作时，它尾根上的一撮白毛便向两边展开，样子像只白蝴蝶。

就这样，一整套的名称词汇出现了。到了一定的时候，我已经可以用尊姓大名，向田野大舞台上成百上千的演员们，向田边小道旁成百上千冲我们张开笑脸的小花们，热情致意了。副本堂神甫未加丝毫强调就脱口而出的那个名词，为我揭示出了一个世界，那就是一个由拥有学名的花草虫鸟们构成的世界。费心梳理这浩若烟海词汇的事，留待来日吧。今天，我们只重温与“萨克西高勒”相关的往事。

我们村子朝西的一面地势倾斜，斜坡上分布着李树和苹果树的小果园，树上的果子正在成熟。小果园一座挨着一座，那景观犹如果园泻成的瀑布。一片片的土地层层排接下去，每片土地都靠一圈矮墙拢住，墙上尽是斑斑点点的地衣和苔藓。坡地脚下，有一条溪流。溪水不宽，几乎从哪儿都能一步就蹦跨过去。在一些溪水开阔的浅滩处，半露着大块的平石，可以供人们踩跳着过河。令母亲在孩子不见时提心吊胆的那种深水，这小河里是没有的，最深处才到膝盖。亲爱的小溪，我见过不只一条浩淼的江河，也见过无边无际的大海，但惟有你是这样清新，这样明澈，这样安详。在我的记忆中，没有什么能比得上你那处根本不算壮观的细水小瀑布。你之所以能够令人难忘，就因为你是最早印在人心上的神圣诗篇。

一位磨坊主打了小溪的主意，要让这穿越草地欢快轻流的细水做些有益的工作。山丘半腰处开出一道渠，渠沟就着缓坡的斜度，将一部分溪水分流出来，引入一个蓄水池。蓄水池便成了推动磨坊转轮的动力源。水池边上是一条行人经常走过的小路，水池下方筑起一道拦水墙。

一天，我骑到一位小伙伴的肩上，蹭过满脸是蕨类植物的脏墙，从墙头向里张望。墙里是一眼见不到底的死水，浮满了绿色的黏毛。这块黏乎乎的地毯露着些空洞，空洞处正懒洋洋地游动着一种表皮是黑黄花颜色的短粗蜥蜴。若是今天，我会叫它蝾螈；可那时候，我觉得它是眼镜蛇和龙的儿子，就是夜里睡不着觉时大人给我们讲的那些可怕故事里的怪物。我的天哪！我可不想再看了，快点儿下来吧。

从那里再往下，水继续流成小溪，溪水又岔出几条支流。每个岔口处都长着桤木和梣木，它们歪着上身，枝叶互相交织，形成一处处绿荫凉篷。凉篷的下面，是七扭八歪的粗树根造成的门厅。门厅往里是长长的幽暗洞廊，恰似妙想天成的水上隐蔽所。这些隐蔽所，门前摇曳着少许阳光，光线所照之处，形成一个个圆圆的亮点，那是因为阳光过了一道枝叶编织的筛子。

洞廊水中，停留着红脖鲹鱼。咱们轻着点儿走。咱们趴在地上观察。啊，这些小鱼多美呀，脖子是鲜红鲜红的！小鱼一条挨着一条，挤成一群，头都朝着逆水方面。它们的腮一鼓一瘪，一刻不停地吐着大口大口的漱口水。它们只轻轻抖着尾巴和背鳍，就能在流水中原地不动。树上落下一片树叶。嘿！队形一下散开，小鱼们顿时无影无踪。

离溪水远一点儿的地方，长着一小片山毛榉，棵棵树干光溜溜、直挺挺，活像一片塔林。壮观的树冠枝叶间，几只短喙乌鸦一边叽哩呱啦地议论着什么，一边从翅膀上拔掉几根已经被新羽替换下来的旧羽毛。地上铺满了青苔。刚在这软绵绵的地毯上走出几步，就看见了一个蘑菇，它还没有完全长开，看上去就像哪只到处流浪的母鸡丢下的一个蛋。这是我平生第一回采到蘑菇。我破天荒头一回，把一个蘑菇捏在手指间，翻过来调过去地观察，了解一下它的构造是什么样的。我此时产生了极大的好奇心，而这好奇心，则正是使人萌生观察欲望的一种启蒙。

不一会儿，又发现一些蘑菇，大小不一，形状不同，颜色各异。在我这样一个初学者的眼里，这已够得上眼界大开了。那些蘑菇，有的被造成了钟形、熄烛罩形或平底杯形，有的被拉成了梭子形，抠成了漏斗形，塑成了半球形。我遇上了这样的蘑菇，折断后会淌出一种奶汁状的液体；也遇上了这样的蘑菇，捏碎后只消片刻，就变成蓝色的了；还遇上了这样的蘑菇，个头长得特别大，但却已经开始溃烂，腐败处蹿动着蛆虫。

另有一种形状像梨的蘑菇，质地干燥，顶端敞着个小圆口。当我用手指轻轻弹敲它们的鼓肚部分，它们就像小烟囱一样，从圆口里冒出股股烟雾。这情景特别令我感到新奇。我采了许多，装满了一个衣服口袋，有空儿就取出一个冒冒烟玩，一直把里面的烟尘状东西弹敲干净，最后只剩得火绒样的一个小绒球。

这片其乐无穷的小树林，不知给我带来多少轻松和快乐！自从头一回发现了蘑菇，我后来又到小树林去了好多次。在乌鸦们的陪伴下，我在那片林子里完成了从实际中认识蘑菇的学业。不知不觉，我已采集了许多蘑菇；然而，我的收获却不为家人所接受。我们那儿管蘑菇叫“布道雷耳”，得了这么个名字的蘑菇，在家人那里名声不好，他们说它会让人中毒。我实在弄不明白，看上去那么让人喜欢的布道雷耳，怎么会如此险恶。后来，父母给我讲了自己的亲身经验，我才明白了怎么回事。然而即便如此，也丝毫没有妨碍我与这带毒之物保持忘乎一切的亲密关系。

由于我不断光顾山毛榉林，最后总结出自己发现的所有蘑菇分为三个类型。第一类包括的品种最多，这类蘑菇底部都有放射状的页瓣。第二类的朝下一面，生着一层厚垫，垫上有一些肉眼刚刚能看到的细筛眼儿。第三类的表面上分布着许多小尖头儿，样子就像猫舌头上的细小鼓突。我需要一种能帮助记忆的规律性认识，结果便发明了一种分类的方法。

又过了很长时间，无意中有几本小册子落到我手里，这时我才知道，我的三种分类，早有人掌握了；别人甚至还用了拉丁文名称。尽管我不认识拉丁文，但远远没有因此而扫兴。给我提供第一批法文、拉丁文互译练习机会的拉丁文命名，使蘑菇变得高贵起来；那种本堂神甫先生诵说弥撒经文时惯用的古代人说话方式，使蘑菇变得光荣起来；如此这般，蘑菇在我心目中的形象高大起来。为了能使这么高明的称号显示出价值，应该设法让它们具有实实在在的意义。

就在这些书本里，也提到了那种会冒烟的令我非常开心的蘑菇。那种蘑菇名叫“狼放屁”。我觉得这名字难听，没教养似的。紧接着，书里又提到它的一个较为体面的拉丁文命名，叫作“丽高拜东。”谁知这拉丁名看起来是体面些，却不料徒有其表，因为后来有那么一天，我根据拉丁词根构词法才弄清楚，原来“丽高拜东”这个词的意思恰恰就指的是狼放屁。植物史领域具备极为丰富的名词术语，它们并不都适合用法语译明意思。古代人遗赠给我们的东西，不如我们今天留下的东西那么严谨规范，他们的植物学，有许多地方保留着有悖于文明道德的直言无讳式粗鲁风格。

曾几何时，我怀着不为大人所同情的儿童好奇心，独自闯入认识蘑菇的天地；可那尽享稚福的年代，一转眼已经离得如此遥远！“Eheu！fugaces labuntur anni”[①]，贺拉斯是这样感慨的。唔！的确如此，年复一年，光阴似箭，流逝得飞一样快；如今更是如此，眼看它们就要枯竭了。岁月曾经是快乐的小溪，不慌不忙地穿行在柔柳轻条之间，顺着觉不出斜倾的坡面悠然漫步；如今它们已是湍急的激流，无情地冲着一堆老骨头老筋，势不可挡地泻向深渊。光阴稍纵即逝，让我们好好利用它吧。

暮色降临，樵夫赶紧把最后几束柴捆拢起来。和

① 拉丁文，大意是：呜呼！往日年华疾流而逝。

樵夫一样，我这位身在学问森林中的砍柴人，当生命暮色降临的时候，曾想到过把自己的大柴捆整理一番。我对各类昆虫本能的研究还有哪些没有做？粗粗想来，所剩无几；最多还开着几个窗口，窗前那片世界尚未予以足够充分的注意，仍有待探索。

各种各样的蘑菇，从我还是孩童的时代开始，就使我享受到了植物学带来的快乐。然而它们不会有什么好下场。我曾不断到林中去探望它们，即使是今天也依然如此。每逢秋季，只要下午天气怡人，我一定要拖着僵直沉重的步履去拜访它们，什么也不为，就是想和它们重新建立彼此间相互了解的关系。我总是想多看一眼那迷人的景色，一大片玫瑰红色的欧石南地毯上，到处点缀着牛肝菌那硕大的脑袋，伞菌那生动的柱头，还有珊瑚菌那一丛丛、一簇簇绛紫、通红的倩影。

塞里尼昂是我生命的最后一站了。这里的蘑菇毫无保留地向我展示了它们的迷人姿色。附近那些长着成片圣栎树、野草莓树和迷迭香的小山上，居然生着这么多种千姿百态、绚烂多彩的蘑菇。最近几年，这样一笔财富忽然叫我萌发了一种想法，一项走火入魔般的计划。我强烈感到应该采用画模拟像的方法，将我不可能按原样保存在标本集里的东西收集在一起。于是，我开始作画了。周围见得到的所有种类的蘑菇，不管它有多大，也不管它才多小，我都按其自然状态的尺寸绘制下来。水彩画艺术与我不曾有缘。然而这没什么，未曾实践过的事，我就发明创造出来吧。我可以先画得不很好，而后稍微强些，最后就能画好。我想，对于每日一个字一个字写作散文的苦熬生活来说，画笔肯定有散心解闷之妙。

事至如今，我已经成了拥有几百幅蘑菇图的人。住宅周围一带的各种蘑菇，都依原样大小和原色，画在了这些纸上。我这一大本蘑菇图集，是颇有些价值的。如果说它在艺术表现上不够纯熟，可起码是具备准确性的。画集的事传了出去，一到星期日，就有人前来观赏。来者都是乡下的普通人，他们天真地望着一幅幅画，为人手能在既无模子又无圆规的情况下画出这样绝妙的画，感到格外惊讶。他们当即认出了画上的是什么蘑菇，然后告诉我老百姓管它叫什么。这说明，我的画笔还是忠实于观察对象的。

这一厚摞水彩画，是付出那么多劳动才换来的成果，它们将来会变成什么呢？可以想见，最初一段时间，家人将虔诚地保存我这份遗物；然而它们总要成为累赘，从一个壁橱换到另一个壁橱，从一个阁楼塞进另一个阁楼，耗子不断光顾，纸页污迹斑斑，迟早有一天会落到某位远房小孙子手里，被撕成正方形，用来折了纸鸡纸鸟。这是必然的事。我们怀着自己的心愿而特别珍爱过的东西，到头来会凄惨地毁在现实的利爪之下。

（本篇译自原著第十卷）

附　录

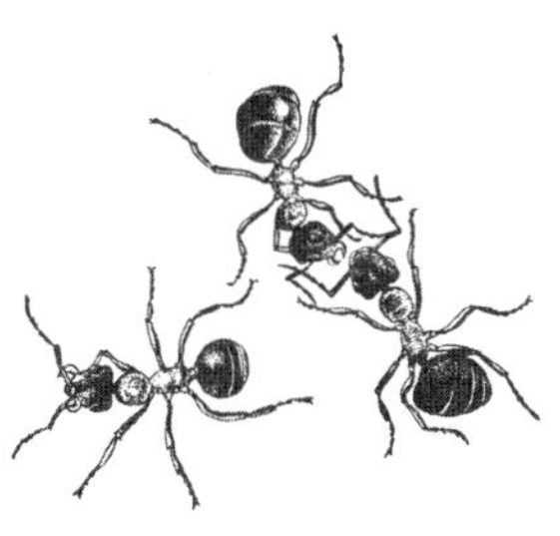

蝉和蚂蚁

（普罗旺斯语原文诗）

LA CIGALO E LA FOURNIGO

I

Jour de Dièu, queto caud! Bèu tèms pèr la cigalo,
    Que, trefoulido, se regalo
D'uno raisso do fiò; bèu tèms pèr la meissoun.
    Dins lis erso d´or, lou segaire,
Ren plega, pitre au vent, rustico e canto gaire:
Dins soun gousiè, la set estranglo la cansoun.

Tèms benesi pèr tu.Dounc, ardit! cigaleto,
    Fai-lei brusi, ti chimbaleto
E brandusso lou ventre à creba ti mirau.
    L'Ome enterin mando la daio,
Que vai balin-balan de longo e que dardaio
L'uiau de soun acié sus li rous espigau.

Plèn d'aigo pèr la péiro e tampouna d'erbiho
    Lou coufié sus l'anco pendiho.

Se la péiro es au frès dins soun estui de bos
    E se de longo es abèurado,
L'Ome barbelo au fiò d'aqueli, souleiado
Que fan bouli de fes la mesoulo dis os.

Tu, Cigalo, as un biais pèr la set: dins la rusco
    Tendro e jutouso d'uno busco,
L'aguio de toun bè cabusso e cavo un pous.
    Lou sirò monto pèr la draio.
T'amourres à la fon melicouso que raio,
E dòu sourgènt sucra bèves lou teta-dous.

Mai pas toujour en pas, oh! que nàni: de laire,
    Vesin, vesino o barrulaire,
T'an vist cava lou pous.An set; vènon, doulènt,
    Te prène un degout pèr si tasso.
Mesfiso-te, ma bello: aqueli curo-biasso,
Umble d'abord, soun lèu de gusas insoulènt.

Quiston un chicouloun de rèn; pièi de ti resto
    Soun plus countènt, ausson la testo
E volon tout.L'auran.Sis arpioun en rastèu
    Te gatihoun lou bout de l'alo.
Sus ta larjo esquinasso es un mounto-davalo;
T'aganton pèr lou bè, li bano, lis artèu;

Tiron d'eici, d'eilà.L'impaciènci te gagno.
    Pst! pst! d'un giscle de pissagno
Aspèrges l'assemblado e quites lou ramèu.
    T'en vas bèn liuen de la racaio,

Que t'a rauba lou pous, e ris, e se gougaio,
E se lipo li brego enviscado de mèu.

Or d'aqueli boumian abèura sens fatigo,
    Lou mai tihous es la fournigo.
Mousco, cabrian, guespo e tavan embana,
    Espeloufi de touto meno,
Costo-en-long qu'à toun pous lou souleias ameno,
N'an pas soun testardige à te faire enana.

Pèr t'esquicha l'artèu, te coutiga lou mourre,
    Te pessuga lou nas, pèr courre
A l'oumbro de toun ventre, osco! degun la vau.
    Lou marrit-péu prend pèr escalo
Uno patto e te monto, ardido, sus lis alo,
E s'espasso, insoulènto, e vai d'amont, d'avau.

II

    Aro veici qu'es pas de crèire.
    Ancian tèms, nous dison li rèire,
Un jour d'ivèr, la fam te prenguè. Lou front bas
    E d'escoundoun anères vèire,
Dins si grand magasin, la fournigo, eilàbas.

    L'endrudido au soulèu secavo,
    Avans de lis escoundre en cavo,
Si blad qu'avié mousi l'eigagno de la niue.
    Quand èron lest lis ensacavo.

Tu survènes alor, emé de plour is iue.

Lè disés: 《Fai bèn fre; l'aurasso
D'un caire à l'autre me tirasso
Avanido de fam.A toun riche mouloun
Leisso-me prène pèr ma biasso.
Te lou rendrai segur au bèu tèms di meloun.

《Presto-me un pau de gran》Mai, bouto,
Se cresès que l'autro t'escouto,
T'enganes.Di gros sa, rèn de rèn sara tièu.
《Vai-t'en plus liuen rascla de bouto;
Crebo de fam l'ivèr, tu que cantes l'estièu.》

Ansin charro la fablo antico
Pèr nous counséia la pratico
Di sarro-piastro, urous de nousa li courdoun
De si bourso.—Que la coulico
Rousiguè la tripaio en aqueli coudoun!

Me fai susa, lou fabulisto,
Quand dis que l'ivèr vas en quisto
De mousco, verme, gran, tu que manges jama
De blad! Que n'en fariès, ma fisto!
As ta fon melicouso e demandes rèn mai.

Que t'enchau l'ivèr! Ta famiho
A la sousto en terro soumiho,
E tu dormes la som que n'a ges de revèi;

Toun cadabre toumbo en douliho.
Un jour, en tafurant, la fournigo lou vèi.

De ta magro péu dessecado
La marriasso fai becado;
Te curo lou perus, te chapouto à moucèu,
T'encafourno pèr car-salado,
Requisto prouvisioun, l'ivèr, en tèms de nèu.

Ⅲ

Vaqui l'istori veritablo
Bèn liuen dòu conte de la fablo.
Que n'en pensas, canèu de sort!
—— O ramaissaire de dardeno,
Det croucu, boumbudo bedeno
Que gouvernas lou mounde emé lou coffre-fort.

Fasès courre lou bru, canaio,
Que l'artisto jamai travaio
E dèu pati, lou bedigas.
Teisas-vous dounc: quand di lambrusco
La Cigalo a cava la rusco,
Raubas soun bèure, e pièi, morto, la rousigas.

《昆虫记》1—10卷

原著目录总览

卷　一

卷　二

菁　15.西达丽芫菁的一期幼虫　16.芫菁的一期幼虫　17.过变态

卷　三

1.土蜂　2.难对付的食物　3.金匠花金龟的幼虫　4.土蜂制造的难题　5.各种寄生虫论　6.寄生理论　7.垒筑蜂们的艰辛　8.虫类的痫病　9.褶翅小蜂　10.另一类钻探工　11.幼虫的二态性　12.象甲虫　13.三种芫菁　14.变换食谱　15.戳一下变形论　16.依性别配食量　17.泥叶蜂　18.雌雄性别比例的分配　19.母虫决定虫卵的性别　20.卵的排列方法

卷　四

1.伯罗奔尼撒虫　2.伯罗奔尼撒虫的食物　3.本能的变异　4.燕子与麻雀　5.本能及识辨力　6.节约体力　7.切叶蜂　8.黄斑蜂　9.采树脂的虫类　10.筑蜂巢的蜾蠃　11.吃蜜蜂的泥蜂　12.泥蜂的技巧　13.土蜂的技巧　14.黑红蛛蜂　15.异议及回答　16.蜂毒　17.天牛　18.树蜂问题

卷　五

前言　1.圣甲虫的粪球　2.圣甲虫的小梨　3.圣甲虫的造型术　4.圣甲虫的幼虫　5.圣甲虫蛹及成虫离窝　6.阔颈金龟及裸胸金龟　7.西班牙蜣螂及其产卵　8.西班牙蜣螂及母虫习俗　9.食尸虫　10.埋粪虫

与环境卫生　　11.埋粪虫做窝　　12.埋粪虫的幼虫　　13.蝉和蚂蚁的寓言　　14.蝉出地洞　　15.蝉虫变形　　16.蝉的鸣响　　17.母蝉产卵和蝉卵的孵化　　18.螳螂猎食
19.螳螂恋爱　　20.螳螂造巢　　21.螳螂卵的孵化　　22.椎头螳螂

卷　六

1.西绪福斯虫与父性本能　　2.月光蜣螂
3.论祖传　　4.我的学校　　5.潘帕斯草原食粪虫　　6.昆虫的着色　　7.葬尸虫埋肉
8.葬尸虫及经验问题　　9.白面螽斯的习俗
10.白面螽斯产卵和卵的孵化　　11.白面螽斯的发声器　　12.绿螽斯　　13.蟋蟀的地洞和卵　　14.蟋蟀的鸣响与交配　　15.蝗虫的角色和蝗虫的发声器　　16.蝗虫产卵　　17.蝗虫的最后一次脱皮　　18.松毛虫产卵及卵的孵化　　19.松毛虫的巢室与社会　　20.结串而行的松毛虫　　21.松毛虫的气象学
22.松毛虫蛾　　23.松毛虫引起的刺痒
24.野草莓树上的肉虫　　25.一种昆虫病毒

卷　七

1.大头黑步甲　　2.装死　　3.催眠与自杀
4.老象虫　　5.色斑菊花象　　6.熊背菊花象
7.植物性本能　　8.象态象　　9.坚果象
10.杨树象　　11.葡萄象　　12.其他卷叶虫类
13.黑刺李树象　　14.叶甲虫　　15.叶甲虫（续篇）　　16.白沫叶蝉　　17.锯角叶甲

18.锯角叶甲的卵　19.池塘　20.石蛾
21.普赛克蛾产卵　22.普赛克蛾的外套
23.大孔雀蛾　24.条斑小费蚊　25.嗅觉问题

卷　八

1.金匠花金龟　2.豌豆象产卵　3.豌豆象幼虫　4.花生豆象　5.椿象　6.花脸猎蝽　7.食客隧蜂　8.看门人隧蜂　9.单性生殖的隧蜂　10.笃耨香树蚜虫　11.笃耨香树蚜虫迁移　12.笃耨香树蚜虫的交配及虫卵　13.以蚜虫为食的虫类　14.绿蝇　15.麻蝇　16.腐阎虫及皮蠹　17.珠皮金龟　18.昆虫的几何学　19.胡蜂　20.胡蜂（续篇）　21.蜂蚜蝇　22.受惊的圆网蛛　23.纳尔包讷狼蛛

卷　九

1.纳尔包讷狼蛛的地洞　2.纳尔包讷狼蛛的家庭　3.纳尔包讷狼蛛的攀缘本能　4.幼蛛群出巢　5.蜘蛛与螃蟹　6.圆网蛛织网　7.圆网蛛，我的邻居　8.圆网蛛的黏性陷阱　9.圆网蛛的电报线　10.圆网蛛的蛛网几何学　11.圆网蛛交尾与猎食　12.圆网蛛的个人财产　13.数学忆事：牛顿二项式　14.数学忆事：我的小桌　15.蜘蛛迷失方向　16.兜圈的蜘蛛　17.朗格多克蝎的栖驻地　18.朗格多克蝎的食性　19.朗格多克蝎的蝎毒　20.朗格多克蝎幼虫的免疫力　21.朗

格多克蝎婚恋序幕　22.朗格多克蝎的交配　23.朗格多克蝎的家庭　24.蜡衣虫　25.圣栎胭脂虫

卷　十

1.大力神埋粪虫的地洞　2.大力神埋粪虫的第一个观察器　3.大力神埋粪虫的第二个观察器　4.大力神埋粪虫的道德　5.球象　6.木蠹蛾　7.牛蜣螂的隔室　8.牛蜣螂的幼虫和蛹　9.松树鳃角金龟　10.沼泽地鸢尾象　11.素食昆虫　12.小矮子昆虫　13.说反常　14.金步甲的食性　15.金步甲的婚俗　16.肉蓝蝇产卵　17.肉蓝蝇蛆　18.以蛆为食的寄生虫　19.童年忆事
20.昆虫与蘑菇　21.值得记住的一课
22.工业化学
补遗：1.萤火虫　2.菜青虫

法布尔传略

法布尔，全名若盎-昂利·卡西弥尔·法布尔（Jean-Henri Casimir Fabre），通常称作若盎-昂利·法布尔。

1823年12月21日，法布尔降生在法国南方阿韦龙省圣雷翁村一户农民家中。其父安杜瓦纳·法布尔能言善辩，好鸣不平；其母维克陶尔·萨尔格性情温顺，和蔼可亲。但他们是个山乡穷户。

法布尔四岁左右，父母送他到祖母家生活，暂时减轻家庭衣食负担。天真的孩子爱上了祖母家的白鹅、牛犊和绵羊，迷上了户外大自然中的花草虫鸟。

长到七岁，父母接他回家，送他进了村里的小学。校舍条件极其简陋，一间正规房间，一间房顶阁楼。正规房间既当教室，又作厨房、饭堂和睡房，门外就是鸡窝猪圈。老师虽有责任心，却经常无法正常教书，因为他还兼任着本村的剃头匠，旧城堡管理员、敲钟人、唱诗班成员和时钟维修工。

初入学堂，法布尔很不适应，二十六个法文字母让他花了比别人多几倍的时间，但小法布尔求知欲望格外强烈。他常有机会跑到乡间野外，每次回来，兜里装满了蜗牛、贝壳、蘑菇或其他植物、虫类。

大人一心向往城市生活。法布尔十岁时，小学还没读完，只好随全家迁到本省的罗德茨市去住。父母在那里开了个小咖啡馆，同时安排酷爱学习的小法布尔去罗德茨中学，只随班听课，不在校食宿。这期间，为交足学费，法布尔每逢星期日便去教堂，为弥撒活动做些服务工作，挣回少许酬金。整个中学阶段，法布尔家为生计所迫，几度迁居，又先后在上加龙省的图卢兹市和埃罗纳省的蒙彼利埃市落脚。少年法布尔不得不出门做工谋生，致使中学无法正常读下来。他抓紧一切时间自学，强记勤问。到了十七岁那一年，他只身报考沃克吕兹省阿维尼翁市的师范学校，结果被正式录取。

从阿维尼翁师范学校毕业后，法布尔谋得同省卡庞特拉市立学校教师职位，从此开始了长达二十余年

圣雷翁村的法布尔出生故居

旺杜峰山腰间的羊圈

的小学和中学教师生涯。1842—1849年，他在卡庞特拉市立学校小学部教授数学和自然课，担任分校主管，先后工作七年。其后三年，在海外省科西嘉的阿雅克修中学教授物理课。自1853年起，他返回法国本土，在阿维尼翁中学担任物理、化学教师，一干又是十三年。

初任小学教师，有一次带学生上户外几何课，忽然在石块上发现了垒筑蜂和蜂窝，被城市生活禁锢多年的“虫心”顿时焕发。于是他花了一个月的工资，买到一本昆虫学著作，细读之后，一种抑制不住的强大动力萌生了：他立志做一个为虫子书写历史的人。那一年他十九岁。

研究昆虫的决心下定了，但维持生存的职业是教书，法布尔仍须为现实问题苦斗。他先参加有关部门组织的会考，拿到高中毕业资格的业士证书。以后又坚持业余自修，通过各门考试，取得大学资格的物理数学学士学位。在科西嘉岛任教期间，他一面努力教课，一面利用业余时间做动植物观察和记录。被调回阿维尼翁两年后，法布尔仍靠自学，取得自然科学学士学位。又过一年，三十一岁的法布尔以两篇优秀学术论文的实力，一举获得自然科学博士学位。两篇论文的题目分别是：《关于兰科植物节结的研究》，《关于再生器官的解剖学研究及多足纲动物发育的研究》。他怀中揣着一个理想：有朝一日能讲大学的课。

就在同一年，他在《自然科学年鉴》发表了长期积累的成果——《节腹泥蜂习俗观察记》。《观察记》博得广泛赞赏，法布尔出色的观察才能令人折服，人们公认他不仅纠正了以往权威学者的错误，弥补了前人的疏漏，而且阐发了独到的见解。法布尔的昆虫学文章，开始引起人们的注意。三十四岁那一年，他发表了关于鞘翅昆虫过变态问题的研究成果，学术质量之精、理论意义之大，令同行刮目相看。法兰西研究院向他颁发了实验生理学奖金，肯定他对活态昆虫的研究具有不同于昆虫结构解剖学的价值。这位年轻的法国人，引起英国生物学家达尔文的关注。待1859年《物种起源》问世时，人们读到，达尔文称法布尔是"难以效法的观察家"。

博学的法布尔老师，又发现一种从茜草中提取红色染素的工艺，当地政府准备采用他的技术。可是没想到，经过数年周折，工厂主最终建造的是一个人工合成茜红色染料的车间，没有实现他想利用茜草自然资源的"工业化学梦"。这期间，帝国教育部曾以杰出教师的名义为他授勋，主要表彰他在教师岗位上也能从事自然科学研究；他为此还受到拿破仑三世几分钟的接见。放弃化工计划后，为实施教育部长教学改革方案，增设自然课内容，法布尔给女大学生不定期作了一些讲座，听课者越来越多。出于保守、偏见和妒嫉，一群有身份的政界、教育界人物无端指责他是“具有颠覆性的危险人物”，宗教界顽固派攻击他“当着姑娘的面讲植物两性繁殖”。最后由房东出面，强令法布尔全家搬走。法布尔决定离开阿维尼翁这座城市，决心今后再也不想登什么大学讲台。这一年是1870年，正值普、法战争，四十七岁的法布尔老师无以为生计。

法布尔携妻室子女进入沃克吕兹省境内，在奥朗日市找到一处安身的家。先丢了饭碗，再花销路费，生活更没了着落。一向腼腆的法布尔破天荒开口“求钱”，向只有几面之交的英国著名哲学家密尔（旧译“穆勒”）诉苦，这位英国朋友几年来侨居阿维尼翁。密尔先生慷慨解囊，法布尔一家度过难关。此后五年间，法布尔主要以撰写自然科学知识读物为生，他的

法布尔和他的小桌

卓越文才开始显露出来。他出版了不少读本，其中包括《天空》、《大地》、《植物》等讲解性课本作品，也包括《保尔大叔谈害虫》这样的系列故事性科普作品。

1879年，长期思考后，法布尔决定远离城市喧嚣，加紧实现整理旧资料、开展新研究的昆虫学工作计划。他用积攒下的一小笔钱，在乡间小镇塞里尼昂买下一处座落在生荒地上的老旧民宅，进一步研究活虫子的计划即将变成现实。他带领家人，迁往塞里尼昂。小镇各方面条件较差，甚至没有像样的学校。他鼓励小儿子：在这里能炼出强壮的身体和强健的头脑，比在故纸堆里更能发现美和真。就在这一年，整理二十余年资料而写成的《昆虫记》第一卷，终于问世。此时他已经五十六岁。

有了开展昆虫学研究的基地，法布尔精神舒畅，用当地普罗旺斯语给这处居所取了个风趣的雅号——荒石园。年复一年，“荒石园”主人穿着农民的粗呢子外套，吃着普通老百姓的清汤淡饭，尖镐平铲刨刨挖挖，于是，花草争妍，灌木成丛，一座百虫乐园建好了。他守着心爱的“荒石园”，开足生命的马力，不知疲倦地从事独具特色的昆虫学研究，把劳动成果写进一卷又一卷的《昆虫记》。他就是这样，孤独、欢欣、清苦、平静地度过了三十五年余生。

《昆虫记》是以大量科学报告材料和文学气质艰苦写成的巨著，文体基本为散文，主体内容集中在昆虫学问题上，同时收入一些讲述经历、回忆往事的传记性文章，若干解决理论问题的议论，以及少量带科普知识性的文字。一位饱经沧桑、追求不止的昆虫学探索者的优势，在这部巨著中得到充分发挥。十卷二

法布尔荒石园故居

百二十余篇，内容丰富自有公论；可其工程之艰难，恐怕只有作者本人才最清楚。法布尔这样说："散文写作"可比求解方程根来得"残酷"。

第十卷脱稿时，他原来不打算把《菜青虫》、《萤火虫》两篇编进去，因为这两篇是为计划之中的第十一卷写的。就在这时候，他意识到自己八十五岁的老身子骨支撑不住了，而且耳聩眼花手僵到难以正常写作的地步。最后，他心中埋着"第十一卷"的念头，毅然将两篇文章定为第十卷的增补篇。1907年，他已过八十三岁，第十卷终于问世。他抱着书，挂着拐杖，装上放大镜，一步三摇在"荒石园"中，仍想再把《昆虫记》写下去……但老人的心愿难以实现了。

1910年4月，勒格罗博士以庆祝法布尔从事昆虫学工作五十年为名，邀集法布尔的挚友和学界友好来到

与老同行在荒石园幸会

“荒石园”，为他举行一次小型庆祝会。法布尔备感安慰，热泪盈眶。消息传出，舆论界大哗大惊：法国人居然把隐居“荒石园”中的这位值得骄傲的同胞忘得如此轻松！法布尔不在乎这“疏忽”，他正开始筹划出版全十卷精装本《昆虫记》，并亲自为这一版本写下一篇短短的序言。序言结尾是这样几句话：“非常遗憾，如今我被迫中断了这些研究。要知道从事这些研究，是我一生得到的惟一仅有的安慰。阅尽大千世界，自知虫类是其最多姿多采者中之一群。即使能让我最后再获得些许气力，甚至有可能再获得几次长寿人生，我也做不到彻底认清虫类的益趣。”

新闻界造起宣传声势，“法布尔”的名字四处传扬；“了不起”、“最杰出”、“伟大”一类赞扬声此起彼伏，荣誉桂冠一个接一个飞向老人；“荒石园”热闹非凡，赶往参观、慰问、祝贺的人群络绎不绝，其中有普通读者，有学术要人，也有轿车成行的政府官员。能令法布尔为之动心的消息只有一个：那一年里，自己作品销出的册数，是此前二十年的总和。后来，法布尔的小石膏像四处出现；再后来，法布尔的大型塑像相继剪彩揭幕。老人一辈子未识光彩荣耀为何事，此时下意识地摇着头，颇有莫名其妙之感。近九十岁的老翁，操着诙谐的口吻对老朋友说："这些作法，也太'神乎'了。他们爱怎么着就怎么着吧，反正我是感到，自己一天比一天憔悴，一天比一天临近末日。"

离九十二岁生日只差两个月了，法布尔卧在床上，静候生命里程这又一标志性日子的到来。那是1915年10月11日，他平静得像一位藐视死神的勇士。这时候人们发现，他已悄悄地长眠了。一位以昆虫为琴拨响人类命运颤音的巨人，从此消失。

法布尔去世不到十年，十卷精装本《昆虫记》出齐。他的女婿勒格罗博士，将介绍他一生的文章结集出版，续作"《昆虫记》第十一卷"。

法国文学界于1911年以"昆虫的维吉尔"为称号，推荐他为诺贝尔文学奖候选人。可惜诺奖委员们还没来得及做最后决议，便传来法布尔已经离世的消息。然而，这一光荣称号被人们传颂开来。

人们曾称法布尔是"昆虫观察家"，到晚年公认他为"昆虫学家"；他去世后，人们在一段时间里称他为"昆虫学家、作家"，后来又把他称作"作家、昆虫学家"。这种变化表明，随着时间的推移，人们对法布尔价值的认识，发生了从重其自然科学性到重其人文精神性的深刻变化。

法布尔生前所获主要奖项及荣誉

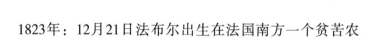

1823年：12月21日法布尔出生在法国南方一个贫苦农户。

1856年（三十三岁）：获“蒙第雍奖”，该奖为法兰西研究院颁发的实验生理学奖项。

1859年：获“茜草假性褪色”公开论证活动头奖。

1866年：获“道尔奖”，旨在资助昆虫习性与解剖研究的国家昆虫学基金奖项。

1873年（五十岁）：获法国动物保护协会颁发的银质奖章。

1878年：获举世瞩目的巴黎“万国博览会”银质奖章。

1887年（六十四岁）：成为法国科学院通讯院士。

获法国昆虫学会“道尔福斯”研究成就奖。

1889年：获法国科学院的“波第–道尔姆阿”自然科学研究奖。

1892年（六十九岁）：成为比利时昆虫学会荣誉会员。

1902年：先后成为俄国昆虫学会、法国昆虫学会、伦敦昆虫学会、斯德哥尔摩昆虫学会会员。

1903年（八十岁）：获法国科学院“日奈奖”，该奖项宗旨为：“奖励一位从事有利于积极意义的科学取得进步的，坚持严肃认真工作的杰出学者”。

1905年：再获法国科学院“日奈奖”。

1907年：三获法国科学院“日奈奖”。

1909年：四获法国科学院“日奈奖”。

1910年：获斯德哥尔摩科学院“林奈奖”。

成为日内瓦科学院正式院士，并获荣誉骑士称号。

获法兰西学院“阿尔福莱德·内奖”，该奖项宗旨为：“奖励无论形式写法还是思想内涵都最为独特的作品”。

1911年：五获法国科学院“日奈奖”。

1912年：六获法国科学院“日奈奖”。

1913年：七获法国科学院“日奈奖”。

1914年：八获法国科学院“日奈奖”。

1915年：10月11日逝世，终年九十二岁。

法布尔《昆虫记》

（1992年版序）①

作家出版社委托王光同志选译法国作家法布尔的《昆虫记》，要求我给王君的译本写几句前言。我觉得首先应当声明的是，王君的新译本是从《昆虫记》法文原书一字一句忠实的直译，而不是从英文或日文译本转译，更不是将法布尔的名著《昆虫记》改写成浅显易读的儿童读物。

将法国作家JEAN-HENRI FABRE（1823—1915）的姓名音译为法布耳，将庞然大物的十卷巨著《SOUVENIRS ENTOMOLOGIQUES》（法文直译应为《昆虫学回忆录》）简译为《昆虫记》，这在中国是谁开始的？我记得是鲁迅先生开始的。鲁迅在“五四”以前已经在他文章中提起过“法布耳”的《昆虫记》。想必当时他所根据的材料是日文。我没有时间去查书，不敢说我的记忆正确无误。

---

① 这是罗大冈先生为1992年版撰写的序文。受当时条件所限，文中个别史实尚难做到绝对详实无误。然而，罗大冈先生这篇序文对法布尔《昆虫记》在中国的译介、传播产生过十分积极的作用，故视为历史文献而全文附于2008年版。

近日我偶然碰见一位北京某高校的四年级学生。她见我正在起草《昆虫记》译本序言，不觉脱口而出："法布尔的《昆虫记》!"我惊讶地问她："你看过这部书吗？什么时候看到的?"她说："在中学时。"我问她："在初中还是高中?"她说："大概是在初中。"我问她："是课外读物，还是初中语文教科书上的选文?"她说："记不清了。"我又问她："你喜欢读《昆虫记》吗?"她说："很喜欢，所以一直没有忘记。"

这就够了；这位同学提供的情况证明至少在十多年前，我国已经有《昆虫记》译本。而且流传相当广，所以中学生能接触到，中学生读了感兴趣，这起码说明此书有广泛的读者。

《昆虫记》在中国有这样的影响，可见它在国际间有一定的地位。《昆虫记》在法国自然科学史与文学史上都有它的地位，也许在文学史上的地位比它在科学史上地位更高些。

《昆虫记》是怎样的一部书？法布尔以毕生的时间与精力，详细观察了昆虫的生活和为生活以及蕃衍种族所进行的斗争。然后以其观察所得记入详细确切的笔记，最后编写成书。法布尔的目的似乎首先在于让人类认识和理解极其丰富繁杂的昆虫世界，而且希望人们能正确和准确地熟悉昆虫的生活。《昆虫记》十大册，每册包含若干章，每章详细、深刻地描绘一种或几种昆虫的生活：蜘蛛、蜜蜂、螳螂、蝎子、蝉、甲虫、蟋蟀等等。作者的意图似乎并不急于建立一个科学理论体系，例如英国生物学家达尔文（DARWIN，1809—1882）所建立的物种源流论，或称为变形论（TRANSFORMISME），其著名的结论之一就是：人是从猿猴逐渐变形而成的。

法布尔始终反对变形论这种学说。人们说法布尔有一大优点，那就是，凡是他没有亲眼看见的事实，他决不写在书中，他决不人云亦云。同时，法布尔的缺点也就在于，他把自己目睹的事实、现象，写在他的书中，却不问在他以前是否已经有别人目睹同样的事实或现象。好像只是他，法布尔，第一个看到、发现这种事实或现象。其实昆虫世界里的珍奇现象，完全是由法布尔首先发现，这是不可能的。可是《昆虫记》就不免给人这种不可能实有的错觉。人们说："法布尔未免太天真了。"《昆虫记》中表现作者太天真之处，当然不止一处两处。

《昆虫记》之所以受读者广泛欢迎，主要由于它有两大特点：（一）它记载的情况真实可靠，详细深刻；（二）文笔精练清晰。《昆虫记》没有一般文学作品、一般抒情散文搔首弄姿的俗态。《昆虫记》文风质朴，别有风趣，自成一格，所以能够成为传世之作。在法国十八、十九世纪，热衷于把自己的科学研究成果写成文学式著作的生物学家，多到不可胜数，何止法布尔一人？可是只有法布尔的《昆虫记》流传最久最广，这绝非偶然。法国生物学家兼文学家的典型创始人是十八世纪的布封（BUFFON，1707—1788）。

布封是生物学家兼文学家，他曾经翻译过英国学者牛顿的著作，名闻法国。稍后他担任巴黎王家植物园园长之职。这个植物园其实兼动物园，其中除珍稀植物之外，还养着许多动物，包括狮虎之类的大野兽。当时有人劝布封把园中动植物系统研究之后，编写一部动植物大百科全书。于是布封就尽大半生时间与精力写了一部总名为《自然史》的巨著，听说布封去世时，他的《自然史》已写了三十六卷，尚未全部完成。布封在生物学及文学两方面均有相当大的成就。在法国文学史上也有布封的一席之地。

“文如其人”这句名言就出于布封笔下。布封曾经发表过一篇传诵一时的《风格论》，也许就是他三十六卷《自然史》的前言。他大致宣称：我这部著作中的思想学理是不足为奇的，因为人间的科学研究日新月异，不断进步。我的科学理论不久后一定为后人的研究成果所超越。能流传后世的，不过是我的文章而已。因为风格即本人（法文原话：LE STYLE C'EST L'HOMME。这句法文直译应作“风格就是人”）。我们过去一贯用“文如其人”将布封名言译成汉语。布封的原意是说：我的文风无法改变，如别人勉强加以改变，那就不再是我写的文章了。布封立意在文章的风格上用功夫，企图把他科学思想与文章的艺术融合起来，使他的巨著《自然史》有艺术价值。那么即使后之来者在科学思想方面超过布封，他的著作仍将流传后世，因为它的艺术因素后人不能改变，也就不能超越，所以他的著作将是不朽的。法国有许多生物学家体会布封的用意，他们在写科学著作时，也在文章的风格（即艺术性）方面用功夫。《昆虫记》作者法布尔就是这样一位生物学家，他显然在文章风格上没有少用功夫。他获得了不小的成就。他的《昆虫记》十巨册（或十一巨册）今天虽然没有机会再版，可是法国还常有《昆虫记》的选本出版。然而布封的《自然史》三十六册，今天就没有听说有什么人在出版选本，更不用说全书再版了。可见《自然史》的读者远不如《昆虫记》读者广泛。

《昆虫记》第一册发表于一八七九年，当时作者已经五十六岁。最后一册，即第十册，发表于一九

○七年，离法布尔去世仅八年。在我曾经过目的资料中，都说《昆虫记》全十册，只有一种资料说《昆虫记》全十一册。估计最后一册是法布尔逝世之后由他人补编的法布尔遗稿杂集。我记得大约在一九五二年，我在北京一个大半生侨居中国的老法国人（他是医生）家中，亲眼看见一部法布尔的《昆虫记》全十一巨册。每册大小与厚度，相当于我国近年来修订再版的四卷本《辞海》的一本。据说，北京图书馆收藏的法布尔《昆虫记》法文原书一部，也是十一巨册。既然第十册出版于一九○七年，那么第十一册最早也只能出版于法布尔逝世前的最后八年。据我过目的关于法布尔的各种传记材料提供的情况，去世前几年的法布尔衰老多病，已经没有精力继续对昆虫的观察研究工作，也没有精力执笔写文。那么第十一册《昆虫记》所收材料的内容是什么呢？我没有条件回答这一问题，因为，说实话，我并没有完全阅读过十巨册的《昆虫记》，更没有阅读过第十一巨册。我只读过一九六一年巴黎出版的《昆虫记》选本，共四小册。此外，我阅读过一九八○年巴黎弗朗索瓦·玛斯贝罗出版社出版的《昆虫学漫步》，是篇幅约三百页的选本。《昆虫学漫步》中收有一篇自传体的长文，题为《祖传影响》（法文L'ATAVISME，也可以译为《隔代遗传》），这篇自传一开端就说英国生物学家达尔文夸奖法布尔是“无与伦比的观察家”。虽然法布尔说他对达尔文的奖誉觉得受之有愧，但还是表示愿意接受达尔文对他的夸奖，并且感谢达尔文对他的鼓励。法布尔是学者，他可以接受别人对他的赞美和夸奖，但决不轻易放弃自己的学术见解而接受夸奖者的见解。

在《祖传影响》一文中，法布尔详细叙述了他童年和少年时期家中生活非常困苦，几乎温饱不能保障。好不容易他上完了小学课程，中学课程他几乎是自学的，因为家贫无钱供他上学，高中毕业会考及格之后，他才能设法自立，勤奋工作，养活自己。他当了多年小学教师，生活十分清苦。这时期，他对观察昆虫生活，研究昆虫世界复杂微妙的喜怒哀乐现象，已有很高的兴趣和锲而不舍的强烈意愿。这种兴趣和意愿，与法布尔自己所受的祖传影响显然是毫无关系的。青年的法布尔可能把他自己看作昆虫。在十分复杂、冷酷无情的大自然环境中，坚韧不拔地为个体与族类的生存而斗争，这就是昆虫的本性；而法布尔则为他的学术研究与文学工作的理想，至死不屈地进行奋斗。法布尔的天性与一个渺小的昆虫有相同之处，可是与他祖先并无一脉相通的痕迹。由法布尔看来，昆虫求生存的艰苦曲折的斗争，它们在斗争中表现的一切令人想不到的敏慧反应，是昆虫本身生理结构形成的条件，是它们的本能与直觉的表现，而不是为了适应客观环境，逐步变形而成的结果。《祖传影响》这篇自传性的论文，充分说明法布尔对昆虫学研究的热情与智慧，完全是本人的天性，与祖传影响毫无关系。他借此彻底反对达尔文的变形论与适应论。《祖传影响》一文的最后一句是惊人的结论："本能就是天才。"《昆虫记》所表述描绘的是昆虫为生存而斗争所表现的妙不可言的、惊人的灵性。法布尔强调本能与直觉，与盛行于十九世纪末叶、二十世纪初年的柏格森（1859—1941）强调直觉（INTUITION）的哲理，可能并非毫无相通之处。《昆虫记》作者被当时法国与国际学术界誉为"动物心理学的创导人"，简言之，《昆虫记》着重描写了昆虫这种渺小动物的"灵性"。昆虫尚且有“灵性”，何况人类呢？难道人类一定要从猿猴身上传受变形的影响，才能够有一点点“灵性”吗？人类的“天才”也是从猿猴身上传下来的吗？

法布尔大半生默默无闻地过着勤奋刻苦的学者生活。他依靠小学教师和稍后中学教师的菲薄工资为生。他一生希望能得到大学教授的讲座，改善生活，对他的昆虫学研究形成更有利的条件。但是他始终没有能登上大学的讲坛，因为没有要人推荐。到晚年，法布尔用一生积蓄的一点钱在荒僻的乡间买了一块园地，园中修建一所简陋的住宅，这样，他在园中及屋内布置昆虫笼子和实验室，从此他专心致志观察昆虫，研究昆虫，埋头苦干，不求名利。那时期，也许他年已六十岁以上，已经从学校退休了。那时期是他一生的黄金时期（可惜晚了一点），他出版《昆虫记》最后几卷的时期，也是他实至名归、名声大振的时期。不但在法国他已赢得为数众多的读者，即便在欧洲各国，在全世界，《昆虫记》作者的大名也已为广大读者所熟悉。文学界尊称他为“昆虫世界的维吉尔”。法国学术界和文学界推荐法布尔为诺贝尔文学奖的候选人。可惜没有等到诺贝尔奖委员会下决心授予法布尔诺贝尔奖，这位歌颂昆虫的大诗人，“昆虫世界的维吉尔”已经瞑目长逝了。

法布尔《昆虫记》的文风优美并不在于修词琢句和雕虫小技，而表现于作者的人品。所谓“风格即人”其实应当说“风格即人格”。一个人格猥琐的作家，不论他有多大文字上的功夫，多大的“才华”，也创作不成高尚的作品。法布尔出生于法国南省的穷乡僻壤，从小过着极其穷困的生活。他在劳苦大众的怀抱中长大，理解劳苦人民，同情劳苦人民。他以同情劳苦人民的心去同情渺小的昆虫。他怀着对渺小生命的尊重与热爱去描写（甚至歌颂）微不足道的昆虫。这就是《昆虫记》充满人情味的理由。《昆虫记》充满对昆虫的爱，对微小生命的爱，所以使广大读者深受感动。我们应当从这个角度去理解《昆虫记》是科学理论与艺术因素相融合的艺术意义，而不应当单纯理解《昆虫记》文字技巧的高妙。《昆虫记》的文字技巧并不特别细巧，它的特点是朴素与真实。而单纯文字技巧高妙，并不一定能产生深刻动人的作品。《昆虫记》是作者以真诚的心写成的真诚的作品。用这样朴实真诚的文笔去写别的题材也可以感动读者，写昆虫就取得了这样的效果，这是完全自然的，丝毫没有令人难以理解的理由。

罗大冈
1992年4月于北京

法布尔精神

（1997年版序）

“你知道法布尔写的《昆虫记》吗?”我问一些自称知道有“法布尔”这么个人的人。六十岁一代说：“可能是少儿读物吧。”四十岁一代说：“好像是科普小品。”二十岁一代说：“我们觉得是观察记录，法布尔他是个昆虫迷。”这是八年前的事，当时我刚读完十卷本原著。我怀疑人们真的读到了《昆虫记》，当然，这指的是忠实反映原著基本特征的中文译本。就这样，我开始选译一本《昆虫记》。三年过后，译本与读者见面。读者意见传回来：有人说“是好书”；有人说“品位高，有意思”；有人说“会读的读得出意味”；也有人说“法布尔这个人很不简单”。远方读者来信索书，其中有位女大学生表达自己心情：时下校园中追逐物质成风，太缺乏这种纯洁的精神食粮。

细想起来，以上事实起码从一个侧面，反映出了半个多世纪来中国读者不同时期对《昆虫记》的认识。看得出，人们越来越了解《昆虫记》的真面目，越来越深入这部杰作的精髓。我想，如今这个经过修订、充实后再版的译本，会进一步准确地展现十卷本原著的特质和整体风貌。

平心而论，我们今天能读到《昆虫记》这样一部作品，是件很幸运的事。把毕生从事昆虫研究的成果和经历用大部头散文的形式记录下来，以人文精神统领自然科学的庞杂实据，虫性、人性交融，使昆虫世界成为人类获得知识、趣味、美感和思想的文学形态，将区区小虫的话题书写成多层次意味、全方位价值的巨制鸿篇，这样的作品在世界上诚属空前绝后。没有哪位昆虫学家具备如此高明的文学表达才能，没有哪位作家具备如此博大精深的昆虫学造诣；况且，那又是一个令群情共振的雨果、巴尔扎克、左拉文学时代，一个势不可当的拉马克、达尔文、魏斯曼生物学时代。若不是有位如此顽强的法布尔，我们的世界也就永远读不到一部《昆虫记》了。

说我们幸运，还有更深的道理。法布尔之所以顽强，是因为他有着某种精神。如果他放弃了、丧失了自己那种精神，这世界同样不会出现这么一部《昆虫记》。

折磨法布尔一生的有两大困扰，一是“偏见”，二是“贫穷”。法布尔勤奋刻苦，锐意进取，从农民后代变成一位中学教师；此后业余自学，花十二年时间，先后取得业士、双学士和博士学位；小学、中学教书二十余年他兢兢业业，同时业余观察研究昆虫及植物，发表过非常出色的论文。达尔文肯定他的成就，帝国教育部奖励他，好心的教育部长还设法推荐他为大学开课。尽管如此，他想“登上大学讲台”的梦始终没有实现，开辟独立的昆虫学实验室的愿望始终得不到支持。教育、科学界权威们，骨子里看不起他的自学学历，看不惯他的研究方向。这种漠视与某些人的虚伪、庸俗、嫉妒心理合拍，长期构成对法布尔的一种偏见。法布尔生在穷苦人家，自己靠打工谋生，才上了小学、中学；以后长年只靠中学教员工资，维持七口之家的生计；前半生一贫如洗，后半生勉强温饱。很少有法布尔这么贫困的自然科学家：想喝口酒，只能以家中发酵自制的酸涩苹果汁顶替；要施舍乞丐两法郎，可囊中只掏得出令自己都面露羞色的两个苏；一向腼腆、好强之人，竟不得不为生存而张口请求英国大哲学家密尔（即穆勒）慷慨解囊。然而人们看到，法布尔没有向“偏见”和“贫穷”屈服。他依然勤于自修，扩充知识储备，精心把定研究方向，坚持不懈地观察实验，不断获得新成果，一次又一次回击“偏见”。他挤出一枚枚小钱，购置坛、罐、箱、笼，一寸空间一寸空间地扩增设备，日复一日、月复一月、年复一年地积累研究资料，化教书匠之“贫穷”为昆虫学之富有。

他几乎是在牺牲一切。他没有利用很有优势的物理、数学天赋、大有作为的植物学知识、易出成果的动物生理学基础，走一条驾轻就熟的捷径，却一定要艰难地进行旨在探索“本能”问题的昆虫心理学研究。他没有抓住一生中出现的许多机遇去沽名钓誉，巧取功利，过上幻想之中的“好日子”，却安于清苦，坐了一辈子冷板凳，甚至不惜把一家老小也捆在自己这“板凳”上……他几乎是在冒犯一切。儿时不顾父母怒斥，成天往家里带蘑菇、虫子，“好奇心”怎么压也不灭。他自感得意的成果，无一不与前人和权威的短处形成鲜明对照。他向学生传授自然科学新知识，保守势力戒备他对旧道德造成威胁；他力主研究昆虫本能的“自动智能”问题，得罪不少以生理功能解释本能的生物学同行，招致“有上帝决定论者嫌疑”

一类非议。他甚至不怕人们指责自己没有与“十九世纪自然科学三大发现”中的细胞学说和进化论保持一致……他几乎是在忘却一切。不吃饭，不睡觉，不消遣，不出门；不知时间，不知疲倦，不知艰苦，不知享乐；甚至分不出自己的“荒石园”是人宅还是虫居，仿佛昆虫就是“虫人”，自己就是“人虫”；后半生五十年，心中似乎只记着一件事：观察实验——写《昆虫记》……

有种说法认为，法布尔能这样苦度一生，完全是为了“兴趣”，也就是对昆虫的浓厚兴趣。我不以为如此。无论爱虫之心属于先天还是后天，它都是极易变化的东西，更不用说法布尔自幼兴趣何其广泛了。没有坚定意志做支柱，任何兴趣终将游离飘移，化为恍惚。如果说兴趣，我真切看到，法布尔一生最大兴趣，尽在于探索生命世界的真面目，发现自然界蕴含着的科学真理。他不断表达对昆虫的爱，但也表达过另一种爱。他说自己怀着“对科学真理的挚爱”，因此要“始终坚持真实所特有的一丝不苟态度”(《荒石园》)。这种爱，才给了他把昆虫兴趣变成昆虫学事业的勇气和力量。正因为他爱科学真理，所以他的第一篇成名之作《节腹泥蜂习俗观察记》，纠正、补充了权威专家的一篇“杰出论文”。正因为他爱科学真理，所以他毕生恪守“事实第一”的首要原则。正因为他爱科学真理，所以他撰写《昆虫记》时，一贯“准确记述观察得到的事实，既不添加什么，也不忽略什么”。正因为他这是一种酷爱，他才把科学工作乃至一切工作的实证精神发展到极其严谨的地步：即使感到别人指出的错误有道理，他也要先通过观察实验验证一番，而后再欣然纠正自己的错误。

法布尔把未知世界比作处于黑暗之中的无限广阔的拼砖画面，把科学工作者比作手提提灯照看这画面的探索者；他认为自己就是这探索者，一步一步地移动，一小块一小块地照亮方砖，使已知构图的面积逐渐增大。黑暗当中，照清未知事物的面目便是揭示了真相，看出事物的规律也就把握了真理。一点儿不假，法布尔为之献身的，正是这种揭示把握“真相——真理”的伟大事业。如果说，解决“昆虫本能的性质”这一命题是在探索一条真理，那么可以说，法布尔为认识这真理而一生都在揭示真相。为认识真理而揭示真相，这成了法布尔一生的至高理想和崇高劳动，他为此感到幸福与安慰。他将一切品质和才华汇集在这种精神之下，为人类做出自己独特的奉献。不必为他的去世惋惜，《昆虫记》中凝结着他的一切。

法布尔曾经提出一个问题：“只为活命，吃苦是否值得?”为何吃苦的问题，他已经用自己的九十二个春秋做出了回答：迎着“偏见”，伴着“贫穷”，不怕“牺牲”、“冒犯”和“被忘却”，这一切，就是为了那个“真”字。追求真理、探求真相，可谓“求真”。求真，这就是“法布尔精神”。

《昆虫记》的读者朋友，我们确实是幸运的。

但我们有责任读出个“法布尔精神”，好让后人也能感到幸运。

王　光

1997年9月于北京

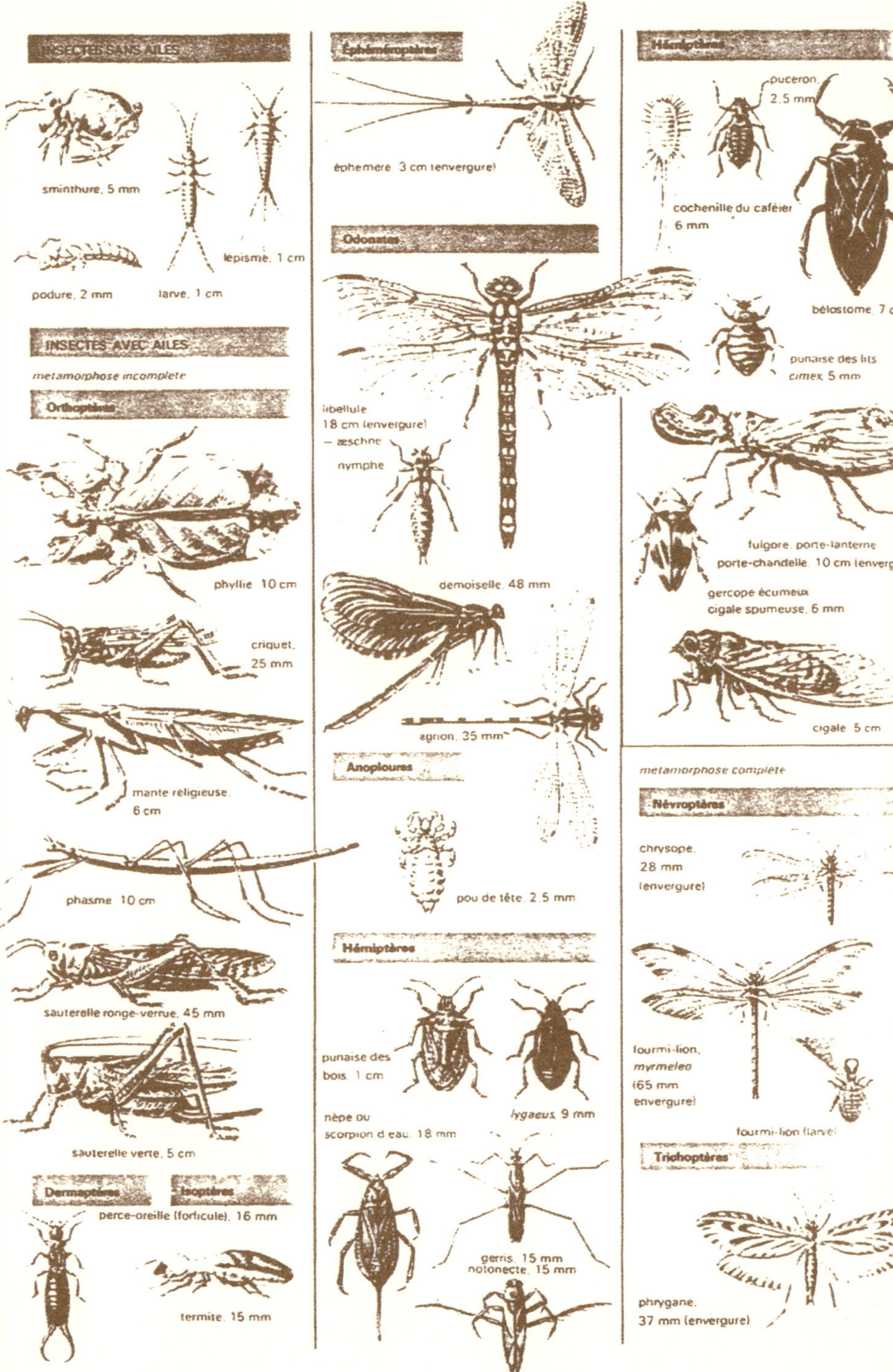

INSECTES SANS AILES
sminthure, 5 mm
lepisme, 1 cm
podure, 2 mm
larve, 1 cm
INSECTES AVEC AILES
metamorphose incomplete
phyllie 10 cm
criquet, 25 mm
mante religieuse, 6 cm
phasme 10 cm
sauterelle ronge-verrue, 45 mm
sauterelle verte, 5 cm
Dermaptères
Isoptères
perce-oreille (forficule), 16 mm
termite, 15 mm
éphemere 3 cm (envergure)
Odonates
libellule
18 cm (envergure)
– æschne
nymphe
demoiselle, 48 mm
agrion, 35 mm
Anoploures
pou de tête, 2,5 mm
Hémiptères
punaise des bois, 1 cm
lygaeus, 9 mm
nèpe ou scorpion d eau, 18 mm
gerris, 15 mm
notonecte, 15 mm
puceron, 2,5 mm
cochenille du caféier 6 mm
bélostome, 7 cm
punaise des lits
cimex, 5 mm
fulgore, porte-lanterne
porte-chandelle, 10 cm (envergu
cercope écumeux
cigale spumeuse, 6 mm
cigale 5 cm
métamorphose complète
Névroptères
chrysope, 28 mm (envergure)
fourmi-lion, myrmeleo (65 mm envergure)
fourmi-lion (larve)
Trichoptères
phrygane, 37 mm (envergure)

apollon, 8 cm
machaon ou grand porte-queue, 7 cm
paon de jour, 6 cm
citron, 6 cm
cheimatobie, 25 mm
vulcain, 6 cm
vanesse, 5 cm
noctuelle, 7 cm
bombyx du chêne, 7 cm
hépiole, bombyx de la ronce, 65 mm
morio, 7 cm
sphinx tête de mort, 12 cm
sania agrippina, thysanie
lus grand papillon du monde
quisse à droite en donne
ille réelle, soit 27 cm)
actias selene, famille des saturnidés, 13,5 cm
morpho cypris, famille des morphidés, 11 cm
papilio ulysses (Blue mountain butterfly), 10 cm (Moluques)
monarque, 7 cm
ornithoptera victoriae (Queen Victoria's birdwing), famille des papilionidés, 15 cm
atlaspinnare, bombyx de l'Atlas, 23,5 cm